FOLIO POLICIER

Leif Davidsen

Le dernier espion

Traduit du danois
par Martine Selvadjian

Gallimard

Titre original :

DEN SIDSTE SPION

Leif Davidsen, né en 1950, est danois. Après avoir sillonné l'Europe (grand reporter dans les pays de l'Est pour Radio Danemark), il s'est consacré pleinement à l'écriture de thrillers aux intrigues basées sur son excellente connaissance des pays de l'ex-URSS. Gaïa Éditions a déjà publié en France neuf de ses romans dont *L'ennemi dans le miroir, La femme de Bratislava, Le Danois serbe* ou *À la recherche d'Hemingway*.

Au cours de l'été 1988, Anders Walsted Hansen, le chef de la sécurité intérieure au Danemark — le PET — mourut accidentellement de noyade en Finlande. Il fut remplacé par le commissaire Hanne Bech Hansen que la presse présenta comme étant la première femme au monde à se voir confier la direction d'un service de renseignement.

J'ai appris la nouvelle par les journaux à mon retour de Moscou, où l'annonce du décès figurait dans un entrefilet. C'est ce dernier qui m'inspira la rédaction du *Dernier espion*, roman qui a pour cadre l'époque que Vaclav Havel qualifia de singulière et qui relate l'enchaînement déconcertant des événements qui bouleversèrent cette région du monde, la nôtre.

Je voudrais toutefois souligner que le personnage féminin que j'ai installé à la tête du PET et les autres sont entièrement fictifs. Toute ressemblance avec des personnes existantes ou ayant existé serait involontaire et fortuite.

La lecture d'un entrefilet est l'une de ces coïncidences nombreuses et souvent mystérieuses, capables d'enflammer l'imagination sans doute trop fertile d'un romancier.

PREMIÈRE PARTIE

LA LÉGENDE DE SIEGFRIED

Sauvez nos âmes
Nous expirons
Venez à nous
Entendez sur Terre
Notre S.O.S. toujours plus faible
La peur pourfend notre âme
Par le milieu

VLADIMIR VYSSOTSKI

1

Il plongea à nouveau son regard sur le papier journal rigide et craquant dont il connaissait pourtant le texte par cœur. C'était son seul lien avec la réalité. Il fixait les lettres cyrilliques pour ne pas perdre la raison mais dut renoncer à lire. La clarté de l'aurore qui dessinait un rai pourpre au-dessus des montagnes était encore insuffisante. Tel un blessé cramponné à sa béquille, Sergueï Mikhaïlovitch Zaïkov se raccrochait aux mots autoritaires du bulletin qui annonçaient la fin du cauchemar : la retraite, leur départ. Il ne resterait pas dix-huit mois* sur le sommet de cette montagne à attendre que la balle d'un maquisard lui troue la peau ou que l'ennui le terrasse. Quand, les yeux fermés, il aspirait une longue bouffée sur sa cigarette, il ne sentait plus la morsure du vent ni les montagnes alentour, et les premiers feux timides qu'on allumait dans le village, en deçà du champ de mines, deux kilomètres plus bas dans la vallée, se dissipaient et

* En Union Soviétique, le service militaire dure environ deux ans. La grande majorité des conscrits est formée dans une unité de combat. *(Toutes les notes sont de la traductrice.)*

il voyait l'escalier de l'immeuble où habitait Ludmila, à Moscou. En dévalant les cinq étages, il sentait les relents de chou et de friture froide et entendait derrière les portes et les minces cloisons les jurons matinaux et les premières quintes de toux sèches de tabac et de vodka. Ludmila restait couchée et fumait des cigarettes tandis qu'il devait regagner l'appartement cossu de sa mère pour se changer. Dehors, l'air serait vif et cinglant, les lourds nuages chargés des premiers flocons, les Lada boueuses exhaleraient une odeur d'essence mal mélangée ; c'était l'époque où l'on ressortait les skis et où l'on se réjouissait du retour de l'hiver.

Sergueï rouvrit les yeux et vit la sentinelle. Son arme cliquetait à son épaule et il songea à une vache qui tire sur sa chaîne. Son gilet brun pare-balles et son casque se découpaient dans la lueur gris bleuté de l'aube qui soulevait les montagnes à l'horizon et leur donnait l'impression de flotter. La sentinelle fumait, mais Sergueï savait qu'il était vain d'intervenir. Les effluves de haschisch cognaient ses narines et se mêlaient à la fumée de sa propre cigarette. La lumière croissait rapidement et on discernait déjà les contours des maisons basses blotties sur la rive du fleuve dont l'eau argentée filait à vive allure. À l'horizon, le flanc des montagnes était noyé dans la pénombre. Sergueï termina sa cigarette sous le filet de camouflage et referma les yeux pour retrouver le fil de sa matinée moscovite.

Arrivé dans la rue, je presse le pas pour attraper le trolley. Il est bondé mais je trouve une place à l'arrière, dans la rotonde, à côté d'une jolie fille au visage renfrogné. Elle observe les gros camions diesel bleus qui vomissent une épaisse fumée noire. Elle porte un bonnet de laine tricoté. Elle ne me salue pas mais je parviens à lui arracher un sourire. Pressés l'un contre l'autre, nous regardons à travers la vitre crasseuse. De nouveaux passagers montent à chaque arrêt et avec eux, l'odeur de Moscou – l'odeur du savon noir et du dentifrice de l'usine de Leningrad. Je sens sa hanche contre la mienne. Son corps est dodu mais elle est jeune et l'idée me vient de dire à Ludmila que je suis de service ce soir pour aller rendre visite à cette inconnue grassouillette qui partage un appartement coquet avec sa vieille mère sourde. Le trolley tourne sur Sadovaïa* et attaque péniblement la côte. La joue de ma voisine fleure bon le savon. Le boulevard grouille de gens qui rejoignent les bureaux. Une odeur de pain frais monte de la boulangerie.

L'image se brisa à nouveau dans un ronflement de moteur de voiture. Sergueï rouvrit les yeux : le vent avait tourné vers l'ouest et le bruit pétaradant du générateur avait pénétré sa rêverie.

Il replia délicatement la coupure de journal écornée. Il l'avait trouvée suspendue au clou des toilettes et l'avait conservée comme un talisman. Quand les journaux étaient arrivés par hélicoptère avec le courrier, l'allégresse avait été telle que personne n'avait songé à découper le communiqué officiel.

* Ancienne « ceinture verte » délimitant la ville, aujourd'hui boulevard circulaire qui sépare le centre ville des quartiers périphériques.

Pourtant, il trouvait plutôt encourageant de l'avoir retrouvé, quelques jours plus tard, épinglé au piquet des latrines, déchiré avec soin. Ceci dit, il partageait l'opinion des conscrits : les sornettes que les journalistes écrivaient sur la guerre n'étaient bonnes qu'à servir de papier hygiénique.

À présent montait le chant qui l'arrachait tous les matins à sa torpeur et il remarqua que le factionnaire tressaillait aussi. C'était comme une longue plainte résonnant dans le col de la montagne. La voix, d'abord sourde et psalmodiante, se faisait lancinante et modulée pour se muer en une mélopée lugubre aux accents menaçants. Sacha disait qu'elle lui rappelait le hurlement des loups de sa Sibérie natale. Non pas qu'il en eût jamais vu rôder ni même entendu gémir à proximité de son pâté de maisons à Irkoutsk, mais les histoires de son grand-père lui avaient glacé le sang. Sergueï entendit ses hommes remuer et jurer sous la tente exiguë. Cela allait encore dégénérer en bagarre. À quoi d'autre pouvait-on s'attendre quand quatorze hommes étaient contraints de cohabiter sur une terrasse rocheuse de vingt mètres de long tout au plus ? L'appel monotone du muezzin à la prière du matin enflait sans merci. Tous de maudits païens, toute la tribu sans exception, même les lèche-bottes de Kaboul. Sergueï sentit un frisson parcourir tout son corps et il ramassa la kalachnikov posée à ses pieds pour trouver réconfort au contact de l'acier du canon et du bois soyeux du manche. La riposte ne va pas tarder, pensa-t-il. Et en effet, le concert de jurons redoubla, bientôt couvert par la voix étranglée de Voronïa sur le magnétophone. Le scénario était immuable : d'abord la litanie des moudjahidin montant du village, bientôt étouffée par les vocalises de Vyssotski dont ils avaient deux cassettes. Ce matin, le hasard voulut que la chanson du loup s'efforçât de rivaliser avec celle du diable barbu. La sentinelle jeta sa cigarette et balaya l'horizon avec ses jumelles. Au camp d'entraînement, on les avait prévenus que le matin était le moment le plus vulnérable de la journée. Pourtant, depuis bientôt huit mois qu'ils avaient été parachutés ici, ils trompaient l'ennui en fumant des pétards et en tirant sur de vieilles boîtes de conserve ou s'amusaient à jeter des grenades sur les mines. Sergueï n'avait plus honte d'écrire dans ses rapports qu'ils ouvraient le feu sur des forces ennemies présumées. De toute façon, ici ou au pays, tout fichait le champ. Le système en lequel il avait cru gisait sous ses propres décombres.

Il regarda vers le village. Les premières silhouettes s'affairaient dehors et des colonnes de fumée se dressaient des maisons d'argile, tantôt immobiles, comme dessinées au pinceau, tantôt dissipées par les rafales de vent qui s'engouffraient dans la vallée. Il voyait les femmes flanquées de leur progéniture chétive descendre vers le fleuve pour y puiser de l'eau. Les ânes du village, pas plus gros qu'un semis de pointillés, paissaient, les pattes avant entravées. Sergueï fantasmait chaque matin sur le corps de ces femmes voilées de la tête aux pieds. Il braqua ses jumelles sur leurs silhouettes informes et dodelinantes. Les hommes se prosternaient, le front enfoui dans leurs tapis crasseux ; ils resteraient ensuite assis le reste du jour avec des visages de cire. Ils appartenaient à un autre monde. Il était insensé de croire que l'on pourrait les obliger à changer. Ordonner la retraite était l'unique décision raisonnable que les chefs aient prise depuis des années.

La tranquillité du matin touchait à sa fin. Sergueï tira sa casquette de sa poche de poitrine, l'ajusta sur son crâne et boutonna l'avant-dernier bouton de sa veste d'uniforme sur le pull marin réglementaire. Vyssotski braillait à pleins poumons : « Nous pourchassons à vive allure l'ennemi en déroute / Mais dans la bousculade nous perdons nos meilleurs camarades / et dans notre précipitation, nous ne voyons pas notre compagnon tomber. »

Sergueï attendit. Il savait que les hommes ne toucheraient pas à leur petit déjeuner avant que la litanie montant de la vallée ne se soit tue. Chaque matin, elle s'interrompait aussi brusquement qu'elle avait commencé. Vyssotski termina lui aussi sa chanson et, un à un, les hommes pointèrent leur visage mal rasé et engourdi de sommeil hors de la tente. L'hélicoptère apporterait sans doute aujourd'hui le courrier de Kaboul et des vivres. Sergueï embrassa une dernière fois du regard les montagnes brunes encerclant la vallée. L'eau du fleuve avait pris une teinte métallique, les flots gris s'ourlaient d'écume et les gros rochers se découpaient distinctement dans ses jumelles. Les bandits se cachaient quelque part dans ces montagnes, embusqués dans la moindre crevasse, sur le qui-vive, comme lui. Ils connaissaient chaque sentier et chaque col comme leur propre demeure et s'y déplaçaient avec une aisance déconcertante. C'était pure folie que de croire que l'on pourrait gagner la guerre contre un peuple où un gamin de douze ans, une mitrailleuse en bandoulière, escaladait ce relief impraticable avec l'agilité d'une chèvre du Caucase. La nuit, l'ennemi descendait dans le village pour se ravitailler. Sergueï l'avait deviné. Les impérialistes disaient que l'Union Soviétique occupait l'Afghanistan. Quelle triste blague. Voilà qu'il croupissait ici plus sûrement que derrière les murailles d'une prison, sur un promontoire de vingt mètres sur dix cerné de mines, avec pour seule issue un étroit sentier à flanc de montagne sur lequel seul un fou oserait s'aventurer. Et un hélicoptère qui n'arrivait jamais. Qui des deux était l'assiégeant ?

En entendant ses hommes ronchonner, Sergueï leur accorda encore quelques minutes pour se préparer, finir d'uriner. Puis il inspira profondément et ordonna sur ce ton de commandement qu'on lui avait enseigné à l'école militaire de Frunze :

« O.K. camarades, vous avez un quart d'heure pour vous raser avant l'inspection. Alors remuez-vous un peu. »

Tous ces jeunes visages lui lancèrent des regards furibonds. Comme lui, ils avaient à peine plus de vingt ans et savaient déjà que la guerre n'est pas l'école des héros mais un sale boulot où ennui, masturbation et querelles le disputaient à l'angoisse permanente de voir l'ennemi invisible jouer de chance et envoyer un missile sol-sol à travers leur filet de camouflage en pleine nuit, pendant leur sommeil, qui les changerait en poussière afghane. Leur docilité ne tenait plus qu'à la discipline enfoncée à coups de boutoir durant leur formation militaire. Mais le respect se perdait un peu plus chaque jour. Et encore, il s'agissait d'une unité d'élite et Sergueï n'avait aucune peine à concevoir comment les simples fantassins avaient fini par sombrer dans la drogue ou l'alcool, ou encore par descendre leurs officiers d'une balle dans le dos.

Sergueï se rasa à l'eau froide et rassembla ses hommes, lesquels formèrent les rangs d'un pas traînant. Il s'ensuivit un quart d'heure de rituel fastidieux ; il les maintint au garde-à-vous pendant qu'on hissait le drapeau mais renonça à intervenir quand Volodia adressa un doigt d'honneur à l'étoffe écarlate qui claquait au vent. Sergueï devait parer à l'éventualité d'une inspection surprise de Kaboul en hélicoptère mais il savait que le marteau et la faucille étaient ressentis par les maquisards comme une provocation susceptible de les inciter à sacrifier l'un de leurs précieux missiles sol-sol. Par bonheur, ils étaient très mauvais tireurs. Sergueï poursuivit l'inspection de routine, les fit nettoyer leur arme et les rassembla à nouveau. Il contesta pour la forme l'état de deux fusils dont l'aspect était pourtant convenable. Les deux soldats astiquèrent leur arme pendant que les autres attendaient au repos. Il commençait à faire chaud et la sueur perlait sous les casques dont Sergueï avait ce matin exigé le port. Il malmena ses hommes au maximum de son courage. Après quoi il fit relever la sentinelle et les laissa aller prendre leur petit déjeuner.

Sacha et Volodia se disputaient toujours. Ça se terminerait encore par une bagarre. Voilà quinze jours qu'ils ne s'étaient pas volé dans les plumes mais ils étaient bien partis pour recommencer. Il décida de leur donner une heure pour résoudre leur différend. Après quoi, il les soumettrait à deux heures d'exercice intensif suivies d'entraînement au sambot et au combat à l'arme blanche, suivi encore de gymnastique et de boxe sur le sac de sable qu'ils avaient suspendu derrière la tente. Pourvu que l'hélicoptère apporte du courrier aujourd'hui. Pourvu qu'il y en ait pour tout le monde. Et pourvu que les journaux ne soient pas remplis d'articles débiles. Qui sait ce qui, cette fois-ci, mettrait le feu aux poudres ?

À la perspective d'une nouvelle journée interminable, le lieutenant Sergueï Mikhaïlovitch se sentait abattu. Il entra sous sa petite tente de commandement pour contacter l'état-major basé à Khost, quatre-vingts kilomètres plus loin, et qui s'était retrouvé isolé depuis le début de la guerre.

Il rapporta que tout était normal. Le haut-parleur grésillait et lançait des hurlements stridents. Sans savoir pourquoi, Sergueï songea soudain à un poème de Evtouchenko ; il avait pourtant toujours considéré ce poète comme un opportuniste. Il cita de mémoire, pour lui-même :

« Je suis mélancolique mais mon cœur est léger… profonde est la neige… profonde ma respiration… et profond le ciel au-dessus de moi… j'ai

tant de route à faire… crissez chers skis, filez en crissant… et oubliez la peur… là-bas très loin. »

Le poète était venu chez eux quand Sergueï était enfant. Il ne lui en restait qu'un vague souvenir. Ses parents avaient reçu tant de monde dans les années soixante, où l'avenir semblait chargé de promesses. Aussi des étrangers, bien que ce ne fût pas du tout l'usage. Il se rappela sa mère, sa chevelure brune et ses bras graciles quand elle le bordait dans la petite chambre du fond, dans le logement municipal qu'ils partageaient avec trois autres familles. Il écoutait tous les bruits ; les soupirs amoureux de ses parents, les disputes de l'oncle Tolia avec sa femme dans la pièce voisine ; le bruit de la chasse d'eau et l'étrange gargouillis du réservoir ; le tramway dans la rue, un voisin fourrageant sur la cuisinière à gaz dans la pièce commune. Il se rappelait l'odeur du charbon, de la graisse et du chou, le goût salé des poissons séchés que son père rapportait et les pains plats du boulanger géorgien – leur mie blanche comme neige et leur croûte encore chaude… Le crépitement du récepteur le tira de sa rêverie.

« Appelle lieutenant Sergueï Mikhaïlovitch. Répondez !

– Ici le lieutenant Zaïkov.

– Ici le colonel Koulikov. À vous.

– Je vous écoute, camarade colonel.

– Nous avons eu des ennuis hier. Les Douchmany* ont attaqué un convoi mais nous pensons

* « Moudjahidin » en russe. Surnom donné aux maquisards afghans par les unités parachutistes soviétiques.

avoir touché quelques-uns de ces salauds. Intel prétend que deux blessés ont été transportés dans votre village cette nuit. Envoyez une patrouille pour vérifier. À vous.

— Pouvez-vous m'envoyer des renforts ?

— Impossible, camarade lieutenant. Envoyez cinq hommes et votre sergent. Intel dit qu'il n'y a que des vieilles femmes dans ce village.

— M'autorisez-vous à prendre le commandement de la patrouille ? À vous.

— Vous êtes devenu fou, Zaïkov ? À vous.

— En quoi consiste cette mission, camarade colonel ?

— Seriez-vous resté trop longtemps sur cette foutue montagne, lieutenant ? Trouvez-moi ces fils de chien et abattez-les !

— Compris. À vous.

— Exécution, lieutenant ! Terminé. »

Sergueï s'étira de tout son long et regarda le petit groupe d'hommes assis, leur timbale cabossée à la main. Il leur restait un peu du bon thé indien. Dieu merci, leur esprit n'était pas encore complètement embrumé par le haschisch. Sergueï se dit qu'il était un mauvais officier. Il avait été bon, autrefois, mais le sommet de cette montagne sans nom l'avait transformé.

Il appela doucement son sergent. « Choura, viens par ici ! » Il valait mieux que Choura choisisse lui-même les cinq hommes qui l'accompagneraient. Il ne serait pas difficile de trouver des volontaires. Après tout, il s'agissait peut-être encore d'une fausse alerte. Et les hommes pourraient faire un peu de troc avec les vieillardes édentées au regard larmoyant.

Il vit les six hommes entamer la descente de la montagne par le sentier serpentant à travers le champ de mines. Leur démarche était sûre bien qu'entravée par le poids de leur paquetage et de la mitrailleuse lourde pendant à l'épaule de Micha. Sergueï pointa ses jumelles vers le village. Un ou deux kilomètres les en séparaient à vol d'oiseau, mais pour atteindre le fond de la vallée par le sentier, la patrouille devrait en parcourir au moins cinq. Le tracé était sinueux et contournait la montagne, de sorte que par moments, les hommes restés au camp perdaient la petite troupe de vue. Mais ils avaient judicieusement choisi les postes de guet, l'accès direct était miné et si les maquisards s'avisaient de tenter un assaut, il leur faudrait parcourir quatre cents mètres à découvert pour atteindre les premiers sacs de sable. Et même s'ils réussissaient, la mitrailleuse lourde les empêcherait d'approcher.

Sergueï posta une sentinelle supplémentaire et s'assura que les autres étaient prêts à parer à d'éventuelles représailles. Pour une fois, un calme soucieux régnait au sein du groupe et Sergueï devinait pourquoi : six hommes ne suffiraient pas, quand bien même ils ne trouveraient que des vieillardes fripées et des enfants faméliques. La compagnie s'était déjà rendue dans le village pour troquer des pièces d'uniforme, des ceintures et surtout des conserves de viande et de poisson contre du haschisch et du thé. Les habitants ne s'étaient guère montrés hostiles, ni accueillants d'ailleurs, mais leur avaient plutôt témoigné une sorte d'indifférence muette. Le village devait compter une vingtaine de maisons toutes plus misérables les unes que les autres et nul ne savait si l'endroit avait un nom. En Russie, on baptise même le plus petit hameau. Si jamais ce trou avait un nom, personne n'avait même cherché à savoir lequel. Leur perchoir était le poste de combat 678. C'était amplement suffisant. Les hommes s'étaient donc procuré du hasch, un cochon de lait et du thé indien et avaient fait la fête toute la nuit.

« Sergueï appelle Choura, réponds-moi.

– Tout va bien. On descend et on vous contacte tous les quarts d'heure, O.K., lieutenant ?

– *Ladno* – entendu. Terminé. »

Sergueï attendit tout en réprimant l'envie de se rouler un joint.

Midi approchait, la poussière ocre des versants montagneux vibrait sous la chaleur. Dans ses jumelles, Sergueï voyait les femmes laver le linge au bord du fleuve, les enfants jouaient. Le calme avait régné sur cette enclave pendant au moins une année car les moudjahidin concentraient leur action sur le siège de Khost. Heureusement, l'aviation n'avait pas largué de jouets piégés par ici. À Kaboul, il avait vu des enfants sans mains. La première fois, la vue de ces moignons, de la peau fine tendue sur l'os, l'avait bouleversé. Le gamin n'avait guère plus de sept ans. À présent, il paressait ici bien au chaud en pensant à l'hiver et aux parties de pêche avec son père sur la glace du fleuve où, assis chacun devant son trou, ils buvaient de la vodka au goulot tandis que son père lui confiait ses espoirs en l'avenir ou racontait sa jeunesse, l'époque où il fréquentait la jeune génération d'écrivains et de poètes — et ne travaillait pas encore pour les hommes de l'ombre.

Sergueï vit le nuage de poussière soulevé par l'impact de l'obus avant d'entendre le bruit de l'explosion suivi du crépitement des tirs provenant d'une mitrailleuse lourde.

« Appelle Choura. À toi. Que se passe-t-il ? » hurla-t-il dans la radio avant de s'apercevoir qu'il n'avait pas appuyé sur le bouton émetteur.

« Nous sommes sous le feu ! Micha est en bas. Nous sommes attaqués », fit entendre la voix grésillante du sergent couverte par les tirs des kalachnikov soviétiques à côté de lui.

Sergueï pointa ses jumelles en direction du village : les femmes remontaient vers les maisons. Il chercha ensuite la patrouille sur le flanc de la montagne : elle était immobilisée dans une faille, un peu en amont de la vallée. Il repéra une mitrailleuse et trois rebelles abrités derrière la paroi rocheuse. Ils étaient sans doute venus s'embusquer durant la nuit.

« Des mortiers, nom de Dieu, des mortiers à 17 heures ! » hurla-t-il. Leur entraînement portait ses fruits et les hommes dressèrent le lourd mortier et arrosèrent la falaise d'obus. Le vent soulevait des tourbillons de poussière au-dessus de la position attaquée. Alexeï ouvrit le feu avec la mitrailleuse lourde et les oreilles de Sergueï se mirent à siffler.

« Sergueï appelle Choura. Réponds-moi.

— Sergueï, appelle des renforts. Nous sommes tombés dans un traquenard. Sacha est foutu.

Micha est en bas. Appelle des renforts, nom de Dieu. À toi.

– On arrive.

– Surtout pas, nom d'un chien. Ils sont au moins trente. Nous sommes encerclés et ils montent vers vous. Appelle Khost et demande des renforts. Fais venir un hélico, putain de merde ! »

La radio rendit l'âme dans un couac. Sergueï rampa jusqu'aux sacs de sable. Les soldats dardaient des regards épouvantés sous la protection illusoire des visières de leurs casques. Sergueï vit une longue traînée de lumière trouer le ciel et fuser dans leur direction. « À terre ! Missile en vue ! » La trajectoire du missile sol-sol de fabrication chinoise décrivit une ample courbe mais celui-ci s'éleva trop haut et alla s'écraser au-dessus d'eux sur la paroi rocheuse. Une avalanche de roches pulvérisées déferla sur le poste et ils furent quittes d'une belle frayeur. Les maquisards actionnaient un lance-roquettes depuis une position invisible mais les tirs étaient trop courts et les projectiles faisaient seulement exploser des mines installées autour du poste de combat. Tout le secteur était noyé dans la poussière et la fumée. Les bérets bleus levaient le nez au ras des sacs de sable, tiraient de courtes rafales dans le nuage de poussière et replongeaient aussitôt à l'abri. Sergueï tentait de recouvrer son sang-froid mais le vacarme et la confusion l'empêchaient de penser. Il rampa à nouveau jusqu'à la radio et appela Khost. Il obtint la liaison au moment où un obus s'écrasait si près que les éclats vinrent se ficher dans les sacs de sable, abattirent le mât du drapeau et éventrèrent le filet de camouflage.

« Appelle Khost. Appelle Khost. Nous sommes attaqués.

— O.K., lieutenant. Ici Koulikov. À vous.

— Nom de Dieu, nous sommes harcelés de toutes parts. La patrouille est bloquée dans la vallée. Il nous faut des renforts.

— Gardez votre sang-froid, camarade lieutenant. Entendu ? À vous.

— Entendu, camarade colonel. À vous.

— Faites-moi le compte rendu de la situation. »

Étendu sur le dos, Sergueï voyait ses hommes tirer avec une assurance accrue. La mitrailleuse lourde pivotait sur son pied en décrivant des demi-cercles réguliers. Il pensa avec une certaine fierté que la discipline était observée.

« La patrouille communique qu'elle est encerclée à l'entrée de la vallée. Il y a des pertes. Le poste est attaqué par une quarantaine de rebelles. Ils sont équipés de mortiers et d'une mitrailleuse lourde. La situation est critique. À vous.

— Ces salauds viennent d'attaquer un convoi à la sortie de Khost. Nous sommes nous-mêmes débordés. Mais les renforts arrivent. Est-ce que ces fils de putes ont des Stinger ?

— Sais pas. Ils ont tiré un sol-sol, mais ils ont raté leur cible. À vous.

— Bande de bergers incapables. Tant mieux pour nous, pas vrai, lieutenant ? Terminé. »

Sergueï rappela Choura mais il n'eut pas de réponse. Peut-être la radio était-elle en panne. Il rampa jusqu'aux sacs de sable. Le vent qui déchira un instant l'écran de poussière et de fumée lui permit d'apercevoir la position des bandits, en contrebas sur la gauche. La mitrailleuse était calée dans une faille. Le mortier devait être placé juste derrière l'étroit renfoncement. Il compta cinq ou six hommes. Un adolescent à plat ventre tentait d'orienter le servant du mortier. Ils étaient trop loin pour pouvoir les atteindre. En revanche, les tirs des rebelles gagnaient en précision. Il fallait par tous les moyens venir en aide à Choura. Sergueï braqua ses jumelles vers la vallée mais ne distingua nulle trace d'activité. Le martellement constant des tirs de kalachnikov et de la mitrailleuse lourde était assourdissant. Il n'avait encore perdu aucun homme. En réalisant soudain ce qui se passait, il fut pris d'une envie de vomir et d'uriner : la cible des rebelles n'était pas le poste de combat mais la patrouille. Les traîtres de Kaboul avaient encore semé de fausses rumeurs auprès du GRU ; le coup des blessés transportés au village était un exemple classique d'intox. L'école militaire les avait pourtant largement mis en garde contre le procédé. Il voulut rappeler ses hommes, mais il était trop tard.

Deux Mi-24 Hind apparurent à contre-jour, le canon des mitrailleuses pointé à l'avant du fuselage, la soute bourrée de missiles air-sol. Le pilote et le tireur étaient dissimulés derrière l'épais vitrage. Un troisième engin survolait l'escadrille pour parer à l'éventuelle riposte des redoutables Stinger.

« Chargez les balles traçantes, nom de Dieu ! » vociféra Sergueï. La mitrailleuse se tut le temps qu'on y charge les nouvelles cartouches qui décrivirent de longues traînées rouges vers le mortier des bandits.

Les hélicoptères se séparèrent en larguant leurs missiles air-sol vers le point signalé par les balles traçantes — la position des bandits disparut sous la poussière et les éboulis — et reprirent de l'altitude sous un déluge de grenades éclairantes.

Ils revinrent à l'assaut en arrosant cette fois le voile de poussière avec le tir des mitrailleuses. Sergueï les vit descendre, larguer leurs bombes et couvrir leur retraite en déversant de leurs flancs une nouvelle pluie de grenades éclairantes. Il songea aux feux d'artifice de Moscou et oublia un instant le flot visqueux de transpiration qui coulait de ses aisselles le long de son dos. Son gilet pare-balles l'engonçait et son casque lui serrait la nuque. Les bombes touchèrent le sol et la montagne parut se désintégrer sous le souffle de l'explosion. Personne ne sortira vivant de ce guêpier, pensa-t-il.

Les deux hélicoptères décrivaient à présent de larges cercles en altitude, comme deux oiseaux de proie, pendant que l'engin d'observation faisait le point. Aucun bruit ne montait de la falaise et Sergueï chercha dans ses jumelles la position de Choura sous la poussière. Apparemment les tirs avaient cessé. L'un des hélicoptères descendit vers la vallée et lâcha une série de bombes devant la position de la patrouille. Une lueur aveuglante jaillit mais le vacarme de l'explosion parvint à Sergueï avec un temps de retard et comme amorti, c'était comme si ses oreilles étaient bourrées de ouate.

Les rebelles s'étaient sans doute dispersés – volatilisés dans les replis impénétrables de leurs montagnes aussi soudainement qu'ils en avaient surgi.

Le silence revint. Sergueï sentait l'odeur de la cordite se mêler à celle de sa propre sueur. Il venait de participer à son premier combat et son arme n'avait pas tiré une seule balle. Il pressa contre son front le métal froid du canon de la kalachnikov. Il n'entendait que le bourdonnement incessant des hélices brassant l'air. Ses nerfs perçurent le grésillement de la radio avant son ouïe.

« Lieutenant, ici le pilote Nikolaï Nikolaïevitch. Le secteur est nettoyé. Je ne vois pas les camarades, mais un hélico de transport est en route. »

Sergueï attrapa l'émetteur d'une main fébrile et s'efforça d'affermir sa voix.

« Message reçu. Merci de votre coup de main.

– Nous restons encore un peu. »

Alexeï pointa un doigt vers l'horizon. Le gros hélicoptère de transport apparut au-dessus de la montagne, escorté par les deux hélicoptères de combat. À nouveau, les images du feu d'artifice au-dessus des Monts Lénine se superposèrent aux lueurs des grenades éclairantes. Si les maquisards avaient eu des Stinger, pensa-t-il, ils les auraient utilisés.

Le spacieux M-46 s'immobilisa à cinquante centimètres du sol. Il avait à son bord un groupe de combat d'une vingtaine de soldats, presque informes dans leur gilet pare-balles et leur lourd équipement. Un homme corpulent, portant une épaisse moustache et des étoiles de capitaine, descendit.

Dieu merci, c'était une unité soviétique et non pas les troupes de combat du gouvernement afghan.

« Allez vous-même récupérer vos hommes, lieutenant. En votre absence, nous assurerons la défense de votre poste », intima-t-il en faisant mine d'ignorer le salut militaire de Sergueï, lequel eut le pressentiment que son interlocuteur savait que le chargeur de la kalachnikov était plein. Le commando mit pied à terre en un éclair et Sergueï monta à son tour avec sept de ses hommes. Les nombreuses heures d'entraînement se révélaient efficaces. L'hélicoptère descendit le flanc de la montagne en survolant le nuage de poussière. Par le hublot, Sergueï aperçut le village tandis que l'engin manœuvrait. On les déposa au bord de la faille. Les émanations de cordite montaient de la cavité mais les impacts d'obus sur la terre dure et crevassée étaient à peine visibles. Ils trouvèrent d'abord les corps de quatre Afghans. L'un d'eux était un gamin de quinze ans auquel il manquait la moitié du visage. Sergueï s'efforça de ne pas regarder mais ne put détourner son regard de la patrouille. Il recula pour laisser passer les infirmiers, les yeux rivés sur ses camarades morts. Une grenade à main avait explosé juste derrière eux et les rebelles avaient achevé le travail au couteau. Sergueï n'éprouvait ni chagrin ni colère. Il était vide d'émotion et s'inquiéta tout à coup de sa propre absence de réaction. Il venait d'assister à son premier combat. Et c'était déjà comme un lointain souvenir.

« Il n'y a aucun survivant, annonça-t-il par radio.

— Les secours arrivent », répondit le capitaine dont Sergueï ignorait le nom.

« Lieutenant ! Lieutenant, Sergueï, nom de Dieu ! » C'était la voix d'Alexeï mais il ne la reconnut pas. Son camarade était livide ; la sueur dessinait des traînées blanches sur son visage noir de poudre. « Venez voir ce qu'ils ont fait à Choura. Lieutenant, nom de Dieu ! » Sa voix lui parvenait distinctement à travers le bourdonnement des hélices qui brassaient l'air au-dessus d'eux et les jurons des brancardiers. Et pourtant, elle semblait venir de très loin.

Choura gisait cinquante mètres plus loin, jeté dans le fossé comme une vulgaire charogne. Les mouches s'affairaient déjà sur la chair sanguinolente. La peau de l'abdomen était découpée et retroussée sur le visage comme une chemise. La pensée effroyable que Choura vivait toujours l'effleura un instant et le fit reculer d'un pas et bousculer Alexeï. Il sentit son estomac lui remonter dans le gosier puis vit qu'Alexeï vomissait. Sans retenue, sur ses bottes et son pantalon d'uniforme. Sergueï s'obligea à soutenir la vue du corps supplicié de son compagnon jusqu'à ce que les infirmiers arrivent avec une couverture et un brancard. Alors seulement il appela le poste.

« Capitaine, ici le lieutenant Zaïkov. Ils ont taillé une chemise à Choura. Il n'y a aucun survivant », annonça-t-il d'une voix posée mais plus grave que d'habitude. « À vous », ajouta-t-il après une pause, les yeux levés vers le promontoire rocheux et le capitaine sans nom. Un nouvel hélicoptère de transport s'apprêtait à atterrir.

« Zaïkov ! Radiez-moi ce putain de village de la carte ! »

Sergueï ne répondit pas. Il regarda les visages anxieux de ses camarades, blêmes sous la suie des explosifs, pointa un doigt vers les maisons et la troupe se déploya en triangle et descendit en silence vers le village. À la vue des huit paras, quelques gamins assis au coin d'une maison s'éclipsèrent. Deux ânes se mirent à braire et tentèrent de s'écarter comme ils purent en sautillant sur leurs pattes avant attachées. Sergueï s'agenouilla et vérifia que son arme était en automatique. Son premier coup tiré dans cette guerre fit éclater la panse des ânes. Il se releva et se mit à dévaler vers le village en hurlant. Il tira jusqu'à ce que le chargeur de son arme fût vide. Derrière lui enflait un cri inarticulé, celui des hurlements forcenés de ses hommes accompagnant le vacarme des tirs continus. Dès qu'il fut à portée suffisante, Sergueï jeta des grenades et les maisons s'embrasèrent. Les soldats soviétiques hurlaient toujours et criaient des jurons en tirant sur tout ce qui s'échappait des maisons.

2

Durant cinq jours, les hommes vaquèrent à leurs besognes sans échanger un mot. Aucune dispute n'avait éclaté. Ils braquaient leurs jumelles vers l'emplacement où jadis le village se trouvait, comme pour en interroger les ruines calcinées. Pendant les deux premières journées, les colonnes de fumée avaient ondoyé au vent ou, quand celui-ci retombait, dessiné de fines volutes au-dessus des montagnes. La voix de Vyssotski s'était tue. Personne ne voulait l'admettre, pourtant on eût dit que l'appel gémissant du muezzin leur manquait ; son chant continuait de hanter leurs cauchemars et s'amplifiait comme les incantations d'un sorcier. Ils redoutaient en secret de l'entendre un matin monter de la tombe du vieillard et leur regard évitait le fleuve où ils avaient jeté son corps. En fermant les yeux, ils revoyaient les cadavres brûlés dériver au fil de l'eau et disparaître dans les remous. Sitôt endormi, Sergueï se voyait vider son chargeur sur les deux ânes qui restaient debout à le fixer, puis se remettaient tranquillement à brouter, le corps criblé de balles. Il s'éveillait en sursaut à chaque fois qu'il parvenait au stade de son rêve où les deux bêtes commençaient à mordiller la chair rose de Choura, couverte de mouches grosses comme des chauves-souris. Chacun vivait dans l'espoir d'être rappelé au pays.

L'ennemi les avait désertés et le sommeil aussi. Le matin du septième jour, ils entendirent le bourdonnement des hélices de l'hélicoptère de transport. L'engin apparut au-dessus des montagnes, lâcha ses grenades éclairantes et descendit vers eux, encadré par deux hélicoptères de combat, selon l'habitude adoptée par l'aviation soviétique depuis que les maquisards disposaient de missiles antiaériens.

L'appareil s'immobilisa à cinquante centimètres du sol, soulevant une poussière qui laissait sur la langue un goût farineux. Sergueï nota que l'officier politique — un homme trapu au nez couperosé par la vodka — portait les insignes de colonel.

« Section… Rassemblement ! » ordonna le lieutenant. Les hommes obéirent sans broncher mais sans desserrer les dents. Sergueï fit claquer ses talons comme s'il se fût agi du défilé du 7 novembre sur la place Rouge. Une équipe de télévision descendit et il reconnut le reporter, homme très corpulent et menteur notoire auquel Sergueï et les autres afghantsi* avaient depuis belle lurette donné le surnom de Pourriture mensongère.

« Lieutenant Zaïkov à vos ordres, camarade colonel.

* Les Anciens de l'Afghanistan. Très élogieux car les parachutistes sont considérés comme des héros.

— Danilov, officier politique, 2e brigade de propagande. »

Le zampolit lui adressa un salut désinvolte, alla se planter près des sacs de sable et jeta un regard distrait vers le champ de ruines. Sergueï lui donnait environ quarante-cinq ans. Il avait des airs de partisans grassement rétribués pour qui opérer en campagne se résume à traverser une rue de Moscou sous la neige. Sergueï lui tourna ostensiblement le dos :

« Section… Repos ! Rompez les rangs et retournez à vos tâches. » Les hommes comprirent et s'exécutèrent comme s'il en allait de leur permission ou comme aux premiers temps après leur recrutement à l'école des paras, lorsque leur vie entière dépendait de l'exécution correcte d'une prise d'armes.

« Louznikov, Vladimir Andreïevitch. » Sergueï se retourna, vit la main tendue du journaliste et la serra.

Le photographe et le preneur de son étaient affairés à rassembler leur équipement. L'hélicoptère s'éleva, d'abord lentement, puis il prit rapidement de l'altitude. Louznikov et le colonel le regardèrent s'éloigner et un éclair d'anxiété passa dans leur regard, un regard éperdu comme celui des enfants égarés dans le GOUM* qui cherchent leur mère dans la foule des chalands.

« Arrête de chier dans ton froc, Volodia**. Donne la main au colonel. Il n'a pas l'air plus rassuré que

* « Magasin universel d'État » : vaste centre commercial, sur la place Rouge.

** Diminutif de Vladimir.

toi. Pense que ces gosses sont coincés ici tandis que nous, on se tire dans une heure. »

Sergueï leva un regard sidéré sur le photographe. C'était un grand gaillard chauve avec une épaisse moustache. Il tenait la lourde caméra sur son épaule comme s'il s'agissait d'un vulgaire sac et, une cigarette aux lèvres, il fixait narquoisement le journaliste qui feignait de l'ignorer. Mais le visage du colonel s'empourpra.

« Non mais où vous croyez-vous ? Savez-vous à qui vous parlez ?

– À un poivrot qui se prend pour le roi du pétrole, on s'y met oui ou non ? »

Le colonel avança de quelques pas :

« J'exige des excuses. » Du coin de l'œil, Sergueï vit que la section suivait attentivement la scène. Il n'en revenait pas. Personne ne parlait ainsi aux autorités.

« Allez vous faire foutre. Je suis civil et voilà deux mois que j'écoute vos conneries.

– Je vous ferai renvoyer.

– C'est terminé, ce petit jeu. Votre temps est révolu », répliqua le photographe en se tournant vers le village.

La situation semblait dans l'impasse. Le journaliste intervint sur un ton neutre :

« Laissez-moi vous présenter des excuses au nom de la Gostelaradio. Nous réglerons nous-mêmes cette affaire. Ses nerfs ont été mis à rude épreuve. Il était sous les tirs il y a une quinzaine de jours. »

Sergueï regardait se jouer sous ses yeux ce vaudeville insensé où trois acteurs se débattaient dans les filets d'une intrigue absurde. Il ne s'expliquait pas ce règlement de comptes qu'il trouvait à la fois choquant et légitime en diable, et qui illustrait ces critiques inquiétantes du régime auxquelles la presse écrite accordait une large tribune depuis quelque temps. Sergueï ne comprenait pas son propre désarroi, pourquoi la vision des ânes morts le bouleversait jusqu'aux larmes alors que le gémissement des femmes le laissait de marbre. Il se sentait étrangement détaché, se demanda un instant s'il n'avait pas rêvé cet incident, cligna des yeux et la situation lui parut à nouveau normale. À l'extrémité de son champ visuel, le photographe et le preneur de son vérifiaient leur matériel. Les montagnes vibraient sous la brume et il lui sembla que le journaliste essayait de lui dire quelque chose.

« Vous m'entendez, lieutenant ? répéta Louznikov.

— Que dites-vous ?

— Allons nous asseoir », continua-t-il en l'entourant de son bras. Sergueï se dégagea avec dégoût, gagna sa tente et s'assit, sa kalachnikov calée entre les jambes.

« Le colonel va vous remettre une médaille. Je filmerai la séquence puis nous ferons un brin de causette, vous et moi. Après quoi nous plierons bagage. »

Sergueï le regarda avec surprise :

« Une décoration pour quoi ?

— Pour avoir neutralisé un groupe de rebelles, pardi. Toute l'unité sera citée dans le rapport. Vous êtes des héros…

— Pour deux maudits ânes.

— Vous dites, lieutenant ? » Le journaliste lui trouvait les traits tirés et l'air un peu hagard. Il faudrait tâcher de régler l'éclairage de façon à estomper ses cernes noirs et son regard tourmenté. Le bonhomme paraissait secoué. C'était toujours la même galère quand il fallait interviewer les soldats quelques jours après un affrontement. Mais ce satané colonel faisait n'importe quoi pour passer au journal télévisé.

« Je disais qu'il n'y a pas grand-chose à raconter.

— Et vos camarades tombés au combat ?

— Laissez-les donc en dehors de cette mascarade, rétorqua Sergueï avec colère en revoyant le corps de Choura.

— Mais n'est-il pas important que les gens au pays comprennent ce que vous endurez ? Que vous luttez contre des sauvages ?

— Qu'est-ce que ça peut bien faire, à présent ? Nous allons bientôt rentrer. De toute façon, cette maudite guerre est perdue.

— Que dites-vous, lieutenant ? »

L'officier politique les dévisageait de toute sa hauteur. Sergueï se releva machinalement.

« Rien, camarade colonel.

— C'est bien ce qui me semblait. Mais il n'y a pas à discuter. Les désirs du camarade journaliste sont des ordres. Vous les exécuterez au doigt et à l'œil comme s'ils venaient de moi. Moi votre supérieur. Vous m'entendez ?

— Entendu, camarade colonel.

— Alors mettons-nous au travail. L'ambiance n'est pas bien gaie, dites-moi !

— Ça fait huit mois que nous sommes ici », répondit Sergueï sans savoir comment cette réplique lui était venue.

Le zampolit interrompit net sa volte-face et posa sur Sergueï un regard chargé de lassitude :

« Lieutenant, je me fous de savoir que vous êtes un héros de guerre. Sachez que l'insubordination est encore passible de peine dans notre glorieuse armée, même si la morale s'est quelque peu relâchée. » Après un temps d'hésitation, il ajouta d'une voix tonitruante :

« Faites ce qu'on vous dit ! C'est compris ?

— À vos ordres.

— À vos ordres qui ?

— À vos ordres, camarade colonel.

— Rompez. »

La sueur ruisselait sur son corps et ses mains tremblaient. Il ne comprenait pas les raisons de son malaise. Il regarda ses hommes ; leur mine sombre et farouche leur donnait une allure menaçante. Leur regard était vide, ils tripotaient nerveusement leur arme. En une heure, ils avaient perdu la moitié de leurs camarades. Le choc avait effacé le souvenir de huit mois de cohabitation belliqueuse sur le promontoire rocheux et ne leur laissait que les bons moments, un sentiment de solitude face à un univers hostile et la connivence d'avoir partagé la même ivresse meurtrière lors du raid dans le village.

La scène avait des allures de ballet insolite. Ils obéirent comme des acteurs exécutant docilement les instructions du metteur en scène. Louznikov les fit s'aligner, préparer la cuisine, hisser le drapeau, scruter aux jumelles les ruines du village ; prendre des poses viriles à côté de la mitrailleuse pendant que Sergueï envoyait un compte rendu radio à l'état-major. Mais quand le reporter les fit s'asseoir en cercle et leur demanda de chanter en s'accompagnant à la guitare, seul un son étranglé et fêlé monta de leur gorge serrée. L'officier politique devint vert de rage, mais rien n'y fit.

« Ça ne fait rien », dit Louznikov. Comme le colonel, il lançait des coups d'œil furtifs toujours plus fréquents vers le ciel, dans l'espoir de voir se profiler au-dessus des montagnes la silhouette salvatrice de l'hélicoptère. « Allez tant pis, prends un gros plan du groupe et pour le son, on bricolera autre chose. »

Pour finir, on les rangea au garde-à-vous sous le drapeau. Danilov se recoiffa et ajusta les décorations et les rubans de son uniforme.

« Prêt ? » lança-t-il à l'attention du reporter et du photographe qui opinèrent avec une moue d'ennui.

Danilov prit la pose et appela le lieutenant. Sergueï s'avança machinalement et se mit au garde-à-vous devant l'officier politique.

« Lieutenant Zaïkov, Deuxième Régiment de Parachutistes, je vous nomme Héros de l'Union Soviétique en récompense de votre bravoure au combat. »

Des relents d'ail et de vodka accompagnèrent le geste de Danilov qui se hissait pour accrocher le ruban au bout duquel pendait la petite médaille.

L'interview ne lui avait laissé aucun souvenir. Il s'était contenté de réciter les quelques formules creuses qu'il connaissait par cœur depuis la maternelle et qu'il avait rabâchées jusqu'à plus soif à l'école des paras ; la patrie, Lénine, les progrès du parti, sans oublier de faire humblement l'éloge de ses camarades. Le gros journaliste n'avait posé aucune question mais il avait pris soin de rester dans le champ de la caméra, devant le décor si pittoresque formé par les sacs de sable et la mitrailleuse lourde.

« Voulez-vous avoir la bonté d'expliquer la suite ? » demanda Danilov en s'adressant au reporter. Le photographe ricana.

« Comme vous le savez, lieutenant, nous préparons une série d'émissions intitulée "Je sers dans l'armée soviétique". »

Il était en nage et s'interrompit pour allumer une cigarette.

« Le camarade colonel est l'invité de l'une d'elles. Il nous manque quelques scènes de l'un de ces postes de combat qui ont joué un rôle décisif dans cette guerre. Nous aimerions que vous et vos hommes simuliez une attaque du poste. Le colonel prendra le commandement de la défense. »

Sergueï posa sur lui un regard interrogateur.

« Je ne comprends pas. »

Le photographe prit la parole :

« Bravant la fumée et les balles, notre valeureux colonel va mimer le simulacre d'une défense héroïque. Dans les studios douillets d'Ostankino, la racaille de la propagande se livrera à un savant montage pour offrir à la patrie éblouie le spectacle d'une nouvelle victoire bidon.

– Gardez vos commentaires pour un club de causerie. Lieutenant, faites ce qu'on vous dit ! » La figure du colonel était écarlate et ruisselante sous le casque.

Sergueï plaça ses hommes en position de combat. Il agissait comme un pantin dont on actionne les fils. Pour ne pas avoir à réfléchir, il exécuta à la lettre les instructions du manuel de l'école militaire, bien qu'il fût parfaitement suicidaire d'appliquer à ce type de guerre des théories héritées des grandes batailles livrées quarante-cinq ans plus tôt sur les steppes. Mais ni la réalité ni la vérité n'avait de rôle à jouer dans cette comédie. Sergueï appréhendait seulement la réaction de ses hommes ; il sentait qu'à la moindre provocation supplémentaire, aucun gradé ne sortirait d'ici vivant. Les tirs commencèrent.

« On la refait », dit le colonel en allant se placer près des sacs de sable avec les jumelles. Le photographe déplaça la caméra.

« Plongez une ou deux fois à l'abri, suggéra le reporter, mais avec sang-froid, voyez-vous. On va monter la séquence de l'assaut ici – des images d'un autre poste sous le feu. L'illusion sera parfaite. Vous restez vigilant mais vous maîtrisez la situation, en officier soviétique. N'oubliez pas que vous êtes un modèle pour vos hommes, même pendant un assaut. »

Le photographe déplaça sa caméra pour filmer sous un meilleur angle.

Sergueï se leva et s'écarta un peu. Ses sens étaient exacerbés. Il lui sembla voir les montagnes crever le ciel, pouvoir en goûter chaque grain de poussière et entendre le ruissellement du fleuve. Il se rappela les remous de la Moskova et la volupté avec laquelle, enfant, il s'y laissait glisser durant les chaudes journées d'été.

« Recule un peu, vieux. »

Le photographe le regarda, comprit et sourit. Il posa le magnétophone à côté du pied de la caméra, écarta d'une main autoritaire le preneur de son qui n'avait pas la moindre idée de ce qui se passait et, accompagnant ses mots d'une révérence moqueuse, il dit à Sergueï qui ajustait le canon de sa kalachnikov :

« Une fin honorable pour une guerre indigne… »

Caméra et magnétophone se disloquèrent sous le feu des balles et recrachèrent leurs entrailles électroniques sur les sacs de sable.

Le film de la vidéo se déroula comme un serpentin, jusqu'à ce que le vent afghan l'entraîne dans le vide vers le village fantôme.

3

Varsovie, un dimanche d'automne, sous un soleil radieux. Mais la lumière ne fait que souligner le délabrement de la cité et de ses façades dont les couches successives de peinture, qui semblent rongées par une lèpre incurable, s'écaillent et laissent pointer le spectre hideux de la misère. À l'ombre des maisons malades, des petits groupes de Polonais font commerce de tout, conserves, chaussettes et sous-vêtements féminins achetés à Berlin-Ouest pour une bouchée de pain. Les magasins de l'État sont vides et désertés. Les hommes rasent les murs en serrant leurs derniers zlotys dans le fond des grandes poches de leurs manteaux disgracieux. L'hiver approche et le vent est déjà chargé des relents pestilentiels de mauvais charbon. Bientôt, la suie et la neige enseveliront l'indigence matérielle.

Pourtant, Gerhard Nielsen, deuxième secrétaire de l'ambassade de Danemark et capitaine de réserve, attend joyeusement dans la foule qui s'est massée sur la place de la Victoire, les douze coups imminents de midi annonçant la relève de la Garde auprès de la tombe du soldat inconnu. Il regarde les maisons délabrées et le soin déployé pour en camoufler la décrépitude comme le signe infaillible de la fin prochaine du socialisme. Il n'était plus temps de s'interroger sur la façon dont le communisme — cette lamentable parenthèse de l'histoire du XXe siècle — allait s'éteindre mais uniquement de savoir quand sa ruine serait consommée. Il n'y en avait plus pour bien longtemps. La guerre froide entonnait son chant d'adieu, l'Ouest avait incontestablement gagné la partie. De Varsovie à Moscou, la décomposition du système crevait les yeux. Gerhard Nielsen se réjouissait avec les Polonais de leur liberté fraîchement conquise, bien que la victoire se payât chèrement par une pauvreté croissante. La purge qui permettait, durant cette phase transitoire, de passer d'une économie planifiée à une économie de marché, avait un goût plutôt amer, mais il fallait bien en passer par là. Ça finirait bien par s'arranger, pensait-il. À condition de tenir bon. Et en matière de privations, les Polonais s'y connaissaient. Gerhard ne décelait pas la moindre trace d'optimisme sur ces visages dont les traits trahissaient à la fois l'irréductibilité de la jeunesse et la lassitude de l'âge ; visages rebelles et en même temps cyniques, habitués à percer l'escroquerie et la corruption sous le masque lisse de chaque partisan du régime. La Pologne avait perdu ce ciment qui soude entre elles les communautés d'une société civilisée. Le pacte passé entre le gouvernement et la population était une fois de plus sur le point d'être rompu. Gerhard lisait leur résignation, leur mémoire intacte, leur peur. Les jeunes, des enfants dans les bras, faisaient des efforts vestimentaires désespérés et parfois réussis pour suivre la mode occidentale. Les quelques blousons turquoise apportaient une note de gaîté dans cette marée de drap gris et grossier. La matinée était splendide et une brise rafraîchissante chassait la pollution vers la mer Baltique et le Danemark, jusqu'en Suède où elle tuait toute vie dans les lacs et les forêts.

Gerhard Nielsen donc, accompagné de sa femme et de sa fille de cinq ans, attendait sur la place où quelques touristes se mêlaient aux autochtones ; les Américains descendaient généralement à l'Hôtel Victoria qui délimitait un côté de la place et les moins fortunés habitaient à l'Hôtel Europeïski, situé juste en face du monument où brûlait la flamme éternelle, hommage aux Polonais tombés pour l'indépendance durant un combat rude et séculaire. Officiellement, le monument avait été érigé à la mémoire des victimes de la Seconde Guerre mondiale. Pour les Polonais, il évoquait le fait que leur pays avait toujours été considéré par les Russes et les Allemands comme un simple instrument de leur politique ainsi qu'un vulgaire champ de bataille. Sur le troisième côté de la place siégeait le vieux bâtiment en béton d'Interpress, le quartier général de l'organe de propagande, où de vieux apparatchiks en complet soviétique s'efforçaient de comprendre la faillite du socialisme et l'effondrement de l'ordre ancien. Ils feuilletaient distraitement les œuvres de Lénine en fumant des cigares bulgares et tentaient de trouver un sens aux dépêches alarmantes de l'agence TASS qui tombaient sur leurs téléscripteurs. Dans les pièces voisines du rez-de-chaussée, leurs collègues plus jeunes regardaient CNN en fumant des Marlboro ou discutaient des prochaines élections et des opportunités d'embauche dans les nouveaux journaux privés.

« Lise, est-ce que tu connais l'histoire du valeureux Polonais qui sauva de la noyade une jeune fille belle comme le jour, prise au piège par les glaces d'un fleuve ? »

Elle lui adressa un regard bleu finement ourlé de rides et un tendre sourire. Il sourit à son tour. Elle secoua la tête.

« Mais si, vois-tu… la jeune fille était bien sûr une fée. Et comme c'était une bonne fée, elle offrit à son sauveur d'exaucer trois vœux. » Tandis qu'il marquait une courte pause pour ménager le suspense, les premières notes de la fanfare militaire retentirent. « Mon premier vœu est que la Chine occupe la Pologne. La fée est un peu surprise, mais soit. Mon deuxième vœu… Que la Chine occupe de nouveau la Pologne. La fée est d'autant plus intriguée. Et mon troisième vœu… »

« Papa, les soldats chinois arrivent ! » coupa sa fille en levant sur lui un regard comme seules les petites filles en ont pour leur père. À nouveau il se sentit comblé. Sa carrière filait comme sur des rails, il adorait sa femme qui de surcroît lui avait donné la plus délicieuse des enfants ; la couronne danoise leur permettait de mener en Pologne un train de vie de grands bourgeois et il n'était même plus nécessaire de changer des devises au marché noir. Dans les pays socialistes, le capitalisme pur et dur florissait mieux que nulle part ailleurs, et ce constat avait toujours amusé Gerhard. Tout y était monnayable pourvu qu'on offrît de payer en devise forte : cinq couronnes pour un dîner au restaurant, vingt-cinq pour une fille, cinquante pour une boîte d'excellent caviar russe.

« Non, ma chérie, ce sont des soldats polonais. Mais laisse-moi finir de raconter ma devinette à maman, veux-tu ? »

Il avait perdu le fil. La musique militaire se rapprochait et au lieu de s'intéresser à son histoire, Lise tendait le cou pour tenter d'apercevoir l'orchestre. Contrarié, il s'empressa de terminer :

« Mais oui, vois-tu, le troisième vœu du Polonais était encore que la Pologne soit envahie par les Chinois. Comme tu voudras, répondit la fée, mais pourquoi choisis-tu des vœux aussi étranges ? »

Gerhard savourait sa joie, néanmoins vaguement agacé par l'indifférence de son épouse, se reprochant déjà de n'avoir pas su raconter l'anecdote correctement. Lise se tourna enfin vers lui et demanda d'un ton distrait :

« Et pourquoi, mon chéri ? » Il voyait bien qu'elle était pressée d'en finir. La fillette aussi tiraillait vivement leurs manches pour les rappeler à l'instant présent.

« Parce que pour assiéger la Pologne trois fois, l'armée chinoise doit traverser en tout six fois la Russie, trois fois à l'aller et trois fois au retour. » Le rire un peu forcé de sa femme ne parvint pas à le dissuader qu'il avait manqué son effet.

« On me l'a racontée au ministère des Affaires étrangères » précisa-t-il pour donner à sa fable un certain panache. « Cela prouve une fois de plus que les Polonais ne portent pas les Russes dans leur cœur. Même dans les cercles officiels. »

Lise approuva distraitement. Il lutta contre un début d'exaspération qui se manifestait à chaque fois qu'on lui volait la vedette. L'idée qu'il pourrait raconter sa plaisanterie à l'ambassadeur le consola un peu. Il se promit au préalable de peaufiner les enchaînements.

« Et puis, comment comprendre un pays où les cours clandestins du zloty sont publiés dans les journaux officiels ? » reprit-il sans conviction et sans recueillir le moindre commentaire.

La fanfare militaire apparut à l'angle du Victoria. La musique avait presque un tempo de valse, beaucoup plus mélancolique et gracieuse que son modèle soviétique. Derrière elle, les soldats firent halte dans un claquement approximatif de talons. Ils portaient des fusils de parade et des bottes impeccablement cirées. C'était la première fois que Gerhard amenait sa fille voir la relève et il épiait ses regards éblouis. Le public se tut. Le drapeau fut mis en berne et les hommes se découvrirent tandis qu'on entonnait l'hymne national.

La fillette lâcha la main de son père et se mit à faire des bonds d'allégresse. Les deux soldats s'avancèrent vers la flamme au pas cadencé. Lise suivait attentivement la scène et Gerhard regardait le bâtiment d'Interpress et la ruelle qui menait vers le centre historique où ils iraient ensuite se promener, lorsqu'il sentit une légère pression sur son bras.

« Pourriez-vous m'accorder le privilège d'une brève audience, M. Nielsen ? » chuchota une voix à son oreille droite. Il mit quelques secondes à réagir car l'homme lui avait adressé la parole en polonais — un polonais pas tout à fait littéraire et mâtiné d'un léger accent russe, nota-t-il.

Gerhard se retourna vers l'inconnu, un quinquagénaire au visage insignifiant mais avenant, en manteau sombre et coiffé d'un chapeau mou ; il souriait. Gerhard lui demanda en polonais :

« Qui êtes-vous ?

– C'est sans importance. Mais vous pouvez m'appeler Micha. »

La relève commençait et Gerhard vit sa femme esquisser un sourire en voyant deux soldats se tamponner doucement et perdre un instant la cadence. Ça ne se serait jamais produit sur la place Rouge. Après quatre années de rigueur moscovite, Gerhard et Lise appréciaient le style moins rigide de la Pologne.

« Comment connaissez-vous mon nom ? » hasarda-t-il, inquiet. Il craignait d'avoir affaire à un agent provocateur et maudissait déjà la perspective de devoir rédiger un compte rendu. Il tenta d'attirer l'attention de Lise.

L'homme resserra son emprise et le ton se fit plus pressant.

« C'est sans importance, M. Nielsen. Vous devez transmettre un message aux gamins à Copenhague. Vous êtes un pro et vous savez ce que je veux dire. »

Gerhard Nielsen se targuait d'être un pro. Pourtant son cœur battait la chamade, comme lors des exercices de saut à l'école des officiers, où il devait surmonter sa peur pour la dissimuler aux autres.

« *Ladna* », dit-il enfin. Mais l'inconnu insista dans un polonais irréprochable :

« Aux gamins, n'est-ce pas, pas au service qui vous emploie.

— J'ignore de quoi vous voulez parler.

— Au chef en personne. Dites-lui que Micha a un message pour le Polonais qui ne chasse plus au Danemark. » Gerhard comprenait chaque mot mais le sens lui échappait. Le Russe avait dû choisir son porteur avec le plus grand soin et il devait savoir que ce dernier maniait la langue polonaise sans aucune difficulté.

« Entendu. »

L'homme souriait toujours mais Gerhard savait qu'il était attentif à d'éventuels spectateurs indésirables : les deux hommes se tenaient au coude à coude, mais ni plus ni moins que les badauds venus assister à la parade ; le Russe remuait à peine les lèvres et d'ailleurs, il aurait aussi bien pu bavarder avec le vieil homme au manteau élimé qui se tenait à sa gauche.

« Dites au Polonais que je me souviens de la légende de Siegfried et que je le rencontrerai près du Dragon.

— Nous aimerions savoir pourquoi.

— Pour qu'il puisse mettre un terme à sa chasse. Parce que Micha connaît le nom de l'homme qu'il cherche. Parce que Micha et Léna savent où se cache la pourriture dans le royaume de Danemark », dit le Russe en relâchant le bras de Gerhard. Celui-ci vit le petit homme trapu disparaître dans la foule, une foule d'hommes semblables à lui, en pardessus sombres et mal coupés.

« Qu'y a-t-il ? Qu'est-ce que tu as ? » demanda Lise. Gerhard ne répondit pas tout de suite, il mémorisait le message.

« Oh… tu sais bien… encore un qui voulait changer des devises.

— Il ressemblait un peu à Gorbatchev.

— Viens, maman, on va acheter une glace.

— C'est ça, ma chérie. »

Il se laissa entraîner en essayant vainement de comprendre ce qui s'était passé et de quoi ce Russe avait voulu parler.

4

À quarante-deux ans, Tom Gubrowski s'était habitué à se réveiller tôt. Cela tenait-il à la chaleur des tropiques ou à la peur de vieillir ? Il l'ignorait. Il songeait souvent à sa jeunesse et malgré ses efforts, il ne pouvait empêcher les souvenirs de hanter son sommeil et d'encombrer le présent. Le passé l'emportait toujours. L'avenir n'était pas digne d'intérêt : les choses ne pouvaient qu'empirer. La grasse matinée était le privilège de la jeunesse.

Il perçut un mouvement furtif dans un angle entre mur et plafond et vit le gekko apprivoisé se faufiler derrière le rideau, se retourner et le fixer de ses petits yeux vifs en dardant cette langue qui débarrassait sa chambre des insectes.

Bien qu'il se fût, comme d'habitude, réveillé de bonne heure, les sœurs étaient déjà levées et il entendait dans la cuisine leur jacassement strident se mêler aux autres bruits de Chiang Maï. Sous les tropiques, il avait trouvé confirmation que la vie et la mort se succèdent à un rythme effréné ; ici, la vermine venait à bout d'un cadavre plus rapidement qu'il n'en fallait à la vie pour se renouveler. Allongé sous la moustiquaire avec le drap rabattu jusqu'à la taille, il écoutait les bruits qui montaient du fleuve. Des femmes faisaient la lessive. À intervalles réguliers, leurs voix flûtées étaient couvertes par le bruit des moteurs hors-bord pointant comme une excroissance inutile sur la coque étroite des sampans, ces petits bateaux rapides qui avaient remplacé les vieux et élégants voiliers chinois. Il entendit le murmure de l'eau et, comme chaque matin en Thaïlande, il se sentit heureux et pas vieux du tout. La canicule et le travail entretenaient sa santé et sa ligne ; les nuits avec les sœurs, sa virilité.

Supatra apparut sur le seuil de sa chambre. Elle avait tressé sur sa nuque une longue natte de cheveux noirs et portait une tunique à fleurs. Elle étouffa un gloussement en cachant dans ses mains fines sa bouche un peu tordue qu'il trouvait plus ravissante que vraiment séduisante.

« Qu'y a-t-il ? » demanda Tom Gubrowski en anglais. Il aimait se réveiller seul et lentement. Les sœurs le savaient. Il eut de la peine en voyant la terreur qu'inspirait l'exaspération naissante du maître. Il représentait leur gîte et leur couvert. Au village près de la frontière, la famille vivotait grâce à lui. Elles savaient qu'elles n'étaient pas indispensables et que l'homme blanc n'aurait aucun mal à se procurer des remplaçantes. Elles étaient comme des chemises. La chaleur flétrissait prématurément leur jeunesse et les renouveler ne coûtait pas cher.

Supatra s'approcha et glissa une main sous le drap pour amadouer Tom. Il repoussa doucement son geste et redemanda, sans irritation cette fois, ce qu'elle voulait.

« Lady on her way. White lady ask for You. Old white lady stay at hotel, come last night. Ask for master. Will come here soon. »

Il lui sourit pour lui montrer qu'elle avait agi correctement. Il avait une vague idée de l'identité de cette dame. Il tenait à être averti de chaque visite. Par l'intermédiaire des sœurs, il disposait de tout un réseau de familles et d'informateurs qui voyaient et entendaient ce qu'il fallait voir et entendre dans la région. Il les avait chargées d'être ses yeux et ses oreilles.

Il se leva et sortit nu de la maison construite sur pilotis au bord du fleuve. La ville était si loin que le chant des oiseaux couvrait l'infernale pétarade des moteurs débridés des mobylettes. Il entra dans l'eau boueuse, ferma les yeux et s'imagina voir, sous ses paupières closes, une eau sanglante et limpide à la fois. Il sentit son corps s'éveiller. Supatra attendait avec un drap de bain ; il s'en enveloppa, regagna la maison, posa la serviette sur une petite chaise en bambou, enfila un short et entama son rituel matinal. Supatra, redevenue sérieuse, l'observait tandis qu'il exécutait ses trente pompes, ses trente redressements assis, ses exercices d'assouplissement du dos et des jambes. La chaleur chassait déjà la fraîcheur des pièces. Quand il eut fini, la sueur ruisselait par tous les pores de sa peau. Mais il aimait sentir son tonus musculaire intact, récompense de son autodiscipline.

Il adhérait à la croyance chinoise selon laquelle le corps est habité par des mauvais esprits et des vapeurs toxiques. Il reprit son souffle et entama son programme de taï-chi. A chaque enchaînement lent et mesuré, il sentait les vapeurs le quitter. Il s'était initié trop tard à cette discipline et reconnaissait qu'il n'atteindrait jamais le degré d'harmonie et de fluidité qu'il avait admiré dans les brumes matinales des parcs de Pékin.

Tandis qu'il se savonnait sous la douche, les sœurs préparaient le petit déjeuner. Chaque matin, en Thaïlande, il rendait grâce à la vie.

La maison de Tom était une habitation thaïlandaise traditionnelle : un plan carré sur deux niveaux, entouré d'une vaste véranda. Les pièces étaient claires, spacieuses et agencées de manière à laisser la brise circuler librement. Cette maison lui revenait moins cher qu'un studio dans la lointaine Europe.

Il s'attabla sur la terrasse où l'attendait son thé et un panier contenant des kiwis, des papayes et des mangues. Tout en mastiquant lentement, il pensa à la femme qui allait venir. Une Danoise. Elle lui annoncerait qu'il était rappelé au pays – comme si l'on pouvait quitter le paradis de son plein gré. Elle amènerait avec elle les fantômes du passé, les souvenirs et les échecs, et quoi qu'il fasse, elle dérangerait sa sérénité, elle ruinerait cet équilibre qu'il avait atteint en vivant selon les préceptes extrême-orientaux. Selon lui, les nations industrialisées – de l'Est comme de l'Ouest – ne se contentaient pas de polluer la planète, leur mode de vie empoisonnait aussi le corps et l'âme.

Il fut surpris de constater qu'elle avait eu le bon sens d'arriver par le fleuve au lieu de prendre, comme les touristes malavisés, un de ces taxis branlants et bruyants. Depuis la véranda, il la détailla comme s'il ne l'avait jamais vue, comme s'il s'agissait d'une parfaite inconnue et non pas d'un chaînon qui le reliait à son passé. Comme si elle n'eût pas d'emprise sur cette enfance où se forgent les liens qu'aucun adulte ne peut ensuite rompre tout à fait, même en partant s'installer à l'autre bout du globe.

Elle n'avait vraiment rien d'une vieille Européenne ; sa robe de coton ample et sa capeline à large bord lui donnaient fière allure ; ses bras nus étaient bronzés, ses yeux clairs, ourlés de rides séduisantes. Les sœurs la trouveraient sans doute démesurément grande avec ses longues jambes de fille nordique et sa poitrine généreuse, mais pour un Occidental, c'était une belle femme dans cet âge indéfinissable qui va de trente-cinq à quarante-neuf ans. Les ongles des mains et ceux des orteils dépassant de coûteuses sandales étaient laqués d'un vernis rouge sombre assorti au rouge à lèvres. Une femme d'affaires. Soignée. Sûre d'elle, même dans un environnement étranger. Les paupières étaient ombrées de vert mais la peau n'avait pas encore besoin de ce fard épais que l'on applique pour dissimuler les marques du temps. Elle mit pied à terre et gravit l'escalier à grandes enjambées, le bas de sa robe balayant les marches. Tom se leva et vint à sa rencontre. Elle lui sourit et le laissa l'embrasser sur la joue.

« Tu es bien loin de la patrie, dit-il.

— Toi, tu l'es depuis longtemps. Peux-tu m'offrir quelque chose de frais ? »

Il servit du jus de fruits avec des glaçons.

« Tu as une mine superbe, Jette.

— Tu as l'air plus jeune que lorsque tu as quitté le Danemark. La Thaïlande t'a fait du bien.

— Que viens-tu faire ici ?

— Tu n'as pas l'air bien surpris. »

Elle puisa dans son grand sac à main un paquet de cigarettes extra-longues et se servit.

« Je peux ?

— Si c'est la façon de te suicider que tu as choisie, ne te gêne pas pour moi.

— Un des Saints des derniers Jours, dit-elle en soufflant la fumée vers lui.

— L'ambassade à Bangkok m'a prévenu que Copenhague était sur le pied de guerre.

— C'est comme ça que tu vois la situation ? »

Il l'examina. Depuis combien d'années la connaissait-il ? Trente ans, peut-être plus… Elle reprit, comme si elle avait lu dans ses pensées :

« Nous avons grandi ensemble, ne l'oublie pas. Nous n'avons pas besoin de nous jouer la comédie.

— C'est vrai, nous avons été amants, tout de même. »

Elle éclata de rire. Un rire plaisant qui anima ses yeux gris et pétillants d'intelligence.

« C'était il y a bien longtemps. Je pensais plutôt à notre amitié.

— On n'oublie pas comme ça sa première maîtresse. As-tu oublié que tu m'as pris mon innocence ? Tu étais vieille. Tu avais au moins vingt ans, moi je n'en avais que seize.

— Grand nigaud ! Tu es bien sentimental. N'empêche, tu étais très mignon. Et je me sentais délicieusement dépravée. Mais pourquoi prends-tu ma visite pour une déclaration de guerre ? reprit-elle sur un ton de rendez-vous d'affaires.

— Que me veux-tu ?

— J'ai un boulot pour toi, répondit-elle sur le même ton efficace.

— Mon travail me satisfait amplement. »

Elle but une gorgée, se leva et se dirigea vers le balcon. Elle posa ses mains graciles sur le rebord et regarda le fleuve brun et ses petits esquifs. Une jonque solitaire à fond plat remontait tranquillement le courant. Il suivit son regard levé vers les cimes verdoyantes des montagnes perdues dans la brume, à l'horizon. C'est là-haut qu'il opérait, dans le Triangle d'Or. Et il n'était pas prêt à troquer son travail contre un emploi de bureau, dans un Copenhague noyé dans la grisaille de l'automne, où les démons de son inconscient referaient surface et le grignoteraient peu à peu, où les vapeurs toxiques envahiraient son corps et l'étoufferaient. Elle se retourna et s'adossa contre la balustrade.

« Tu n'as pas besoin de démissionner. Prends deux semaines de congé, et tu reviens ensuite. Nous payons le voyage et les frais. Si cela peut t'aider, j'en ai discuté avec la DEA* à Bangkok. Ils sont d'accord. Washington a donné son feu vert.

* Drug Enforcement Administration. Cette agence qui dépend du ministère de la Justice américain remplit à peu près les mêmes fonctions que la Brigade des Stupéfiants.

– Que fais-tu donc maintenant pour avoir le bras aussi long ?

– Je dirige le PET*.

– Et ton rêve, ce poste de commissaire dans le petit port de pêche ? »

Il tenta de piéger son regard.

« Le port ne va pas s'envoler. Mais tu n'as pas l'air impressionné !

– Mais si. Félicitations. Tu as fait du chemin. Et qu'en pense Ole ?

– Absolument rien. Je vis seule. »

Il se leva et alla se camper en face d'elle. Ils avaient presque la même taille – Tom n'était pas bien grand. Des gouttelettes de sueur perlaient sur sa lèvre supérieure mais, à part cela, elle supportait bien la chaleur.

« Ne viens pas me gâcher la vie, Jette. »

Elle reprit, imperturbable :

« Micha et Léna, ça te dit quelque chose ? »

Il acquiesça et il lui vint à l'esprit une vision absurde – Moscou sous la neige, et une odeur de choux et de charbon.

« Il veut te parler.

– Envoie quelqu'un d'autre. Je suis un policier, pas un espion. D'ailleurs, ce n'est pas du ressort du PET. C'est une affaire pour le FET**. Et

* Politiets Efterretningstjeneste. L'équivalent danois de la DST (Direction de la Surveillance du Territoire). Service de Renseignement chargé entre autres du contre-espionnage, rattaché dans les deux cas au ministère de l'Intérieur.

** Forsvarets Efterretningstjeneste. L'équivalent danois de la DRM (Direction du Renseignement Militaire). Ce service dépend dans les deux cas du ministère de la Défense.

en plus, on m'a flanqué à la porte, au cas où tu l'aurais oublié.

— Une mutation provisoire. Il ne veut parler qu'avec toi. Il dit que c'est important pour le pays si nous voulons trouver où se cache la pourriture dans le royaume de Danemark.

— Micha a toujours eu un faible pour Shakespeare. Comment êtes-vous entrés en contact ? Savez-vous qui il est ?

— Peu importe. Mais nous croyons savoir qui est ton Micha. Il nous a donné une information qui établit son accréditation.

— Tu as bien appris le jargon, dit Tom sans la moindre once d'ironie.

— Qui est-ce, d'après toi ? Il connaissait les procédures.

— Je te le dirai peut-être. Où dois-je le rencontrer ?

— À un endroit que toi et Micha connaissez : la légende de Siegfried. » Elle le fixa attentivement. Soudain, le visage et le regard de Tom n'exprimaient plus rien. Elle lui trouvait un air oriental et y décela un changement imperceptible, indéfinissable. Un mélange de cruauté et d'indifférence.

« Je sais de quoi il veut parler, dit Tom en émergeant de sa rêverie.

— Ton Micha nous a contactés oralement. Puis nous avons reçu une carte qui mentionnait une boîte aux lettres. Elle renfermait des informations sur un diplomate soviétique que nous avions à l'œil depuis longtemps. Pas un gros poisson, mais assez gros pour qu'on l'ait poliment prié de plier bagage. Deux Danois ont été suffisamment effrayés pour cesser d'espionner. Micha te demande de passer une annonce dans le *Trib*. Tu connais le lieu, il veut connaître l'heure. »

À nouveau, elle le fixa de son regard métallique. Il avait peine à s'imaginer qu'ils avaient couché ensemble. Plus d'une fois. Il se souvenait de cet été comme d'un long bonheur. Et de sa douleur comme d'un immense chagrin, quand elle avait choisi un garçon de son âge. Peut-être en avait-elle simplement eu assez de jouer avec lui. Pourtant, il lui savait gré de lui avoir permis d'acquérir la réputation d'un garçon expérimenté et de se défaire de sa timidité envers les filles de son âge. Cet été-là, ils avaient sauté le pas entre le flirt et la sexualité. Il n'aurait jamais cru qu'une fois franchi le cap de la quarantaine, le passé surgirait sans lui accorder aucun répit, comme si la vie réclamait un bilan à mi-parcours.

« Il a insisté pour parler avec toi. Et seulement avec toi, reprit-elle.

– Mais dis-moi, tu dois être la première femme nommée à la tête du Renseignement ? » répondit-il.

Elle eut un rire contagieux.

« Et crois-moi, la presse en a fait ses choux gras. La place ne m'était pas destinée, j'ai profité d'un désistement. Mon prédécesseur a mal tourné. Autant que nous sachions, c'était un accident. » À nouveau, elle l'observa attentivement dans l'espoir d'entrevoir sa réaction cachée sous une apparence sereine.

Supatra entra, suivie de sa sœur. Elles ressemblaient à deux petites poupées délicates. Tom vit avec satisfaction que Jette s'efforçait de les ignorer.

« Jeep come soon, master », dit Supatra qui prenait toujours la parole et ne badinait pas avec son rôle de maîtresse de maison.

« O.K. »

Elles pouffèrent de rire ; il leur était presque impossible de détourner le regard de la géante. Il savait qu'elles la trouvaient laide, énorme et malodorante. C'est en partie le jugement qu'elles avaient de lui. Mais il les entretenait et, au terme d'une année à son service, elles avaient fini par s'habituer à son physique.

Jette les ignorait toujours :

« J'ai trouvé une note dans les papiers personnels de mon prédécesseur. Elle disait seulement que si Micha faisait surface, il fallait penser au Polonais.

– Et c'est moi que tu viens trouver ?

– J'ai pensé que tu avais plus de raisons qu'un autre d'être intéressé, que tu aurais peut-être envie de reprendre du service.

– Pourquoi les chats échaudés ne craignent-ils pas l'eau froide ? » répondit-il. Il avait très envie d'une cigarette mais refoula mentalement ce désir.

« Ça ne vaut pas pour toi. Tu es rancunier de nature. »

Il la dévisagea. Son regard gris anthracite était insondable, mais elle sourit comme pour adoucir le mordant de sa remarque. Elle jonglait subtilement avec leurs souvenirs. Et il devait prendre garde que le passé ne devienne carrément une obsession.

« Micha était un ami.

— Mon prédécesseur l'était aussi. Tu as appris qu'il était mort, n'est-ce pas ?

— Je lis les journaux. D'ailleurs, il y a un an de cela.

— Tu as le cœur sec. Tu n'as pas changé, dit-elle sans méchanceté.

— Je dois aller travailler ; tu veux m'accompagner ? Ce n'est pas de tout repos.

— Je ne suis pas une gamine, rétorqua-t-elle en prenant une autre cigarette.

— Je peux te prêter un uniforme. En retroussant les manches, ça devrait aller. »

Il hésita un instant avant de poursuivre :

« Comment Micha vous a-t-il contactés ? »

Elle lui lança un regard triomphateur.

« À Varsovie. Il a enfreint toutes les règles et nous n'arrivons pas à comprendre ce qu'il veut. Nous ne sommes même pas sûrs de savoir qui il est et pour qui il travaille… Mais nous comptons sur toi pour tirer cette affaire au clair. »

La jeep qui emportait Tom, Jette et le petit colonel thaïlandais en uniforme vert du troisième corps d'armée entra dans la jungle, suivie de trois Land Rover ayant à leur bord l'infanterie en armes. Tom nota que Jette s'accommodait fort bien de la chaleur. Il avait présenté son accompagnatrice comme l'un des responsables de la Brigade des Stupéfiants à Copenhague, mais cela n'avait pas tant vaincu la méfiance du colonel ni suscité l'admiration de ce dernier que lorsqu'elle lui avait demandé de lui prêter une casquette. Après quoi elle s'était rangée sous ses ordres, si l'on peut dire, car elle le dominait d'une demi-tête. La route goudronnée serpentait à travers les cols montagneux du Triangle d'Or. L'air fraîchissait. Les bruits de la jungle couvraient celui du moteur. En voyant un convoi d'éléphants lourdement chargés se dandiner à leur rencontre sur le bord de la route, Jette se cramponna au bras de Tom. Assis à califourchon, les cornacs, torse nu, piquaient les oreilles dentelées des pachydermes avec des bâtons minces comme des allumettes. En croisant les voitures, ils saluèrent en riant. C'était comme un mirage, une apparition surgie d'un passé lointain.

Deux hélicoptères les attendaient dans une clairière et ils s'envolèrent vers la pointe septentrionale du Triangle d'Or.

Tom expliqua, un doigt pointé sous leurs pieds :

« Ici confinent les unes aux autres les frontières de la Thaïlande, du Laos et de la Birmanie. Les États n'exercent aucun pouvoir sur cette région. La loi du fusil prévaut. Et celle des barons de l'opium. La came que les dealers revendent aux épaves humaines de Istedgade vient d'ici. Ici commence la chaîne alimentaire ; les premiers deviennent milliardaires et les derniers sont des morts en sursis. Les quantités interceptées sont insignifiantes. Une véritable farce. »

Il criait presque pour surmonter le vacarme des hélices. De temps en temps, l'engin survolait une clairière juchée de huttes rondes entourées de champs cultivés. Des enfants en guenilles les saluaient de la main. Les visages des adultes étaient cachés sous de grands chapeaux ronds en raphia. Ils virent aussi des terres en friche hérissées de troncs calcinés, comme des poteaux télégraphiques brisés.

« Ici, le pavot est roi. On brûle la forêt pour démarrer de nouvelles plantations. Les agriculteurs appartiennent à l'ethnie des Méos. Ils se font exploiter par tout le monde : les barons de l'opium birmans, les intermédiaires blancs. Ils reçoivent peut-être dix couronnes danoises par kilo d'opium brut récolté, revendu pour cinquante mille dollars sous forme d'héroïne. Mais c'est leur unique moyen de subsistance. Le pavot est aux Méos ce que le bison fut aux Indiens d'Amérique. Ce ne sont pas eux les coupables, mais les marchands de mort blancs. »

Cette formulation la fit éclater de rire, mais elle vit que le visage de Tom était grave et tendu. Elle y lisait pourtant une joie puérile, celle de survoler en hélicoptère une terre inhospitalière, comme dans un film d'Indiana Jones. Tom valait mieux que cela. Cette prétendue mission délicate était à la portée d'un vulgaire caporal.

Ils se posèrent dans une clairière. Il y avait là une vingtaine de huttes d'apparence neuve et bien entretenue. Une nuée d'enfants entoura les appareils. Tom, Jette et le petit colonel descendirent.

Un homme blanc de grande taille, barbu et chaussé de lunettes non cerclées, vint à leur rencontre et se présenta :

« Gene Jackson, mission de l'ONU. » Tom lui présenta Jette : Mrs Jansen, haut responsable de la Police à Copenhague, venue étudier les méthodes de travail de la Drug Enforcement Agency.

Jackson observait Tom avec une morgue qui déconcerta Jette, car les deux hommes semblaient professionnellement en bons termes. Mais pour le reste, le courant ne passait pas.

« Chère Mrs Jansen, dit le haut fonctionnaire des Nations Unies, sur ce site, nous essayons d'encourager les Méos à cultiver des plants de café au lieu du pavot. Nous sommes bien conscients de ne pouvoir les priver de cette ressource sans leur fournir une culture de substitution. Hélas, l'opium est tellement plus lucratif. Et en plus des paysans, il nous faut aussi convaincre la DEA et le gouvernement thaïlandais du bien-fondé pourtant évident de cette démarche. »

Il lui fit faire le tour du propriétaire à la manière d'un guide qui promène un groupe de touristes. Jette trouvait l'endroit artificiel, comme un village de poupée, trop neuf et trop coquet, et les jeunes caféiers entourés de plates-bandes d'orchidées lui donnaient l'impression de visiter la serre d'un jardin botanique, sur fond de bruits de jungle préenregistrés. Mais comme tous les idéalistes, Jackson était incapable d'y voir une quelconque supercherie.

On leur servit du thé et des jus de fruits. L'épouse de Jackson, le visage flétri avant l'âge, avait pour son mari des regards craintifs en apportant les boissons et les petits-fours.

« C'est presque trop beau, hasarda Jette en anglais.

— Well, cela est vrai. Mais c'est un début, une première expérience, qui fera peut-être école, avec le temps, si nous continuons à recevoir les crédits nécessaires au financement de ce projet. »

Gene Jackson buvait son thé avec l'affectation d'un pasteur. Ses paroles résonnaient comme un sermon d'église.

« Mais les champs de pavot se trouvent à peine à cinq cents mètres d'ici, objecta Tom, et les Méos connaissent la valeur de cette plante. Depuis plusieurs générations, elle leur fournit médicaments, toitures, outils et argent. Le cours du café fluctue. Celui du pavot est stable. Sa clientèle aussi. De l'opium brut enterré dans le jardin vaut mieux qu'un placement bancaire. »

Jette sentit à nouveau une tension entre les deux hommes.

« Le Seigneur nous donnera la force de rester optimistes, répondit Jackson en évitant le regard de Tom.

– Gloire à Dieu au plus haut des cieux, répliqua celui-ci très sèchement. Seulement voilà : à Bangkok, nos amis thaïlandais ont décidé de faire tomber des têtes, et mes employeurs bien-aimés de la DEA les approuvent. Le premier ministre thaïlandais doit se rendre en visite officielle à Washington. Là, on aime se prononcer sur des résultats concrets, donc, nous passons à l'action aujourd'hui. Ces chers politiciens en veulent pour leur argent. Un trafiquant mort vaut plus que trois plants de café.

– La violence n'est pas une solution. Il faut résoudre les problèmes sociaux par des actions de même nature.

— Je ne vous le fais pas dire, rétorqua Tom. Et pendant que vous y réfléchissez, nous nettoyons un peu la planète de sa racaille.

— Et vous retardez notre travail de six mois, quand nous essuyons des représailles et que les paysans de mon village abandonnent une fois de plus leurs maisons.

— Notre mission n'est pas de comprendre mais d'obéir jusque dans la mort, récita Tom avec une emphase voulue.

— You are full of crap, Gubrowski. » Jette fut tellement surprise d'entendre jurer ce personnage aux manières si puritaines qu'elle en avala son thé de travers. Tom dut lui tapoter le dos pour calmer sa toux.

Ils regagnèrent les hélicoptères. Jette se retourna et vit Jackson, un bras autour des épaules de sa femme, au milieu d'une flopée d'enfants en chemises bariolées. La chaleur pesait sur la clairière et de gros nuages noirs chargés de pluie s'amoncelaient au-dessus des arbres.

« Vous filez le parfait amour, dit Jette.

— Il ne peut pas me souffrir parce que je couche avec les deux sœurs. Il trouve cela immoral.

— Moi aussi, pour être franche, trancha-t-elle sèchement.

— Il vaut mieux que tu restes ici. Ça ne va pas être bien joli à voir.

— Je te répète que je suis une grande fille.

— Comme tu voudras, conclua-t-il en pressant le pas, de sorte qu'elle dut presque courir pour pouvoir le suivre.

Le colonel montra l'itinéraire au pilote sur un croquis grossier. Les deux hélicoptères dépassèrent une crête et descendirent côte à côte dans une clairière identique aux autres. À la lisière du bois, Jette vit défiler un convoi d'ânes et de mulets, sous la surveillance de sentinelles armées. Celles-ci détalèrent à la vue des engins. Les soldats bondirent à terre, se déployèrent en triangle et ouvrirent le feu. Jette trouva le vacarme des tirs assourdissant. La fumée lui brûlait la gorge. Son estomac se noua et elle se mit à trembler.

« Nous restons là », dit Tom en l'attirant à lui. Deux sentinelles du convoi gisaient déjà à terre. Jette ne savait pas que les ânes pouvaient crier. Leurs braiments terrifiés couvraient le martellement des tirs automatiques. Elle regarda Tom ; son visage était blême sous le hâle. Les soldats avancèrent vers le convoi en jetant des grenades dans les cases qui s'enflammèrent aussitôt. Le vent rabattit une odeur de poudre, fade et écœurante. Jette vit les habitants du village s'engouffrer dans la jungle. Les soldats les laissèrent s'enfuir ; ils préféraient concentrer leur assaut sur les sentinelles du convoi. Deux d'entre elles ouvrirent le feu et furent aussitôt fauchées par les balles. Les trois autres se rendirent. C'était terminé.

Tom relâcha Jette. Elle tremblait toujours et de la salive écumait aux commissures de ses lèvres.

« Je ne te comprends… comment peux-tu supporter de faire un boulot pareil ?

— Je suis un simple observateur. Je n'ai pas à intervenir dans les combats.

— Tu es un salaud.

— Je t'avais prévenue. »

Elle détourna la tête, les yeux pleins de larmes.

« Les Thaïlandais ont été à bonne école. Ils ont appris des Américains. La tactique a été mise au point durant la guerre du Vietnam. On l'appelle *search and destroy.* »

Elle ne répondit pas. Le vent tourna et chassa la fumée. Les soldats arrosèrent la clairière d'essence : les champs où les petites fleurs blanches se balançaient sur leurs longues tiges, les ânes morts et leur chargement, la pâte brune de l'opium brut. Toutes les cases étaient en flammes. Puis ils se retirèrent, un large sourire aux lèvres. Leurs visages étaient noirs de fumée. Jette les détestait. De sa place, ils ressemblaient à des adolescents, mais ils tenaient leur fusil M-16 avec une assurance de militaires chevronnés.

Le colonel s'avança, un Colt Commando à la main. Il n'avait pas participé à l'action, il l'avait filmée avec un caméscope de poche japonais. Il ajusta son arme et tira une grenade éclairante au-dessus des ânes, rechargea et tira une seconde grenade au-dessus des champs. La clairière explosa en un formidable brasier. Puis il fit demi-tour et se dirigea vers Tom et Jette. Son visage n'exprimait rien.

Jette Jansen vit qu'on poussait les trois prisonniers dans l'un des hélicoptères. Leur chute fut brutale, leurs mains liées dans le dos les empêchant d'amortir le choc.

« Cela fera d'excellentes images pour l'apéritif à l'ambassade américaine de Bangkok, ce soir. Et montées avec un commentaire, elles feront un tabac en *prime time* chez les Yankees, dit Tom.

– Je rentre au Danemark, répondit-elle. Avec ou sans toi.

– Je t'accompagne. J'ai besoin de souffler un peu. Du reste, j'ai lu dans les journaux que notre bonne vieille Europe était en train de faire peau neuve. Et que les vérités que nous avions cru éternelles ne valent plus un rouble. »

5

Ils dînèrent en silence. Tom Gubrowski se garda bien d'égayer l'humeur de sa cavalière. Il éprouvait malgré lui une certaine satisfaction à observer la nervosité de Jette. Sa joie croissait à chaque nouvelle gouttelette de sueur perlant au-dessus de sa lèvre supérieure impeccablement maquillée. Il savourait son malaise qui trahissait son impuissance à faire face à une situation inconnue. Elle avait grandi dans un pays de contes de fée et elle était habituée à blesser avec des mots et du papier. Il savait qu'elle devait la réussite de sa carrière à un mélange de compétences, de ruse, de calcul, à ses amitiés politiques et à une bonne dose de culot. Elle ne lui inspirait aucune pitié. Presque vingt-cinq ans plus tard, il prenait enfin une petite revanche. Il ne tenait qu'à lui de l'arracher à la torpeur dans laquelle l'épisode de la clairière l'avait plongée, mais il préférait attendre : sitôt qu'elle serait remise, l'interrogatoire commencerait.

Ils étaient attablés au restaurant de l'hôtel où elle était descendue. De très jeunes serveuses thaïlandaises au corps moulé dans des pantalons rouges et des brassières minuscules circulaient à pas feutrés avec les plats. Un orchestre distillait une douce musique d'ambiance. Les murs étaient décorés de bouquets d'orchidées artistiquement composés. Des touristes américains aux vêtements criards bavardaient bruyamment en dévorant des assiettées de poisson délicatement grillé et savamment épicé. Les portes grandes ouvertes sur le jardin laissaient entrer la rumeur de la ville qui résonnait derrière le mur. Pétarade des scooters, vrombissement des moteurs Diesel, supplications des mendiants, jurons des ivrognes et boniments des vendeurs à la criée se mêlaient confusément aux rengaines sirupeuses des musiciens en smoking. L'air était moite et étouffant.

Jette prit l'orchidée solitaire qui trônait dans une bouteille vrillée au milieu de la table. Les fragiles pétales violacés frissonnèrent sous ses doigts.

« L'Asie ne m'a jamais attirée, dit-elle. Je préfère l'Europe grisâtre et fonctionnaliste. Les contrastes sont trop grands ici. La beauté est trop belle. La violence trop brutale. »

Elle caressa délicatement la fleur.

« Il y a trop de tout. Trop de gens. Trop de pluie. Trop de violence. Il fait trop chaud et même la beauté n'a pas le sens de la mesure. Cette orchidée est belle, toute seule. Mais elle devient insignifiante si j'en vois des dizaines sur les murs ou des centaines dans la jungle. Ce qu'il me faut, c'est un jonc d'oyat, un hêtre, un ciel gris, une pluie fine et seize degrés. »

Elle reposa la fleur et éclata d'un rire nerveux.

« Je dis n'importe quoi. Je viens de vivre une journée longue et peu ordinaire.

— Je voudrais t'emmener quelque part.

— J'en ai assez vu pour aujourd'hui.

— C'est un endroit calme. Et amusant.

— Je doute que nous partagions le même genre de distraction. »

Ses yeux commençaient à retrouver leur éclat, disparu depuis le retour de la jungle.

Pendant le café, ils s'en tinrent à des sujets de conversation anodins. Tom prit des nouvelles de leurs fréquentations communes, de la bande de copains devenue cercle d'amis, des étudiants et des collègues de travail gravitant à la périphérie de leur vie. Tom se vit confirmé un pressentiment : les gens de sa génération avaient soit mal tourné, soit accédé à des postes influents, surtout dans les universités et les administrations de ce pays si bien organisé et aux routes si bien asphaltées.

« La plupart ont fait du chemin. Quand les plus doués ont abandonné leurs rêves de révolution pour se consacrer à une carrière, le monde s'est offert à eux, dit-elle.

— À t'entendre, cette reconversion s'est déroulée sans le moindre accroc. »

Elle rit :

« Au contraire, elle a laissé des séquelles bien visibles : ulcères, divorces, traites à payer, cures antitabac, peur de vieillir !… »

Ils rirent et il vit combien elle était encore belle, plus belle que dans leur jeunesse, sans sa chevelure en désordre ni son gros chandail islandais.

« Suis-moi », dit-il en écrasant sa cigarette.

Ils n'avaient pas fait cent mètres que le ciel se déchira et qu'une pluie torrentielle s'abattit en martelant la terre. Il l'entraîna par une porte et ils pénétrèrent dans un local mal éclairé. Trois Thaïlandais installés à une table ronde buvaient des bières en bouteille. Une cinquantaine de jeunes filles en maillot deux-pièces et au maquillage très chargé attendaient derrière une vitre. Quelques-unes bavardaient entre elles mais les conversations étaient étouffées par l'épais vitrage. La plupart se taisaient et renvoyaient des regards maussades à un groupe d'Occidentaux. Elles portaient un numéro autour du cou.

« C'est pitoyable, dit Jette. C'est comme ça que la Thaïlande expose la marchandise dans ses bordels ? Évidemment, c'est plutôt commode. »

Tom la regarda. Elle semblait avoir recouvré son assurance.

« Cet endroit me rappelle le bureau. Et tu pensais vraiment que j'allais trouver cela amusant ?

— Pas du tout. C'était pour nous mettre à l'abri de l'orage.

— Eh bien, nous n'avons qu'à prendre un taxi », dit-elle en gagnant la sortie.

Il lui emboîta le pas ; au même instant, l'un des touristes occidentaux, ayant arrêté son choix, se dirigea vers la table des Thaïlandais pour réserver un numéro.

L'orage avait cessé aussi subitement qu'il avait éclaté. Tom héla un de ces bruyants scooters qui avaient remplacé les pousse-pousse et les poussettes à vélo. Sans échanger une parole, ils filèrent dans l'obscurité saturée d'humidité, puis quittèrent la route principale pour emprunter la berge du fleuve vers les quartiers est de la ville. Sur les contreforts des montagnes on distinguait d'imposantes villas entourées d'épaisses murailles.

« C'est là que se terrent les commanditaires, comme vous diriez au Danemark », dit Tom. Il parlait fort pour couvrir les crachotements du pot d'échappement.

« Ce sont les Chinois. Les commerçants. Les nantis. Ceux qui s'enrichissent du labeur des misérables paysans Méos. Si j'en coinçais rien qu'un seul, j'aurais l'impression d'avoir apporté une contribution honorable.

— Mais c'est impossible.

— Un jour, peut-être. Les filières s'étendent jusqu'à Londres et Amsterdam mais leur réseau n'est plus aussi étanche qu'autrefois. Et le gouvernement thaïlandais se montre de plus en plus coopératif. Mais l'argent continue de dicter sa loi. Ici comme ailleurs.

— Très instructif, Tom. Très édifiant ! Et quelle noblesse d'âme ! Mais ce n'est pas de cela que nous devons parler, n'est-ce pas ? Nous devons parler d'un certain Micha et d'un espion que tu dois débusquer. Tu n'es pas un héros, Tom. Mais ce sont les fox-terriers qui font sortir les renards de leur tanière, pas vrai ? »

Il s'adossa contre le dossier rigide, elle le regarda puis s'étira de toute sa longueur, de sorte que la pointe de ses seins se tendit impudiquement sous l'étoffe légère de sa robe…

« Nous sommes bientôt arrivés », dit-il.

Sous les plafonds bas de la pièce, d'odorants bouquets d'orchidées ornaient les murs et sur chaque table trônaient quelques fleurs dans un cygne rose en verre dépoli. L'orchestre acheva un vieux tube des Doors et enchaîna sur *Norwegian Wood* des Beatles. Ils s'assirent l'un en face de l'autre. De jeunes Occidentaux écoutaient la musique en buvant de la bière et du whisky. Des effluves épicés d'encens et d'opium flottaient au-dessus des tables.

Jette éclata de rire.

« Comment s'appelle cet endroit rescapé d'un autre âge ?

— Sweet Room. »

Elle rit encore.

« Ce nom lui va comme un gant. Une vraie petite oasis des sixties. »

Elle alluma une cigarette.

« Qui a bien pu oublier de fermer un établissement pareil ?

— Un vieil hippie américain. Dans sa jeunesse, ce bistrot était une étape obligée sur la route de Katmandou.

— On en deviendrait presque nostalgique.

— Allons, tu ne t'es jamais vraiment sentie concernée par ce mouvement.

— Pas réellement, non… Je voulais décrocher mon diplôme. Mais j'ai eu moi aussi mes années d'innocence, avant que le marxisme ou le désespoir ne vienne tout gâcher. Quant à toi, tu étais encore plus marginal que la moyenne. »

Une jeune serveuse thaïlandaise arriva avec leurs commandes — deux Mékong — et il fut dispensé de répondre. Il vida le flacon de whisky chinois dans un grand verre rempli de glaçons. Le chanteur entonna : « *Give me a ticket for an aeroplane, ain't got time to take a fast train.* »

« Qu'entends-tu par marginal ?

— J'ai jeté un œil sur ton dossier. Je me souvenais de beaucoup de choses, mais tout de même... »

Elle le dévisagea avec un regard inquisiteur.

« Alors que tous les autres voulaient devenir éducateurs, aller à Katmandou ou étudier la sociologie en fac, tu as appris le russe et tu es parti vivre une année à Moscou...

— Tu oublies que la plupart voulaient la même chose que toi : réussir leurs examens et prendre du bon temps. Au diable la morale et les valeurs bourgeoises. Vive l'amour libre et la pilule. Bon sang, nous avons été gâtés. C'était le pied, comme on disait alors. Il n'en reste pas grand-chose. »

Elle alluma une nouvelle cigarette.

« Revenons à Moscou. Alors que tout le monde se proclamait objecteur de conscience, tu faisais ton service comme officier interprète.

— Tu oublies que ce que les médias décrivent aujourd'hui comme le mouvement idéologique de toute une génération ne concernait en réalité qu'une minorité. J'appartenais à la catégorie des types normaux. Le reste relève du mythe.

— Quand les autres lisaient Marx et Lénine, Che et Ho, et pouvaient citer Castro et Mao, tu étudiais la philosophie extrême-orientale, Kant, Spinoza et Nietzsche.

— Tu oublies que la plupart ne lisaient rien du tout. À part leurs leçons. Des ouvrages spécialisés, si tu préfères.

— Puis tu es devenu flic.

— Comme toi.

— J'ai une formation universitaire. Je suis sortie première de ma promotion de droit. »

Elle alluma une autre cigarette et il chassa la fumée avec un geste agacé. Elle reprit :

« Tu étais brillant. Cela t'a valu des avancements rapides. Puis, nouveau coup de théâtre, tu as choisi le renseignement militaire. Pour finir, tu es officier de liaison à la DEA. Et te voilà en Thaïlande. Célibataire. Solitaire. Bizarre.

— Tu arranges un peu l'histoire à ta façon. »

La chanson se termina, saluée par des applaudissements épars. La clientèle — presque toute l'Europe de l'Ouest était représentée — était occupée à manger des hamburgers. Une note florale se répandit dans le local enfumé ; un garçon d'une dizaine d'années était entré, des couronnes de fleurs au bras, et du seuil de la porte il lança un regard circulaire sur les petites tables de bistro. Un jeune Thaïlandais prit place sur le podium près d'un micro et accorda sa guitare sèche. Avec ses cheveux noirs, mi-longs et bien peignés, il ressemblait aux Beatles des premières affiches, quand ces derniers portaient encore des cravates et saluaient le public entre chaque numéro.

« Tu te souviens du groupe de rock que nous avions formé, Pelle, Morten et moi ? reprit-il. Comment va Pelle ? Est-ce que tu le vois toujours ?

— Qui est Micha ?

— C'est pour me demander cela que tu es venue jusqu'ici ?

— C'est moi qui pose les questions.

— Ah, vraiment ? Tu t'es personnellement déplacée parce que tu sais qu'une taupe a infiltré le système au plus haut niveau, si haut que tu n'oses pas renvoyer l'affaire devant la commission ? »

Elle ignora sa question et sirota une petite gorgée de whisky dont l'âpreté lui arracha une légère grimace.

« Ou bien parce que le Danemark s'est doté d'une petite commission parlementaire chargée de surveiller les gamines et les gamins du FET et du PET ? Et nous savons tous que les hommes politiques sont plus fouineurs qu'une meute de chiennes en chaleur, n'est-ce pas, Madame la patronne du Renseignement ? »

Tom comprit qu'il approchait de la vérité. Jette semblait un peu secouée ; il savait qu'il ne devait pas la sous-estimer.

Le vendeur se dirigea vers une Hollandaise. Elle lui acheta un collier de fleurs puis se leva et gagna la scène d'un pas aérien. Tom suivait du regard les mouvements chaloupés de ses hanches sous la longue robe de soie imprimée. Elle passa doucement la couronne autour du cou du chanteur, adressa un sourire vers la table de ses amis, puis chuchota quelque chose à son oreille. Il acquiesça en souriant, avant d'entonner un vieux tube de Dylan.

« Cesse de rêvasser et réponds-moi : qui est Micha ? »

Il but une longue rasade de whisky. Les glaçons avaient un peu fondu et il sentit le liquide frais et amer couler dans sa gorge et son ventre.

« C'est un ami. Son véritable nom est Mikhaïl Alexandrovitch Zaïkov. Nous nous sommes rencontrés à Moscou vers 68. C'était notre mécène, en quelque sorte. Il était un peu plus âgé que nous mais il fréquentait de nombreux artistes. Léna était sa fiancée. Elle et moi avions le même âge, vingt ans. Une beauté. Elle écrivait des poèmes et rêvait d'un monde où le socialisme chrétien aurait triomphé. J'ai revu Micha quatre ou cinq fois depuis. Si tu as lu mon dossier, tu as dû y trouver les comptes rendus de nos rencontres. Je n'en suis pas sûr, mais je crois qu'il travaille pour le GRU* aujourd'hui.

— Pas le KGB ?

— Non, peut-être à l'époque. Mais je ne puis rien affirmer. Il est ingénieur de formation. Je pense que ses talents conviennent mieux à la technologie qu'aux hommes. Ce n'est qu'une intuition, bien sûr. Voilà, tu connais son nom. S'il n'est pas fiché chez vous, il l'est certainement à Langley ou à Londres. Peut-être apparaît-il dans les débriefings de Gorievski. Dans ce cas, adresse-toi au MI-5**. Zaïkov opérait à partir de la Pologne et de la RFA, il fouinait dans les usines suédoises et danoises. Peut-être était-il chef d'un réseau scandinave. Norvégien, dirais-je.

— L'as-tu utilisé dans ton travail ? »

Il fit non de la tête.

« Pas plus qu'un journaliste qui glane des infor-

* Service de Renseignement de l'Armée Rouge, rival du KGB.

** Military Intelligence Bureau 5. Service du contre-espionnage britannique rattaché malgré son nom au ministère de l'Intérieur. Équivalent de la DST.

mations auprès de ses collègues. Nous avons exploité nos connaissances respectives, en toute sérénité. Rien d'opérationnel.

– Ce n'est pas un peu louche, cette relation ?

– Notre amitié est antérieure à nos choix de carrière.

– En es-tu bien certain ?

– Non. Mais il ne s'est jamais servi de moi, si c'est ce que tu veux insinuer.

– Je n'insinue rien du tout. »

Il l'observa pour tenter de deviner ses intentions. Elle paraissait se demander s'il fallait prolonger l'entretien.

Tom prit les devants :

« J'étais sceptique à l'époque. Micha, Léna et moi restions des nuits entières à discuter. De la vie. De nos ambitions. De la paix. D'un monde sans frontières. Nous mettions de l'ordre dans nos petites vies en descendant des litres de thé. Nous lisions Tolstoï et Dostoïevski. Ils m'apprenaient des grivoiseries en russe. Nous étions jeunes et naïfs, mais nous nous sommes bien amusés. » Il but une autre gorgée avant de poursuivre. « Micha et moi savons à quoi nous en tenir. Nous cultivons chacun pour soi ce souvenir heureux. C'est comme une oasis, un refuge hors du temps. Le temps nous a rendus sentimentaux. That's it.

– C'est une bien jolie histoire, Tom. Émouvante, avec ça.

– Si tu as lu mon dossier, tu dois savoir de quoi je parle. Tout cela figure dans mes comptes rendus consacrés à Mikhaïl Zaïkov. Et tu n'avais pas besoin de venir jusqu'ici pour apprendre que Micha est le diminutif de Mikhaïl. Un étudiant en première année de russe t'en aurait dit autant. Tu n'as qu'à lire mes comptes rendus.

— Ceux que tu as rédigés ?

— Mais naturellement.

— Bien sûr. Je me demande s'il est possible de se faire servir un drink convenable, ici. »

Elle appela un serveur.

« Un gin tonic. »

Sa manière froide et distante de renseigner son entourage l'irrita. Comme l'on entrouvre à contrecœur le couvercle d'une boîte à biscuits pour économiser le contenu. La profession se nourrissait de mensonges, de doutes, de vérités fragmentaires. Un problème résolu suscite dix interrogations nouvelles. Tel est le rêve de tout bureaucrate. Tout étant protégé par le sceau du secret, les acteurs peuvent prolonger indéfiniment la partie, à l'abri des regards indiscrets. Il fallait bien que, des deux côtés, les politiciens payent le prix de la guerre de l'ombre.

« Je t'ai apporté un cadeau.

— Enfin une bonne nouvelle », dit-elle après avoir bu une gorgée de gin tonic.

« En souvenir de cette journée. »

Il sortit une cassette de la poche de poitrine de son uniforme safari et la posa sur la table. Jette la soupesa en adressant à Tom un regard interrogateur.

« C'est la vidéo de l'assaut du convoi de drogue. J'ai pensé que tu aimerais voir des images de terrain quand tu seras lassée de faire la guerre à coups de paperasses, du fond de ton bureau. »

Il guetta sa réaction mais en fut pour ses frais ; il avait voulu ébranler son assurance pleine d'arrogance pour rétablir l'équilibre des forces, entamer ce masque hautain et méprisant qu'elle affichait. Mais elle s'empara de la cassette, crocheta la pellicule avec un ongle et tira. Après quoi elle la déchira en petits morceaux et repoussa négligemment le tout devant lui.

« Tu as fait faire une copie rien que pour m'embêter ?

— Non. J'ai subtilisé l'original au colonel thaïlandais.

— Intéressante coïncidence verbale. Vois-tu, quelqu'un a justement subtilisé dans ton dossier tous les documents concernant Mikhaïl Zaïkov. Il n'en reste aucune trace. »

Tom avala une longue rasade.

« Mais alors, comment as-tu pu remonter jusqu'à moi ? »

Il décela soudain de l'hostilité dans son regard.

« C'est lui-même qui a attiré notre attention sur toi. Nous n'avons pas tant de Polonais que ça, après tout, même de troisième génération. Tu évoquais Gordievski. Justement, nous avons pris contact. Il se souvenait de ton Micha. Il nous a fourni un visage et un nom…

— Cela ne change rien à ce que je disais. C'est louche.

— Nous en reparlerons plus en détail à Copenhague. »

Elle fit tinter les glaçons dans son verre, comme pour créer diversion tandis qu'elle décidait jusqu'où pousser la confidence. Tom avait le sentiment qu'elle savait presque tout de cette affaire, mais qu'elle voulait l'entendre de sa bouche. Il réalisa soudain que sa méfiance était feinte. Il maudissait l'idée de voir tout son passé remué. Sa sérénité s'en trouverait troublée. Il vivait suivant les principes de sagesse orientale et se figurait le mode de vie occidental comme une peinture asymétrique aux contours compliqués et anguleux : amour, jalousie, haine, angoisse, cupidité. Un barbouillage de névrotique.

Il fit signe au serveur de lui apporter une seconde bouteille de Mékong. Jette en profita pour inspecter le local. Le serveur rapporta un verre rempli de glaçons et un petit flacon vert identique, orné d'un dragon.

« Je suis allée à Londres. J'ai consulté tous les rapports de briefing. Avec le MI-6*, nous n'y sommes pas allés de main morte. Quand nous l'avons relâché, il était aussi sec que ces biscuits anglais dont il est si friand. »

Tom faisait tournoyer de plus en plus vite le whisky dans son verre, faisait remonter le liquide jaune pâle jusqu'au rebord en prenant garde qu'il ne déborde pas. Il en goûta une gorgée puis la recracha discrètement dans son verre : encore trop tiède et trop amer.

« Rien de suspect, disais-tu à propos de Morten. Morten Haslund, ton prédécesseur. Tu ne crois tout de même pas à une mort accidentelle !

* Military Intelligence Bureau 6. Le plus secret des SR britanniques. Rattaché au ministère des Affaires étrangères. Ses opérations (espionnage, contre-espionnage, actions) sont conduites par le Joint Intelligence Committee, placé sous l'autorité d'un fonctionnaire proche du Premier ministre.

— Il s'est noyé. Il ne savait pas nager. C'est très bizarre. La quarantaine sportive, et cette insurmontable phobie de l'eau. Il confessait lui-même qu'une prof de natation l'avait traumatisé dans son enfance. Mais pourquoi diable est-il sorti pêcher tout seul en barque sur un lac finlandais ? »

Tom se tut, les questions qu'elle posait étaient purement rhétoriques. Elle vida son verre et alluma une cigarette avant de poursuivre :

« Nous avons appris sa mort quarante-huit heures plus tard. Entre-temps, quelqu'un avait pénétré dans les archives. J'ai demandé son avis à un jeune universitaire calé en informatique. Il m'a dit que quelqu'un avait farfouillé dans nos logiciels. Il n'était pas habilité à pousser davantage ses recherches, mais il en ressort qu'un petit malin a eu accès aux archives ou bien a introduit un virus programmé pour effacer certains fichiers. Ça te dit quelque chose ?

— Bien sûr, il suffit de connaître le mot de passe. »

Elle le regarda.

« Ils sont nombreux à le connaître. Le voici. Naturellement, tu n'es pas dans le coup ? Cela fait cinq ans que tu joues ici aux gendarmes et aux voleurs. Moi, je n'avais jamais quitté le ministère de la Justice. »

De nouveau, il lut dans son regard un mélange de confiance et d'hostilité.

« Tu as sauté une étape, dit-il.

— En effet : mon prédécesseur conservait une note sur ton Micha. Et sur toi. Dans ses dossiers confidentiels.

— Je n'en crois pas un mot.

— Comme tu voudras. »

Tom but une longue rasade en silence. La glace avait fondu et le mélange était parfait. Jette secoua la tête avec impatience et ajouta vivement :

« J'ai bien étudié le croquis qu'il avait dessiné : des vases communicants, figure-toi. Il y a donc un lien. Ça m'a fait réfléchir. J'ai repensé à ta carrière, à ta vie. Et comme je m'en ouvrais à quelques proches, Micha fait brusquement surface à Varsovie. Comme par hasard. »

Elle prit une nouvelle cigarette.

« Tu fumes trop, dit-il en lui donnant du feu. L'enquête était donc commencée avant que tu apprennes que Micha désirait me parler.

— Il y avait un point d'interrogation derrière ton nom. Pourquoi, Tom ? »

Les paumes de ses mains devinrent moites.

« Aucune idée.

— Moi non plus. Mais je sais que tu vas rentrer pour m'aider à trouver la réponse.

— Tu ne crois tout de même pas que je suis un agent ! » Elle inhala une longue bouffée et souffla la fumée par le nez.

« Je crois que tu avais raison, il y a cinq ans. Trouve-le et tu seras blanchi.

— Qu'est-ce que ça peut bien faire, à présent ? Bon sang, la guerre froide est finie. Nous avons gagné. Les communistes sont en train de creuser leur propre tombe. Regarde l'Union Soviétique. Tu aurais dû les voir, dans les années 70, ils y croyaient, à la victoire. Le capitalisme était à l'agonie. Aujourd'hui, l'Ours tend son chapeau comme un mendiant.

– Épargne-moi tes discours de potache. Le danger n'a jamais été aussi réel. Le chaos règne et la détresse va les faire redoubler d'énergie. Nous ne sommes pas près de pointer au chômage. »

Il vida son verre et essaya de capturer avec sa langue les dernières gouttes du liquide amer noyées dans la glace fondue. Le chanteur interprétait un pot-pourri doublé d'un numéro d'imitation, tantôt Mick Jagger, tantôt Bob Dylan, et ces voix ressuscitèrent un instant une époque révolue où les rêves avaient viré au cauchemar avant de sombrer dans l'oubli…

« C'est gentil de m'avoir laissé croire que j'avais le choix. »

Le regard de Jette se fit à nouveau distant :

« Je compte sur toi, conclut-elle sans qu'il la crût. Rentrons. Demain, nous prenons le premier avion pour Bangkok. Je t'ai réservé une place jusqu'à Francfort. J'arriverai à Copenhague par un vol direct. Nous risquerions d'éveiller des soupçons en voyageant ensemble, pas vrai ?

– De très gros soupçons. »

6

L'Europe donna la migraine à Tom Gubrowski. Dans le train de Francfort qui l'emmenait vers le nord, il ne vit pas le paysage se parer doucement des teintes rousses et mordorées de l'automne, mais il vit les bennes à ordures nauséabondes qui filaient sur l'asphalte et la terre lessivée des champs sous la pluie — pas la pluie chaude et drue des tropiques, mais une bruine molle qui ruisselait sur la vitre crasseuse. Sur l'autoroute, des files de véhicules s'allongeaient à perte de vue ; un peu plus loin, les gyrophares des patrouilles de secours éclairaient par instants un enchevêtrement de corps et de voitures éparpillés en travers des trois voies. Puis les rails décrivirent une courbe et Tom se retrouva seul dans l'obscurité du compartiment vide. Si l'efficace modernité de l'aéroport de Francfort l'avait laissé indifférent, l'urbanité sans âme de l'endroit l'avait en revanche écœuré. Ordinateurs, cafétérias. Imperméables, pickpockets. Attachés-cases, hommes d'affaires. Des visages, blêmes sous le fard ou sous le hâle mensonger des lampes à bronzer. De jolies femmes qui n'avaient même pas daigné lui accorder un regard. D'innombrables écrans vidéo diffusant des dessins animés. Et soudain, au-dessus d'un comptoir de bar, rompant l'austérité d'un reportage télévisé, des torches dans les rues de Leipzig, des mains allumant une flamme ; un drapeau flottant dans le ciel de Budapest, perforé à l'emplacement de la faucille et du marteau. Des flashs inquiétants, symboles de la fin d'une époque, au milieu des mégots écrasés et des fonds de bière. Tom sentait les palpitations de son cœur se confondre avec le bruit des roues passant sur les jonctions de rails. Le Mur se dressait dans le noir, quelque part vers l'est. Il voyait des visages livides aux orbites creuses s'y bousculer sans se préoccuper des barbelés qui lacéraient leur chair, s'engouffrer par une brèche et déferler sur l'Europe. Il voyait la paroi du Mur se craqueler et céder sous leur poids. Un jour, il s'y promènerait comme il s'était promené sur la Grande Muraille de Chine, en pensant qu'il ne fut qu'un édifice à la mémoire de la folie du XXe siècle et ses ruines, des pièces de musée, vestige du dernier monde bâti pour des idées.

Sa migraine se dissipa un peu sur le ferry. Debout sur le pont, cheveux au vent, il aperçut, à la faveur d'une éclaircie, une lumière au ras de l'eau, puis plusieurs. Puis la côte disparut à nouveau derrière un écran de pluie.

La gare centrale de Copenhague avait-elle été réaménagée ? Sous ses plafonds vertigineux flottait pourtant une odeur bien familière de crasse ; l'agressivité des exclus, les Esquimaux avinés, les mendiants en guenilles, cela non plus n'avait pas changé. Les voyageurs en transit marchaient d'un pas décidé, ceux qui n'allaient nulle part erraient, le spectre de la mort dans leur regard perdu. Pourtant Tom ne reconnut pas les lieux.

En cherchant à s'orienter, il bouscula deux jeunes hommes en blouson de cuir élimé. « Sale étranger ! Rentre chez toi ! » Ses poings se serrèrent dans ses poches, mais il se contint et passa son chemin.

Il trouva enfin son numéro dans un recoin isolé de la bagagerie. L'armoire métallique contenait une petite mallette dans laquelle il trouva une enveloppe et dedans, une adresse et une clé. Il laissa les gens monter dans les taxis. Au bout de cinq minutes, il en choisit un au hasard dans la file et se fit déposer sur la place du Triangle. Il attendit encore, son sac de voyage à bout de bras, et prit un second taxi jusqu'à la gare d'Østerport. Là, il monta dans un train de banlieue qui allait vers le nord, descendit à la station de Svanemølle et traversa Østerbrogade. La clé ouvrait la porte d'un petit deux-pièces situé dans Landskronagade, aux confins du faubourg défraîchi de Copenhague et des allées bien taillées de Gentofte. Il déballa une bouteille de whisky hors taxe. Il trouva des glaçons et des surgelés dans le congélateur, du café près de la cafetière et des draps sur le grand lit de la petite chambre. Un téléviseur couleur, une radio, une petite table, trois chaises et, près de la fenêtre, un bureau avec quatre tiroirs vides et un téléphone, composaient le mobilier de la salle de séjour. Au bout d'une demi-heure, la sonnerie retentit.

« Tu as fait bon voyage ? demanda Jette.

— Personne ne m'a suivi, si c'est ce que tu veux dire.

— Ce n'est pas la peine de venir à Borups Allé. Mais tu n'es pas ici incognito. Nous avons formé un petit comité pour régler cette affaire. Il se réunit demain. Chez les militaires. Pas à la Citadelle, mais à Vedbæk. Dans quelques jours, j'organise un dîner chez moi avec quelques vieilles connaissances.

— Que va-t-on leur dire ?

— Que tu es de passage. Tu pourras les distraire en leur racontant la vie mouvementée que tu mènes en Thaïlande. Tu repars bientôt.

— Je vois.

— À demain, dix heures. Bonne nuit. »

Et elle raccrocha. Une voix distante, presque masculine. Il répéta son patronyme en pensée : Jansen, directeur. Cela sentait l'autorité, les réunions efficaces, le sens de l'urgence du pouvoir. Il feuilleta distraitement les journaux danois achetés à l'aéroport, sans réussir à déchiffrer le sens d'articles rédigés dans sa langue maternelle qui évoquaient apparemment les interventions télévisées de personnages fictifs. Seules les rubriques internationales lui parurent intelligibles. Il regarda la pluie tomber en buvant du whisky. Puis il essaya de méditer mais n'y parvint pas. Cela faisait seulement quelques heures qu'il était en Europe et il avait déjà envie d'une cigarette et d'un somnifère. Il se demandait ce qu'il fichait dans un pays gouverné par un Premier ministre surnommé Popaul* et marié à une prénommée Tut.

* Paul Schlüter, Premier ministre de 1982 à 1992.

Le siège de l'état-major des armées se trouvait à Vedbæk, au nord de la capitale, celui du FET à la Citadelle, dans Copenhague. Le complexe de Vedbæk, situé dans un quartier pavillonnaire, se composait d'un bunker entouré de bâtiments fonctionnels. Le taxi déposa Tom devant la grille de l'entrée équipée d'un dispositif de surveillance vidéo. Après s'être acquitté des formalités d'usage auprès du factionnaire, il descendit dans le bunker, escorté d'un jeune lieutenant. Il vit trois fusils d'un modèle déjà ancien fixés au mur et s'étonna que cette arme, encore en usage à l'époque de son service militaire, fût encore utilisée. L'air était sec, frais et agréable. Sa migraine diffusait une douleur cuisante dans sa nuque et au-dessus de son œil droit. De grosses canalisations couraient sur le crépi blanc du plafond. Tout était silencieux, les lourdes portes métalliques ne laissaient rien deviner de ce qui se passait derrière. Seuls les pas de l'officier résonnaient sur le ciment brut. Ce dernier l'introduisit dans une pièce, vide à l'exception d'un écran de rétroprojecteur et d'une rangée de sièges équipés de pupitres. Du café finissait de passer dans une cafetière en répandant une odeur de grain. Jette Jansen se tenait à côté d'un homme de petite taille en uniforme et d'un jeune homme en civil. Le lieutenant referma la porte.

« Bonjour, Tom. Je te présente le lieutenant-colonel Peter Borch, du FET et Lasse Nauer, chef de département auprès du cabinet du Premier ministre. Nous avons voulu, dans un premier temps, nous limiter à un petit comité bien soudé. »

Tom connaissait Peter Borch, c'était un militaire de carrière. Nauer n'était guère plus grand que Tom. Il avait une silhouette athlétique et trapue, portait un complet sombre, des chaussures impeccablement cirées, les cheveux courts, et son sourire ne remontait jamais jusqu'aux yeux.

« Asseyez-vous, Gubrowski, vous prendrez bien une tasse de café », dit Nauer en se balançant sur ses semelles.

« Le commissaire Jansen a résumé les tenants de l'affaire qui nous occupe et les obstacles que nous comptons rencontrer. Je considère que le scénario est en place et qu'il n'y a pas lieu de perdre du temps. Vous entrez en contact. Mais auparavant, j'ai quelques questions à vous poser. Vous prenez du sucre ? Du lait ? »

Il se déplaçait avec la mobilité d'un joueur de tennis. Tom lui donnait une quarantaine d'années, peut-être un peu plus. La génération au pouvoir.

« Nature », répondit Tom en s'asseyant sur un coin de table. Le militaire distribua des gobelets en plastique et fit le service. Tom pensa à Chiang Maï et au corps de poupée de Supatra mais se ressaisit en sentant le regard intense du chef de département braqué sur lui.

Nauer reprit : « For the record : votre mission est classée secret-défense. Si vous rompez votre serment, nous pouvons vous poursuivre devant les tribunaux. Simple rappel pour éviter tout malentendu.

— Je ne pense pas que ce soit nécessaire », coupa Jette.

Elle était en tenue de travail : jupe noire, chemisier noir à col blanc et maquillage discret ; seules ses boucles d'oreilles semblaient vouloir souligner auprès de ses collègues masculins qu'en dépit de sa position, elle n'en renonçait pas moins à sa féminité. Tom la trouvait séduisante malgré la distance formelle qu'elle s'obstinait à maintenir. Il comprit pourquoi son mariage avait échoué. Son invulnérabilité affichée n'était guère propice à préserver l'intimité d'un ménage.

« Laisse le technocrate faire son boulot, lâcha Tom. Il est payé pour ça.

— Okay, Gubrowski. Let's get down to business, shall we ? »

Nauer se mit à arpenter la pièce à la façon d'un professeur qui s'apprête à expliquer un problème mathématique épineux à une classe un peu lente.

« Passons toutes les hypothèses en revue. Si les intentions de Zaïkov sont sincères, peut-il nous livrer un nom ou seulement un nom de couverture ? Si Zaïkov veut traiter, avons-nous les moyens de payer et est-ce politiquement jouable ? Si Zaïkov débarque ici, que faisons-nous ? Réglons-nous l'affaire entre nous ou demandons-nous de l'aide ? Et d'une manière générale, comment nous prémunir contre l'éventualité d'une simple provocation, qui nous couvrirait de ridicule si Gubrowski était pris la main dans le sac ? Hein ? »

Il lança sur la classe un regard circulaire. Tom était admiratif : Nauer possédait l'art de proférer des évidences tout en donnant l'illusion d'accumuler les révélations. En parfait politicien, le conseiller du Premier ministre ne devait sa position qu'à son élégante façon de louvoyer.

« Ne vaudrait-il pas mieux nous confier le soin de monter l'opération ? » interrogea Jette.

Elle était la seule à fumer et feignait d'ignorer les grimaces appuyées de Nauer.

« Nous voulons du bel ouvrage. Pas question de réitérer les facéties polonaises, dit Nauer. Pour l'instant, j'ai la claire intuition que le ministre désire que nous nous en tenions à une simple mission de reconnaissance. Gubrowski est notre négociant. Nous l'envoyons tâter la marchandise. Si elle nous intéresse, nous l'achetons. Mais pas avant que le gouvernement ait donné son feu vert.

– Et pas un mot à la commission parlementaire. Sinon, l'affaire sera dès le lendemain dans tous les journaux, ajouta le lieutenant-colonel.

– Absolument, et Dieu nous en garde, renchérit Nauer. Certes, il faudra bien la mettre au courant, mais il nous appartient de décider du jour, en tout cas tant que l'affaire conserve des proportions raisonnables. »

La position de Nauer – Tom le comprenait bien – était des plus délicates. Son rôle était de garantir la crédibilité de l'institution politique. Il s'agissait de confier le sale boulot au FET et au PET sans que l'affaire lui échappe, et tout en maintenant un contact discret avec l'État. Une stratégie qui nécessitait de la finesse et du doigté.

« Encore un peu de café, inspecteur Gubrowski ? » demanda le chef de département.

En faisant usage du grade de Tom, Nauer entendait bien marquer leur inégalité hiérarchique.

Arrivés presque au même âge, Tom n'avait plus guère d'espoir de progresser alors que Nauer l'avait déjà doublé. Tout comme Jette. Quant au lieutenant-colonel, il ne devait son grade qu'à son âge et à son ancienneté. Dans l'armée, la rigidité de la grille d'avancement empêchait les jeunes de passer devant les officiers de mérite. En outre, les salaires y étaient tellement peu attrayants que les plus ambitieux s'orientaient vers une carrière civile. Tom avait peine à comprendre comment une génération qu'il considérait encore jeune, dans l'opposition, puisse occuper des postes aussi importants. Pendant que Nauer remplissait les tasses, les deux hommes ne se quittèrent pas du regard.

« Pourquoi vous, Gubrowski ?

— Le commissaire vous a sans doute expliqué : nous sommes amis de longue date.

— Pourtant, nous n'avons aucune trace de cette relation. Cela nous préoccupe.

— C'est la première fois en cinq ans que je suis au pays.

— Vous lui faites confiance ? Que nous veut-il ? »

Nauer arpentait la pièce, son gobelet à la main. Il buvait de longues gorgées de café en grimaçant un peu, et un court instant, ses joues rasées de frais se creusèrent de rides disgracieuses.

« Vous savez bien que je ne peux pas vous répondre. Me faites-vous confiance ? »

Le chef de département répondit par ce sourire qu'il arborait lors de ses rares passages à la télévision, et qui lui permettait d'opposer une suffisance intimidante aux questions naïves des journalistes, de justifier élégamment les bévues d'un homme politique et de charmer l'auditoire féminin. Le parcours de Nauer était foudroyant. Et il ne s'arrêterait pas en si bon chemin si l'occasion de gagner du galon se présentait encore, songea Tom.

« Il y a une sacré pagaille dans votre dossier. Je trouve singulier que Zaïkov vous ait choisi. Pour être franc, je trouve cette affaire des plus malvenues. Avec Gorbatchev, les règles du jeu ont changé. L'ouverture est de mise. Votre temps est révolu. En tout cas, il s'agit désormais, pour chaque opération, d'avoir la certitude qu'un bonus politique est à la clé.

— C'est pour cela que vous voulez nous voler la vedette ? » demanda Tom.

Nauer posa son gobelet devant lui et se pencha au-dessus de la table, comme s'il s'adressait à un élève particulièrement peu doué.

« Nous avons essuyé quelques déboires pendant que vous jouiez aux gendarmes et aux voleurs en Thaïlande. Les gamins du lieutenant-colonel ont multiplié les bavures en Pologne. Ceux de Madame ont fait un peu trop de zèle dans une grosse affaire de vol... Du boulot d'amateur. Des écoutes téléphoniques clandestines, des Instamatics en Pologne à l'ère du satellite. La note a été salée et nous y avons perdu des plumes. Mes supérieurs sont mécontents. Je suis leur garde-fou, leur chien de garde. Alors, un peu de tenue. Car après tout, il n'y a aucune raison de mettre tout de suite au parfum ces fouines de députés et leurs copains journalistes, n'est-ce pas ? »

Du coin de l'œil, Tom vit Jette écraser fébrilement une cigarette. Le lieutenant-colonel restait bizarrement en retrait. Chacun laissait le garçon de course du gouvernement, l'homme du cabinet du Premier ministre, mener le jeu.

« Je me demande si la situation politique n'y serait pas pour quelque chose, Lasse. » La voix de Jette était mélodieuse mais sèche comme dans une salle d'audience.

« Ce n'est un secret pour personne, le nouveau gouvernement préconise des relations plus ouvertes avec nos plus proches voisins. Ouvrons quelques portes sur l'Europe de Gorbatchev. Voyez comment vont les choses, l'édifice s'écroule comme un château de cartes. Solidarnosc en Pologne. La Hongrie se détache du bloc. Une nouvelle ère commence. »

Tandis que Nauer, porté par son propre discours, s'échauffait, Tom sentait grandir un malaise : la naïveté et les envolées lyriques du politicien déconcertaient le patron du FET et celui du PET. Cet homme qu'ils considéraient comme un frère d'armes tenait des propos à l'emporte-pièce dignes d'un éditorialiste de *Politiken*, et laissait même entendre que les opérations n'allaient pas se dérouler selon leur plan.

Nauer se remit à arpenter la pièce en tiraillant énergiquement sur ses manchettes bleu ciel, puis vint se camper en face d'eux, prêt à asséner la conclusion :

« Comme vous le savez, l'affaire est déjà bien engagée. Or, faisons un calcul objectif. Pesons le pour et le contre, et comparons. La véritable question qui se pose est de savoir s'il est raisonnable de laisser un transfuge douteux compromettre une visite probable du président soviétique au Danemark. Un gigantesque marché est en jeu, mes amis, peut-être une future zone de libre-échange, des débouchés pour une industrie qui détient la volonté et les moyens d'être compétitive et de traiter à armes égales. »

S'il s'attendait à recevoir une réponse, il en fut pour ses frais. En dépit de leurs différences, les deux responsables de la Sûreté de l'État, la Police en jupon et la Défense en pantalon, se serraient les coudes devant la menace de voir la politique se mettre en travers d'une opération aux implications si prometteuses que Washington, Bonn et Londres se bousculeraient pour les inviter à de longs briefings dans des maisons sûres et confortables. L'ingérence du Premier ministre dans une opération à un stade aussi précoce rompait avec l'usage et bafouait un principe sacré.

« C'est une opportunité qui s'offre ici et maintenant, par l'intermédiaire de Tom. Nous ne devrions pas la laisser passer sans en examiner les potentialités, dit Jette, brisant un silence interminable.

– Tout à fait. Mais quelles que soient ses potentialités, nous limitons notre action, voilà tout », dit Nauer.

Tom comprit soudain leur jeu. Il n'aurait su dire si ce scénario avait été préparé spécialement pour lui et si les acteurs récitaient des répliques apprises par cœur, mais il ne se faisait plus aucune illusion sur son sort : si l'affaire tournait court, on n'aurait aucun mal à se débarrasser de lui en invoquant l'amateurisme d'un agent indépendant, et le désordre qui régnait dans son dossier constituerait une pièce accablante. En fait, il se pouvait même que les archives aient été « réorganisées » à cette fin. Si, en revanche, l'opération réussissait, les trois compères n'hésiteraient pas une seule seconde à s'en attribuer le mérite ; celui d'avoir mené cette mission à bien, dans la plus grande discrétion et avec un minimum de ressources, et celui d'avoir recruté l'homme idéal.

« I get the picture », dit Tom.

Nauer lui adressa un sourire satisfait, un sourire tellement radieux que Tom craignit un instant que le chef de département lui exprime sa gratitude par une vigoureuse poignée de mains.

« Je le savais. À présent, permettez-moi de me retirer pour laisser aux spécialistes le soin de résoudre les questions pratiques. Le Premier ministre est disposé à ce que je sois la seule personne tenue informée, dans la phase préliminaire du moins. Il me laisse le soin d'apprécier à quel moment il conviendra pour lui d'intervenir en vue d'élargir l'opération, éventuellement après consultation de la commission. Okay ? »

Ils acquiescèrent et Nauer sortit du pas qui sied à un homme affairé.

Jette alluma une nouvelle cigarette.

« Où allez-vous vous rencontrer ? demanda-t-elle.

– À Londres, dit Tom sans que ce mensonge lui ait coûté le moindre effort.

– Et le Dragon ? demanda le lieutenant-colonel.

– Il s'agit du Green Dragon, un hôtel dans l'East End », répondit Tom.

7

Depuis une cabine téléphonique du centre de Copenhague, Tom appela le service des petites annonces du *Herald Tribune* à Paris et dicta le numéro de sa carte de crédit. Il savait que Zaïkov était un homme prudent, qu'il vérifierait la provenance du message. Même si les coïncidences étaient rares, les Russes ne prenaient jamais le moindre risque. En outre, Tom entendait jouer cartes sur table avec Micha.

Un vent froid, poisseux et nauséabond soufflant de l'Øresund charriait un relent de décrépitude et de déclin. Un vieux papier de hot dog imprégné de moutarde et la photo d'une femme nue sur une page de journal vinrent se coller à son pantalon. Dans les ruelles du centre, le froid crispait les visages et le temps était à la pluie. Tom allait sans but, aussi désœuvré que les deux ivrognes échangeant sur un banc d'inintelligibles injures autour d'une bouteille vide. Leur jeunesse et leur manque de gaîté lui serrèrent le cœur. Son manteau boutonné jusqu'au col, il s'efforçait de ressembler aux autres : à la fois ralentir pour chasser le souvenir diffus de l'Asie et allonger le pas pour l'ajuster à la cadence européenne. Marcher pour penser. Marcher au hasard pour que les pensées circulent et forment des figures abstraites d'où, avec un peu de chance, finirait par se dégager une image mentale cohérente. Son cerveau était comme un ordinateur. Il se brancha en mode *randomize*. Pour que ses recherches progressent, il lui faudrait pouvoir accéder aux archives, mais pour l'instant, cela paraissait exclu. Il pensa à Morten et au demi-mensonge qu'il avait proféré en Thaïlande : sans doute Morten et lui s'étaient-ils perdus de vue vers la fin de sa vie. Pourtant, il n'avait jamais eu de meilleur ami que lui.

Il appela un numéro qu'il avait inscrit dans un carnet noir et un disque l'informa que l'abonnée avait changé de coordonnées. Il nota aussi qu'il fallait à présent composer l'indicatif. Erika décrocha : elle acceptait de le recevoir et lui dicta son adresse. Sa voix était froide et distante. Elle avait gardé cette façon légèrement appuyée d'articuler les mots. Son danois était irréprochable, trop correct même, comme l'on parle une langue étrangère apprise à l'âge adulte.

L'appartement était situé dans le quartier d'Østerbro, dans une agréable rue résidentielle jalonnée d'immeubles cossus, aux façades austères et bien entretenues. Les entrées étaient équipées d'interphones. Une voix métallique lui intima l'ordre de monter et la lourde porte se débloqua dans un bourdonnement sourd. Tom songea à sa maison de Chiang Maï ouverte à tous les vents et il entendit le murmure du fleuve et le doux babil des sœurs dans la cuisine.

Dans la porte entrebâillée, la veuve de Morten Haslund le regardait.

« Bonjour Erika. »

Elle lui tendit une poignée de main sèche et rapide. Cinq années plus tôt, ils s'embrassaient, mais la mort de Morten et cinq années d'absence avaient creusé une distance. Il la trouva vieillie. Son charme avait fané mais sa beauté transparaissait sous le masque du deuil. Elle portait les cheveux courts et les premières mèches blanches éclairaient le noir de sa frange. Sa silhouette était svelte, elle était vêtue d'un jean et d'un chandail. Tom reconnut le mobilier mais ne se souvenait pas que le couple ait eu des goûts aussi futuristes. Tout au moins Erika, car Morten préférait les caisses de bière et les achats improvisés chez Ikéa. Mais la décoration avait aussi évolué avec les premiers salaires confortables, vers la fin des années 70.

« Assieds-toi, Tom. Cela fait bien longtemps qu'on ne s'était pas vus. J'ai préparé du café. »

Elle remplit les tasses d'un service fort coûteux en porcelaine claire ; il y avait des petits-fours, du sucre et de la crème. Ses mains s'étaient finement ridées. Les ongles étaient courts, soignés et laqués d'un vernis transparent.

« Comment vas-tu ? s'enquit-il.

– Je survis. J'ai deux enfants à élever. Mais j'espère tout le temps que Morten va apparaître sur le seuil.

– Et ça te donne une raison de vivre suffisante ?

— Au moins, tu ne me demandes pas de quoi je vis. L'argent est pourtant le sujet de conversation principal dans ce pays.

— Il en a toujours été ainsi.

— Je perçois une pension de veuvage. N'est-ce pas grotesque, à trente-cinq ans ? Mais j'ai commencé des études à l'université. Je veux devenir médecin. »

Son regard bleu était las et un peu absent, son teint était pâle et ses lèvres charnues s'étaient aussi ourlées de rides. Elle semblait être à bout de nerfs. D'un autre côté, Erika n'éludait jamais aucune question et répondait toujours avec franchise et sans détours.

« Tu n'as personne pour t'aider ?

— J'ai mes enfants. Et les amis qui sont restés fidèles. Tu en verras sûrement quelques-uns chez Jette, dans quelques jours. De toute façon, je n'ai jamais été tout à fait acceptée.

— Allons donc, comment peux-tu dire cela ? »

Elle porta distraitement la tasse à ses lèvres, puis la reposa, comme étonnée de son propre geste.

« Cela s'était amélioré au cours des dernières années. Quand ils ont cessé d'être à gauche. Avant, on se méfiait de moi, j'étais une réfugiée politique. C'était bizarre, Tom. La carrière de Morten aurait pu être brisée à cause des soupçons nourris à mon égard. Et tandis que certains m'attribuaient des sympathies pour la droite, j'étais suspectée du contraire par nos amis de l'autre côté du Mur : renoncer au socialisme pour une idéologie corrompue, c'était impensable. »

Tom se mit à rire et elle rit aussi.

« Tu en rajoutes quand même un peu, non ?

– Peut-être, mais il n'empêche que mon expérience du système ne cadrait pas avec leurs jolies théories. Cela les dérangeait.

– Le monde n'est plus aussi simple.

– Il ne l'a jamais été. J'ai fui un régime cruel. Ici, j'ai découvert la paix et la liberté. Je n'en demandais pas plus, mais en 1975, l'année où j'ai débarqué de R.D.A., l'image d'Épinal en a pris un sacré coup. À présent que le bloc s'effondre et que tout le monde plie bagage ou renie les préceptes selon lesquels j'ai grandi, leur indignation d'alors me semble risible. Le Mur présumé infranchissable, mes compatriotes le contournent par la Hongrie. Je reste des heures à regarder les reportages des chaînes ouest-allemandes et je n'y comprends rien. Mais j'imagine que tu n'es pas venu pour discuter de politique.

– Pourtant, tout le monde a été aux petits soins avec toi. Les Allemands de l'Ouest t'ont donné un casier judiciaire vierge.

– Tu en sais plus long que moi sur ce sujet.

– Autrement, Morten n'aurait jamais pu obtenir ce poste.

– C'était provisoire.

– Que veux-tu dire ? »

Elle devint songeuse et croisa ses jambes sveltes.

« Tu sais bien que le PET n'offre aucun débouché convenable pour un juriste. Les postes de direction y sont de surcroît plus mal rémunérés qu'ailleurs. Mais c'est une façon de monter en grade. On lui a offert cet emploi dans l'attente d'une vraie promotion. C'est une combine classique. »

Il but son café en attendant la suite du récit. Après une pause, elle reprit :

« On lui avait promis ce poste de commissaire en province ; il en avait pour deux ans, cinq ans tout au plus. C'était une formidable aubaine pour toute la famille. Mais le sort en a décidé autrement.

— Je sais, je suis désolé, Erika.

— C'est ça, comme tout le monde. Mais ce n'est pas non plus pour me dire cela que tu es venu », objecta-t-elle de sa voix grave, mélodieuse et teintée de ce léger accent. « Jette a davantage le profil de l'emploi. Elle aime le pouvoir et les cachotteries. Elle se félicite d'avoir un boulot qui sorte de l'ordinaire et de devoir en plus mettre les bouchées doubles pour voir ses performances reconnues dans un environnement professionnel masculin.

— Elle m'a pourtant parlé de ce poste en province, elle aussi. »

Erika éclata de rire, remplit les tasses, proposa des petits-fours mais ses gestes manquaient de naturel.

« Je ne connais pas une personne dans ce pays qui soit satisfaite de son sort. Toutes ont la bouche pleine de projets. Toi aussi ?

— Non.

— Alors tu es certainement aussi menteur qu'eux. À ta façon.

— Tu as gardé ton franc-parler.

— Qu'est-ce qui t'amène ?

— Je passais simplement te dire bonjour. Je suis au Danemark pour quelques jours. »

Elle l'épia à nouveau du regard.

« Tu vois toujours les autres ? demanda Tom pour rompre un trop long silence.

— Quelques-uns. Du moins autrefois. »

Ils passèrent en revue le cercle des amis communs en sirotant du café. La conversation, qui trop tôt avait dévié vers des sujets que Tom ne souhaitait pas aborder, reprenait ainsi une tournure plus innocente : n'étaient-ils pas parvenus à l'âge où il est naturel de faire le bilan ? La plupart des anciens camarades étaient satisfaits de leur sort ; d'autres, les plus militants d'entre eux, les meneurs d'alors, n'avaient pas su tourner la page. Ceux-là végétaient dans des emplois d'instituteurs, leur distraction se limitant à envoyer une lettre au courrier des lecteurs d'*Information*, quelques-uns avaient carrément mal tourné. La majorité avait divorcé une ou deux fois.

« Mais votre mariage a tenu bon », objecta Tom banalement.

Erika lui répondit par un sourire à la fois heureux et mélancolique.

« Nous nous aimions, c'est aussi simple que cela. Je n'ai pas encore seulement posé mon regard sur un autre homme.

— Tu es trop jeune pour entrer au couvent, Erika.

— Et toi, alors ? Je ne vois pas d'alliance à ton doigt.

— Je me débrouille.

— Les hommes se débrouillent toujours. »

Il remplit les tasses bien qu'elles fussent encore à moitié pleines.

« Et toi, comment vas-tu ? demanda-t-elle.

— Je vis au jour le jour.

— Morten avait le sentiment que tu cherchais à t'éloigner de lui.

— À cause de mon départ pour l'Asie ? ! » Sa stupéfaction n'était pas feinte.

« Parce que tu refuses de t'impliquer. Parce que tu es insensible et que tu as peur de t'attacher. »

Il se leva et fit quelques pas dans le salon. Les lattes brutes du plancher craquèrent imperceptiblement. Un tableau aux couleurs franches rouges et bleues ornait le mur du fond — un motif abstrait laissant deviner les contours généreux d'une femme.

« C'est une toile de Pelle, dit Erika. Il s'est installé en Fionie. Il est toujours communiste. Morten m'a raconté que vous trois projetiez de faire la révolution planétaire dans le jardin de la fermette de son père.

— Nous avions quinze-seize ans. Pelle a fait de sacrés progrès. Est-ce qu'il arrive à en vivre, maintenant ?

— Il pourrait, s'il se méfiait un peu plus de la boisson. »

Le salon était agréable, bien chauffé et clair malgré le jour qui déclinait par les petites fenêtres. Tom effleura le dos des livres classés d'après leur taille, et non par ordre alphabétique ou par auteur. Tom se souvint brusquement que Morten rangeait ses disques de la même façon : pêle-mêle, dans des caisses de bière. Pourtant, il savait toujours trouver le morceau approprié à son humeur.

« J'aimais beaucoup Morten, dit-il enfin. Surtout quand nous étions adolescents. Mais les liens se sont peu à peu distendus. Il est devenu juriste, chef. Je n'étais rien. Une distance s'est installée. »

Il se retourna vers elle. Le dos appuyé contre le canapé, jambes croisées, elle fumait une cigarette, ouvrant et fermant nerveusement les doigts de sa main libre. Son visage était beau dans cette lumière crépusculaire. La fumée répandait une odeur âcre et mordante.

« Il m'a manqué. Pendant plusieurs années, reprit-il. Ou bien regrettais-je une époque à jamais révolue. Comme une vie qui s'achève. »

Il regarda à nouveau le portrait accroché au mur. La silhouette féminine se découpait distinctement, mais le visage n'était qu'une tache laiteuse sous laquelle se dissimulait une tête de mort. C'était en somme une peinture bien macabre pour décorer un salon. Pas au premier coup d'œil mais en s'attardant, le regard pouvait y déceler la souffrance et la destruction. Tom entendit Erika sangloter derrière lui mais il ne se retourna qu'en entendant ses pas s'éloigner. Il la vit alors sortir dans le couloir et supposa qu'elle allait à la salle de bain. Sa cigarette se consumait dans le cendrier. Il alla s'asseoir sur le canapé, aspira une bouffée, puis une autre, écrasa la cigarette et se renversa contre le dossier, à moitié étourdi par la nicotine.

Elle revint s'asseoir en face de lui, les yeux humides et rougis mais la paupière légèrement refardée de vert et la lèvre remaquillée. Elle semblait rajeunie.

« Excuse-moi, dit-elle.

— Je t'en prie, Erika.

— Tu n’aimais pas non plus sa première femme. Et Jytte te le rendait bien. C’est aussi à cause de cela que vous avez cessé de vous voir, dit-elle.

— Je me sentais trahi. Il l’avait choisie au détriment de notre amitié », se défendit-il avec, dans la voix, un accent d’amertume dont il s’étonna après tant d’années.

Elle rit :

« Les hommes sont stupides.

— Et les femmes autoritaires sont un véritable fléau. »

À nouveau, elle le sonda du regard :

« Mais moi, tu m’aimais bien ?

— Bien sûr, mais ça n’a plus jamais été pareil. La complicité avait disparu. Pour toujours.

— Il t’a laissé quelque chose.

— Je m’en doutais un peu.

— On aurait dit qu’il pressentait cet accident.

— Morten prévoyait toujours le pire.

— Tu l’as connu plus longtemps que moi.

— C’est vrai.

— Il était très soucieux, vers la fin. Il disait qu’il lui manquait un nom. Il cherchait à te contacter. Tu t’en souviens peut-être. Il essayait sans cesse de trouver un rapport logique, comme il disait. Il disait aussi : le monde s’écroule. Tout est fini.

— Peut-être était-il sur la trace d’un espion.

— Bah ! Qu’est-ce que ça veut dire, de nos jours ?

— La même chose qu’autrefois. »

Elle le dévisagea un instant et dit :

« Veux-tu que je te raconte comment cela s’est passé ? »

Il acquiesça.

« Ensuite, il ne faut pas que j'oublie d'aller récupérer la petite. »

Elle fixa un point au-dessus de l'épaule gauche de Tom puis elle prit une cigarette et lui en offrit. Il accepta, les alluma et se sentit à nouveau pris de vertige. Mais le malaise se dissipa tandis qu'il écoutait :

« C'était en Finlande, un jour de grande chaleur. Nous avions ce chalet depuis cinq ans. Une petite maison en bois dans la forêt, près d'un lac. Elle me rappelait la maison de mon grand-père à Leipzig. Nous avions un petit sauna et un bateau. Un matin, Morten est sorti pêcher. Les filles sont restées à la maison. Je l'ai vu s'éloigner à la rame. À deux reprises, j'ai jeté un œil sur le lac : il était tranquillement assis, sa canne à pêche à la main. Il réfléchissait. J'ignore à quoi, sans doute à son travail. Il répétait sans cesse que quelque chose ne tournait pas rond. Qu'il lui fallait débusquer l'homme. Quand j'ai regardé pour la troisième fois, il avait disparu. Il n'y avait plus que les bouleaux, l'eau bleue du lac, un oiseau et la barque vide. On l'a retrouvé trois jours plus tard. On m'a dit que la barque avait chaviré. Peut-être a-t-il perdu l'équilibre en se relevant, peut-être le cœur a-t-il lâché. Toi aussi tu es dans la tranche d'âge critique. C'était si soudain. »

Elle se remit à pleurer, doucement cette fois. Tom vint s'asseoir à côté d'elle sur le canapé et la prit dans ses bras.

« Ce n'est vraiment pas sympa de sa part. Il n'avait pas le droit. Je m'en veux tant de lui reprocher de ne plus être là. »

Ils allèrent chercher la plus jeune — une fillette de six ans, au visage grave et doux comme sa mère. L'aînée, âgée de neuf ans, rentra seule de l'école. Elle aussi ressemblait à Erika, surtout dans ses attitudes, mais elle avait la bouche et les yeux de Morten. Les deux fillettes étaient très polies, très sages, et elles ménageaient leur mère comme on manipule de la porcelaine très friable. Tom prépara à dîner pour tout le monde. Il trouva dans la cuisine de quoi mitonner un plat chinois. Les adultes burent de la bière et on parla de la scolarité des enfants.

L'aînée avait l'âge où l'on dévore le savoir comme les grands calamars pompent l'eau dans la mer de Chine. Tom se sentait à l'aise en leur compagnie. L'atmosphère de ce repas familial le rassurait. Il retrouva un peu de sa sérénité extrême-orientale. Son wa — son harmonie. La conversation tomba très naturellement sur l'Asie. Tom parla des vieillards dans l'aube grise des parcs chinois, montra les gracieux mouvements de taï chi. Il décrivit le grand marché flottant de Chiang Maï avec ses poissons que l'on grille sur la braise et ses légumes aux couleurs éclatantes. Les éléphants dans la jungle qui tractent les lourds troncs de teck ou qui folâtrent au bord du fleuve comme des gamins espiègles. Le regard jaune et perçant d'un tigre immobile, un matin en Inde. Les larmes de Bouddha quand la lame tranchante du chef de la tribu des Méos fait suinter une goutte de latex du premier pavot mûr de la récolte. Sa maison ouverte aux quatre vents. La pluie chaude et drue. Les sampans, les jonques, les convois de mules dans les sentiers montagneux de la jungle. Son gekko apprivoisé qui nettoie sa maison des insectes. L'homme qui vend des serpents vivants, grillés ou bouillis.

Les yeux de la cadette s'embuèrent de sommeil.

« Tu sembles heureux là-bas, en Asie », dit Erika.

Avant d'aller coucher les enfants, elle remit à Tom une enveloppe qu'il alla ouvrir sur le canapé.

C'était un cliché en noir et blanc. Morten, Pelle et Tom, vers dix-sept ou dix-huit ans, bras dessus bras dessous, en jeans et en tee-shirts, les cheveux longs. Pelle se laissait déjà pousser la barbe qu'il porterait abondante et hirsute quelques années plus tard. La photographie avait été prise en été, au bord de la mer. Au second plan on distinguait une jetée et une plage avec de gros rochers, et dans un coin, les contours un peu flous d'un bateau. Au dos, Morten avait noté de son écriture un peu enfantine : Qui était le photographe ?

Erika se pencha au-dessus de lui, les bras négligemment posés sur ses épaules.

« Le sais-tu ? » interrogea-t-elle.

Il ne se souvenait même pas de cet été et secoua la tête.

« Morten non plus… Alors ?

Alors je n'aurai qu'à demander à Pelle. »

8

Tom Gubrowski gara l'Ascona de location sur la place du village. Les odeurs de goémon et de goudron lui rappelèrent que le port se trouvait en bas de la côte, à gauche après l'église blanche. L'église se dressait au fond du plan rectangulaire de l'esplanade. Sur la droite s'alignaient des petites maisons basses, coquettes et légèrement affaissées. À gauche, il y avait des bâtiments municipaux à trois étages et ceux d'anciennes épiceries et de la poissonnerie. Ils abritaient à présent un siège syndical, une banque et une agence d'offres d'emploi. Son regard se posa sur une bâtisse en brique ; c'est là que siégeaient naguère les locaux de la caisse d'assurance maladie où sa mère travaillait comme secrétaire. Il se rappela soudain sa hantise de devoir traverser seul la place pour gagner son bureau sain et sauf.

Car l'esplanade était un territoire ennemi. Les redoutables guerriers du gang de la place ne faisaient pas de quartier lorsqu'un membre de l'armée de Lærkevej tombait entre leurs mains. On ne s'y aventurait qu'à plusieurs ou alors avec d'infinies précautions. La trêve n'était instaurée que les jours de fête foraine — et encore. Il se rappela comment, avec Pelle et Morten, ils guettaient l'adversaire, embusqués à plat ventre, les poches bourrées de pois cassés et armés de longues sarbacanes — des sections de gaines de circuit électrique d'un genre nouveau, s'il fallait en croire les adultes, en tout cas une invention prodigieuse : le projectile faisait kliing ! en touchant un réverbère, et ploff ! quand trois pois frappaient ensemble l'une des ampoules colorées. Avec l'agilité des aborigènes du désert de Kalahari, Pelle se faufilait dans l'ombre des chapiteaux et visait les endroits nus, la nuque et les cuisses juste sous les culottes courtes, puis disparaissait, ni vu ni connu, sans qu'aucun des gaillards de la place n'ait jamais pu seulement repérer d'où provenait l'offensive.

C'est à cette école-là que Tom apprit à se garder des blessures, à compter sur ses camarades et à considérer la lutte comme une composante indissociable de la vie.

Dans son enfance, les petites maisons basses de la place étaient habitées par les pêcheurs les plus pauvres. Elles étaient chauffées au charbon et il n'y avait pas l'eau chaude. Aujourd'hui, le chauffage central avait remplacé le charbon mais on gardait le vieux poêle en fonte en souvenir du bon vieux temps. Des voitures neuves étaient garées devant les façades délicatement ravalées et il sembla à Tom qu'après ces cinq années d'absence, tous les modèles en Europe avaient fini par se ressembler. Derrière les nouvelles fenêtres à double vitrage, le câble transmettait jour et nuit les programmes de CNN. Avant son départ, il n'y avait qu'une chaîne publique, take it or leave it. Une seule chose paraissait immuable : comme jadis, les Danois s'obstinaient à encombrer les fenêtres de plantes vertes qui offraient leur feuillage à la lumière et empêchaient celle-ci de pénétrer dans les pièces.

« À quoi rêves-tu ? » Tom se retourna et vit Pelle campé sur le seuil d'une taverne. Il avait pris du poids. Sous un blouson de jean, son ventre opulent, tendu sous le tee-shirt et la chemise, débordait de la ceinture. Sans sa barbe, Tom ne l'aurait pas reconnu tout de suite, mais il aurait reconnu cette voix un peu rauque, même s'il n'avait pas téléphoné pour prévenir de sa visite. Ils marchèrent l'un vers l'autre et s'arrêtèrent en même temps. Un mètre les séparait.

« Je repensais à notre enfance, dit Tom.

– Tu es toujours aussi gringalet, dis-moi. » Pelle était corpulent, avait un front anguleux et des mains énormes. Elles étaient tachées de peinture et le blanc des yeux était émaillé de fines marbrures rouges.

« Salut, Pelle.

– Ça fait un sacré bail », répondit l'autre en l'attirant contre lui. L'odeur de tabac à pipe, de sueur et de bière n'était guère déplaisante comparée à la sensation d'être englouti dans l'imposante bedaine. Mais il y avait encore du tonus dans l'étau de ses gros bras.

« Allez, entrons boire une mousse », dit Pelle en desserrant son étreinte. Le nombre des années écoulées pesa soudain entre eux, il y eut un léger flottement, mais Pelle fit volte-face et, d'un pas résolu, précéda Tom sous la porte basse et oblique de la taverne.

Installé près d'une fenêtre pour surveiller la place, il avait vu Tom arriver et était resté un moment à l'observer. Sur sa table l'attendaient une chope de bière et un verre d'amer vide. C'était un local propre et coquet, avec de petites tables recouvertes de vichy bleu et blanc et un menu du jour inscrit à la craie. Ils disposaient d'une heure avant l'arrivée de la clientèle du déjeuner.

Pelle lui commanda d'autorité une bière et l'amer de la maison. Ils trinquèrent en silence, sans se quitter des yeux, lisant l'âge de l'autre dans le recul que procure la soudaineté des retrouvailles après tant d'années de séparation. Le crâne de Pelle s'était dégarni et une calvitie naissante pointait sous les mèches rebelles. Autrefois, il laissait son épaisse chevelure flotter sur ses épaules ou nouait une insolente queue-de-cheval sur sa nuque. La radio jouait des variétés américaines, le serveur lisait le journal. Les yeux de Tom errèrent sur les pavés de la place puis revinrent se poser sur Pelle.

« Tu as l'air de bien te porter, Tom.

— Cet endroit réveille tant de souvenirs…

— Les souvenirs sont les premiers signes de vieillesse et de sénilité.

— C'était une auberge, autrefois. Une gargote. Ma mère venait y chercher mon père, les soirs de paye à la fonderie. Pour qu'il ne boive pas tout le salaire. Parfois elle n'osait pas quand le vieux était trop saoul. Elle m'envoyait car moi, il ne me battait jamais. Je me souviens encore des odeurs de vomi, la fumée, et le brouhaha. »

Pelle éclata de rire :

« Bon sang, tu es toujours aussi sentimental. Pas étonnant, qu'ils buvaient autant. Ils se saignaient pour un salaire de misère et s'esquintaient la santé dans une usine puante.

– Il y a sûrement du vrai dans ce que tu dis.

– Et comment ! Ces crétins de sociaux-démocrates. Au lieu de faire la révolution, ils se saoulaient tous les jeudis. Le 1er mai, ils partaient piqueniquer dans les bois et se saoulaient encore. Puis ils ont eu les moyens de s'offrir une Coccinelle et un charter à Majorque. Leurs enfants sont entrés au lycée et on leur a installé l'eau courante dans les chiottes tandis que les riches continuaient de s'en mettre plein les fouilles. La classe politique a baptisé ça l'État-Providence. Quand j'y pense, quelle arnaque. »

Tom ne répondit pas et regarda autour de la pièce : sur chaque table, des fleurs, des serviettes en papier dans un porte-serviettes, des cure-dents à côté du sel et du poivre ; au mur, des vues du port ; derrière le bar, des régiments de bouteilles au garde-à-vous. Il n'y avait que dans le sillage de Pelle que le chaos menaçait.

Ce dernier reprit :

« C'est devenu un établissement chic. Mais ça ne marchera pas. L'idiot qui a repris l'affaire il y a quelques mois n'est pas du coin. On nous a construit un nouveau port de plaisance. Le nouveau patron compte sans doute rentrer dans ses frais grâce aux plaisanciers de la saison. En fait, ce n'est même plus un bistro. Mais comme cela fait dix ans que je viens prendre ma bière ici, je suis dispensé de suivre le règlement. »

Il éclata d'un rire bruyant et fit signe au serveur qui revint aussitôt avec deux autres bières.

Mais Pelle n'avait pas fini de régler ses comptes avec le passé :

« Tu veux que je te dise ce qu'il y avait de bien ? Nous trois. Toi, moi et Morten. Car on était potes malgré les différences de classe, pas vrai ? Bon sang, regarde-moi. Qui était mon père ? Un quincaillier, un petit-bourgeois. Ma mère ? Une pauvre ménagère qui ne vivait que pour essuyer la poussière. Le père de Morten ? Avocat, un homme du monde. Et toi ? Troisième génération d'immigrés polonais, avec un père qui rentrait tous les soirs crasseux comme un ramoneur. Pour sûr, les vieux n'aimaient pas nous voir jouer ensemble. Ce n'était pas convenable. Tu te souviens ?

— Très bien.

— Mais ça ne pouvait pas durer, pas vrai ? Tu es toujours flic ?

— Un genre de flic, oui.

— Quel genre ?

— Je travaille pour la DEA, La Drug Enforcement Agency. J'habite en Thaïlande. Je coordonne la lutte contre le trafic de stupéfiants entre les polices thaïlandaise, américaine et les pays nordiques. En coopération avec Interpol, tout ça. »

Tom remarqua le regard fuyant de Pelle.

« Il y a pas mal de fesses en Thaïlande, dit-il.

— Ferme-la, Pelle.

– La Brigade des Stup' ! Tu ne faisais pas la fine bouche quand on faisait circuler le pétard. Morten non plus, d'ailleurs. »

Tom éclata de rire :

« Le pétard ! Voilà des années que je n'ai pas entendu ce mot.

– Eh oui, tous les bons mots et les bonnes chansons sont passés de mode », dit Pelle d'un air tellement ahuri que Tom rit de plus belle. Pelle parut d'abord vexé, puis il partit d'un rire débonnaire qui secoua ses lourdes épaules et fit ballotter sa brioche.

« Nous recherchons surtout de l'héroïne. L'héroïne n'est pas une drogue anodine, c'est un poison mortel. Comme le crack. Il ne se passe pas un jour où je ne réalise l'utilité de mon travail », dit Tom, surpris d'avoir résumé si clairement un engagement auquel il ne songeait pas tous les jours.

« Laisse tomber, je te taquinais un peu.

– J'ai vu l'une de tes toiles chez Erika. »

Pelle se contenta de grommeler.

« Tu es devenu rudement bon, mais morbide. La mort se cache sous une belle surface, et on ne la voit qu'en pénétrant dans le tableau. De loin, simple décoration de salon. De plus près, déchéance et destruction. »

À son regard, Tom vit qu'il était flatté du compliment.

« Erika est une brave fille, bien qu'elle soit de droite, dit Pelle.

– Et Morten ?

– Ce salaud me manque. Lui aussi est devenu réactionnaire. Et puis après ? Aujourd'hui, tout le monde l'est, c'est à la mode. Morten, toi, Erika. Vous avez trouvé votre place. Quelque part.

— Tu les as revus souvent ?

— Non, mais quelle importance ! Après tout, l'amitié ne se mesure pas au nombre d'heures passées ensemble. On ne pointe pas comme à l'usine. Quand on est vraiment amis, c'est pour la vie, c'est tout ou rien. »

Tom vida son verre et suggéra :

« On va faire une balade ? »

Pelle préférait sans doute reprendre une bière mais il accepta :

« Minna nous attend pour déjeuner, plus tard. Minna habite avec moi. Elle travaille dans une banque. Toi, tu es flic, Morten était une fouine et ma copine bosse pour le grand capital. Il y a trop de gens bien nourris dans ce pays. Difficile d'entretenir la flamme révolutionnaire trop longtemps d'affilée.

— Autrefois, tu jouais au dernier des Mohicans. À présent tu peux jouer au dernier révolutionnaire, le dernier survivant d'une tribu autrefois nombreuse et prospère », dit Tom avec emphase.

Pelle lui bouscula gentiment l'épaule :

« À ma mort, on exposera ma dépouille au musée de la ville : Célèbre peintre révolutionnaire, membre d'une tribu apparue au début des années 70, établie dans tout le pays et éteinte après le départ du dernier communiste d'Europe de l'Est. Ceci est le dernier spécimen conservé.

— Revolutionaris sexticus », ajouta Tom en réglant l'addition au comptoir.

Le serveur était jeune et rasé de frais. Il les regarda comme s'il eût rencontré des acteurs évadés d'un vieux film en noir et blanc.

Ils traversèrent le cimetière. C'était une douce matinée. L'air était chargé d'embruns et la brise rabattait vers la ville une odeur d'iode et d'algue séchée. Ils marchaient en silence, perdus dans leurs pensées, dans leurs souvenirs. Des souvenirs de jeu, de première communion. C'est là que Pelle voulait être enterré. Des mouettes planaient au ras de l'eau grise, moirée et peu profonde. Un peu plus loin, un cabanon solitaire se dressait au milieu d'une pelouse : l'ancienne décharge municipale reconvertie en terrain de camping. Au large se découpait l'île de la Mouette. Elle avait appartenu à un comte auquel il manquait deux doigts à la main droite. Le domaine était fermé au public, mais une fois par an, l'école était mobilisée pour la grande battue. Ce jour-là, les élèves recevaient quinze couronnes, des saucisses et de la brioche et n'allaient pas en classe. Le comte avait été un homme influent. Le regard de Tom s'attarda sur l'emplacement de l'ancienne décharge ; le gazon, clairsemé par endroits, portait encore les marques des tentes et des caravanes de l'été et Tom s'imagina les déchets pourrissant dans le sol. Les touristes allemands se doutaient-ils qu'ils passaient leurs vacances sur les vieilles ordures municipales qui distillaient lentement sous leurs pieds des substances toxiques ? Enfants, ils avaient fouillé les détritus pour dénicher les chutes de cuir dont la tannerie se débarrassait. Ils y trouvaient de quoi fabriquer des besaces et des carquois pour jouer aux cow-boys et aux Indiens dans le hangar à bois. En retournant les monticules de peau, Tom respirait cette odeur fade et animale. Et quand la tannerie rinçait ses bacs de teinture les jours où le courant venait du sud, la mer était couleur de sang.

« Est-ce que la tannerie fonctionne toujours ?

— Non. Cette poubelle est fermée depuis longtemps. »

Ils descendirent sur le port. Pelle commentait la visite à la manière d'un guide : les quelques chalutiers solitaires qui se balançaient dans l'étroit bassin, le nouveau port de plaisance vide, les bouées d'amarrage noyées dans la brume. Tom se rappela leurs bains de mer, de l'autre côté de la jetée. L'eau y était claire et profonde, et le plaisir était d'autant plus savoureux qu'il était défendu. Ils se séchaient ensuite sur les roches chauffées par le soleil et regardaient les pêcheurs jeter des morceaux de hareng trempés dans l'eau-de-vie aux mouettes qui se mettaient à tituber et se posaient maladroitement sur l'eau grasse du port. Il se rappela l'odeur de goudron, d'entrailles, de sueur, de tabac à pipe et de poisson, la caresse du soleil sur ses bras nus. Ils remontèrent vers la ville en échangeant peu de mots. Tom prit des nouvelles d'anciens camarades presque oubliés ; la plupart avaient quitté la ville. Ils évoquèrent l'un pour l'autre le souvenir d'amourettes fort lointaines, la souffrance d'avoir aimé sans retour, et ils rirent en repensant qu'ils avaient pu prendre la vie tellement au sérieux. La fonderie où travaillait le père de Tom avait fermé.

« La municipalité a racheté les bâtiments », dit Pelle en désignant une bâtisse noircie qui, durant dix-sept ans, avait avalé le père de Tom pour le recracher chaque soir, lui et les autres ouvriers, barbouillé de suie et ivre de fatigue.

« Il est question d'y installer une maison de la culture. Moi je trouve qu'on ferait mieux de démolir ce tas de merde. Il a tant de morts sur la conscience.

— Que sont devenus les propriétaires — comment s'appelaient-ils, déjà ? Les Carlsen ?

— Aucune idée. Ils ont émigré sur la Costa del Sol, j'imagine.

— Ils ont fait faillite, pourtant.

— Les riches s'en sortent toujours.

— Ils ont essayé de sauver les emplois. L'entreprise faisait vivre de nombreuses familles.

— Oh, ferme-la, Tom, tu es vraiment naïf. Quand le capital a soustrait la plus-value des travailleurs, il plie bagage et s'en va ailleurs. C'est comme ça.

— Et toi, tu vis dans un rêve qui s'est depuis longtemps révélé être un cauchemar.

— Je n'ai aucune envie de discuter politique avec toi. Que viens-tu faire ici ?

— Je suis de retour au pays. C'est la première fois depuis cinq ans. Est-ce si bizarre de vouloir revoir ses vieux amis ? »

Pelle ne répondit pas et accéléra le pas. Quant à Tom, il avait le sentiment d'arpenter en étranger les rues de sa ville natale. Pourtant, elle avait peu changé. On avait aménagé une rue piétonnière, aussi laide qu'ailleurs. Des banderoles de fanions en plastique tendues en travers de la chaussée déparaient les belles façades anciennes. Le premier lutin attendait Noël dans une vitrine. C'est en entrant dans l'agglomération que Tom s'était senti vraiment dépaysé. Les terrains de football et la forêt où ils avaient joué avaient disparu pour laisser la place à des alignements de pavillons retranchés derrière d'épaisses haies. En trente ans, l'apparition des quartiers pavillonnaires avait modifié le paysage des campagnes et des villes danoises plus radicalement que deux millénaires de civilisation.

Ils regagnèrent la place.

« Que me veux-tu, au juste ? insista Pelle en l'observant du coin de l'œil.

— Parler un peu, de Morten. As-tu toujours la fermette ? »

Pelle se tut et allongea la foulée, précédé de son ventre qui pointait sous son blouson déboutonné. Mais en dépit de son volume, il allait d'un pas élastique, avec l'aisance d'un boxeur poids lourd, et saluait d'une main à hauteur de sa tempe les connaissances qu'il croisait, sans perdre le fil de la conversation.

« J'en ai hérité à la mort du vieux.

— Tu te souviens que nous fabriquions des bombes à essence ?

— Ça n'avance à rien de ressasser le passé de cette façon. L'histoire n'appartient pas à un individu, c'est une doctrine bourgeoise et stérile. Ça ne m'intéresse pas.

— Justement, nous préparions la révolution. »

Pelle s'immobilisa et se tourna vers Tom :

« Pour Morten et toi, ce n'était qu'un jeu. Comme de fumer un pétard. Pour moi, c'était sérieux. J'y croyais, nom d'un chien.

— Sans blague... ?

— La théorie est toujours valable. Mais visiblement, la pratique donne des résultats différents.

— Serais-tu devenu nihiliste ?

— Allons prendre un sandwich au hareng et une bière, veux-tu ? Chaque chose en son temps. Une toile à la fois. Demain est un nouveau jour. De toute façon, la révolution n'aura pas lieu de mon vivant. Tu ne doutes donc jamais, toi ?

— Tout le temps.

— Et quel est ton remède ?

— Je pense à une petite maison en Thaïlande. Je m'efforce comme les Japonais de vivre en harmonie avec moi-même et ma maison. »

Pelle rit :

« Tu es le flic le plus bizarre que je connaisse. Allez viens, j'ai faim. »

Pelle habitait l'une des petites maisons de la place. Tom se souvenait de pièces minuscules, sombres, confinées, encombrées de meubles lourds et patinés, et de plafonds trop bas. Mais Pelle avait abattu les cloisons et réagencé l'intérieur. Ils s'assirent dans une salle de séjour vaste et lumineuse, éclairée par le toit et par le jardin. Une femme au grand corps sec, d'environ la quarantaine, posa des bières sur la table. Elle portait un chemisier blanc qui flottait sur des jeans délavés. Des cheveux mi-longs coupés au ras du lobe des oreilles encadraient son visage doux et un peu sévère. Pelle fit brièvement les présentations : Minna, qui avait pris un jour de congé à la banque. Ils déjeunèrent ensemble de harengs marinés, de saucisse, de pâté tiède, de lard fumé et d'un fromage fort pour terminer le repas. Ils parlèrent de tout et de rien.

Minna ne participait guère. De temps en temps, elle adressait à Tom des regards vaguement hostiles. La discussion gravita autour des bouleversements en Europe de l'Est. Tom les trouvait positifs, Minna ne prit pas position. Quant à Pelle, il déplorait le rachat du socialisme par le capital ouest-allemand, sans pour autant paraître totalement convaincu du bien-fondé de ses propres arguments. Tom avait remarqué que l'Est était au centre de toutes les conversations, cet automne. Le flot des réfugiés est-allemands grossissait un peu plus chaque jour. Des milliers de manifestants défilaient dans les rues de Prague. L'Union Soviétique était en pleine déconfiture. L'Europe tremblait sur ses bases.

Minna apporta le café.

Tom sortit la photographie et la montra à Pelle. Celui-ci se renversa dans son siège et, un léger sourire aux lèvres, il contempla longuement le cliché noir et blanc sur lequel posaient trois adolescents persuadés que le monde leur appartenait.

« Sacré nom de Dieu », dit Pelle en laissant Minna prendre le cliché de sa grosse main velue.

« Vous avez l'air bien jeunes, remarqua-t-elle. Et un peu niais.

— Tu te rappelles qui a pris la photo ? » interrogea Tom en plantant son regard dans les prunelles vitreuses de Pelle.

« Non, pardi. Il y a si longtemps. » Il reprit le cliché des mains de Minna et l'examina à nouveau. « Jette, peut-être. Cette vieille garce qui t'a dépucelé.

— Qu'est-ce qui te fait penser que c'est elle ? »

Pelle regarda encore le cliché :

« L'expression de ton visage. Tu faisais toujours cette tête quand tu nous parlais d'elle. Ça devait être vers 67… la photo doit dater de cet été-là. Ça bardait au Moyen-Orient. Nous croyions que la guerre allait éclater.

– Tu as peut-être raison », conclut Tom en rangeant la photographie dans son portefeuille et son portefeuille dans la poche intérieure de sa veste.

« D'ailleurs, nous la verrons bientôt, dit Pelle.

– Jette… ?

– Oui, jeudi. Je suis invité à dîner. Elle donne une réception pour fêter ton retour. Et mon vernissage qui a lieu le 11. Je ne m'y attendais pas. Nous ne fréquentons pas tous les jours les mêmes milieux. Je ne l'ai pas vue depuis vingt ans. À part dans les journaux. »

Tom leva son verre comme pour trinquer à l'annonce de cette nouvelle.

« Tu veux voir mes toiles ? »

Tom crut surprendre un avertissement muet de Minna, se retourna vers elle, mais ses yeux étaient rivés sur ses mains affairées à desservir.

« Elles sont dans la fermette. J'y ai installé mon atelier. Prends ta voiture ; comme ça, tu pourras rentrer directement. Je voudrais travailler un peu. »

C'était une manière habile d'écourter sa visite, de le congédier. Une tension indéfinissable flottait dans la pièce. Peut-être n'était-ce qu'une simple crise conjugale. Peut-être Pelle prenait-il ses convictions et ses vieux rêves trop au sérieux. Peut-être ne pouvait-il se résoudre à tirer un trait sur le passé. À l'inverse des opportunistes qui noircissaient les colonnes des journaux danois de leur soudaine aversion pour une idéologie dont, quelques mois plus tôt, ils applaudissaient encore les vertus et les progrès, et dont ils se félicitaient à présent d'avoir prédit la faillite. Mais Tom avait le sentiment que ce n'était pas tout.

La maison était adossée à un bosquet de hêtres et de frênes. L'entrée donnait sur des prés salés, délimités au loin par les digues. Au-delà, l'océan mêlait ses reflets métalliques à la lumière d'un ciel dégagé, comme si cette petite portion de Danemark ne fût qu'une bande de basse terre détrempée sous le ciel immense. C'était un paysage poétique mais dépouillé, comme une eau-forte à l'encre de Chine. Tout le contraire de la luxuriance des tropiques saturées de couleurs, de lumière, de chaleur et d'odeurs, de vie et de mort. Tom aperçut l'ancien champ de tir où la caserne s'exerçait tous les dimanches. Ils remontèrent un chemin boueux. Des gouttes de rosée se cramponnaient aux brindilles des arbres dénudés. La brume marine tombait sur cette douce fin d'après-midi déjà gagnée par un crépuscule timide, comme hésitant entre le jour et la nuit. Bien différent des violents contrastes auxquels il s'était habitué, au pied des versants verdoyants de la Thaïlande du Nord.

Ici aussi, Pelle avait démoli toutes les cloisons. Il avait aménagé une fenêtre dans le pan du toit orienté vers le sud-est et remplacé la cuisinière et le poêle à charbon par une chaudière au gaz naturel ; l'air était sec et fleurait bon la peinture.

Les toiles, prêtes à être enveloppées, étaient adossées au mur et réparties en deux catégories : des compositions abstraites aux couleurs criardes sous lesquelles affleuraient des corps mutilés, matérialisés par des traits noirs et blancs. Comme le tableau qu'il avait vu chez Erika, ils prenaient l'observateur en traître. L'œil se laissait d'abord séduire par les larges touches de couleurs, avant d'être insidieusement happé par de vertigineuses arabesques qui évoquaient la souffrance et la mort. Tom prit son temps. Assis à côté d'un chevalet, Pelle fumait une pipe. *Beggars Banquet* des Rolling Stones formait un fond sonore approprié. Les toiles plongèrent Tom dans une sorte de chagrin. Tout espoir était banni, l'avenir était condamné. Seule émanait l'annonce d'une mort prochaine. À aucun prix il n'en aurait voulu chez lui.

Les autres peintures puisaient dans une veine fort différente. C'étaient des collages naïfs et multicolores. Des enfants de tous âges jouaient dans des décors urbains d'une propreté impeccable ou dans de splendides jardins fleuris et plantés d'arbres dont les branches ployaient sous le poids de fruits mûrs. La musique des Rolling Stones ne leur seyait pas.

Pelle s'approcha :

« Celles-là n'iront pas à Copenhague.

— L'expo manquerait cruellement d'unité. »

Pelle éclata d'un rire bruyant :

« J'en peins de moins en moins.

— Ce n'est pas mauvais, remarque…

— Pendant des années, je les ai vendues comme des petits pains à l'Union Soviétique et à la R.D.A.

Grâce à elles, j'ai passé des vacances de luxe au bord de la mer Noire presque tous les ans.

— Je l'ignorais.

— Ce n'est pas un secret. D'ailleurs, je ne les renie pas. Elles illustrent mon idée du paradis socialiste. Mais peu importe. Ils n'en veulent plus. »

Il éteignit la lumière et le crépuscule entra dans la pièce. Il se dirigea vers la porte, suivi de Tom. En sortant, Pelle dit :

« Elles devaient être exposées à Leningrad, mais elles m'ont été renvoyées la semaine dernière. Ils se sont ravisés. Par contre, ils ont entendu parler de mes autres tableaux et ça les intéresse : ceux-là décrivent mieux la réalité soviétique, m'a dit le gars de l'ambassade qui est venu me voir il y a quelques jours. »

Pelle partit à nouveau d'un rire bruyant et faussement enjoué.

« Qu'est-ce qu'il ne faut pas entendre... ! » ajouta-t-il en franchissant le seuil.

Une fois dehors, Tom remarqua dans la pénombre, entre les branches nues des arbres fruitiers, une cabane en bois affaissée, coiffée d'un toit de tourbe. C'était le vieux refuge d'éclaireurs. Ils l'avaient construit ensemble et ils y avaient dormi un nombre incalculable de fois. Il allait s'approcher quand il sentit la main de Pelle sur son bras.

« Jette un coup d'œil par la fenêtre, mais fais gaffe, ce tas de planches vermoulues est susceptible de s'effondrer à tout moment.

— Pourquoi ne l'as-tu pas démoli ?

— Parce que je suis un pauvre bougre sentimental, comme tout le monde. »

Tom darda un œil à travers les petites vitres sales. Le cadenas paraissait relativement neuf. Dans la pénombre, il ne distingua que le vieux poêle en faïence dans un coin, une large banquette occupant toute la longueur de la pièce et une table flanquée de coffres servant de bancs. Le vieux parquet s'était patiné mais il semblait intact. Le murmure des longues heures de discussion lui revint avec l'odeur caramélisée des pommes qui cuisaient sur le fourneau et plus tard, le goût de la bière et du vin blanc à deux sous de l'épicerie coopérative.

« Je peux entrer ?

— C'est trop dangereux. Il faut que je me décide à la faire raser avant qu'elle ne s'écroule sur quelqu'un.

— C'est là-dedans que nous sommes devenus adultes.

— Oh, c'est donc là que tu as perdu ton pucelage ? lança Pelle avec ce même rire contraint.

— Tu planques toujours des bombes sous la banquette ? »

Le rire de Pelle retomba d'un seul coup.

« Pourquoi tu dis ça, nom de Dieu ?

— Je me souviens que tu y entreposais une caisse de cocktails Molotov. Quand il s'en est aperçu, ton père t'a collé une de ces raclées ! Tu aurais pu faire tout sauter.

— Nom d'un chien, tu as une sacrée mémoire.

— Ça fait partie de mon métier. »

Pelle le dévisagea. L'obscurité s'épaississait, mais ils se tenaient si proches que Tom crut déceler un semblant d'hostilité dans ce regard d'ordinaire si chaleureux :

« C'est vrai. J'oubliais que tu étais flic. Je l'oublie sans arrêt. »

Ils restèrent un instant face à face dans le noir. Une voiture passa dans le lointain, le cri solitaire d'une mouette déchira le silence, bientôt rejoint par le concert d'une colonie entière venue des terres pour recueillir les insectes et les vers dans les sillons des champs fraîchement labourés, avant de regagner les îlots noyés dans la brume du large. On ne distinguait plus que la digue et l'enceinte du champ de tir.

« Eh oui, convint Pelle, voilà comment la révolution armée a pris fin : avec une raclée. »

9

La soirée débuta sans entrain. L'assistance manquait d'unité. Comme si l'hôtesse, voulant s'ôter un remords, avait réuni tous ceux auxquels, depuis plusieurs années, elle pensait devoir rendre une invitation. Or, il s'avéra que les convives partageaient de nombreux points communs, et que, comme s'en ouvrit Lasse Nauer à la maîtresse des lieux, « ce choix de prime abord saugrenu se révélait non dépourvu d'élégance et de raffinement ». Aussi tout se déroulait-il pour le mieux quand la jeune femme chargée du service laissa entrer les nouvelles du monde sous les hauts plafonds de la salle à manger. On entendit la voix indistincte d'un bulletin d'information semblant provenir d'un poste radio allumé dans la cuisine et la serveuse dit :

« Je sais que cela peut surprendre avant le dessert, mais je pense que vous devriez allumer le téléviseur. »

Sous les stucs, le brouhaha des voix retomba. Jette Jansen qui s'était placée de sorte à pouvoir diriger à la fois le service et la conversation, présidait, dans sa beauté un peu froide, l'assemblée de ses onze convives assis autour d'une table ovale garnie d'une nappe blanche. Il y avait là des représentants de l'opinion, de l'administration et des organes dirigeants, mêlés à quelques artistes. Des technocrates divisés sur des détails, partagés sur leur interprétation de l'Histoire, réconciliés ce soir-là par leur commune certitude d'avoir eu raison et par l'urgence qui s'imposait de justifier les paradoxes que suscite une pareille présomption.

« Allons prendre une pause cigarette devant le poste », proposa la maîtresse de maison en tamponnant délicatement ses lèvres avec sa serviette. Tom tira la chaise d'Erika. Un grain de beauté niché au creux de ses épaules nues faisait ressortir la blancheur délicate de son dos. Elle lui sourit et traversa la porte à double battant pour passer dans la pièce voisine. Tom, son verre de vin à la main, laissa les invités défiler devant lui. Pelle s'approcha :

« Erika est superbe. Je ne m'en étais jamais aperçue, et toi ?

— Oui et non. Elle est belle comme une gravure, pas comme une femme. Pour moi, elle était l'épouse de Morten.

— Mais regarde-les donc ! Est-ce cela, la récompense de nos efforts ? »

Pelle pointa un verre accusateur vers les dos élégamment vêtus qui s'éloignaient. Vestes sombres pour les hommes, pièces d'étoffes moirées pour les dames, découvrant des zones de chair nue.

« Et dire que nous prétendions soutenir la classe ouvrière. Tout ce qu'il en reste relève purement du symbole. Comme les Cécil que certains continuent dc fumer. »

Tom éclata de rire et emboîta le pas des invités en récapitulant mentalement leur qualité : quelques amis de longue date, côtoyant des personnages auxquels leurs fonctions actuelles donnaient temporairement le droit d'être admis dans l'entourage de Jette : le conseiller du gouvernement en matière de sécurité nationale ; le chef de file de l'opposition ; un écrivain de droite dont les prédictions se révélaient exactes, et qui avait mis deux plats à profit pour abreuver l'auditoire de son bout de table d'une rétrospective ronflante de dix années d'articles ; une ancienne ministre sociale-démocrate qui avait toujours professé les bienfaits du socialisme et refusé, selon ses termes d'alors, de prendre part à une chasse aux sorcières menée contre des pays voisins. Elle discourait à présent en spécialiste de l'Europe centrale et en interlocutrice privilégiée de l'opposition démocratique, cette même opposition qui était aujourd'hui sur le point de s'emparer du pouvoir. Tom savait, pour avoir passé les journées précédentes devant un écran d'ordinateur, que les dissidents ne lui avaient jamais inspiré que du mépris et qu'elle avait toujours assidûment cultivé les responsables du régime en place, louant d'une main les vertus du socialisme, se défendant de l'autre d'en approuver toutes les réalisations. Elle était en train de changer son fusil d'épaule et s'y prenait avec plus d'élégance, de cynisme et de tact que la plupart de ses consorts. Tom avait davantage de sympathie pour ceux qui avaient cru au conte de fées et qui pleuraient à présent sur leurs illusions perdues. Il se rappelait la solidarité, l'allégresse, les rêves. L'état de grâce avait été éphémère, mais il avait bel et bien existé.

Il y avait aussi Tom, Pelle et Erika. En marge des cercles du pouvoir, instruments d'un plan conçu par Jette et dont Tom connaissait la finalité : glaner des impressions, confier à Lasse Nauer le soin de diriger les conversations pour voir ce qu'il en ressortirait. Sonder le terrain, remuer la vase, comme ce dernier aurait pu dire, avec cette manie d'empiler les métaphores. Il y avait enfin un fonctionnaire à la mise très convenable accompagné de son épouse et, à l'extrémité de la table, un homme flanqué d'une épouse insignifiante qu'on lui avait présenté sous le nom de Gerhard Nielsen, le genre d'homme auquel on prêtait l'habitude de toujours formuler une remarque à contretemps.

Tom savait que Nielsen était le messager choisi par Zaïkov. Depuis qu'il avait consulté son dossier, il savait aussi que celui-ci travaillait ou avait travaillé pour le Renseignement. Il avait parcouru tous les fichiers électroniques que Jette l'avait habilité à consulter. Il avait vainement tenté de dégager un tableau cohérent. Des documents toujours plus nombreux affluaient de Pologne, l'un des pays coopérant traditionnellement avec le Danemark en matière de renseignement. Depuis la prise du pouvoir par Solidarnosc, l'Ouest était gratuitement abreuvé d'informations qu'il avait fallu autrefois monnayer en devises, en sueur et en sang. Désormais elles se bradaient comme de vulgaires marchandises en réclame. Mais que valaient-elles ? N'étaient-elles pas déjà périmées avant même d'être livrées ? Les anciens espions étaient occupés à négocier le rachat de leur âme, à choisir leur camp avant qu'il ne soit trop tard. Tom pouvait se prévaloir d'une seule certitude : quelqu'un l'avait précédé dans les archives et avait cherché à y mettre de l'ordre. Ses propres dossiers étaient verrouillés et la documentation disponible sur Zaïkov avait tout au plus l'allure d'un article de presse rédigé à la hâte. Quant aux Danois, la majorité des informations auxquelles il avait eu accès ressemblaient aux résumés du Bottin mondain : rédigés par les intéressés eux-mêmes, orientés, peu crédibles.

Le cours de ses pensées fut interrompu par les suffocations d'Erika. Elle se tenait juste devant lui, les bras croisées sur sa poitrine. Son cou tendu en avant faisait saillir ses omoplates et les muscles de sa nuque. Ses veines se gonflèrent. Puis elle relâcha sa respiration.

Dans une édition spéciale, le journal télévisé diffusait des images incroyables : un flot continu de Berlinois de l'Est se déversant par le Mur dans Berlin-Ouest, puis, sans transition, un homme à la tribune du Bundestag, accompagné de ce commentaire :

« L'annonce de l'ouverture de la frontière est-allemande sur l'Allemagne de l'Ouest vient d'être communiquée à l'Assemblée fédérale. » Avec une expression de trouble mêlé d'incrédulité, l'homme à la tribune lut une feuille de papier qu'il tenait à la main puis s'adressa aux députés :

« Je viens de recevoir ce communiqué. J'ignore ce qu'il signifie, mais il m'informe que la République Démocratique Allemande a ouvert ce soir sa frontière à la République Fédérale d'Allemagne. » À la Chambre des députés comme dans le salon de Jette régnait un silence hébété. À Bonn, les députés se levèrent et entonnèrent Deutschland Über Alles. À Copenhague, Erika se mit à pleurer. Tom s'approcha et la prit dans ses bras. Elle enfouit son visage contre son torse, le dos tourné à l'écran. Il sentit le feu de sa joue à travers son blouson et sa chemise. Les sanglots muets qui secouaient son corps éveillèrent en lui un sentiment de joie et de peine, un besoin de l'aimer et de la protéger. L'assistance n'était plus que visages médusés et verres suspendus au bout de doigts figés, une fresque de pierre, si ce n'était la fumée qui s'élevait des cigarettes.

Jette zappa sur l'une des chaînes allemandes qui retransmettait en direct et les visages des invités s'allongèrent un peu plus. Était-ce un film ou un documentaire ? Dans ce dernier cas, l'Histoire s'écrivait sous leurs yeux. On voyait des gens escalader le Mur, brandir des bouteilles et agiter les bras en signe de victoire, sous l'œil indifférent des vopos. Le correspondant allemand avait un trémolo dans la voix. Les plans désordonnés de la caméra reflétaient le climat de ses pensées. Une stupeur et un émoi identiques régnaient dans le salon de Jette, lorsque Lasse Nauer rompit le silence :

« C'est la fin de l'Histoire telle que nous la connaissions. »

Cette remarque les arracha à leur torpeur et les langues se délièrent — comme l'on éprouve le besoin de parler après une hallucination collective. Chacun voulut bientôt donner son avis sur l'effondrement irréversible de l'ordre ancien. Tom entendait le brouhaha des voix enfler autour de lui mais il préférait s'occuper d'Erika. Blottie dans ses bras, tournant obstinément le dos à l'écran, elle regardait fixement par-dessus son épaule, avec le regard effarouché d'un enfant qui voudrait voir un film d'horreur mais n'ose pas. Tom la fit doucement pivoter face au poste puis il la maintint dans ses bras avec tendresse mais fermeté. À la vue des images, elle s'abandonna contre sa poitrine, le visage baigné de larmes.

« Trinquons », décréta Jette qui avait rendossé son rôle de maîtresse de maison, « portons un toast à ce jour historique. »

Tom et Erika ne bougèrent pas. Les autres virevoltaient autour d'eux, s'embrassaient et entrechoquaient leurs verres comme au douzième coup de minuit au réveillon de la Saint-Sylvestre. Ils se congratulaient comme s'ils avaient personnellement pris part à la chute du Mur. Comme si leur engagement personnel avait contribué à renverser une colonne infamante qu'ils avaient crue aussi immuable que le jour de leur départ en retraite.

Tom aperçut Pelle. Le peintre ventripotent fixait l'écran de télévision d'un regard à la fois désemparé et éteint. Il se balança un peu sur ses pieds, vida son verre d'un trait et scruta la pièce en quête d'une bouteille. Quelques bribes de son dossier lui revinrent en mémoire. Car Pelle aussi était fiché dans ces fameuses archives plus ou moins officielles et désormais placées sous une surveillance accrue, depuis que le gouvernement s'était imposé un contrôle parlementaire. Il y figurait au titre de sympathisant ayant beaucoup séjourné en Union Soviétique et en R.D.A. Mais sa production artistique était jugée inoffensive. Naïve, certes, mais ce n'était pas un crime dans une société moderne ; après tout, Pelle ne voulait pas savoir. Et il n'avait pas non plus la trempe d'un espion. Aucune raison particulière de le tenir à l'œil. Il affichait clairement la couleur et c'était son droit le plus strict en démocratie.

Le peintre traversa le salon, gagna la table de la salle à manger et se servit à boire.

Tom sentit qu'Erika cherchait timidement à se libérer. Il n'avait aucune envie de la laisser partir, de sentir disparaître la boule chaude qui cognait dans sa poitrine. C'était une sensation plus intense que le désir sexuel qui durcissait ses entrailles. S'en était-elle aperçue ? Était-ce pour cela qu'elle cherchait à se dégager ?

Erika sécha ses larmes et renifla.

« Je devrais aller me débarbouiller, dit-elle. Aber Danke. »

Il se pencha pour l'embrasser. Elle ne détourna pas la tête et pressa au contraire ses lèvres contre les siennes. Tom savait que Jette avait vu ce baiser furtif. Celle-ci le fixa brièvement puis elle détourna ostensiblement la tête et frappa dans ses mains :

« Retournons à table pour prendre le dessert ! Nous reviendrons au salon pour boire le café », lança-t-elle à la cantonade sur ce ton ferme auquel elle recourait pour rappeler ses subalternes à l'ordre du jour, chaque fois qu'une réunion menaçait de traîner en longueur.

Erika resta auprès de Tom tout au long de cette soirée peu ordinaire où le téléviseur resta allumé sur la chaîne allemande. Le sujet des conversations allait de soi : la chute du Mur, l'avenir de l'Europe. Erika se taisait, comme si elle ne saisissait pas vraiment le sens de ces mots.

« Presque un demi-siècle de perdu, lâcha-t-elle enfin, l'Allemagne va être réunifiée.

— J'en doute », rétorqua l'ex-ministre d'un ton revêche, comme une institutrice excédée par la bêtise de sa classe au terme d'une longue explication. « Je crois que le meilleur du socialisme restera. Les citoyens de la R.D.A. ne se laisseront pas acheter pour une poignée de Deutsche Marks.

— C'est que tu n'as rien compris du tout », répliqua Erika avec une véhémence qui surprit tout le monde. Elle était légèrement penchée vers Tom qui ne participait pas à la discussion : après cinq années passées en Asie, il ne se sentait guère concerné par l'actualité politique européenne. Sentant des regards posés sur sa nuque, il tourna la tête et vit Jette et Lasse Nauer près de la fenêtre, une tasse de café et un verre de cognac dans les mains ; ils lui firent signe de les rejoindre. Avant d'aller les retrouver, Tom pressa la main d'Erika et sentit à nouveau la boule grandir dans sa poitrine. Une voiture passa dans la rue déserte et noyée dans la brume de novembre.

« Tiens, tu as réussi à te libérer ? ironisa Jette.

— En effet, c'est une discussion bien intéressante », approuva Nauer dont le corps massif était tourné vers les petits groupes qui bavardaient.

— Il ne s'agit pas de cela, corrigea Jette. Depuis le temps, ça devait lui manquer.

— Peut-être que tu l'envies tout simplement », répondit Tom.

Le regard de Nauer alla de Tom à Jette. La conversation prenait décidément une tournure trop privée et Nauer se sentit dans son bon droit de redresser la barre :

« Du nouveau, Gubrowski ? Quand partez-vous ? Vous avez creusé dans les archives. Vos fouilles ont-elles donné quelques résultats ? »

C'était une manie aussi étrange qu'obsédante qu'avait Nauer de poser non pas une question, mais une avalanche de questions.

« Ma foi… Je n'ai toujours pas de réponse à la question de Morten. »

Nauer rejeta les épaules en arrière de sorte que le tissu de sa chemise se tendit. Tous ses gestes rappelaient ceux d'un athlète en perpétuel échauffement.

« La pendule tourne, dit Nauer.

— Que voulez-vous dire ? intervint Jette. N'étions-nous pas justement convenus de ne rien précipiter ?

— Le temps joue contre Gubrowski et contre tous les acteurs de l'ancien régime. Que représente aujourd'hui un homme comme Zaïkov ? À quoi peut-il nous servir ? Et ses révélations ? Pardi, on peut se les procurer n'importe où pour une bouchée de pain. La R.D.A. n'existe plus. Nous récupérons cinq mille espions qui vont se bousculer pour nous brader leurs marchandises. Il est trop tard. C'est déjà de la brocante à dix sous.

— C'est vous qui m'avez fait venir. Vous n'avez qu'à me renvoyer chez moi. Votre heure sera la mienne.

— Ah oui, vraiment ? » objecta Jette.

Nauer leur lança à nouveau un regard frustré. Il ne comprenait pas cette conversation à mots couverts et supportait mal de se sentir exclu, comme lorsque le Premier ministre ignorait ses conseils et se mettait à réfléchir par lui-même. C'était déplacé, assommant et peu constructif.

Il toussota, agacé :

« Je dis seulement : Zaïkov passe au second rang des priorités. Une visite officielle compte plus que les renseignements douteux d'un ex-espion. Et je répète : quelle importance cela a-t-il aujourd'hui ? Nous ne sommes plus en guerre. La guerre froide est terminée. La guerre de l'ombre est un mauvais souvenir. L'OTAN pourrait enfoncer le clou mais le vainqueur ne doit pas narguer le perdant, on ne frappe pas un ennemi quand il est à terre. Le communisme est fichu. Nous le savons, vous et moi, et Gorbatchev le sait aussi.

— Ainsi soit-il », dit Jette en levant son verre. Elle posa sa tasse sur le rebord de la fenêtre, tira une cigarette extra-longue de son petit sac à main noir et l'alluma. Nauer chassa la fumée d'un revers de la main.

« Ne comprends-tu donc pas que les temps ont changé ? dit-il en fronçant le nez.

« Je comprends le sens de la mission qui m'a été confiée. Les instructions, elles, n'ont pas changé.

— O.K., mais nous ne voulons pas de péripéties à la polonaise. »

Tom but une petite gorgée de cognac. Son regard chercha et croisa celui d'Erika. Elle leva son verre et lui sourit.

« Quand partez-vous, Gubrowski ? demanda Nauer.

— J'aurai certainement une réponse dans le *Trib* demain ou après-demain.

— Entendu, allez à Londres. Rencontrez-le, tâchez de savoir ce qu'il a à nous dire. Rendez compte au commissaire Jansen et nous aviserons. »

Tom acquiesça. Il vit Pelle se lever d'un fauteuil et faire quelques pas chancelants. Il était ivre. Erika voulut l'aider mais il la repoussa et gagna l'entrée, visiblement décidé à s'éclipser. Jette l'aperçut à son tour et s'avança pour le raccompagner mais il ouvrit la porte et sortit sur le seuil, son pardessus à moitié enfilé. Là, il agita une main lasse en guise d'adieu, ou plutôt pour signifier à Jette de le laisser tranquille. Celle-ci hésita un instant sur la façon de réagir à cette entorse au protocole, mais elle se contenta de secouer la tête. Or, le départ précipité de Pelle ne passa pas inaperçu et le reste des invités se décida à prendre congé.

10

À la sortie de Hambourg, la Ford de location de Tom Gubrowski prit sa place dans les embouteillages du soir. Les banlieusards regagnaient leur foyer en écoutant les bulletins euphoriques qui commentaient la faillite de l'État voisin. En mettant le cap vers le sud, Tom songea un instant aux gardes qui attendaient dans le brouillard londonien, devant un hôtel où il ne mettrait pas les pieds. Les yeux rivés sur les feux de la voiture précédente, il filait dans le brouillard allemand, l'autoradio branché sur la même station ; il était à présent question de milliers de manifestants défilant dans les rues de Prague. De l'autre côté de la frontière, quelque part sur sa gauche, l'Europe changeait de peau. Tom s'accommodait mal de cette brume humide, dense et glacée, qui s'obstinait à recouvrir les sillons noirs des champs fraîchement labourés d'où montait une odeur d'humus et d'engrais. Il se souvenait de la brume comme d'un voile soyeux flottant comme de la ouate audessus des montagnes à l'aube, que les premiers rayons du soleil dispersaient.

La conduite par temps de brouillard exigeait une concentration soutenue. Au bout de quelques heures à peine, se sentant las, il quitta l'autoroute et aperçut un village, surgi comme par enchantement. Les réverbères ressemblaient à des boules incandescentes suspendues dans l'obscurité laiteuse. Tom fit halte dans une auberge située dans la rue principale. Il régla en liquide. La chambre, moderne et claire, contrastait avec l'allure austère et désuète du bâtiment. Dans le restaurant presque vide, il dîna d'une escalope viennoise et d'une bière. L'acidité des câpres, la chapelure rousse qui enrobait la tranche de viande, tout dans ce met lui parut étrangement exotique. Les pommes de terre bouillies lui rappelèrent la récolte des betteraves sucrières à Lolland et les grandes feuilles vertes qui s'amoncelaient dans la boue des chemins creux. Il revit sa grand-mère polonaise dans sa robe de gros drap et son châle, en automne, assise devant la petite maison, racontant les récoltes d'antan, avant l'arrivée des machines, dans cette langue polonaise qui semblait sortir d'un magnétophone. Il commanda une autre bière et jeta un œil sur le téléviseur placé au bar du restaurant. Les images de gens dansant sur le Mur finissaient par se ressembler mais un étonnant reportage sur Prague le fit tressaillir : on voyait Alexandre Dubcek sur un balcon dominant une foule immense qui brandissait des drapeaux et des torches. L'homme sourit, recula d'un pas, hésita puis s'avança et embrassa la foule en s'étreignant lui-même.

« Es ist doch ganz wunderbar, glauben Sie nicht ? lui dit le serveur en secouant la tête.

– Ganz, répondit Tom.

– Trinken Sie doch einen Schnaps mit mir, mein Herr ? Um diese historische Zeit zu feiern.

– Danke », dit Tom. Le goût du schnaps de Bommerlunder aussi lui parut exotique, différent de l'amer whisky du Mékong auquel il s'était habitué. Ce mélange de feu et de glace ressuscitait le passé, entamait un peu plus son vernis asiatique et contribuait à restaurer une part de cette identité européenne qu'il s'était tant appliqué à détruire.

Avant de se coucher, il médita sur la moquette de sa chambre claire pour vider son esprit de toute pensée, mais n'y parvint pas. Il ne s'endormit pas tout de suite. Le souvenir d'Erika l'obsédait. Il revoyait leur étreinte amoureuse, mais comment fallait-il appeler cela ? Il couchait avec Supatra, avec des inconnues. Avec Erika, c'était différent. Quand, agenouillé devant elle, il pénétrait dans son ventre, son esprit était à la fois aveuglé par une lumière intense et aspiré par un gouffre insondable. Il revoyait le corps d'Erika se cambrer quand ses mains glissaient le long de ses reins pour caresser la peau douce de ses fesses. Il s'assoupit sur la vision pastel et vaporeuse d'une communion qu'il souhaitait ne jamais voir finir.

Le brouillard se leva dans la matinée. Tom contourna Bonn en longeant le Rhin et arriva dans la vallée de la Moselle. Il avait tout son temps. De sa traversée de l'Allemagne, il retenait deux images : d'abord, sur l'autoroute, celle de petits cubes de tôle est-allemands qui vomissaient une fumée noire et créaient de longues files d'attente – les Trabant, comme disait la radio ; devant ces tombeaux roulants devenus symbole de liberté, les grosses Mercedes noires ralentissaient poliment puis, en doublant, saluaient d'un coup de klaxon amical. La deuxième vision avait réveillé le souvenir charmant de l'automne dans cette région du monde, avec ses paysages tantôt embrasés quand un rayon de soleil déchirait les nuages, tantôt disparaissant avec le Rhin et ses vignobles derrière un écran de pluie. Il n'était guère pressé et roula au pas derrière les tracteurs remorquant des cuves chargées de raisins. Des hommes et des femmes vendangeaient, ployant légèrement sous le poids des paniers débordant de grappes. Ils déchargeaient leur récolte dans les remorques garées au bord de la route puis retournaient à leur cueillette dans les sillons boueux. Tom se rappela les paysans qu'il avait vus travailler pieds nus dans les rizières en Thaïlande et en Chine, plantant patiemment un plant après l'autre, et se dit qu'ici comme là-bas, la machine ne s'était pas encore interposée entre la terre et la main de l'homme.

Il fit demi-tour pour regagner la route de Bonn vers le nord. À l'entrée de la capitale ouest-allemande, il trouva encore un petit hôtel qui acceptait les règlements en liquide. Il s'acheta un plan de la ville et l'étudia attentivement tout en dînant dans un petit restaurant chinois qui servait une cuisine cantonaise germanisée. Après avoir repoussé sur le bord de l'assiette la moitié de son canard à la sauce aigre-douce, il se promit de ne plus jamais succomber à l'envie de saisir quelques bribes d'Asie en Europe, de ne plus mélanger les deux cultures. Après tout, il savait bien que vivre à l'asiatique était comme de porter un uniforme et qu'il lui serait facile de le quitter. Depuis le jour de sa naissance et jusqu'à l'heure de sa mort, il était et resterait l'étrange rejeton de la rencontre entre un Danois et une Slave. Il monta dans sa chambre et essaya de méditer. En vain. Il but deux verres de whisky en pensant à Erika et à Morten, et eut envie d'une cigarette. Il ressortit la photographie des trois adolescents. Pelle, Morten et Tom. La Sainte Trinité. Liés d'amitié par une promesse solennelle et imprescriptible. Qui avait pris ce cliché ? Qui était cette quatrième personne dont l'identification, selon Morten, permettait d'éclairer les circonstances de la trahison ?

Le lendemain matin, il appela Erika avant de quitter l'hôtel. Ses bagages étaient chargés dans la voiture, son petit déjeuner avalé. Il serait déjà loin avant qu'on ait eu le temps de localiser son appel. Car il n'était pas exclu que le téléphone d'Erika ait été placé sur écoute. En rompant le contrat, il devait s'attendre à devoir essuyer leurs foudres.

Une voix essoufflée lui répondit.

« Ça par exemple ! C'est toi ? J'étais sur le point de sortir. Je dois conduire Anna à l'école.

— Je suis content d'entendre ta voix. »

Il y eut un silence. Son accent se fit plus prononcé.

« Moi aussi. Tu m'as manqué.

— Comment deux êtres qui se connaissent depuis si peu de temps peuvent-ils déjà se manquer ? La dépendance naît de la durée. »

Elle rit. La liaison était limpide.

« Mais dis-moi, tu es un vrai petit philosophe. Comme si la durée comptait dans ce genre d'histoire. Peut-être suis-je en train de tomber amoureuse.

— Erika...

— Ils sont furieux, coupa-t-elle d'une voix presque impersonnelle et sans aucune douceur.

— Erika...

— Jette a téléphoné. Tu dois la rappeler immédiatement. J'ignore pourquoi elle s'adresse à moi, mais ça paraissait urgent. Tu les as laissés tomber ?

— Ne t'en fais pas, je la rappellerai.

— Où es-tu ? Moi aussi, tu m'abandonnes ? Mais oui, Anna, on y va.

— Je suis en Allemagne.

— Reviens-nous bientôt.

— Dès que je le pourrai.

— Le plus tôt sera le mieux. Je dois m'en aller.

— Prends bien soin de toi.

— Toi aussi, mon chéri. »

Jette Jansen était déjà dans son bureau. Elle prit immédiatement la communication.

« Où es-tu, nom de Dieu ? »

Il fut surpris de l'entendre jurer. Ce n'était pas dans son habitude.

« Je suis en Allemagne.

— Alors Londres, c'était pour nous fausser compagnie ?

— Oui, si tu veux, pour créer diversion.

— Mais pour qui te prends-tu ? Tu n'es pas à ton compte, tu es sous contrat. Tu n'as pas le droit de prendre de pareilles libertés. Dis-moi exactement où tu es. »

Tom regarda dehors. Les toits émergeaient de la grisaille matinale. La circulation était très dense. C'était l'heure où bureaucrates, politiciens et diplomates se rendaient au travail dans la capitale provisoire. Berlin allait-elle bientôt les rappeler ? Ce matin, la radio avait encore fait état de l'incroyable chaos qui régnait en R.D.A., jadis État modèle du socialisme, aujourd'hui abandonné de ses dirigeants sous les applaudissements de Moscou. Tom ne s'expliquait pas cette démission : comment avaient-ils pu perdre le goût du pouvoir, cet amour du pouvoir qui avait toujours été le moteur de leur politique, le pouvoir comme fin en soi ? Pourquoi abandonnaient-ils brusquement la partie ?

« Je suis dans les environs de Bonn. Je te rappelle dans quelques heures pour rendre compte.

— Ce n'est pas suffisant.

— Il faudra que tu t'en contentes.

— Tu étais attendu à Londres. Nous voulions nous faire notre propre opinion du personnage.

— Justement.

— Contacte l'ambassade, Tom. Nous devons parler sur une ligne sûre.

— D'abord, tu m'installes sous une adresse de couverture, ensuite tu me laisses consulter les archives. C'est bizarre.

— Cela n'a rien de bizarre. Tu n'as pas eu tous les mots de passe et tu as travaillé pour ton compte, à établir des contacts avec les filières de drogue au Danemark.

— Tout de même, ce n'est pas clair.

— Appelle tout de suite l'ambassade, Tom.

— Au revoir, Jette.

— C'est un ordre. »

Tom raccrocha. Ses mains tremblaient. Il alla à la fenêtre, l'ouvrit, inspira à pleins poumons et expira lentement. L'air vif et pollué à cette heure de pointe lui fit quand même du bien. Il enfila son blouson de sport sur son chandail bleu assorti à ses jeans délavés et descendit payer sa note de téléphone en liquide.

Bloqué dans les embouteillages sur la route de Bonn, Tom pensait au dragon. La légende de Siegfried, pourfendeur du monstre maléfique, incarnait le rêve qui l'unissait à Léna et à Mikhaïl. Tous trois adoraient cette histoire parce que la lumière triomphait des ténèbres et que l'amour y était pour beaucoup. Elle se prêtait à n'importe quelle époque, en particulier à l'ère brejnevienne où Moscou étouffait sous la griffe du tyran. Un jour, un Siegfried socialiste délivrerait la ville en abattant la bête hideuse et corrompue et l'humanité entière vivrait dans la joie, la paix et l'harmonie. Rideau. Les rêves ne mangent pas de pain et en quittant Moscou, Tom oublia la légende Siegfried et beaucoup d'autres choses. Mais pas Léna. Plus de vingt ans après, la blessure était toujours vive. Il la revoyait allongée sur le lit étroit du dortoir d'étudiants, quand les copains s'éclipsaient une heure pour leur octroyer un peu d'intimité. Il se rappelait les parties de patinage dans le parc de Gorki, les baignades nues dans le fleuve en été, sa main dans la sienne au cinéma, tous ces instants volés que… Il frappa le volant. Quelle perte de temps ! Il fallait oublier. Même les plaies de l'âme se referment. Croit-on.

Les méandres du Rhin apparurent comme les anneaux d'un grand serpent argenté et sur le point culminant de la berge se profilèrent les tours et les flèches d'une forteresse. Tom quitta l'autoroute et se retrouva presque seul. Il jeta un dernier coup d'œil sur la carte. L'endroit ne lui était pas inconnu. Il s'y était rendu quinze ans auparavant, la première fois que Mikhaïl l'avait contacté au moyen d'une carte postale ornée d'un dragon et portant ces mots : « La légende de Siegfried » ainsi qu'une date.

Tom gara sa voiture sous l'autoroute, en bas d'une côte. Le site était encore presque désert, à l'exception des premiers touristes. L'air était vif. Les voitures sifflaient au-dessus de sa tête en passant sur les bretelles de l'échangeur dont l'ordonnance géométrique faisait penser aux arêtes d'une voûte monumentale. La cathédrale des temps modernes, pensa-t-il. Un ouvrage édifié à la gloire de l'automobile, tout aussi imposant qu'une église.

Tom grimpa pendant dix minutes puis il s'assit sur un banc. Les touristes montaient du pas décidé de celui qui se rend au travail. Le but de la visite était, au sommet, un vieux château dominant un méandre du fleuve. Un groupe d'enfants assis sur des poneys passa. Les montures étaient encordées comme les mulets des convois qui descendent la montagne par d'étroits sentiers pour acheminer les ballots d'opium brut jusqu'aux abords de Chiang Maï.

Tom dépassa sans peine la procession et atteignit le sommet avant elle. Les baraques de souvenirs, adossées contre une muraille tapissée d'un lierre roux, s'apprêtaient à ouvrir. Un peu plus haut se dressaient les parois de pierres grises du château. Il alla jusqu'au guichet et acheta pour deux Deutsche Marks un ticket donnant accès au repaire du terrible dragon, l'adversaire de Siegfried. Un écriteau mettait le public en garde : la visite était déconseillée aux âmes sensibles.

Un petit groupe était rassemblé devant l'entrée : un couple de Hollandais et leurs deux enfants, discutant en anglais avec leurs hôtes allemands, et un groupe de vacanciers du troisième âge, tous Autrichiens, emmitouflés dans de longs manteaux et de grosses écharpes, et coiffés de chapeaux de feutre. On entra. Il faisait noir comme dans un puits. L'un des enfants se mit à pleurnicher. Le corridor, creusé dans la roche, était étroit et Tom s'orientait en palpant la paroi rugueuse. Il avançait tête baissée car, si la hauteur de plafond était sans doute suffisante — qui aurait souhaité que les visiteurs se blessent ? —, la crainte instinctive de heurter une arête rocheuse l'emportait. L'enfant sanglotait à présent à chaudes larmes. Tom tressaillit en sentant une légère pression sur son coude. Le couloir se rétrécissait. Il se mit à suer. La main lui intimait l'ordre de ralentir. Il se retourna mais ne vit qu'une vague silhouette dans l'obscurité. Il laissa passer la famille de Hollandais. On était très à l'étroit. La panique s'était emparée de la fillette, elle refusait d'avancer, hurlait et se débattait. La voix rude du père la gronda sans résultat. La mère tenta de l'apaiser tandis qu'elle rebroussait chemin, la fillette dans ses bras. La pression sur le bras de Tom ne s'était pas relâchée. La fillette s'échappa des bras maternels et s'enfuit en courant, la mère à sa poursuite. Les touristes autrichiens échangèrent à voix haute quelques propos déconcertés, puis la petite troupe se remit en chemin. Deux mètres plus loin, un virage s'amorça et une lueur grise apparut dans le fond. On pressa le pas pour déboucher dans une caverne et l'on se retrouva nez à nez avec le Dragon.

Il se dressait là, le dos couvert d'écailles vertes en bois un peu défraîchies, partiellement enseveli sous les feuilles mortes, dardant une langue dont la peinture s'écaillait par endroits. Des rires de soulagement fusèrent. La famille de Hollandais et le groupe d'Autrichiens regardaient autour d'eux, rassurés, souriants et ravis devant cette attraction innocente.

Tom tourna la tête et vit un jeune homme vêtu de jeans, d'un blouson et de chaussures de sport. Il était rasé de frais et portait le cheveu court. Silhouette athlétique, allure décontractée, traits slaves, une petite balafre sur l'arcade sourcilière. Il lâcha le bras de Tom et de l'autre main, tendit à ce dernier une carte postale représentant le fameux dragon, photographié sous un éclairage flatteur qui camouflait les marques d'usure.

« Ce dragon-là n'aurait guère donné de fil à retordre à Siegfried », dit le jeune homme, dans un allemand teinté d'un fort accent.

« Mais il fait la joie des plus petits », répondit Tom en faisant allusion au garçonnet hollandais qui tenait à son père des propos animés en désignant le dragon.

« Où est Mikhaïl ? »

Le jeune homme jeta un coup d'œil circulaire, mais personne ne leur prêtait la moindre attention. Les Autrichiens se dirigeaient déjà vers la sortie située au fond de la petite grotte. Le couple de Hollandais et ses hôtes allemands se remettaient en riant de leurs émotions et commentaient en anglais la réaction de la fillette qui avait eu peur.

« Allons boire un café, suggéra le jeune homme.

— J'ai repéré une buvette en venant », répondit Tom en russe.

Le jeune homme ne broncha pas mais son regard le trahit. Réalisant que Tom s'était aperçu qu'il comprenait le russe, il sourit et sa cicatrice se fondit en une quantité de fines rides.

« Bien, allons-y », répondit-il dans la même langue.

Tom alla prendre les commandes au comptoir. Malgré le froid mordant de cette matinée de novembre, le Russe s'était installé à la terrasse, de manière à pouvoir surveiller la pente en amont et en aval. Il alluma une cigarette. La moyenne d'âge des visiteurs augmentait avec l'heure et quelques vieillards s'acheminaient lentement vers le château. Tom revint avec deux gobelets en plastique et les posa sur la table encore ruisselante de la dernière averse. Le propriétaire n'entretenait plus la terrasse à cette saison : rares étaient les clients qui s'attablaient dehors en novembre. Le Russe tendit son paquet à Tom qui hésita puis se servit. La première bouffée l'étourdit. Pour dissimuler sa gêne, il répéta :

« Où est Mikhaïl ?

— Je voudrais avant tout préciser une chose.

— Pourrions-nous te donner un prénom ? Ça faciliterait la conversation.

— Appelle-moi comme tu voudras. Mon nom est Anatoli. »

Tom regarda autour de lui. Rien à signaler. Un nouveau groupe de poneys grimpaient péniblement la côte.

« Ne t'inquiète pas, je suis seul. C'est ce que je voulais préciser. C'est Zaïkov qui m'envoie mais c'est une affaire privée, je lui rends un service. Son fils a aidé mon frère en Afghanistan, ils étaient amis. C'est strictement personnel. Est-ce que tu me crois ? »

Tom ne répondit pas. Il se contenta de fumer. Son vertige s'était dissipé. Anatoli était sûrement conseiller militaire auprès de l'ambassade à Bonn. Autrement dit, il travaillait en fait pour le renseignement militaire soviétique, le GRU. Il était sans doute officier ; cela expliquerait son allure impeccable.

« Et en quoi consiste ta mission, Anatoli ?

— Je ne suis que le messager. Je ne suis au courant de rien. Zaïkov m'a dit que tu me croirais si je te montrais la carte postale. »

Tom n'insista pas. La file de poneys arrivait enfin au sommet et longeait à présent le mur recouvert de lierre. C'était un vieux lierre grimpant d'où pointaient de robustes lianes. Tom avala une gorgée de café fumant. Anatoli reprit :

« Il ne veut pas venir à l'Ouest tant qu'il ignore entre quelles mains les archives de Berlin sont tombées. Nous devons nous méfier de nos alliés allemands. C'est regrettable, mais je lui donne raison. Il ne veut pas traverser la frontière. »

Deux hommes en imperméable apparurent dans le tournant, juste derrière le convoi. Tom les aperçut par hasard, distrait par le bruit provenant des poneys, un piétinement de sabots suivi d'une bousculade. Une branche de lierre s'était enroulée autour du cou d'une fillette et la retenait suspendue en l'air ; son poney ne s'en était pas aperçu et s'éloignait sans sa cavalière qui se balança un instant comme une pendue, le visage rouge de panique, devant le regard médusé des touristes. Puis la branche céda, elle tomba et resta un instant étendue sans bouger, étourdie par sa chute, avant de fondre en larmes.

Les deux hommes en imperméable étaient occupés à regarder les gens qui s'attroupaient pour lui venir en aide et Anatoli en profita pour tourner sa chaise.

« Seul, disais-tu ? murmura Tom.

– Il t'attend à Prague. Hôtel Alcron », dit Anatoli en se levant d'un bond.

Les poneys piaffaient nerveusement mais on réussit à les calmer. La fillette poussait des hurlements de forcenée et d'autres enfants se mirent à sangloter. Les parents, qui avaient accompagné le convoi en bavardant, firent descendre leur progéniture. Les deux inconnus suivaient malgré eux la scène.

Lorsque Tom parvint enfin à détacher son regard, il vit Anatoli se faufiler lestement derrière la buvette, entre les caisses vides et un muret, puis disparaître.

Entre-temps, tout était rentré dans l'ordre. Les poneys étaient à l'arrêt. Ils grattaient la terre et secouaient leur harnais en essayant de mâchonner des feuilles de lierre fanées. Les deux hommes en imper s'avancèrent ; l'un d'eux sortit un paquet de cigarettes et en porta une à ses lèvres.

« Vous n'auriez pas du feu, par hasard ? demanda-t-il en russe.

— Ich verstehe nicht », répondit Tom.

L'homme se pencha pour prendre sur la table le Zippo oublié par Anatoli, alluma sa cigarette et fourra le briquet dans la poche de son imperméable.

« Danke. »

11

Pour se rendre à Prague, Tom Gubrowski choisit de faire un détour par l'Autriche. Il déjeuna à Salzbourg puis quitta sans regrets cette ville douillettement blottie dans son écrin de verdure, dans l'attente des hordes de touristes, pour s'offrir trois heures de conduite à travers l'un des paysages les plus romantiques d'Europe. Ce sage décor de carte postale lui fit regretter le désordre thaïlandais. En entrant dans Prague, il n'eut pas l'impression d'avoir quitté l'Allemagne. Figée sous le smog dans ses atours baroques, ses tours et ses flèches dressées dans la brume, la ville slave semblait défier le temps. La Vltava serpentait comme un doigt brun à travers le centre. Des cygnes frissonnaient sous la bise chargée des premiers flocons mouillés. En respirant l'air saturé de carburant bon marché, Tom sentait sa gorge et ses poumons s'imprégner du goût âcre de l'Europe centrale. Pourtant, Prague lui plut. Elle n'avait pas cet aspect froid et rutilant des grandes villes de l'Ouest, et il y flottait une atmosphère d'ivresse et d'étonnement : la victoire avait été remportée sans qu'une seule goutte de sang n'ait été versée. Prague avait survécu à l'occupation nazie et se libérait à présent du joug soviétique. Les dirigeants avaient été congédiés, la Révolution était achevée, les journalistes avaient plié bagage. À l'Alcron, situé dans une rue perpendiculaire à la place Vaslav, Tom trouva une chambre réservée à son nom. Il flottait dans cet hôtel aussi vieux que la ville elle-même ce parfum de vétusté caractéristique de l'Europe de l'Est. Et pourtant rien n'était comme avant ; l'air glacé était empli d'une euphorie comparable à celle d'un convalescent qui se relève d'une très longue maladie.

Sur la place Venceslas, des tracts clapotaient dans le vent. Des cris de joie étranglés montaient encore autour de la statue équestre ensevelie sous les drapeaux et les bannières. Les lueurs vacillantes des cierges trouaient l'obscurité et répandaient une odeur de cire fondue. Les régimes communistes étaient enterrés aux bougies. Au fond de la place, le Musée National était éclairé. Les fenêtres du dernier étage étaient recouvertes d'une large banderole portant une inscription peinte à la main : Svoboda — liberté. Autour de Tom, les fronts se disloquaient. Les gens pouvaient enfin respirer librement. Mais Tom étouffait dans la prison qu'il s'était bâtie. Son départ pour l'Asie n'avait été qu'un refuge dans la fuite. Une quête du néant. De l'oubli du passé.

C'est à cela qu'il songeait dans la salle de restaurant à moitié vide de l'Alcron. Là aussi, sous les plafonds immenses, le temps s'était arrêté. Les sièges à haut dossier, le tissu défraîchi des nappes et des serviettes amidonnées, les serveurs en smoking gris, le chef de salle en smoking noir et les plats noyés sous une sauce plâtreuse — tout ce cérémonial faisait des pays communistes le conservatoire d'un faste bourgeois suranné, la coulisse d'une pièce de théâtre surgie d'un lointain passé. Attablé dans un coin face à la porte, Tom vit Micha entrer et s'adresser au chef de salle. Celui-ci le renseigna avec un mépris affiché, comme s'il eût deviné que Micha était russe en dépit de son vêtement occidental, comme si chaque citoyen soviétique fût entouré de l'aura du vaincu. Tom le trouva vieilli. Sa silhouette trapue et son crâne à moitié chauve le faisaient ressembler à Gorbatchev sans sa tache. Il portait un costume taillé sur mesure et une cravate d'une élégance discrète. Dans la pièce voisine, trois prostituées installées dans des fauteuils jaunes autour d'une table le détaillaient avec intérêt : elles flairaient le pouvoir et l'argent et n'avaient pas les moyens de s'encombrer de scrupules patriotiques.

Un large sourire découvrant deux rangées de dents régulières et une couronne en or éclaira la face de Mikhaïl Zaïkov. Il s'avança, les bras grands ouverts. Tom se leva et empoigna les deux mains tendues. Il y eut un léger flottement. Zaïkov garda ses mains dans celles de Tom sans le quitter des yeux, puis il le serra contre son cœur.

« Assieds-toi, mon garçon, dit-il en polonais.

— Ça fait rudement longtemps, Micha, dit Tom en remplissant le verre du Russe.

— Si longtemps que cette fois, j'ai bien failli croire que je ne te reverrais jamais.

— Il n'y a pas de danger, après tout ce que nous avons partagé.

— Tu es parti, pourtant. Tu n'as pas cru à ma promesse ?

— Je ne me fie à personne.

— Tu es bien dur. Je t'avais pourtant promis que tu étais libre et j'ai tenu parole : nous ne t'avons pas recontacté. Tu n'as rien à te reprocher. Tu as pris des engagements, dans ta jeunesse. Mais tu as mûri trop vite. Tu n'es jamais passé à l'acte.

— Mais cela ne pourra jamais être prouvé. J'ai un matricule et un nom de couverture. Je suis fiché. Ce sont des pièces embarrassantes, si elles venaient à tomber entre de mauvaises mains. J'ai accepté de l'argent. »

Zaïkov sourit et leva son verre :

« Quelle importance, à présent ?

— On vient de me faire la même remarque. Au Danemark. Dans le camp adverse.

— Raison de plus. C'est la vérité. Mon temps est terminé. Mon empire s'est écroulé. Certains continuent de se cramponner vainement à l'espoir qu'il s'agisse d'une crise passagère. Ils se mentent à eux-mêmes. Nous avons perdu le pouvoir. Nous sommes de pitoyables victimes, vos cousins misérables. Un morceau de tiers-monde greffé à l'Europe, un abcès purulent. »

Tom n'en croyait pas ses oreilles. Le temps qu'il ait pu réagir, le chef de salle vint prendre les commandes. Tom s'en remit à Zaïkov qui parlait aussi le tchèque. Hormis la Scandinavie, l'Europe de l'Est était depuis toujours son territoire de chasse. Il était chargé d'y surveiller les états d'âme de ces alliés lunatiques : les Polonais volages, les Tchécoslovaques revanchards, les Hongrois nostalgiques de leur ex-épouse l'Autriche, les Allemands de l'Est infidèles et désireux de convoler avec l'ennemi de classe ouest-allemand. Il y a bien des années, Micha n'avait-il pas, avec une étonnante lucidité, exposé en ces termes le scénario d'une catastrophe annoncée ?

Le Russe parut lire dans ses pensées :

« Eh oui, nous l'avions prédit, Gorbatchev, le KGB et nous autres. Mais nous nous croyions capables de maîtriser l'évolution par des réformes. » Il but une gorgée de ce vin rouge corsé ; le dos de sa grosse main était hérissé de poils noirs. « Nous nous sommes trompés. Et pour cause : nous avons toujours préféré nos illusions à la réalité. Le mensonge et le leurre sont chez nous un art extrêmement raffiné. »

L'arrivée des plats — du sanglier arrosé d'une sauce grasse et des croquettes de pommes de terre — dispensa Tom de répondre. Micha mangeait avec l'avidité de quelqu'un qui s'alimente rarement. Tom piqua sa fourchette dans les pommes de terre et se languit soudain du poisson que l'on grille, sitôt pêché, à bord des chalands amarrés le long du fleuve boueux, en Thaïlande.

« Que vas-tu faire, maintenant ? » demanda Tom pour rompre un silence interminable.

Micha rit, découvrant des restes de nourriture autour de sa couronne en or.

« J'approche de la retraite. Si je réchappe à la potence quand viendra l'heure de répondre de mes actes, j'irai m'établir sur la rive d'un fleuve en

Sibérie, ou au bord de la Volga, si j'ai de la chance. Pêcher, aller à la chasse, bouquiner, me retirer du monde. Comme toi.

— Comme moi ?

— Tu t'es bien exilé en Thaïlande. Le jour, tu traques des fantômes, la nuit tu couches avec des catins.

— C'est comme cela que tu t'imagines ma vie ?

— Pas toi ?

— Pas du tout. Au moins, je ne triche pas, moi, je ne me joue pas la comédie. Il m'arrive même de me rendre utile. Peut-être sauvons-nous une vie humaine, au bout du compte. Et Supatra n'est pas une pute. »

Micha récura son assiette et posa sur Tom son regard gris et pénétrant.

« Personne n'échappe à son passé. Le tien est sur le point de te rattraper. »

Tom repoussa son assiette. Il avait l'estomac noué et il se sentait flotter comme dans un rêve.

« Vous ne pouvez rien contre moi, répliqua-t-il d'une voix plus rude qu'il ne l'aurait voulu.

— Tu n'as rien à craindre de moi. Paye tes dettes et tu n'entendras plus jamais parler de moi. On prend une glace ?

— Tu en sais long sur moi.

— Je t'ai toujours considéré comme mon fils. »

Tom sentit grandir son trouble et il chercha en lui la force de résister à l'ascendant de Micha, de braver ce redoutable pouvoir que détenait son aîné, face auquel il redevenait un adolescent timide. Il en connaissait la raison : c'était sa culpabilité qui le rendait vulnérable. Sa double trahison.

La première, incomplète, et la seconde consommée sous les yeux de Micha sans que celui-ci ne s'en soit jamais aperçu. Du moins il l'espérait — et à force d'espérer, il avait fini par s'en convaincre.

« Tu as déjà un fils, en Russie.

— Commandons une glace, veux-tu ? »

Micha appela un serveur. Un jeune homme blond et mal rasé s'approcha. Son smoking gris semblait l'incommoder ; il l'aurait sans doute volontiers troqué contre une paire de Levi's. Comme Vaclav Havel, le héros de la révolution de velours, le poète qui avait triomphé des chars de Micha.

Feignant d'ignorer le tchèque de Micha, le serveur s'adressa à Tom.

« What do you want, Sir ?

— Ice-cream please. And coffee. »

Un sourire paisible se figea sur les lèvres de Micha mais la colère brillait dans ses yeux.

« Petit vaurien, dit-il en russe.

— Il vous déteste et je le comprends. »

Le Russe éclata à nouveau de ce rire incisif et amer que Tom ne lui connaissait pas.

« Nos idées étaient justes. Malgré cela, ils nous détestent de toutes leurs forces. Nous ne nous y sommes jamais habitués. Pourtant, nous savons ce que c'est que haïr.

— Si on t'avait volé quarante ans de ta vie, tu serais comme eux. Après quarante ans de captivité, le prisonnier ne pardonne pas au geôlier qui lui rend sa liberté.

— Banal, Tom, banal.

— Bon sang, mais qu'attends-tu de moi, au juste ? »

Tom avait retrouvé son assurance. L'ours était remis à sa place. Tout comme son pays, Micha ne pouvait plus se permettre de donner des leçons.

« Nous vidons les lieux en emportant ce qui peut être sauvé. Nous quittons Karlshorst avant que la populace ne force les portes du temple. On m'a confié une partie de l'opération. Pour une fois, le GRU et le KGB travaillent main dans la main. L'Armée Rouge va être rappelée de R.D.A. Ce n'est plus qu'une question de temps. Comme toute défaite, ce ne sera pas joli à voir. La retraite sera moins glorieuse que l'entrée dans Berlin. Notre millénium aura été quelque peu écourté.

— Je ne supporte pas de te voir pleurnicher sur ton sort. Je regrette l'homme gai et optimiste que j'ai rencontré à Moscou.

— Tu n'es pas le seul. »

Le serveur apporta les glaces et le café. Pendant qu'il disposait les coupes et les tasses sur la table, Tom songea à Léna puis à Karlshorst, ce vaste complexe construit dans la banlieue de Berlin-Est et agrandi après la guerre. Cinq mille agents soviétiques, travaillant à la collecte de secrets politiques, militaires et économiques régnaient sur un énorme réseau d'espions de tous calibres. Le système était très efficace. Les revenus de l'espionnage industriel suffisaient presque à financer tout le réseau étranger du KGB. Il s'était trouvé suffisamment d'imbéciles que la peur, la cupidité ou les convictions idéologiques avaient poussé à coopérer. Lui-même s'était trouvé impliqué malgré lui et bien qu'il n'ait jamais sauté le pas, il se sentait quand même coupable. Il avait été contacté et n'en avait jamais rendu compte. Tel était son crime, bien dérisoire aux yeux du plus grand nombre, mais suffisant pour le discréditer auprès des milieux qui fondent leur travail sur la suspicion et qui savent bien que seule la première infidélité coûte. Après on s'habitue. En avait-il été de même pour Léna ? Avait-il été le premier d'une longue série ? Ou bien était-il déjà le deuxième, le troisième ou le quatrième ?

Tom rassembla son courage :

« Comment va ta femme, Micha ? Léna va bien ? Et Sergueï ? »

Zaïkov sirota une gorgée de café.

« Elle va bien, je crois. Elle habite dans notre appartement à Moscou. Sa qualité d'épouse lui permet encore de jouir de la plupart de ses privilèges. Dieu merci, tout n'a pas changé. Elle hait Gorbatchev, les Arméniens, l'ingratitude des Lituaniens et toute cette agitation soulevée par le parlement de la populace. Elle va très bien. »

N'était-ce pas la première fois qu'ils abordaient ce sujet ? Zaïkov leva un bras et le jeune serveur s'approcha. Le Russe lui parla durement en tchèque. Le serveur pâlit mais accepta avec un sourire contraint le billet vert que Micha lui tendait.

« J'ai commandé des cognacs. Quant à Sergueï, notre fils bien-aimé, c'est une autre histoire. Il en bave, à ce que je crois. »

Les doigts charnus de Zaïkov tambourinaient sur la nappe blanche. Il prit une cigarette et en offrit à Tom. Ce dernier accepta et se souvint brusquement du briquet, à Bonn.

« Tu es seul sur ce coup, n'est-ce pas ?

— Sergueï était promis à une brillante carrière militaire. Lieutenant, décoré en Afghanistan. Une fiancée ou deux. Un père qui lui procurait quelques paires de jeans, de temps en temps. Qu'est-ce qu'un jeune citoyen soviétique peut demander de plus ? Ce crétin a tout foutu en l'air.

— Que s'est-il passé ?

— Il méritait bien une médaille mais au lieu de ça, il a été traduit devant une cour martiale et dégradé. Le voilà simple soldat, affecté au nettoyage des environs de Tchernobyl. Son nouvel ennemi est invisible, et pourtant, il est, à plus d'un titre, infiniment plus redoutable que les plus enragés des Douchmanys d'Afghanistan. »

Tom sourit. Micha avait la manie d'éluder les questions en s'exprimant par énigmes. « Trêve de palabres », disait souvent Léna, « viens-en au fait ». « Non merci, je tiens encore à la vie », répondait Micha.

« Qu'avait-il donc fait ? »

Cette fois, le rire de Micha était jovial :

« Il a tiré sur une caméra de télévision. D'abord, on lui a remis une médaille pour le récompenser d'avoir massacré un village entier rempli de civils. Ensuite, il a vidé son chargeur sur la caméra qui était censée filmer une reconstitution mensongère de l'épisode. Alors on l'a traîné devant un tribunal de guerre. Quand je pense qu'il y a encore des gens qui se demandent comment nous en sommes arrivés là.

— Tu te fiches de moi.

— C'est bien possible. »

On leur apporta le cognac arménien. Il avait un goût doux et âcre à la fois. Le restaurant s'était rempli et les voix résonnaient sous les stucs. Tom jeta un coup d'œil circulaire. Près de la porte, de nouveaux arrivants, des hommes d'affaires en complet rayé, cravate discrète et chaussures italiennes impeccablement cirées, attendaient qu'une table se libère. Ils coulaient vers eux des regards insistants qui semblaient leur suggérer d'aller terminer leur café au comptoir. Micha ne leur prêtait aucune attention. Tom en repéra deux qui se tenaient un peu à l'écart, tout en prétendant faire partie du petit groupe. Un détail l'avait alerté : l'uniforme occidental camouflait mal cette allure athlétique qui caractérisait aussi les gardes du corps des barons de la drogue. Ceux-là aussi s'habillaient chez les couturiers, de nos jours. Ils ne portaient plus ces vestes bariolées et ces cravates tapageuses qui leur donnaient jadis des airs de mafiosi. Mais d'une certaine manière, le métier les trahissait. Les deux compères postés près de l'entrée appartenaient à la catégorie d'hommes d'affaires qui négocient les contrats à coups de poing et de matraque. En sentant leurs regards sur sa joue, Tom laissa le sien balayer la pièce en prenant soin de ne pas croiser le leur, puis le posa sur les trois prostituées attablées derrière lui.

« Tu as de la compagnie, Mikhaïl », dit-il en désignant les trois filles d'un ton rieur :

« Fais mine de regarder les trois filles que je te montre. Ce sont les deux hommes sur ta gauche qui s'intéressent à toi. Et fais une autre tête, nom de Dieu. »

Micha se força à rire mais son visage était grave.

« Qui sont ces hommes, Micha ?

— Aucune idée.

— Cesse de jouer la comédie.

— Tu m'as demandé si j'opérais seul. C'est le cas. C'est toi qui les as amenés. Est-ce qu'ils suivent la conversation ? As-tu les poches bourrées d'émetteurs, mon vieux ?

— Et toi, Micha ?

— Non. Cette affaire est strictement privée.

— Plus maintenant.

— Que veux-tu dire ?

— Pendant que tu bois ton café et ton cognac, je vais te parler d'un briquet et de mon itinéraire depuis que tu nous as contactés en Pologne. Ensuite, j'écouterai ton explication. Si elle ne me satisfait pas, je te livre aux deux lascars, près de la porte.

— Et sinon ?

— On cherchera un moyen de sortir d'ici.

— O.K. »

Tom lui exposa brièvement les faits tandis qu'ils buvaient paisiblement leur café, comme deux amis qui s'attardent après un bon repas. Tom sentait les regards des deux hommes rivés sur sa nuque. Il sentait aussi la tension monter et l'adrénaline circuler dans ses veines.

« Ils auront délié la langue à ce pauvre Tolia, à Bonn. Puis ils seront venus nous attendre ici. Toi ou moi.

— Pourquoi, Micha ?

— Peut-être se doutent-ils que je suis disposé à te vendre un agent au Danemark. Si tu es prêt à payer le prix.

– Et quel est le prix ?

– Faire sortir Sergueï. Tu vas en Russie, tu le trouves et tu le fais sortir. »

Tom secoua la tête.

« Ça n'est pas un prix. N'importe qui peut voyager comme bon lui semble, maintenant. Quoi d'autre ?

– Il faudra le convaincre. Peut-être ne veut-il pas quitter le pays. Mais je ne veux pas qu'il soit en Union Soviétique quand la guerre civile éclatera ; les frontières de l'Ouest seront alors plus étanches que le mur de Berlin. Tu l'aideras à prendre un nouveau départ. Tes employeurs ou toi lui procurerez un permis de séjour et paierez ses études. Vous lui offrirez une nouvelle vie. Je ne veux pas le voir couler avec le navire. Et peut-être même que vous permettrez à son vieux père de finir ses jours auprès de son fils. Est-ce trop demander ? »

Zaïkov se pencha vers Tom et lui agrippa le bras, avant de poursuivre :

« Tu dois me trouver bien suppliant, Tom. Mais crois-moi, la situation va se dégrader. Il n'a aucun avenir, là-bas. Fais-le sortir. Aide-le. Persuade-le de partir. Fais-le pour moi et pour toi aussi. Fais une bonne action.

– Ferme-la, Micha. »

Zaïkov recula dans son siège. Son regard devint froid.

« Je te propose simplement un marché.

– Je ne refuse pas ton offre. Uniquement le sermon qui l'accompagne. »

Tom mesura brusquement l'anxiété de Zaïkov, la détresse de l'apparatchik perçant sous le déguisement trompeur du costume occidental. Il avait mérité son sort et pourtant, Tom éprouvait de la pitié. Il ne devait pas être facile d'assister à un pareil changement de décors. De sentir la trappe s'ouvrir sous ses pieds.

Zaïkov vida son verre et fit signe au serveur de lui apporter la même chose. Tom profita de cet intermède pour inspecter le restaurant. Les deux hommes étaient à présent assis à une table et l'un d'eux étudiait le menu. Peut-être n'était-ce qu'une fausse alerte, après tout. Pourtant Tom ne pouvait s'empêcher de déceler en eux une certaine brutalité. Il inspira et expira profondément, serra les poings et sentit ses muscles se bander. Comme lorsqu'il saluait son *sensei*, son entraîneur.

« Je me souviens de la signature du traité, à Helsinki, en 1975, reprit Zaïkov. Brejnev avait les larmes aux yeux. Il n'a pas vu le piège. Il était aveuglé par son rêve : les États-Unis regardaient enfin l'Union Soviétique comme un partenaire, un égal. Les impérialistes reconnaissaient les frontières et les conquêtes pour lesquelles tant de sang avait été versé… Il n'a pas vu le piège.

– Moi non plus.

– Je le vois aujourd'hui pour la première fois. Nous avions signé notre propre sentence de mort. Nous avons donné au dissident le plus minable le droit de ricaner des erreurs du socialisme. Ouvre les yeux ! Nous avons fourni à chacun le moyen d'ingérer dans notre politique intérieure. Nous avons offert aux opposants du régime une bannière de ralliement. Nous avons armé la main du bourreau. Andropov et Souslov le savaient, mais personne ne les a crus.

– Dieu merci.

– Prends mes cigarettes.

– Une seule suffira », répondit Tom en renonçant à comprendre pourquoi Zaïkov sautait sans cesse du coq à l'âne.

« Il y a une clé au fond du paquet. Elle ouvre un casier à la consigne de la gare centrale. Tu y trouveras la preuve que le KGB a un homme au Danemark.

– Son nom ? demanda Tom, éberlué.

– Tu l'auras quand Sergueï sera en lieu sûr. Et moi aussi par la même occasion.

– Le prix a rudement augmenté.

– Tout le monde répète que nous devons nous initier aux mécanismes du marché. Bientôt nous serons tous capitalistes.

– Ton organisation n'a rien à apprendre à ce sujet. »

Zaïkov rit et prit son bras.

« Tu m'as toujours plu, Tom. J'ai toujours gardé un œil sur toi. J'admire ta franchise. Tu n'es pas comme les autres. Tu dois ton côté rebelle au sang polonais qui coule dans tes veines, tandis que ton pragmatisme bien danois t'aide à flairer le danger et t'empêche de te fourrer dans de gros pétrins. Plutôt, tu préfères lever l'ancre. »

Tom retira son bras. Zaïkov parut vexé de ce geste mais il reprit :

« Je n'ai pas cessé de t'aimer, pas même quand tu baisais ma femme. Je savais que tu serais trop lâche pour me la voler. Que tu préférerais foutre le camp, une fois de plus. »

Zaïkov s'enfonça dans son siège, le regard planté dans celui de Tom, lequel détourna les yeux et se sentit, à sa grande irritation, rougir pour la première fois depuis son enfance.

Zaïkov éclata d'un rire bruyant :

« Espèce d'imbécile ! Tu ne penses tout de même pas que je ne m'étais aperçu de rien ! »

Tom fit de son mieux pour accuser le choc. Il ne croyait pas un mot de Micha. Son cœur battait la chamade et ses pieds se vidèrent de leur sang comme s'ils reposaient sur un bloc de glace.

« Tu bluffes, dit Tom sèchement.

– En effet, mon garçon, je bluffe. » Zaïkov tenta de recueillir une ultime goutte de cognac dans son verre vide. « Vous avez été très discrets. Seulement, quand le peu d'amour qui subsistait dans notre ménage a disparu, elle m'a jeté cette histoire à la figure.

– Je suis désolé, Micha. »

Zaïkov battit l'air d'un revers de la main, comme pour chasser la tension.

« Bah ! Laisse tomber. Il y a si longtemps. Il n'y avait plus que la paresse qui nous liait, elle et moi. Je l'ai aimée, au début. À ma façon. Le mariage est un chemin de croix. Réjouis-toi d'y avoir échappé. Léna est devenue une mégère acariâtre et obèse.

– Ne dis pas cela, Micha.

– Fais sortir notre fils sain et sauf. Tu feras le bonheur d'un vieil homme.

– Sergueï ?

– Le fruit de la réunification », ajouta Micha avant d'éclater d'un rire si bruyant que les deux hommes leur lancèrent des regards qui semblaient les prévenir que la comédie avait assez duré.

12

Ils sortirent dans la nuit glacée. Sous la morsure du froid et du grésil, les derniers manifestants se blottissaient les uns contre les autres autour de la flamme vacillante des bougies. Bien qu'un rude vent d'est s'efforçât de vider les rues tout à fait, Gubrowski et Zaïkov entendaient au loin les chants enroués des derniers braves qui célébraient les premières heures de liberté. Les deux hommes s'enfoncèrent d'un pas décidé dans la vieille ville, le col remonté jusqu'aux oreilles. Leurs pas résonnaient sur le pavé des ruelles étroites et insuffisamment éclairées.

Ils n'avaient pas besoin de se retourner pour sentir la présence des hommes de l'ombre qui les suivaient à travers le labyrinthe du quartier historique, glissant sans bruit sur leurs semelles de caoutchouc. Zaïkov voulait les débusquer, c'était son plan.

Ils se séparèrent au coin d'une avenue.

Tom regarda la silhouette vieillissante et voûtée de Zaïkov s'éloigner dans la rue déserte et disparaître à l'angle d'une autre intersection. Le scénario était très simple : obliger l'ennemi à se manifester, si ennemi il y avait. Permettre à Tom de gagner la gare et à Zaïkov, de rentrer à l'Alcron et d'y préparer un alibi solide en attendant la suite.

Tom s'effaça dans une porte cochère et retint sa respiration pour empêcher la buée de se former. Il les aperçut le premier. Ils portaient chacun un blouson de cuir brun, un jean moulant et des chaussures de sport à semelles épaisses. Ils marchaient d'un pas décidé mais s'arrêtèrent en voyant la rue déserte. Tom sentit son corps se figer et il se mit à transpirer malgré le froid. Il ne s'était pas attendu à une opération de cette envergure. Le premier porta une main à sa bouche et parla dans un micro. Il y avait donc plusieurs équipes. Le second regarda vers le porche et ne put éviter de voir Tom. Pourtant, ils passèrent leur chemin. Ce n'était pas lui qu'ils traquaient ; le gibier s'appelait Zaïkov. Tom n'en revenait pas. Il n'arrivait pas à comprendre comment une opération de cette ampleur avait pu être organisée en si peu de temps.

Les deux malabars disparurent au coin d'une rue — la direction du Pont Charles, sans doute. Tom les suivit, mais à distance respectable car les rues étaient désertes. Ses mains et ses pieds étaient transis de froid. Il pressa le pas et sentit le sang bourdonner dans ses orteils. Le vent fit claquer une vieille pancarte de boulangerie et une rafale de neige soufflant au coin d'une rue vint le fouetter en plein visage ; ses yeux s'embuèrent de larmes. Tom se mit à courir comme s'il pressentait l'imminence d'un danger.

Le pont Charles apparut. Dans la bourrasque, les saints de pierre ressemblaient à des trolls grimaçants. Un homme seul traversait le pont en petites foulées. Il s'immobilisa : deux hommes attendaient de l'autre côté et commencèrent à marcher lentement à sa rencontre, côte à côte comme des bandits de western. Le visage blême de Zaïkov luisait dans la pénombre. Était-ce le froid ou la peur ? Il fit demi-tour et se mit à courir dans l'autre sens, en direction du centre ville, mais s'arrêta encore ; à l'autre extrémité, deux hommes sortirent de l'ombre massive projetée par la première pile du pont.

Tom sentit son cœur s'emballer. Il avança, puis recula, indécis. Devait-il intervenir ? Il n'osait pas et se consola en pensant qu'il valait mieux s'en tenir à ce qui était convenu ; gagner la gare. Le plan de Micha avait marché. Les hommes de l'ombre étaient à ses trousses. Il n'avait qu'à s'éclipser. Il frissonnait mais ce n'était pas seulement à cause du froid. C'est alors qu'il entendit un chant monter derrière lui. Un groupe de jeunes manifestants se rapprochait. Un garçon de grande taille ouvrait la marche en brandissant un drapeau tchécoslovaque troué au milieu, à l'emplacement du sigle communiste. Derrière, des mains gantées agitaient des bouteilles et des pancartes. Ils étaient une vingtaine et il y avait quelques filles parmi eux. On aurait dit le club de supporters d'une équipe de football en goguette. Grisés par leur nouvelle liberté et par l'eau-de-vie, ils se moquaient du froid et ne songeaient guère à rentrer chez eux. Leur chant n'était plus qu'un concert de braillements enroués.

Ils avançaient dans la tourmente, en plein milieu de la rue – enfin maîtres des lieux. Sur le pont, la silhouette tassée de Zaïkov semblait trahir son renoncement. Il se tournait de tous côtés, irrésolu, et opta enfin pour le centre ville. Les deux ombres corpulentes lui emboîtèrent le pas, tantôt visibles dans le halo blafard des réverbères, tantôt fondues dans l'obscurité. Au-dessus, tels des démons de givre, se dressaient les statues aux visages tortueux, les bras tendus dans la brume. Dessous coulaient les eaux noires du fleuve. Zaïkov marcha à la rencontre des deux gorilles qui l'attendaient patiemment sur l'autre rive ; ils n'étaient plus pressés.

Tom quitta son abri et s'élança vers le cortège d'un pas volontairement titubant, en espérant que son haleine exhale encore le vin et le cognac. Le meneur du groupe s'arrêta et cria quelque chose en tchèque. Des rires et des bouteilles tendues saluèrent ses paroles.

« Help me ! I am Polish. My friend on the bridge. Help him. »

Une fille au visage blanc de fatigue s'avança. Elle arborait sur son bonnet de laine bleue une cocarde tricolore, fièrement épinglée au milieu.

« Qu'est-ce que tu dis ? Jirij ne parle pas l'anglais. Qui es-tu ?

– Je suis polonais. Mon ami et moi trinquions à la révolution de velours et à la victoire de Solidarnosc dans un restaurant. Maintenant, nous avons quatre soldats russes à nos trousses. Mon ami est sur le pont, là-bas… »

Tous regardèrent dans la direction indiquée par Tom tandis que la fille traduisait. Entre-temps, Zaïkov avait aperçu Tom et courait vers le groupe pour y trouver refuge. Derrière lui, les deux agents se mirent à courir aussi. Cela leur fut fatal.

Le chef du cortège lança de sa voix ivre une sorte de commandement en tchèque et se rua vers le pont en hurlant, suivi des autres. Tom fut entraîné par le flot.

L'un des deux hommes qui barraient le chemin à Zaïkov se retourna, mais trop tard : un coup de manche du drapeau le précipita à terre et la horde se jeta sur eux. Les Russes étaient imbattables au corps à corps mais ils ne pouvaient pas lutter contre quarante années de colère rentrée. Tom tenta de s'extirper de l'enchevêtrement de bras et de jambes et fut rejeté vers l'extrémité de la mêlée. Au centre, les gémissements plaintifs des deux Russes – car c'étaient sûrement des Russes – étaient étouffés par les cris et les jurons des jeunes Tchèques qui les rouaient de coups de pancarte, de pied et de poing. Zaïkov gisait sur le flanc en se tenant le dos. Les deux autres Russes avaient pris la fuite, pourchassés par trois Tchèques hurlants qui abandonnèrent bientôt la poursuite pour se joindre au lynchage des deux compères déjà à la merci de leurs camarades.

Tom s'agenouilla auprès de Micha. Son regard était lucide mais contracté par la douleur. Tom souleva sa tête et la trouva étrangement lourde ; il palpa son dos ; il était chaud et trempé. Il leva sa main devant la lueur spectrale du réverbère. Elle était couverte de sang. Abasourdi, il regarda le sang de Micha couler à gros bouillons. Son assassin, en bon élève de l'école secrète, avait fait mouche. Une éternité passa puis Micha articula péniblement :

« Sergueï doit quitter le pays.

— Ne dis rien. Je vais appeler une ambulance.

— Il est trop tard, Tom.

— Pourquoi ?

— J'entre dans l'Histoire, reprit-il en polonais, dans un râle : “la dernière victime de la guerre froide”.

— Micha…

— Fais sortir Sergueï de Russie. »

Tom entendit un compte à rebours et au loin, le hurlement d'une sirène de police. Quatre Tchèques tenaient un Russe par les bras et les jambes et le balançaient en cadence. Quelques-unes des filles, prises de remords, poussaient des cris suppliants et tentaient de retenir leurs camarades. Trop tard. Le corps vola par-dessus la balustrade du pont. L'autre Russe, le visage tuméfié et sanglant, rampait pour tenter de s'enfuir mais il renonça en entendant le bruit de la chute de son partenaire précipité à l'eau. Il s'écroula, le postérieur en l'air, la joue collée au pavé, les lèvres tranchées par des éclats de dents. Les filles pleuraient maintenant à chaudes larmes. Les garçons restèrent interdits. Ils ne s'étaient pas crus capables d'une telle barbarie. Le hurlement des sirènes se rapprocha.

« Tom… Tom… » Micha avait une voix d'outre-tombe.

« Calme-toi, mon vieux, la police arrive. Ils appelleront une ambulance.

– Tire-toi, Tom. Il est trop tard. Fiche le camp.

– Micha.

– Occupe-toi de Sergueï. Fais sortir ton fils. »

Tom ne saisit pas tout de suite le sens de ces paroles et ne sut que répondre. Micha continua :

« Sergueï est ton fils. Votre fils, le tien et celui de Léna. Allez, ne traîne pas ici. »

Tom regarda Micha et vit que la fin était proche. Une main lui saisit la nuque. C'était le grand Tchèque.

« Run ! Run ! Run ! Police come ! Run ! » cria-t-il en le bousculant. Tom se mit à courir derrière les autres vers les ruelles sinueuses du centre ville. Micha resta là, les yeux clos, haletant. Le Russe au visage tuméfié parvint à se redresser en se hissant contre le rebord de la balustrade, se traîna en chancelant jusqu'à Micha, posa sur ce dernier un regard plein de mépris haineux et, trouvant dans ses muscles meurtris une énergie ultime, il planta son poing dans la pomme d'Adam de Zaïkov.

Après quoi il gagna l'autre rive en titubant comme un ivrogne estropié. Quand il vit la voiture de police tchèque piler devant le pont pour en barrer l'issue, il s'assit par terre, le dos contre la balustrade et palpa ses lèvres éclatées, ses dents brisées et sa langue douloureuse et enflée.

Tom courait à perdre haleine. Le groupe de Tchèques se dispersa dans le dédale des rues et il se retrouva seul. L'air lourd emplissait ses poumons et il entendait le sang cogner sous ses tempes. Des visions se bousculèrent dans son cerveau : Léna allongée sur son lit à Moscou, dans la lumière blanche de l'hiver qui filtrait à travers la vitre crasseuse, la respiration saccadée de sa maîtresse montant de l'oreiller quand il plongeait son visage entre ses cuisses chaudes. Les adieux de Micha et Léna, main dans la main sur le quai de la gare de Biélorussie. Le sourire malicieux et énigmatique de Léna. Micha avec tous ses cheveux sur un visage de vieillard, riant aux éclats mais sans le moindre son. Léna dans la cuisine, nue sous son tablier, coupant du pain tandis que Tom, tenant le couvercle bleu d'une boîte de caviar sur sa poitrine, mime la remise d'une médaille d'or olympique. Micha ricanant sur la neige. L'annonce de son départ et Léna en larmes qui se tourne vers le mur, et lui, ne sachant que dire, qui caresse son dos gracile depuis sa nuque délicate jusqu'à ses fesses blanches comme de la nacre. Le visage de Micha à l'agonie. Une mâchoire défoncée crachant des dents et du sang. Un corps qui voltige par-dessus le pont et qui s'écrase dans les flots noirs et luisants du fleuve. La main de Supatra sous son drap, dans la chaleur du matin en Thaïlande. Trois adolescents sur un cliché noir et blanc, arborant des mines de jeunes premiers. Les dernières paroles de Micha. Un fils. L'enfant de Léna. Le sien. Le leur.

Tom s'arrêta contre la façade d'une maison, à bout de souffle, nauséeux. Il éclata en sanglots, suffoquant à moitié après sa course folle. Il s'appuya contre le crépi rugueux et reprit lentement ses esprits.

Il réalisa qu'il était arrivé aux abords du centre ville. Il vit les phares des voitures briller à une vingtaine de mètres, puis les bruits de la rue lui parvinrent. Il sécha ses larmes au revers de sa manche et se remit en marche. Des passants étaient attroupés autour d'un jeune crieur de journaux ; il régnait sur le trottoir une agitation joyeuse comme si le fait de pouvoir acheter quatre feuilles de papier mal imprimé relevait du miracle. Tom se mêla au groupe, le traversa et ressortit de l'autre côté, descendit un boulevard, réalisa qu'il s'était égaré et héla un taxi. Une Skoda jaune à la carrosserie rouillée s'arrêta.

L'habitacle était chaud et enfumé. Le jeune chauffeur, en pantalon et blouson de jeans, s'égosillait sur une vieille mélodie des Stones montant d'un magnétophone posé sur le siège avant. Il battait la mesure sur son volant gansé de mouton synthétique : « You are out of touch, my baby. My poor discarded baby. I say you are out of time, my baby. » Lorsque Tom eut claqué la portière et se fut calé dans la banquette arrière, celui-ci se tourna à moitié et lui demanda sa destination dans un anglais approximatif.

« Nulle part. Emmène-moi où tu veux.

– Tu es journaliste ?

– Oui. Reporter pour un journal danois.

– Great. Nous vous devons une fière chandelle, à vous autres Danois. Je te balade un peu. Badabadam », fredonna-t-il sur la dernière mesure avant de déboîter et de se glisser dans la circulation, avec l'air de confondre sa Skoda avec une voiture de sport d'Europe de l'Ouest.

Tom se détendit un peu. Il voulait faire le vide dans sa tête, chasser l'anxiété, mais l'adrénaline le poussait à agir. Ils empruntèrent des rues qu'il ne connaissait pas. La circulation était fluide à cette heure de la nuit. Apparemment, personne ne les suivait. La police, d'ordinaire embusquée à chaque coin de rue en Europe de l'Est, s'était comme volatilisée. Il palpa la poche de son imper. Le paquet de cigarettes était là, avec la clé. À nouveau, la sueur perla sur son front et il eut l'impression d'étouffer. Les visions revinrent : des bouches ensanglantées, le visage las de Micha. Tom sursauta. Le chauffeur donnait des coups de klaxon répétés, bientôt rejoint par un taxi qui les suivait, puis par trois autres véhicules. Le cortège s'engouffra sous un viaduc en klaxonnant toujours, et déboucha devant un affreux bâtiment gris.

« C'est le siège du Comité central, expliqua le conducteur en ricanant. Lors de leur dernière réunion avant la démission du gouvernement, nous étions cent taxis à passer et repasser, la main enfoncée sur le klaxon. Ces enfoirés ne s'entendaient même plus réfléchir. Oh boy ! Quelle nuit !

— Je veux bien le croire. Peux-tu me conduire à la gare ?

— No problem, dit le chauffeur en klaxonnant une dernière fois.

— Tu m'attendras, puis tu me conduiras à la résidence de l'ambassadeur de Danemark. Connais-tu l'adresse ?

— Je la chercherai en t'attendant. »

Le hall de la gare était lugubre et à moitié désert. La clé ouvrait un casier dans lequel il trouva une enveloppe blanche. Elle contenait une feuille. Le texte était en russe. Tom ressortit en jetant des coups d'œil anxieux de tous côtés. Il craignit soudain que son taxi ait filé, mais se rassura très vite. En fait, le cow-boy tchèque lui inspirait confiance. Il le trouva d'ailleurs assis derrière son volant en train d'écouter la même cassette usée des Stones, toujours à plein volume.

« J'ai l'adresse », dit-il tandis que Tom prenait place.

Toutes les fenêtres de la résidence étaient éclairées ; l'ambassadeur donnait une réception, mais au moment où le chauffeur garait la Skoda, deux invités sortirent sur le palier.

« Ça fait combien ? » demanda Tom.

L'allée était déserte. Les voitures des convives s'alignaient le long du trottoir. Le jardin était entouré d'une haie basse. La grille était ouverte. Un policier vêtu d'un pardessus informe se tenait à quelques mètres de là et surveillait nonchalamment les parages en tapant dans ses mains pour se réchauffer. À une dizaine de mètres, sur le perron, l'ambassadeur prenait congé de ses invités.

« Comment veux-tu payer ? En dollars ?

— D'accord.

— Vingt dollars. »

Tom régla la course mais resta assis. Comme pour s'octroyer un dernier répit avant d'affronter la nouvelle série d'épreuves qui l'attendaient dehors.

« Peux-tu patienter un peu ? demanda-t-il en tendant un billet de cinq dollars au chauffeur.

— No problem. »

L'attente fut brève. La porte s'ouvrit à nouveau. L'ambassadeur réapparut. Tom le vit serrer la main à un couple.

Il sortit d'un bond mais s'obligea à traverser la rue d'un pas tranquille et régulier. Derrière lui, le taxi démarra. Le policier aperçut Tom alors qu'il atteignait le trottoir, s'avança mais se ravisa. Tom franchit la grille et y croisa les premiers invités. Le policier ne savait plus que faire. Il y avait peu de temps, des Allemands de l'Est avaient escaladé en grand nombre le mur de l'ambassade de R.F.A. et il n'était pas bien sûr que ce fût encore défendu. Ces dernières journées avaient bouleversé une vie entière d'endoctrinement. Une fois dans le jardin, Tom interpella l'ambassadeur :

« Votre Excellence, je suis journaliste à *Politiken*. Je désirerais vous poser quelques questions. »

L'ambassadeur qui s'apprêtait à rentrer s'immobilisa. C'était un homme trapu, dans la cinquantaine, vêtu d'un costume sombre et rasé de près.

« Voilà bien des méthodes peu banales. Qui êtes-vous ? »

Le policier se rapprocha, hésita encore. Les deux hommes s'entretenaient dans une langue étrangère. Il ne pouvait guère s'agir d'un Tchèque voulant passer à l'Ouest. Fallait-il intervenir ou pas ? Tom devinait le désarroi du fonctionnaire, sa hantise d'avoir à assumer la responsabilité d'une initiative, le dilemme classique du bon soldat socialiste.

Deux nouveaux invités apparurent sur le perron et regardèrent avec étonnement l'ambassadeur, Tom et le vigile visiblement dans l'embarras.

« A journalist. From Denmark, expliqua l'hôte.

— At this hour ! Wish our bunch was as industrious. They would be at the bar now, wouldn't they ? »

Tom reprit en danois :

« Votre Excellence, je suis policier. Vous pouvez contrôler mes papiers. Il faut que vous me laissiez entrer. »

Le sourire de l'ambassadeur se figea. Il fit signe au gardien qui s'était encore rapproché de s'éloigner.

« Tout cela est vraiment peu ordinaire. Mais pour l'amour du ciel, donnez-vous donc la peine d'entrer. »

Tom s'efforça de garder son sang-froid : aller jusqu'à l'escalier, gravir les marches calmement et saluer le couple qui l'observait avec une perplexité amusée. La femme portait un long manteau de fourrure. Son regard se posa sur la manche droite de Tom. Elle vit la tache brune sur le daim, au niveau du poignet. L'ambassadeur regarda à son tour et dit :

« Attendez-moi à l'intérieur. »

Tom patienta dans l'entrée, aveuglé par le puissant éclairage. Derrière une porte vitrée, deux couples bavardaient sur un canapé, devant des cocktails posés sur une table basse. Ils ne prêtaient aucune attention au nouvel arrivant.

« Que voulez-vous ? Qui êtes-vous ?

– Mon nom est Tom Gubrowski. Je vous prie de bien vouloir contacter Lasse Nauer ou le chef du PET à Copenhague, Jette Jansen. Sur un canal chiffré. Dites que je me suis réfugié ici.

– Ah bon ? Car vous restez ?

– Oui. Et pas un mot à vos invités. »

L'ambassadeur avait des yeux clairs et perçants. Il prit Tom par le bras et l'introduisit dans une petite chambre garnie d'un lit et d'une table de nuit.

« Patientez ici. Les derniers invités ne vont pas tarder à partir et nous pourrons bavarder. Puis-je voir votre pièce d'identité ? »

Tom lui tendit son passeport et son insigne de police. L'ambassadeur les examina puis les lui rendit. Il fleurait bon un après-rasage de bonne qualité. Comme Tom avançait la main pour reprendre ses papiers, l'ambassadeur regarda à nouveau sa manche.

« Que vous est-il arrivé ? Vous êtes blessé ?

— Ce sang n'est pas le mien. Transmettez mon message. Ne voyez-vous pas que je suis dans un pétrin de tous les diables ! »

Tom lut sur le visage de l'ambassadeur qu'il avait haussé le ton.

« Installez-vous. Tout va s'arranger.

— Je n'en suis pas si sûr », dit Tom en s'asseyant sur le lit. L'ambassadeur referma la porte. Tom se renversa sur le matelas. Malgré le chauffage, il tremblait de froid dans l'épais manteau maculé du sang de Micha.

13

C'était une prison bien douillette, mais une prison quand même. Au petit matin, l'ambassadeur vint tirer Tom d'un demi-sommeil pour lui transmettre la réponse de Copenhague. Le diplomate était irritable et son message, laconique : Tom devait rentrer sous terre pendant que les autorités compétentes mettaient de l'ordre dans cette pagaille – et il appuya sur ces mots d'une voix lasse et distante. Tom, encore engourdi de sommeil, s'était redressé sur le lit et décollait les petites écailles brunes de sa manche. Les croûtes de sang séché tombaient sur les dessins de la moquette défraîchie. L'obscurité entrait à travers les barreaux de la lucarne. Le vent s'était levé et le grésil fouettait le carreau embué.

L'ambassadeur était encore en habit de soirée. Il portait un manteau gris au bras et au cou, une écharpe claire dénouée. Il jouait à lancer ses clés de voiture en l'air et les rattrapait d'une main distraite et sûre. Son menton s'était ombré d'un duvet argenté. Une légère odeur de whisky et de cigare flottait autour de sa personne.

« Jepsen. Carl Jepsen », dit-il en tendant une main hésitante.

Tom se leva et la serra. L'ambassadeur avait les traits creusés par la fatigue et il semblait, tout compte fait, plus proche de la soixantaine que de la cinquantaine.

« Tom Gubrowski.

— Ça, je sais », répondit-il en hasardant un sourire.

« Bon, allons prendre quelques heures de repos. Je voudrais bien m'occuper de vous maintenant mais ma femme est montée se coucher depuis longtemps. Pensez-vous pouvoir vous débrouiller seul jusqu'à demain matin ? Je veux dire, tout à l'heure ? Je vous fournirai une brosse à dents, de quoi vous changer et ce dont vous aurez besoin. »

Il rattrapa les clés, allait à nouveau les lancer mais se ravisa et les fourra distraitement dans la poche de sa veste.

« Ça ira. Je ne fais que passer, je suppose.

— Nous verrons. Tenez-vous tranquille jusque-là. Il me semble que vous avez semé la fièvre dans quelques bureaux à Copenhague. Essayez de vous reposer, maintenant. »

Mais il resta, comme s'il ne pouvait se résoudre à partir.

« Alors, dormez bien. La vie à Prague n'est déjà pas banale, ces temps-ci. Et maintenant vous voilà. C'est presque un symbole. Je veux dire : le dernier espion dans ma villa, alors que le communisme entre dans l'Histoire. C'est presque un symbole, ne trouvez-vous pas ?

– Je ne suis pas un espion. J'ignore pourquoi les choses ont mal tourné, répondit Tom en regardant la neige tomber par la fenêtre.

– Ma foi, les autorités se chargeront de tirer cette affaire au clair. Ça va certainement s'arranger. En tout cas, vous avez semé une sacrée panique à Copenhague, si je puis me permettre d'insister. Bonne nuit. Vous trouverez des toilettes à droite dans le couloir. »

L'ambassadeur referma la porte avec une infinie précaution, comme s'il venait de border un enfant. Tom enleva son manteau, le fourra sous le lit et s'allongea tout habillé sur les draps, les yeux au plafond. Le vent faisait craquer les boiseries et la neige gelée martelait au carreau. Le démarreur d'une voiture gémit dans la rue. Recroquevillé sous la couverture rabattue, Tom grelottait dans ses vêtements. Il finit par s'assoupir et rêva du fleuve boueux, en Thaïlande. Des serpents et des araignées occupaient tous les recoins de sa maison. Tom était terrifié et il ne parvenait pas à les déloger. Les serpents se faufilaient dans les fissures et resurgissaient ailleurs. Des araignées grandes comme des assiettes à dessert descendaient du plafond puis se laissaient tomber sur le plancher et se mettaient à courir en tous sens sur leurs pattes velues, en dardant de longues antennes. Il les écrasait mais elles renaissaient et rampaient vers lui. Il poussa un cri muet.

Tom resta deux semaines chez l'ambassadeur.

Noël approchait. Carl Jepsen se révéla être un hôte courtois et prévenant. Il lui procura comme promis du linge et une brosse à dents et, tous les jours, il lui apportait des revues, des journaux, lui proposait des ouvrages. Il lui prêta même une radio à fréquences courtes et la nuit, Tom écoutait le World Service de la BBC pour se distraire de ses insomnies. L'Europe s'effondrait. Carl Jepsen et lui en avaient fait le sujet de leur causerie quotidienne — car l'ambassadeur avait pris l'habitude de boire un verre avec Tom, tous les jours en fin d'après-midi. Ils évoquaient les bouleversements de l'Europe, sans jamais aborder les problèmes de Tom. Il n'y avait rien à en dire, seulement attendre. Le temps changeait. De la pluie et de la neige tombaient en alternance sur la ville tapie sous un ciel plombé. La fenêtre de Tom donnait sur un bout de jardin, un mur jaune et une rue tranquille. De temps en temps, Tom essayait de méditer et de faire sa gymnastique, mais il ne restait rien de son autodiscipline. L'ambassadeur lui avait offert une cartouche de cigarettes et il se contentait de fumer et de boire du whisky, assis à la fenêtre, sans penser à rien. Il ressortait parfois le document de Micha. Il dépliait la feuille sur la table de nuit, lissait soigneusement le papier et relisait les caractères cyrilliques. Il connaissait le texte par cœur mais ce rituel lui rendait un peu de son calme. Car s'il ne comprenait toujours pas pourquoi les choses avaient si mal tourné, il savait au moins qu'il ne s'était pas entièrement trompé. À aucun moment.

Quelques oiseaux fréquentaient le jardin. Tom se rappelait son enfance, les journées d'hiver passées comme ici à regarder les oiseaux par la fenêtre. Sauf que dans le jardin de ses parents, il y avait une mangeoire et une gerbe de blé. Sa mère faisait aussi fondre du suif, de la graisse et des graines de céréales dans une moitié de noix de coco qu'elle suspendait dans le prunier à côté de la gerbe, et il observait les mésanges bleues, les becs-croisés, les moineaux et les rouges-gorges venus picorer et les gros merles qui tentaient d'intimider les passereaux plus petits. Dans le jardin de l'ambassadeur, il n'y avait que des moineaux domestiques au plumage ébouriffé qui s'ébrouaient dans la neige mouillée et souillée.

Tom ne devait se montrer ni dans la journée à cause du personnel de maison, ni les soirs de réception. De sa fenêtre, il regardait arriver les invités ; tous d'anciens opposants du régime qui avaient troqué leur geôle ou leur résidence surveillée contre des petits bureaux ministériels, et auxquels l'apprentissage du pouvoir enseignait qu'il est plus facile de renverser un gouvernement que de gouverner soi-même. Les journaux locaux avaient passé sous silence la mort de Micha et les débordements sanglants sur le Pont Charles. Dans la presse étrangère, on pouvait lire que la révolution s'était déroulée sans même qu'une vitrine ait été brisée.

Un jour en fin d'après-midi, Tom et l'ambassadeur savouraient un whisky au salon, en silence, le regard fixé sur l'âtre. Le vent d'est s'était levé et le froid faisait gémir les boiseries de la villa. Une bûche éclata comme un coup de feu.

L'ambassadeur leva les yeux, but une petite gorgée et dit en faisant tinter les glaçons dans son verre :

« Ils arrivent demain, Gubrowski.
— Qui donc ?
— Les gens de Copenhague. Je ne peux pas vous en dire plus. Sachez que le problème est résolu.
— Qui se déplace ?
— Vous verrez bien. Tout s'est arrangé. Mais vous leur avez donné du fil à retordre.
— Je tiens à vous remercier de votre hospitalité.
— Bah, ce n'est pas la peine. J'ai vraiment apprécié nos discussions et puis, cela m'a amusé de humer une dernière bouffée de la guerre froide.
— Je crois qu'il s'agit d'un malentendu.
— C'est possible. C'est sans importance. Moi aussi, dans ma jeunesse, j'ai œuvré dans les coulisses du pouvoir, comme on dit. J'ai goûté aux joies troubles de la clandestinité. Avec quelques camarades officiers, nous avions obtenu du gouvernement la permission de reconnaître le terrain en vue de placer des agents dans les pays baltes. Nous étions jeunes et naïfs, mais la guerre froide s'était rudement réchauffée, si l'on peut dire, et la mission était simple et clairement définie. »
Tom se redressa dans son fauteuil :
« Je me suis laissé dire que le Danemark avait eu l'intention de faire la même chose. Mais toute l'affaire a été classée top secret.
— C'est exact, et je ferais mieux de ne pas en parler. Les archives ne seront pas ouvertes avant au moins un demi-siècle. Les Suédois avaient des projets identiques. Ceux des Anglais étaient en cours de réalisation, et le Danemark n'y était associé qu'en vertu de ses liens historiques avec les pays riverains de la Baltique. » L'ambassadeur si-

rota une nouvelle gorgée en regardant l'âtre, puis il reprit : « Enfin, les Baltes n'ont plus besoin de nous. Il y a, somme toute, une justice en ce monde.

– Qu'est-il advenu de votre mission ?

– Well, que puis-je en dire ? Nous avons placé quelques hommes. Ils étaient censés participer à l'établissement d'un réseau de résistance. Pauvres naïfs que nous étions. Ils n'ont plus jamais donné signe de vie. Ils avaient été dénoncés avant même de poser pied sur le sol estonien. Nous avons enterré l'affaire, classé les documents top secret et expédié le dossier aux archives.

– C'est un phénomène plutôt intéressant.

– Que voulez-vous dire ?

– Je veux parler des agents doubles.

– Pas au Danemark. En Angleterre, oui, mais pas chez nous. Plusieurs générations d'Anglais sont restées traumatisées. Mais au Danemark, on n'a jamais pris la chose réellement au sérieux. Dans les années 50, nous avions encore une génération d'intellectuels irréductibles qui voyaient ou avaient vu le salut en Moscou. Et prenons votre génération, Gubrowski, qui a connu la guerre du Vietnam et développé un anti-américanisme tel que ce que certains considèrent comme de l'espionnage et peut-être même une trahison d'État était regardé comme un dialogue légitime avec les diplomates d'une puissance étrangère ; pas de quoi fouetter un chat.

– Vous avez sans doute raison.

– Je n'en sais trop rien. Les choses ne sont plus aussi tranchées. Elles ne l'ont sans doute jamais été. La droite est devenue la gauche et inversement.

Quand les communistes de la première heure s'en prennent à Gorbatchev, nous disons que la droite veut s'emparer du pouvoir. Le socialisme, c'est à Cuba et en Albanie qu'il faut aller le chercher. Et pour combien de temps encore ? Notre idéologie a fini par l'emporter. L'Est a vaincu le nazisme et à notre tour, nous sommes sur le point d'exterminer l'autre fléau totalitaire de ce siècle, le communisme. Mais à quel prix : des millions d'innocents sont morts et la moitié de l'Europe végète dans un dénuement absolu. Quel héritage pour nos enfants !

— Vous avez des enfants ?

— Deux grands garçons à l'université, au Danemark. De bons élèves. Je n'ai pas à me plaindre. Et vous ?

— Je m'interroge, justement. »

L'ambassadeur éclata de rire :

« Ma foi, c'est une incertitude avec laquelle nous sommes condamnés à vivre, nous autres hommes. »

Lasse Nauer conduisait la délégation composée de Jette Jansen et d'un jeune fonctionnaire du ministère de la Justice qui ne disait rien mais qui noircissait les pages d'un bloc-notes jaune de caractères sténo. Nauer était en complet et cravate à rayures bleues. Il parlait en arpentant la pièce, comme à son habitude. L'ambassadeur les installa au salon avant de se retirer discrètement : ce qu'il n'entendrait pas ne pourrait pas le compromettre auprès des nouvelles autorités tchécoslovaques. Jette offrit à Tom une poignée de main mesurée et alla s'asseoir dans l'un des fauteuils de cuir placés devant le foyer éteint. Nauer salua d'un coup de menton. Tom s'était rasé avec soin. Il portait son costume, que l'ambassadeur avait envoyé à la blanchisserie. Il prit place à côté de Jette. Les fauteuils avaient été tournés vers le centre de la pièce, le dossier contre la cheminée. Tom promena son regard sur les rayonnages de la bibliothèque. La présence des livres était apaisante. Elle conférait à la scène un semblant de normalité. Tom et Jette fumaient. Quand ses déambulations le rapprochaient de Jette, Nauer fronçait le nez et chassait la fumée d'un geste ostentatoire. Jette se tenait droite comme un i dans sa jupe longue et son corsage sombre, les lèvres maquillées de rouge et les paupières légèrement ombrées. Son visage était marqué par la fatigue, comme si elle avait bu ou participé à de trop nombreuses réunions nocturnes. Lasse Nauer semblait sortir directement d'une salle de musculation. Il pivota sur ses talons et s'immobilisa devant Tom, les jambes légèrement écartées, un doigt pointé vers ce dernier :

« Laissez-moi résumer le fond de ma pensée, inspecteur Gubrowski. Vous êtes un imbécile de première classe. Vous avez saboté un plan minutieusement préparé. Vous avez causé au pays une série de désagréments. Vous avez envoyé de gros nuages noirs dans le ciel bleu de la nouvelle Europe où les oiseaux chantaient, le soleil brillait et où Noël blanc est toujours au rendez-vous. Nom de Dieu, mais pour qui vous prenez-vous ?

— Ça suffit, Lasse, coupa Jette, nous perdons du temps, peux-tu avoir la bonté de…

— Okay, okay. Au moins, l'air est plus respirable à présent. Ce n'est pas à prendre au pied de la lettre, remarquez, tant que vous persisterez à nous enfumer, mais c'est une image, so let's go down to business. Speak, mister. From the top. »

Tom fit un compte rendu sobre et détaillé de son voyage, de ses rencontres et de la fin de Micha sur le Pont Charles. Il n'omit rien, pas même le passage concernant Sergueï. Ils l'écoutèrent sans faire de commentaires, se contentant seulement de réclamer quelques précisions. Des horaires, des dates.

« Comme vous voyez, conclut Tom, cette affaire était strictement personnelle. J'ai commis une erreur, mais j'agissais pour mon propre compte. En outre, je redoutais un piège. Que toute l'opération ne soit qu'un prétexte. Mais le document de Micha prouve que j'avais raison. Il y a un agent au Danemark. Très haut placé. Peut-être un Russe. Ou un Allemand de l'Est.

— Touchante, l'anecdote du fils », dit Nauer.

Il posa sa tasse de café sur le rebord de la cheminée, à côté d'une photographie montrant les deux adolescents en uniforme de scout qui souriaient à la pièce.

« Charmante et très très crédible », reprit-il en appuyant exagérément sur « très », comme s'il se parodiait lui-même. Puis il redevint grave :

« Voyons ce document, Gubrowski. »

Tom déplia la feuille. Le papier était mince mais de bonne qualité. Nauer se pencha au-dessus de la table basse et plissa les yeux.

« Je ne lis pas le russe et Madame non plus. Traduisez. Nous ferons établir une traduction officielle plus tard.

— Jette sait aussi bien que moi de quoi il s'agit, dit Tom.

— Oui Tom, mais explique quand même à Nauer, pour qu'il réalise la valeur de ce trésor. »

Tom s'exécuta, un doigt pointé sur les caractères cyrilliques :

« Ceci est une page d'un *rabotnaya tetrad*, le cahier dans lequel tout agent du KGB inscrit les noms de code de ses collaborateurs, rédige les comptes rendus de ses rencontres, des brouillons de rapport, etc. Il le glisse tous les soirs dans son *papka*, un porte-documents un peu plus grand qu'un attaché-case dont il scelle la fermeture Éclair et qu'il range dans le coffre-fort de son ambassade locale. Dans le service contrôlé par le KGB. »

Tom avala une gorgée de café.

« Vous me suivez, jusqu'ici ?

— Nous ne sommes pas idiots, dit Nauer.

— Je ne comprends pas comment Micha a pu mettre la main sur cette page, poursuivit Tom. Ce ne sont pas des documents qu'on laisse traîner. Il a dû la photocopier à Moscou. Comme vous le voyez, elle est adressée à la Première Direction Générale, à Iaseneva.

— Où est-ce ? » demanda Nauer.

Jette voulut montrer qu'elle aussi connaissait la réponse :

« À un gros kilomètre du boulevard périphérique de Moscou. Ce sont les nouveaux locaux du cerveau du KGB. L'œuvre d'un architecte finlandais. Très réussie, me suis-je laissé dire.

— Avançons », coupa Nauer.

Tom reprit :

« Ce rapport est adressé au camarade Orlov. C'est un nom de couverture. Orlov réceptionne les rapports du résident du KGB à Copenhague. C'est un système très cloisonné : la Première Direction Générale est divisée en sous-directions régionales qui couvrent des zones géographiques différentes. Orlov travaille dans la 3e, celle qui s'occupe des opérations soviétiques en Scandinavie. Jetez donc un coup d'œil sur les numéros… »

Ils se penchèrent sur la feuille et Tom détailla un par un les chiffres inscrits en haut de la page :

« 1-3-77-8388-91-111-126. Autrement dit, Première Direction Générale, 3e sous-direction. 77 indique que le rapport a été rédigé à la résidence de l'ambassadeur. Puis la date : 8 mars 1988. 91 indique que l'information provient d'un agent. 92 aurait renvoyé à un informateur occasionnel, par exemple un journaliste ou un homme politique qui rend des services ponctuels. Ici, il s'agit d'un agent. 111 est le coefficient de fiabilité de l'information. 111 est le maximum. 126 vaut pour le commanditaire de la mission. Dans le cas présent, un fonctionnaire très haut placé. Le rapport le cite évidemment sous son nom de couverture.

— Et ça, qu'est-ce que c'est ? » demanda Nauer. Jette humecta ses lèvres d'un coup de langue et alluma une nouvelle cigarette.

« Volk, dit Tom. Cela signifie loup en russe. C'est le nom de couverture de l'agent danois.

— Et que nous révèle-t-il, ce loup ? » demanda Nauer. Tom traduisit en suivant des yeux le texte qu'il connaissait par cœur.

« Il commente une réunion à huis clos entre ministres de la Défense des pays membres de l'OTAN, qui se proposait de redéfinir les objectifs stratégiques en fonction des nouvelles orientations politiques de Moscou. Rien de superconfidentiel, mais tout de même instructif pour l'intéressé. »

Tom marqua une hésitation, avant de poursuivre :

« Il y a un détail que je trouve intéressant.

— Quoi donc, inspecteur ? demanda Nauer.

— Volk a un porteur au Danemark, par l'intermédiaire duquel il communique avec son officier traitant. Il transmet à ce dernier des messages chiffrés, par écrit, peut-être sur cassette, ou encore sur disquette, ce qui est plus risqué. Apparemment, le porteur se rend fréquemment dans les pays de l'Est, ou en Union Soviétique. Il remet des documents et reçoit, j'imagine, des instructions en retour. Quoi qu'il en soit, l'officier traitant à Copenhague fait part de la venue prochaine du messager de Volk en Union Soviétique et demande pour le compte de l'antenne danoise à ce que la nature des missions futures tienne compte des nouvelles relations avec les impérialistes, dorénavant placées sous le signe de la détente et de la coopération. Ce qui importe ici, c'est que le porteur circule entre le Danemark et l'Union Soviétique sans être inquiété. Peut-être s'agit-il d'un homme d'affaires manipulé. Mais il y a mieux… »

Tom s'échauffait. Il retrouvait ses réflexes de limier, son goût du raisonnement, le plaisir excitant que procurent la chasse et la perspective d'élucider une affaire. Comme aux échecs, où chaque coup remodèle l'ensemble de la partie.

« Alors ? » s'impatienta Nauer en passant une main sur ses cheveux ras.

« L'agent projette de se rendre l'été prochain dans un autre pays scandinave — autrement dit, l'été dernier. Son officier traitant requiert donc auprès de son supérieur, à Moscou, l'autorisation de rencontrer son agent dans un autre poste. Voici comment j'interprète ce chiffre que je ne connais pas. Mais c'est plausible. L'entretien aura pu avoir lieu au cours d'un voyage à caractère privé, en vacances par exemple. Cela s'est déjà produit. C'est moins dangereux qu'un rendez-vous au Danemark. Comme lorsque Treholt* se rendait à Vienne pour y rencontrer son officier traitant. »

Nauer se leva et reprit son va-et-vient incessant.

« C'est captivant, Gubrowski, mais terriblement improductif. Si vous aviez respecté notre plan, nos amis anglais auraient comme convenu pris le relais à Londres. Ils auraient contacté Zaïkov et lui auraient proposé un marché qu'il n'aurait pas pu refuser. Nous aurions renforcé notre crédibilité sans nous salir les mains. Au lieu de quoi nous nous trouvons dans une posture délicate et en présence d'une preuve douteuse.

— Une preuve douteuse ! s'indigna Jette. Voilà des années que le PET soupçonne les Russes d'avoir une taupe à Copenhague. Ce document nous en

* Il s'agit du Norvégien Arne Treholt, recruté par le KGB en 1968. Porte-parole du ministre norvégien des Affaires étrangères, arrêté en 1984.

fournit la preuve. Nous n'allons tout de même pas rester les bras croisés !

— Certainement pas, répliqua Nauer, mais je te ferai remarquer de la part du ministre que les temps ont changé. Va chasser le loup, puisque c'est ton satané devoir, mais nous ne saurons tolérer aucun scandale. Pas d'écoutes illicites, de lettres interceptées et de ces petits jeux auxquels toi et tes consorts vous vous livrez sous prétexte de débusquer un espion dont la correspondance nous révèle une affaire que les Russes peuvent lire dans le journal, si toutefois ça les intéresse. Est-ce suffisamment clair, ou bien dois-je vous réciter la Constitution, Madame la Patronne ?

— Clair comme de l'eau de roche.

— Parfait. » Nauer fit volte-face, tira sur ses manchettes et allait s'adresser à Tom qui s'était tassé dans son fauteuil, quand Jette prit les devants :

« Nous examinerons donc cette affaire car c'est notre devoir, comme tu dis si bien. L'Union Soviétique ne s'est pas arrêtée d'espionner avec Gorbatchev. L'espionnage militaire et industriel du KGB est une activité bien trop rentable. C'est elle qui paye la noce. Alors cesse de jouer les naïfs, Nauer.

— Je ne suis pas naïf, mais l'OTAN a délibéré et sa décision sera bientôt rendue publique : l'Ouest accorde sa confiance au nouveau chef du Kremlin et soutient son programme de réformes. C'est la politique de l'avenir et nous l'appuyons. Bon, revenons aux gamineries de Gubrowski. »

Tom avait l'estomac noué. Il regrettait soudain sa chambrette, avec sa vue sur les moineaux ébouriffés, dans la neige sale.

« Nous avons eu du pain sur la planche, Gubrowski »

La voix de Nauer le tira de sa rêverie.

« Nous n'avons pas ménagé notre peine. Tout est rentré dans l'ordre. Les Tchèques ont d'autres chats à fouetter. Les nouveaux dirigeants se fichent des anciens, lesquels sont bien trop occupés à brûler la paperasse compromettante pour s'inquiéter d'un Russe refroidi et d'un Danois malchanceux. Quant aux Russes, ils déplorent toute l'histoire ; elle tombe fort mal à propos. Ils ont même présenté des excuses. Ils disent qu'ils n'ont plus recours à de pareilles méthodes, que c'était une vengeance personnelle. Un acte de violence inutile. Ils enterrent l'affaire. Excepté que ces crétins du Pont Charles seront punis, m'a dit l'ambassadeur à Copenhague. À l'heure qu'il est, ils sont sans doute en train de déblayer la neige en Sibérie. Justice est faite, le soleil peut briller et l'inspecteur peut rentrer chez lui. Des gens compétents ont remué ciel et terre pour sauver sa peau. »

Nauer alla à la fenêtre et regarda dehors. La pelouse était encore enneigée, mais une neige fondue tombait en oblique par-dessus le mur du jardin.

« Satané climat », maugréa-t-il. Puis, se retournant, un doigt pointé vers Tom :

« Chaque transaction a son prix, Gubrowski. La note se règle au comptant. Vous restez au Danemark. J'aurais préféré vous voir flanqué à la porte. Comme ça, d'un coup de pied au cul ! Balayeur ! Ouvreur de cinéma ! Veilleur de nuit ! »

Il avança d'un pas.

« Mais non. La chance sourit aux audacieux. L'amateurisme paye. Le monde est injuste ! »

Nauer savourait sa prose et faisait claquer ses mots de sorte que les points d'exclamation semblaient se matérialiser dans l'air. Jette regardait ostensiblement ailleurs mais Tom s'obligeait à soutenir le regard de Nauer. Il voulait affronter le verdict en homme d'honneur.

Nauer reprit :

« Vous serez soumis à un interrogatoire serré. Un débriefing, dans le jargon de la Patronne. Nos amis américains et britanniques réclament également une audience. Et si vous en ressortez blanc comme la neige qui tombait dans notre jeunesse, l'administration vous trouvera un bureau peinard. Un boulot où vous ne risquerez plus de vous faire remarquer. An offer you cannot refuse, I am sure. Voilà ! »

Tom perdit son calme :

« Je suis sous contrat avec la DEA. Vous n'avez pas le droit de le rompre comme ça, Nauer. »

Un sourire félin et jubilatoire éclaira le visage de Lasse Nauer, comme lorsqu'il avait invoqué pour le Premier ministre des arguments tellement imparables que ce dernier finissait en toute bonne foi par s'attribuer la paternité de ses vues. Et il ajouta :

« C'est ma foi vrai, mais la DEA le peut. Et c'est ce qu'elle a fait. Un coup de fil à Washington a suffi. Vous pouvez dire adieu à votre job de luxe sous les tropiques et aux gentilles geishas qui agrémentaient votre repos du combattant. Bienvenue à Copenhague, sa grisaille, ses routes salées et ses tiers provisionnels.

– Vraiment, tu exagères », protesta Jette en posant une main sur le bras de Tom.

« Je ne fais que préparer l'inspecteur à l'humble réalité dans laquelle nous autres mortels gagnons notre pain quotidien », conclut Nauer en jetant un coup d'œil appuyé sur sa montre.

Le temps réglementaire était écoulé. La séance fut levée.

DEUXIÈME PARTIE

LES HOMMES DE L'OMBRE

« Il prend sa place dans les annales du Renseignement du KGB aux côtés de soldats de l'ombre aussi méritants que Kim Philby et George Blake. »

Pravda

« Tous les pays ont des espions. »

JERZY URBAN,
porte-parole du dernier gouvernement communiste de Pologne.
Aujourd'hui rédacteur en chef d'un magazine de charme à Varsovie.

14

Presque une année plus tard, Sergueï Zaïkov s'était installé au soleil, devant sa petite maison de bois située aux abords du village. Il avait basculé le dossier d'une vieille chaise de cuisine verte contre le mur et s'apprêtait à relire une lettre de sa mère parvenue quelques semaines plus tôt. Il ressortait cette lettre de temps en temps, comme il avait parcouru maintes fois la même coupure de journal, en Afghanistan, sur le promontoire désolé. Il leva les yeux vers le village désert. La lumière d'octobre était claire mais l'air était doux pour la saison, comme un petit été indien avant les rigueurs de l'hiver biélorusse. La cheminée de Tolia fumait. Victor sortit de la maison qu'il partageait avec Svetlana pour couper du bois. Quelques-unes des autres maisons étaient occupées. Ensemble, ils formaient ce qu'ils appelaient ironiquement « la famille ». Alexeï et Volodia, de son ancienne unité commando, logeaient avec leur fiancée dans les deux maisons situées au bord du champ mis en friche, comme la plupart des terres de cette contrée désolée. Sergueï savait qu'ils étaient sortis faire des achats à Gomel, à cinquante kilomètres de là, et qu'ils ne rentreraient que le lendemain. Ils avaient pris la vieille Lada cabossée qu'Alexeï alimentait avec un carburant de fortune composé de haricots et de débrouillardise.

Le reste du village était à l'abandon. La peinture bleue, rouge et ocre des façades de bois s'écaillait, les carreaux étaient brisés et les volets savamment ajourés pendaient tristement dans leurs gonds. Plus loin se dressaient les deux étages d'une bâtisse abandonnée — l'école n° 37. Le lierre avait envahi la façade de brique brune. Un rideau usé et jauni claquait au vent dans une travée sans vitre. La porte entrouverte laissait apercevoir des débris de pupitres et de chaises. Seul le croassement des corneilles déchirait le silence et, plus loin, le ronronnement d'un moteur de tracteur dans le kolkhoze voisin que les vieux continuaient d'exploiter.

Un chat trottinait dans les herbes folles qui poussaient au bord du chemin vicinal. Il alla se frotter contre le poteau d'un écriteau rouillé. L'inscription en caractères rouges était presque illisible : Danger de radioactivité. Accès interdit. Sergueï appela doucement le chat « Kochka, Kochka ! » et l'animal vint se frotter voluptueusement contre le jean de sa jambe. Sergueï le souleva par le ventre et l'installa sur ses genoux, avant de poser un dernier regard sur la plaine déserte où poussaient çà et là des peupliers. L'horizon était barré par une clôture en grillage qui serpentait à perte de vue.

Il lut à mi-voix, pour lui-même et pour le chat qui ronronnait :

« Mon Cher Fils, mon garçon. Une année s'est bientôt écoulée depuis la mort de celui que tu appelais ton père. Dieu ait son âme, même si cet homme a déshonoré notre nom et réduit ta mère à vivoter avec une maigre pension, ta mère qui doit de surcroît endurer de savoir son fils en exil près de cette horrible centrale de Tchernobyl. La seule chose qui importe est que dans deux ans, tu auras purgé ta peine et tu pourras demander aux autorités la permission d'emménager à Moscou chez ta mère qui a besoin de ton aide quotidienne, bien qu'elle ait pu conserver l'appartement et le droit de s'approvisionner à la centrale d'achat du Parti. »

Un lointain bruit de moteur tira Sergueï de sa lecture. Peut-être des ouvriers entrant ou sortant de la zone ? Il reprit :

« Mais la vie à Moscou n'est pas facile. À cause de tout ce remue-ménage qui a débouché, il y a plus de cinq ans, sur l'instauration de la glasnost et de la perestroïka, la situation n'a cessé d'empirer. Rien ne fonctionne. Les magasins sont vides. Les gens ricanent de notre puissant parti comme s'ils assistaient à un spectacle de clowns au cirque. Nous avons perdu l'Allemagne pour laquelle tant de nos braves ont sacrifié leur vie. Et au plus fort du danger, nous trahissons nos amis irakiens pour plaire aux Américains et aux sionistes. À Prague, nous sommes la risée de tous. Je n'avais pas imaginé devoir connaître une telle humiliation. J'inonde cette lettre de mes larmes, parce que tu me manques, mon fils bien-aimé, mais aussi à cause de la honte qui rejaillit sur cette patrie pour laquelle tu

t'es battu avec tant de bravoure, chez les païens d'Afghanistan. »

Sergueï leva la tête. Le bruit de moteur se rapprochait. Victor aussi l'avait entendu. Ils étaient si rarement dérangés. Les autorités ne venaient guère s'aventurer par ici, même si les relevés affichaient des taux de radioactivité normaux. Et le panneau que Victor et Tolia avaient dérobé dans un village voisin réellement sinistré par les retombées maintenait les visiteurs indésirables à distance.

Il sauta les passages suivants où elle se plaignait encore des difficultés d'approvisionnement, de sa pension insuffisante, des voisins qui l'évitaient, de l'infarctus de Mikhaïl survenu si peu de temps avant son départ en retraite — et de surcroît en dehors des heures de service — et de l'injustice des tribunaux qui avaient condamné son fils. Il s'imagina son corps gras et informe, engoncé dans une jupe marron trop étroite, attablé près de la fenêtre donnant sur la cour, un verre de vodka à portée de la main ; sa chevelure en désordre et, sous sa chemise débraillée, sa lourde poitrine bandée dans un soutien-gorge est-allemand. Que s'était-il passé ? Elle était si différente dans ses souvenirs d'enfance : mince, gaie, la plus belle femme que la terre ait portée.

La voiture roulait au pas le long de la clôture. Ce devait être Vlassov, venu de Gomel, pensa Sergueï, rassuré. Victor plaça une nouvelle bûche sur le billot. Il leva la hache et ses muscles dorsaux se bandèrent. Le coup fendit la bûche en deux. Il jeta la moitié sur le tas de bois contre le mur, à l'abri du vent d'est qui soufflait sans relâche durant l'hiver. En passant sur les ornières du chemin, la Volga noire souleva des nuages de poussière jaunâtre. Sergueï arriva à la fin de la lettre. Chaque fois qu'il relisait ces derniers passages, son cœur se mettait à battre plus fort.

« *J'étais très jeune quand tu es né, mon fils chéri. Tu étais ce que j'avais de plus cher au monde et je n'ai jamais eu autant d'amour pour quiconque que pour toi. Je n'ai jamais regretté d'avoir dû renoncer à mes études, même si les professeurs disaient n'avoir jamais eu d'élève plus brillante que moi. J'étais une princesse comblée, tu étais mon petit prince. Te regarder grandir suffisait à mon bonheur. On disait : "Longue vie au communisme." Moi, je pensais : "Longue vie à mon fils." Tu es un homme, à présent, et je dois confesser avant ma mort que je ne me suis pas toujours conduite en épouse honnête et vertueuse. Comprends-moi, mon garçon. L'homme que j'avais épousé était souvent absent et il n'était pas tendre avec moi. J'ai cherché refuge auprès d'autres hommes capables d'apprécier davantage mes qualités et de m'aimer pour la femme cultivée que je suis.* »

Le mot « femme » était souligné deux fois. L'encre avait bavé et formait un pâté sous le point. L'écriture était maladroite et enfantine. La Volga emprunta le chemin qui menait au village et Sergueï aperçut le gros visage couperosé de Vlassov sur la banquette arrière. Un jeune homme en blouson de skaï était assis à côté du chauffeur, lequel était un agent de la milice en uniforme. Sergueï s'empressa de terminer sa lecture :

« Mais le grand secret que, devant notre Bon Dieu, je m'étais promis d'emporter dans la tombe, est que l'homme que j'ai épousé n'est pas ton père. Je tenais à ce que tu l'apprennes afin de n'avoir plus à porter la honte de sa mort infamante dans les bras d'une pauvre fille, dans ses draps encore souillés de ses ébats avec les étrangers qu'elle recevait pour des devises, des dollars. Ton vrai père est d'ascendance danoise et polonaise. Qui sait, peut-être est-il comte ? Ha ! ha ! ha ! Les épreuves que ta mère a endurées n'ont pas entamé son sens de la plaisanterie. Nous nous aimions. Pourtant, il m'a quittée alors que je portais son enfant. Mikhaïl le savait. Je le lui ai dit plus tard, quand son comportement à mon égard est devenu trop odieux. Je me suis mariée beaucoup trop tôt, séduite que j'étais, dans l'insouciance de ma jeunesse, par son érudition et ses manières d'officier. Voilà, j'espère que cette nouvelle ne te bouleverse pas trop, mon cher enfant. Écris-moi bientôt. Mille baisers de ta mère qui t'aime et qui te souhaite tout le bien que tu mérites.

P.-S. : Je joins une photo que j'ai gardée contre mon cœur pendant toutes ces années. C'est ton père, à ma gauche. Il s'appelait Gubrowski. »

Sergueï ignorait pourquoi, les premières fois, il avait malgré lui éclaté de rire. Aujourd'hui encore, la lettre lui arracha un sourire. La Volga noire se gara devant la maison. Sergueï contempla le vieux cliché jauni sur lequel un jeune homme au visage avenant et aux cheveux noirs et courts tenait dans ses bras une jeune femme qui s'esclaffait devant l'objectif. Au dos était écrit à l'encre bleue un peu délavée : Tom et Léna sur les Monts Lénine, Moscou 1968.

« Tu lui ressembles. Ou inversement. » Il sentit une main sur sa nuque et fit basculer sa chaise. Une sensation de chaleur gagna l'intérieur de ses cuisses. Si sa mère avait ressenti pour cet homme ce qu'il ressentait pour Zoïka, il comprenait pourquoi elle avait agi ainsi.

« Je ne crois pas à son histoire », dit-il en levant son visage vers Zoïka. La lumière dessinait comme une gloire autour de sa longue chevelure brune et faisait ressortir les taches de rousseur sur l'arête de son nez. Elle s'étira, le buste légèrement rejeté en arrière, les mains sur les reins, et sa poitrine menue pointa sous son chandail. Elle revenait du puits couvert et avait posé les deux seaux pleins d'eau à ses pieds. Sergueï caressa ses fesses moulées dans son jean étroit et fit glisser sa main le long de sa cuisse jusqu'à l'entrejambe. Elle se pencha pour l'embrasser. Ses lèvres avaient un goût de fraise des bois. Il ferma les yeux de bien-être.

« Moi si », répondit-elle en relevant la tête, son nez contre le sien. « Tu lui ressembles et d'ailleurs, l'idée de me savoir amoureuse d'un comte polonais ne me déplaît pas. »

Il lui donna un baiser, cette fois tendre et langoureux.

« Je lui ai envoyé une lettre, dit-il.

— Tiens, nous avons la visite du patron. »

Sergueï reposa délicatement le chat. Tolia sortit sur le seuil de sa maison, un fusil de chasse ouvert pendant à son épaule, à la façon des chasseurs. Il avait gardé sa longue moustache fournie. Victor traversa la route en enfilant un chandail sur son torse luisant de sueur. Sergueï se leva. Le policier en uniforme et le garde du corps en civil restèrent près de la voiture, tandis que Vlassov, jovial comme toujours et souriant de toutes ses dents, s'avança, une bouteille dans chaque main.

« Bonjour, camarades ! » lança-t-il. La veste de son costume russe mal coupé était boutonnée sur sa bedaine. Au-dessus de ses lèvres humides et de son nez en patate brillait un regard comme toujours légèrement noyé et injecté de sang. Sergueï lui trouvait le physique de l'emploi : celui d'un secrétaire du Parti, conscient que les jours de son règne étaient comptés.

« Salut, Vlassov », répondit Sergueï en serrant sa main molle et moite. Vlassov se tourna vers Tolia :

« Tu as ta carabine, je vois. Vous vous croyez toujours en Afghanistan ?

– Des chiens sauvages sont venus rôder autour des maisons, cette nuit. Le grillage est troué », répondit Tolia d'une voix douce qui contrastait avec son corps de géant.

À ces mots, Vlassov eut un frisson d'effroi et son sourire retomba. Mais il s'efforça de rire et ses lèvres découvrirent à nouveau une rangée de mauvaises dents :

« Sans blague ! Décidément, je n'arriverai jamais à comprendre comment vous supportez de vivre dans un endroit pareil. Buvons un coup. Ça protège des rayons. Trois cents grammes d'alcool par jour, c'était la ration quotidienne de nos courageux liquidateurs, quand ils luttaient contre le démon. Ça protège, disent les spécialistes. »

Zoïka apporta des verres, du pain noir au levain et un bocal de cornichons. Victor traîna une vieille table en fer devant la maison de Sergueï. L'émail s'écaillait et les pieds étaient rouillés. Vlassov retira le bouchon en plastique et servit de la vodka à tout le monde. Il posa sur la table une cartouche de Marlboro importée. Les cigarettes étaient, comme le reste, introuvables, mais Vlassov et les autres apparatchiks ne manquaient jamais de rien. Sergueï les soupçonnait d'organiser la pénurie et le sabotage, dans le seul but d'entretenir chez la population la nostalgie du bon vieux temps. Pourtant, toutes les mains se tendirent avidement vers les paquets rouge et blanc, déchirèrent la cellophane et allumèrent des cigarettes. On but en silence. Les corneilles croassaient dans le vieux chêne. Déjà, un voile de brume s'étirait sur les prés, tandis que le soleil descendait derrière la futaie, dans la zone interdite.

« Aaah !... » Vlassov poussa un soupir d'aise en sentant passer la caresse brûlante d'une longue rasade de vodka. « Comment faites-vous pour supporter cet endroit ? Ce silence me taperait sur les nerfs.

— Ici, personne ne vient se mêler de nos affaires », lâcha Sergueï.

Vlassov partit à nouveau d'un rire forcé.

« Que le Ciel me protège ! Qui viendrait risquer sa peau ici !

— Avons-nous le choix ? »

Vlassov prit un air grave et pénétré :

« Patience, camarade Mikhaïlovitch. Patience. Mais débarrassons-nous plutôt des formalités et parlons business. »

« Business » était le nouveau mantra des trafiquants et des apparatchiks véreux, pensa Sergueï. Vlassov leva le bras et le policier s'approcha. Sergueï plongea une main dans la poche de son blouson de cuir et en sortit son passeport interne. L'agent griffonna quelque chose sur une feuille volante du passeport et le rendit à Sergueï.

« Merci.

– Il n'y a pas de quoi, répondit ce dernier. Toute cette paperasserie va bientôt disparaître, j'espère. En attendant, vous êtes de nouveau en règle.

– Vous prendrez bien un verre avec nous.

– Ce n'est pas de refus. Avec un cornichon et un quignon de pain, sans vouloir abuser. Tant que nous aurons cela, nous autres Russes n'aurons pas à nous plaindre. »

Sergueï regarda le milicien en uniforme gris descendre d'un trait son verre de vodka, puis mordre dans le pain noir et croquer dans un cornichon.

« Je vous ressers ?

– Vous êtes bien aimable », répondit l'autre en avalant un second verre. Puis il salua en portant une main à la toque de fourrure qu'il arborait malgré la température ; ce n'était pas le temps qui dictait la tenue, mais le règlement. Tout comme la paperasse et non le bon sens gouvernait ce pays, pensa Sergueï. L'homme regagna la voiture. Ses lourdes galoches firent crisser le gravier et les corneilles s'envolèrent. Au loin, le hurlement d'un chien suivi d'un grognement menaçant déchira le silence.

« Par tous les saints du Paradis ! » gémit Vlassov en se tortillant sur sa chaise.

« Dis-nous plutôt quel bon vent t'amène, Vlassov », dit Tolia, sa grosse tête appuyée dans une main.

Vlassov se trémoussait toujours fébrilement sur sa chaise. Sa cravate était de travers et il avait perdu le sourire. Il passa une langue violacée sur ses lèvres déjà humides. Sergueï l'observait avec dégoût. Cet homme représentait tout ce qu'il exécrait, mais ils étaient à sa merci. Tant qu'il les protégeait, il fallait bien qu'ils le supportent. Ici, en Biélorussie, le régime vivait encore ses heures de gloire. Qui sait de quoi Vlassov serait capable si on le contrariait ? Il régnait sur son fief en seigneur absolu. Il pouvait demander à la milice de les déplacer quand bon lui semblait. Ils s'étaient installés dans un village évacué en catastrophe sans qu'aucun résultat de relevé ne puisse justifier cette décision, alors que cinq kilomètres plus loin des gens vivaient dans des villages contaminés par des retombées de strontium, de césium et d'autres résidus toxiques dont on ignorait les effets sur l'organisme et qui inspiraient aux habitants les pires terreurs. Vlassov se resservit d'une main tremblante. Des aboiements lointains se firent de nouveau entendre, comme si les prairies et les bosquets alentour étaient comme autrefois habités par des hordes de loups affamés.

« J'ai un dernier boulot pour vous », dit enfin le secrétaire du Parti.

Sergueï se leva :

« La dernière fois, tu nous as dit la même chose.

— Cette fois-ci, c'est le dernier », trancha Vlassov, sur ce ton définitif qui lui avait servi à gravir les échelons de l'administration, à l'époque bénie où une carrière dans le Parti était une affaire d'homme.

« Ce sera plus cher, dit Sergueï.

— 10 %, comme la dernière fois, répondit Vlassov. Allez, buvons un coup. Nous sommes amis, après tout.

— D'accord pour 10 %, mais nous voulons autre chose en plus.

— Trinquons, nom d'un chien, s'impatienta Vlassov.

— Un logement en Estonie. »

Vlassov en renversa son verre. Il protesta :

« Sergueï, nom de Dieu ! C'est impossible ! Tu es russe. Ces maudits Estoniens préfèrent encore se jeter dans le golfe de Finlande plutôt que de fournir un logement à un Russe. Je ne suis pas magicien. Laisse-moi essayer Minsk, ou peut-être Leningrad. Ce ne sera pas facile. Les anciens sont partis. Quant à Moscou, ce n'est même pas la peine d'y songer. Allons, trinque avec moi.

— Mais pourquoi es-tu si nerveux ? » demanda Tolia.

Sergueï fixa le visage ruisselant de l'apparatchik et son cœur se mit à battre plus vite. Il avait envie de lui coller son poing sur la figure, mais il sentit la main de Zoïka sur sa nuque et il retrouva son calme.

« Les temps sont durs, dit Vlassov. On m'a informé que nous devions nous préparer à accueillir des milliers de soldats évacués de R.D.A. Nous devons les installer dans un camp de toile. Tu imagines, un camp de toile ! »

Sergueï et Victor éclatèrent de rire. Ils riaient à s'en tordre les boyaux.

« Notre glorieuse armée ! s'esclaffa Victor, nos glorieux soldats parqués dans un camp de toile, comme de vulgaires réfugiés !

— Une retraite n'est jamais bien jolie, nota Tolia.

— Oh ça va, protesta Vlassov, d'un air vexé. Ce n'est tout de même pas de ma faute si ces crétins à Moscou bazardent toute la boutique pour cinq kopecks. Mais le vent tourne. L'ordre sera bientôt rétabli.

— Alors tu n'auras plus qu'à mettre la clé sous la porte et dire adieu à ton petit commerce », rétorqua Tolia. Zoïka, Sergueï et Victor riaient si fort que les corneilles s'envolèrent vers le village et l'école abandonnée en croassant.

« Taisez-vous donc, dit Vlassov. Un dernier boulot, c'est tout ce que je demande. Ensuite, nous nous tiendrons tranquilles. L'ancien régime sera bientôt restauré. Le KGB va envoyer un nouveau chef ici et des troupes spéciales du ministère de l'Intérieur. C'est maintenant ou jamais.

— Et l'Estonie ? insista Sergueï.

— Il n'y a pas grand espoir. Mais j'essaierai. »

Il but, mais tout seul.

« Et de quoi s'agit-il, cette fois ?

— De quelques wagons de marchandises.

— Quel genre de marchandises ?

— De la nourriture, de bonnes friandises de l'Ouest. Une livraison de l'aide humanitaire, comme on dit. Il n'y a pas lieu de s'inquiéter, mais je me suis laissé dire que la mafia de Minsk a été avertie de l'arrivage. Si je peux laisser entendre qu'une poignée d'Afghansis surveillent le convoi, ils se tiendront tranquilles. Alors, qu'en dites-vous ? 10 %. Et vous aurez la paix tout l'hiver. Et je vous promets d'essayer l'Estonie.

— Monter la garde, c'est tout ? dit Tolia.

— C'est tout. »

Tolia prit son verre, qui disparut complètement dans sa grosse main.

« Et les armes ? s'enquit Sergueï. J'ai entendu dire que les gangsters de Minsk avaient ouvert le feu lors d'un différend concernant le camion de vodka intercepté il y a deux semaines. »

Vlassov se remit à gigoter sur sa chaise.

« J'en parlerai au capitaine », dit-il en jetant un coup d'œil vers le véhicule de la milice. Le chauffeur dormait, la tête appuyée sur le volant.

« C'est pour quand ?

— Une dizaine de jours, peut-être avant. Certains trains sont dirigés sur Leningrad et d'autres sur Minsk. On me prévient quand ils repartent de Berlin pour traverser la Pologne. Mais le trafic est perturbé par les grèves qui éclatent un peu partout. C'est l'anarchie. Je vous tiens au courant.

— 10 % en dollars ?

— Évidemment ! Pour qui me prenez-vous ? »

Sergueï jeta un regard vers Tolia et Victor. Ces derniers acquiescèrent d'un hochement de tête imperceptible.

« Marché conclu.

– Bien dit ! » exulta Vlassov en donnant une claque sur l'épaule de Sergueï qui dut réprimer un frisson de dégoût. À nouveau, ils entendirent les chiens et le sourire de Vlassov s'effaça. « Allez, ça s'arrose. Je porte un toast à cette bonne affaire. Et à l'amitié. Et à l'avenir. » Il leva son verre et le vida d'un trait. Les autres en firent autant. Après quoi il se leva péniblement et adressa à chacun une poignée de main moite et molle.

Tandis que Sergueï le raccompagnait jusqu'à la voiture, Vlassov leva le bras et posa la main sur son épaule.

« Sergueï, cette lettre que tu m'as confiée pour l'étranger : c'est dans la poche. Je l'ai remise à une institutrice danoise de passage. Nous essayons d'envoyer quelques enfants au Danemark. On dit que l'air est pur, là-bas. Nous œuvrons pour le bien-être de notre peuple. C'est le premier devoir du communisme, ne l'oublie pas.

– J'essaierai de m'en souvenir. Merci encore.

– Ne me remercie pas, Sergueï. Souviens-toi seulement que mes amis peuvent compter sur moi. » Ses yeux s'embuèrent. « L'amitié, c'est sacré. Je rends toujours service à mes amis. Ne l'oublie jamais. »

Il s'engouffra péniblement dans la Volga et retomba lourdement sur la banquette arrière. Le milicien laissa le civil s'installer au volant. Le moteur vrombit et l'équipage disparut dans un nuage de poussière. Sergueï suivit la voiture des yeux. Le soleil était descendu derrière la forêt et la brume commençait à tomber sur les prairies. Il frissonna.

La température chutait rapidement au crépuscule. L'hiver arrivait.

Zoïka enlaça Sergueï autour de la taille, la tête appuyée contre son dos.

« Je le hais. Je hais tout ce qu'il représente, dit-elle.

– Je sais.

– Je veux quitter cet endroit. J'ai peur. J'ai peur de l'ennemi invisible qui rôde autour de nous.

– Je crains davantage nos ennemis en chair et en os. »

Elle resserra son étreinte et sentit ses puissants muscles abdominaux.

« En fait, je n'ai peur de rien, parce que je t'ai. Mais j'aimerais partir d'ici. Ce n'est pas un lieu pour élever des enfants. »

Il se tourna lentement vers elle.

« Serais-tu…

– Mais non, voyons. »

Il l'embrassa et revit en pensée la jeune fille apeurée qu'il avait trouvée dans la gare de Minsk, le regard vide dans ses yeux noirs, son visage au teint délavé, son corps squelettique. Réduite, comme des dizaines de milliers d'autres Arméniens ayant fui les persécutions et la famine, à vivre d'expédients dans les gares et les arrière-cours de tout le pays.

« Je t'aime, dit-elle, radieuse.

– Hé, les tourtereaux ! lança Tolia, le patron nous a laissé une bouteille entière. Si on faisait la fête, ce soir ?

– Je vais préparer à dîner. Svetlana me donnera un coup de main. Il nous reste un peu de caviar et le cochon acheté au marché », répondit Zoïka, de si bonne humeur que Sergueï sentit une boule chaude grandir dans son ventre.

La boule était encore là quand ils s'aimèrent, cette nuit-là, à la lueur de la lampe à pétrole et dans la chaleur de la gazinière, qui, de la cuisine chauffait la petite pièce au plafond bas que Zoïka avait aménagée de son mieux avec des tapis, une nappe et quelques fleurs. Assise à califourchon, les mains posées sur son buste, son corps moite et chaud se cambrait tandis que ses reins décrivaient des mouvements de va-et-vient. Il laissa ses mains glisser le long de son dos et caressa ses fesses qui avaient retrouvé leur rondeur et, malgré toute la détresse autour d'eux, il se sentit heureux. Elle gémit de plaisir et enfouit son visage dans son cou. Les visions cauchemardesques de Bakou la poursuivaient-elles jusque dans leurs étreintes ? Elle pressa sa main sur sa nuque et il s'abandonna tout à fait.

Quand ils avaient fait l'amour, Sergueï ne rêvait presque jamais du muezzin emporté par l'écume du fleuve et des ânes qui continuaient de paître en silence, la panse criblée de balles.

Mais cette nuit-là, les tirs de sa kalachnikov et le corps des bêtes silencieuses se détachant sur la poussière grise et l'herbe drue inondée du sang de leurs entrailles hantèrent son sommeil. Sauf que le vacarme des balles était plus fort que d'habitude. Il ouvrit les yeux : Zoïka le secouait de toutes ses forces. Il entendit alors une détonation suivie d'un grognement plaintif et reconnut le fusil de chasse.

« Sergueï ! » suppliait Zoïka en le secouant toujours. « Réveille-toi ! »

Un aboiement féroce résonna dehors et par la fenêtre, il vit le faisceau de la torche électrique de Tolia dans l'obscurité. Il se leva, le corps trempé de sueurs froides causées par son cauchemar et enfila un pantalon de survêtement et des chaussures de sport. Zoïka voulut éclairer la pièce, gratta une allumette, se brûla et poussa un gémissement. Dans la lueur tremblante de la lampe à pétrole, son visage avait la couleur de la cire. Sergueï sentait son cœur cogner dans sa poitrine. Il chercha d'une main fébrile des cartouches dans le tiroir du buffet, chargea sa carabine et s'approcha de la porte. Dehors, plusieurs chiens grognaient et jappaient.

« Sergueï ! cria Tolia. C'est une meute entière ! Ils ont l'air enragés par la faim.

– Zoïka, apporte-moi la lampe de poche, ordonna Sergueï d'une voix rauque. Zoïka, nom de Dieu ! » Pâle comme un linceul, le dos collé au mur, la couverture rabattue jusqu'au menton et les yeux écarquillés de terreur, Zoïka ne bougea pas. Sergueï ramassa la lampe qui gisait par terre, au pied du lit, souleva délicatement l'arceau du cadenas de la porte et regarda dehors. La lune apparut derrière un nuage et, à la faveur de cette éclaircie nocturne, il put entrevoir une dizaine de chiens qui couraient devant Tolia vers sa propre maison, tout en se disputant la dépouille sanguinolente d'un des leurs. C'étaient des bêtes plutôt jeunes et d'une race incertaine. Leurs côtes saillaient sous leur pelage en désordre. Issues des chiens domestiques abandonnés par les habitants qui, cinq ans auparavant, avaient fui les villages à présent situés à l'intérieur du périmètre de sécurité, elles étaient retournées à l'état sauvage. Mais de temps en temps la faim les poussait à surmonter leur peur des hommes et à s'aventurer hors de l'enceinte grillagée. Les retombées radioactives ne semblaient pas avoir eu d'autre effet que de stimuler leur croissance.

Sergueï reposa la lampe. Le clair de lune suffisait, mais au même instant, l'astre disparut derrière un nuage et l'obscurité revint. Il sentit plus qu'il ne vit la bête se ruer vers lui. C'était un chien sauvage mâtiné de rottweiler, enivré par le sang de son congénère blessé. Ses babines retroussées découvraient de puissants crocs et sa truffe était maculée de sang.

Sergueï leva son arme à hauteur de sa hanche et ouvrit le feu. La bête était si proche que les plombs n'eurent pas le temps de se disperser et le fouettèrent en plein poitrail. L'animal se souleva dans les airs et alla rouler sur le chemin. Sergueï ramassa la lampe, braqua le faisceau dans le noir et deux yeux luisants rencontrèrent son regard. Il tira une nouvelle cartouche et vit un autre chien s'affaisser.

Victor arriva en courant au milieu du chemin, une torche enflammée dans chaque main. Il les jeta au milieu de la mêlée hurlante, toujours affairée à dépecer le corps encore vivant de la bête blessée et les chiens se dispersèrent dans tous les sens, la queue entre les jambes, en poussant des jappements plaintifs. Tolia tira dans le tas et la meute disparut, engloutie par l'obscurité.

Les trois animaux abattus gisaient au milieu du chemin, haletants.

« Il faut s'en débarrasser, dit Tolia. Autrement, les autres vont revenir. »

L'un des chiens poussa un gémissement de douleur. Il avait la patte avant cassée. Sergueï rechargea son arme et visa la tête.

« Je vais chercher des pelles, dit Victor. Il nous faut aussi enfiler des vêtements plus chauds. »

Ils enterrèrent les trois chiens morts. Tolia et Sergueï creusaient tandis que Victor montait la garde, muni de nouvelles torches et de sa carabine chargée de vraies balles, mais le silence était revenu. L'électricité avait été coupée dans le secteur, et l'obscurité était totale quand la lune disparaissait derrière les lourds nuages venant du nord, chargés de pluie ou de la première neige.

En rentrant, Sergueï trouva Zoïka recroquevillée sous la couverture, les mains sur les oreilles. Il versa de l'eau froide dans la cuvette, s'aspergea le visage et se savonna les mains avec le bloc de savon grossier. Puis il s'assit sur le bord du lit, prit doucement les mains de Zoïka, les posa autour de sa taille et attira le corps de la jeune fille contre lui.

Elle dit d'une voix blanche :

« Je veux m'en aller d'ici, Sergueï.

– Calme-toi, mon trésor.

– C'était le même bruit qu'à Bakou, la nuit où les Azéris sont venus. Je me suis réfugiée chez les voisins. Ils précipitaient les gens par les fenêtres puis ils lâchaient les chiens sur eux et les frappaient avec des barres de fer. Je les ai vus à la morgue, quand les soldats sont arrivés, juste avant mon départ. Je les ai à peine reconnus. »

Sa respiration était hachée. Elle reprit dans un souffle :

« Je ne veux pas rester ici. Je voudrais tant mener une vie normale. » Puis elle se mit à pleurer tout bas.

« Je te promets que ce jour viendra. » Sergueï la serra contre lui et fixa la flamme vacillante de la lampe à pétrole. Il y revit l'Afghanistan que jamais il ne pourrait oublier, comme elle n'oublierait jamais la terrible nuit que vécurent les Arméniens de Bakou, qui fit des centaines de victimes.

15

Un vent d'ouest frais mais agréable soufflait sur Copenhague quand Tom Gubrowski entra dans Fælledparken par l'entrée située sur la Place du Triangle. Il marchait d'un bon pas, les mains enfoncées dans les poches de son blouson bleu marine. Le froid n'était pas mordant, sauf quand le soleil disparaissait. Le parc était désert, à l'exception de quelques joggers poussifs aux mollets peu alertes et au visage crispé par l'effort. Les arbres avaient perdu leur feuillage et la lumière inondait les vastes pelouses. Tom portait une musette de toile grise à l'épaule gauche, un sac de scout trouvé dans un débarras chez Erika — chez eux, devait-il s'entraîner à dire — et qui avait sans doute appartenu à Morten. C'était le milieu de la matinée et Tom venait de troquer son uniforme contre une tenue de ville, après une nuit de service à l'aéroport de Kastrup. Une nuit tranquille, passée dans une petite cage de verre, à contrôler les passeports des voyageurs venus visiter le royaume de Danemark. Tout en marchant, il se dit que c'était un boulot comme un autre, normal, même. Mais il détestait les vols en provenance des Balkans et de la Pologne. Il trouvait humiliant pour tout le monde d'aller réceptionner les pauvres visiteurs venus tenter leur chance dans la riche Europe au pied de la passerelle ou dans le bus. Sans visa, ces derniers n'étaient même pas admis dans les aires de transit. Où serait-il, aujourd'hui, si ses grands-parents n'avaient pas obtenu un permis de résidence et de travail au Danemark ? Sinon, Tom était plutôt satisfait. Les périodes de service étaient courtes, le salaire raisonnable, il s'était bien intégré à l'équipe et il n'avait guère à souffrir de la routine car on s'était aperçu qu'il parlait le russe et le polonais et on l'utilisait souvent comme interprète. Le seul réconfort qu'il pouvait apporter aux demandeurs d'asile se résumait à quelques paroles amicales dans leur langue maternelle, mais cela suffisait souvent à les faire fondre en larmes. Depuis que les moins futés de ses collègues avaient compris son aversion pour les boutades racistes, ils s'abstenaient de faire des remarques désobligeantes en sa présence. Tom ne s'était lié d'amitié avec aucun d'entre eux mais il respectait ceux qui vaquaient à leur besogne sans rouspéter, même si le contrôle des passeports n'était pas l'aspect le plus palpitant de cet emploi.

Le gravier crissait sous ses semelles. Il flottait une odeur humide et épicée de feuilles mortes. Tom se sentait léger et euphorique après une nuit sans sommeil. La fatigue ne se ferait sentir que dans l'après-midi. Quand Erika serait rentrée avec les filles et qu'il leur aurait préparé à dîner, il s'allongerait quelques heures puis il irait effectuer sa dernière nuit de garde avant de repasser dans l'équipe de jour. Il était aussi de bonne humeur à cause de la lettre de Sergueï et des papiers qu'il transportait dans son sac. Ses nombreux mois de recherche à la bibliothèque de l'Institut d'Études Slaves n'avaient pas été vains. Si Jette avait suivi ses recommandations, quelques pièces au moins du puzzle devaient désormais être en place.

Il s'assit sur un banc au bord du petit lac qui ornait le centre du parc. Quelques canards nageaient parmi des morceaux de pain et, vers la rive opposée, trois jeunes cygnes au plumage bigarré glissaient lentement derrière leur mère près d'une bicyclette rouillée à demi immergée. Le soleil revint et un arc-en-ciel apparut au-dessus de la fontaine, comme un présage favorable. L'air était vif mais Tom avait réappris à aimer le climat danois. La chaleur moite des tropiques semblait si loin et il repensait de moins en moins souvent à sa maison sur pilotis, au bord du fleuve, noyée sous la brume des montagnes vertes.

Une jeune fille en survêtement orange, un bandeau fluo sur le front, se rapprocha en foulées légères et élastiques, le menton volontaire. Elle avait les yeux bridés. Qu'était-elle ? Coréenne ? Immigrée ? Adoptée ? Tom pensa soudain à Supatra et à sa sœur et il se sentit, comme à chaque fois, vaguement coupable. La jeune fille passa devant lui et tourna sans ralentir pour traverser la pelouse jusqu'au pavillon. Il se consola en songeant qu'étant donné les circonstances, il avait agi pour le mieux, même si le sort avait voulu que celui qui l'avait aidé à soulager sa mauvaise conscience était un homme qui n'avait conçu pour lui que du mépris.

Tom avait écrit à Gene Jackson, l'homme de la mission de l'ONU qui vivait dans un village du Triangle d'Or. Il lui avait exposé la situation de but en blanc : son licenciement, son retour définitif au Danemark. Il laissait une somme d'argent sur son compte en banque — l'argent était heureusement le moindre de ses soucis, après cinq années de salaires exonérés d'impôt en Asie. Il demandait à Jackson de s'occuper des filles.

Tom alluma une cigarette. Le vent était brusquement tombé et la fumée dessinait dans l'air une colonne presque droite.

Jackson avait répondu par une lettre fort courtoise. Il serait ravi de lui rendre ce service.

Et il avait tenu parole.

Tom ignorait si les sœurs étaient heureuses. En tout cas, elles n'avaient pas directement échoué dans un bordel de Bangkok. Elles avaient racheté une petite boutique au bazar. Supatra s'en sortirait sûrement, pensa Tom. Elle se marierait et régenterait les affaires domestiques comme n'importe quelle Thaïlandaise. Son pécule allécherait des prétendants convenables. Du moins l'espérait-il. Tout compte fait, c'était mieux ainsi. Au fond de lui-même, il savait bien qu'un jour, il se serait lassé d'elle et s'en serait séparé. Dans le tiers-monde, les femmes étaient une denrée bon marché.

Il termina sa cigarette et regarda sa montre. Où était-elle donc passée ? Elle était d'ordinaire si ponctuelle. Il sortit la lettre de Sergueï de sa musette et la relut. Ce n'était pas une longue lettre. L'écriture était régulière et appliquée. Le style, laconique et informatif comme un compte rendu, portait l'empreinte de l'instruction des aspirants officiers de l'école militaire de Frunze. On les recrutait très jeunes. Sergueï avait à peine vingt et un ans quand il se vit confier le commandement de sa première unité commando en Afghanistan.

« Cher Monsieur Tom Gubrowski, ma mère m'a annoncé dans une lettre que vous êtes mon père biologique. Cette nouvelle m'a beaucoup surpris. J'ai du mal à la comprendre. Je crois savoir que vous connaissiez l'homme qui m'a élevé comme un père. J'ai vingt-trois ans. Après le collège, j'ai intégré l'école militaire de Frunze, selon le vœu de mon père. J'ai servi en Afghanistan dans le quatrième régiment de parachutistes, en qualité de lieutenant. J'ai été décoré, mais je suis aussi passé devant un peloton disciplinaire qui m'a dégradé pour insubordination et sabotage de matériel appartenant à l'État. Au terme d'une année passée dans le bataillon disciplinaire n° 8 près de Tchernobyl, j'ai été condamné à une peine d'exil interne qui peut aller de trois à cinq ans. »

Tom leva la tête. Toujours personne en vue. Il reprit sa lecture :

« Je ne regrette pas mes actes. Je n'aspire plus à une carrière militaire. Ces dernières années, j'ai réalisé que le pays que mes professeurs m'avaient appris à aimer n'existe pas dans la réalité. J'ai été trompé. Je ne sais pas encore à quoi je vais employer ma vie.

J'habite à présent un village abandonné près de Vetka, dans la République de Biélorussie, non loin de la capitale régionale de Gomel. Avec d'autres gens originaires de toutes les provinces soviétiques, nous formons une sorte de communauté. Nous nous entraidons. Je n'ai ni femme ni enfant mais j'aime une fille du nom de Zoïka. Elle est moitié russe et moitié arménienne. Toute sa famille a péri dans les massacres de Bakou dont vous avez certainement lu des échos dans la presse. Je l'ai trouvée dans une gare. Elle était seule, affamée et encore sous le choc. Peut-être qu'un jour nous nous marierons.

Je ne peux pas vous révéler de quoi nous vivons mais sachez que nous nous débrouillons. On nous confie parfois du boulot. Mais mon pays traverse de graves difficultés et l'avenir semble incertain à la plupart. Je ne prétends être ni heureux, ni malheureux. Je me considère comme un bris d'épave charrié comme tant d'autres par la tempête qui souffle sur mon pays, et échoué par hasard sur cet îlot biélorusse… »

Cette métaphore un peu maladroite lui arrachait à chaque fois un sourire. La lettre s'achevait sur ces mots :

« J'aimerais un jour faire votre connaissance. Peut-être pourriez-vous répondre à ma lettre et me parler un peu de vous. Vous pouvez m'écrire à l'adresse suivante : Sergueï Mikhaïlovitch Zaïkov, Kolkhoze Lénine, Vetka, province de Gomel, Biélorussie. Le directeur est un ami, il réceptionne mon courrier.

Avec mes salutations distinguées,

Sergueï Mikhaïlovitch.

P.-S. : Ma mère vit toujours à Moscou. Elle n'est plus la femme que vous avez connue. Je ne peux en dire plus sans manquer au respect que je lui dois. »

Tom s'était efforcé de lire entre les lignes. Il songeait souvent à ce jeune homme vivant reclus dans ce village biélorusse abandonné et il lui semblait que sa lettre trahissait une profonde solitude et un ardent besoin d'affection. Tom savait bien qu'il ne pourrait jamais devenir un père pour Sergueï. Ils n'avaient rien en commun, à part quelques gènes. Mais peut-être pourrait-il devenir son ami ? Son confident ?

Il avait cherché Vetka et Gomel sur une carte. Les deux villes étaient situées dans le sud de la République, au bord de la frontière ukrainienne, à cent trente kilomètres de la centrale nucléaire de Tchernobyl dont le réacteur avait explosé durant son séjour en Asie, non loin des trente kilomètres du périmètre de sécurité qui entourait la centrale — soit une superficie équivalente à l'île de la Fionie, avait-il mesuré à l'aide d'un compas. N'était-ce pas dangereux ? Oui et non, lui avait gentiment répondu un chercheur du centre de recherche atomique de Risø. En principe non, mais on n'en savait trop rien car la pollution provoquée par les retombées était inégalement répartie, fortement concentrée dans une localité, inexistante deux kilomètres plus loin. Lui-même s'était rendu sur place et confirmait que de nombreux villages évacués étaient de nouveau habités par des vieillards, des vagabonds ou des sans-logis. Les autorités fermaient les yeux tant qu'ils restaient à l'extérieur du périmètre de sécurité. Tom avait remercié le chercheur, mais les réponses de ce dernier ne l'avaient guère rassuré sur le sort de Sergueï.

« Tu souris aux anges ?

— Salut, Jette », répondit Tom qui se leva et embrassa sa joue qui fleurait bon le parfum. Elle portait un manteau sombre, un foulard imprimé de motifs sobres et de robustes chaussures de ville : une tenue féminine mais pratique. L'air vif colorait ses joues et lui donnait un air plus jeune… La lettre à la main, Tom se sentit un peu gauche. Il finit par dire :

« Je pensais à Sergueï.

— Toujours la même lettre ?

— Oui. J'ai téléphoné à cette institutrice de Vejle. Un secrétaire du Parti la lui avait remise. Un certain Guéorgui Vlassov. Un homme serviable et très courtois, a-t-elle précisé. Tu sais, l'un de ces nouveaux hommes de la perestroïka qu'ils avaient rencontrés.

— Va donc le voir. Ça ne devrait pas poser de problème, maintenant.

— On s'assied ? »

Il alluma la cigarette de Jette. Après avoir tiré quelques bouffées, elle dit :

« Il semblerait que tu avais raison, dans la mesure où l'on peut s'en tenir aux archives. Nous avons même recoupé nos fichiers avec ceux des Anglais et ceux des Allemands, surtout. Ces derniers ont récupéré une quantité inouïe de documents. Les archives de Berlin sont une véritable mine d'or.

— Je croyais que les Russes n'avaient presque rien laissé derrière eux, en quittant Karlshorst.

— C'est vrai, mais la réunification les a un peu pris de court. Des caisses pleines traînent encore dans des voies de garage, dans les casernes, un peu partout dans le pays. Leurs moyens sont tout bonnement insuffisants pour gérer une opération de cette envergure.

— Une retraite n'est jamais bien glorieuse. Pourtant, je n'aurais jamais cru que les soldats de l'Armée Rouge en soient réduits à fouiller les décharges publiques en quête de pain et de vieilles chaussures. Cela fait presque peine à voir. Ils vendent leur arme, leurs boutons d'uniforme et leur casquette pour récolter un Deutsche Mark. Ils me font presque pitié.

— Pas à moi. Ils récoltent ce qu'ils ont semé. Ils ne font que payer l'addition laissée par Staline et les autres. »

Tom replia soigneusement la lettre de Sergueï et la fourra dans la poche extérieure de sa musette. Un jeune couple enlacé passa devant eux, absorbés l'un par l'autre.

« On dirait que tu t'es attaché à lui », remarqua Jette.

Tom rit. Elle aimait son rire. Son visage avait mûri, son corps avait forci, son crâne s'était dégarni. Il faisait davantage son âge et il avait perdu l'arrogance qu'elle lui trouvait une année plus tôt.

« Je ne le connais même pas, mais l'idée d'avoir un fils ne me déplaît pas. Je m'imagine un tas de choses en lisant sa lettre. Je brode entre les lignes. Pourtant, elle ne dévoile presque rien.

— En même temps, elle en dit très long.

— Je me suis documenté. Son cas n'est pas isolé, semble-t-il. Dans toute l'Union Soviétique, une quantité de marginaux se sont regroupés en communautés. Parfois, je m'interroge sur ses mystérieux moyens de subsistance et j'en conclus qu'il doit appartenir à un gang. Car j'ai lu aussi que le crime organisé était en pleine progression et que la mafia embauche fréquemment des Afghansis pour faire le sale boulot. Les bandes rivales se livrent une lutte sans merci pour le contrôle des quartiers et des commerces, comme aux États-Unis dans les années 30. L'ennui, c'est que ces gangs sont armés. J'ai lu récemment un rapport du chef de la police de Moscou, dans la *Pravda*. Vraiment inquiétant.

— Encore une fois, Tom, on fait son lit comme on se couche. Je ne les plains pas.

— On va faire un tour ? »

Elle lui prit le bras et ils traversèrent le parc, comme un vieux couple aisé et serein traverse la vie. Un jeune couple poussant un landau sous les feuillages roux leur adressa un sourire, comme pour signaler qu'eux aussi aimeraient vieillir ensemble et partager les joies et les épreuves, sans divorcer comme tout le monde, songea Tom.

« Nauer désire te voir demain, dit-elle.

— Sans blague.

— Il s'est un peu calmé. Je l'ai mis au courant de l'enquête, il y a un peu moins d'un mois. Je ne voyais plus aucune raison de continuer à lui dissimuler nos rencontres.

— Comment a-t-il pris la nouvelle ?

— Il a eu un de ces chocs. Il a décollé comme une fusée, puis il est retombé comme un pétard mouillé.

— Mais alors...

— Il n'y a pas de mais, Tom. Le parcours de Lasse est irréprochable. Sa seule fantaisie a consisté à fréquenter la cellule étudiante socialiste, dans les années 60. Tout le monde militait pour le retrait des Américains au Vietnam. Il n'était guère facile d'être libéral, à l'époque.

— Fadaises, grinça Tom.

— En tout cas, il est au-dessus de tout soupçon. Ce n'est pas notre homme. Les dates ne coïncident pas non plus. Crois-moi, Tom, nous l'avons retourné sous toutes les coutures. Il ne s'est guère montré coopératif, mais ce n'est pas une charge suffisante. En plus, il s'avère qu'il avait raison.

— Qu'entends-tu par là ?

— Il avait prédit que les enjeux se déplaceraient. Nous devons changer d'approche. Pardi, ce ne sont plus les Tchèques, les Hongrois ou les Polonais que nous devons surveiller... Ceux-là ne demandent qu'à nous aider. Les Russes continuent d'espionner comme des forcenés, mais ils concentrent à présent leurs ressources sur l'espionnage technologique. Combien de secrets militaires vont résister à l'ouverture des frontières et à la libre circulation des personnes en Europe ? L'espionnage est devenu légal, mon ami. »

Ils cheminèrent dans le parc. Une vieille femme informe fourrageait dans une poubelle. Un orteil dépassait de l'une de ses galoches brunes. Elle trouva une bouteille vide et la rangea dans l'un des innombrables sacs en plastique qu'elle transportait. Du fond de la poubelle, ses mains gantées de mitaines remontèrent un quignon de pain qu'elle essuya contre son manteau avant de mordre dedans.

Une vague puanteur domina un instant les senteurs subtiles du parfum de Jette quand ils passèrent à sa hauteur, mais celle-ci ne prêta aucune attention à la clocharde et reprit, imperturbable :

« Vois-tu, nos priorités ont changé. Nous avons dû transférer d'énormes ressources vers le Moyen-Orient, l'Irak, le terrorisme. Le conflit Est-Ouest, c'est de l'histoire ancienne.

– Pourquoi Nauer veut-il me voir ?

– Il veut seulement entendre ton rapport. Tu peux y joindre le résultat de mes recherches, à présent. Sans rancune, m'a-t-il dit. J'ai l'impression que Lasse est gagné par l'usure – comme le gouvernement, d'ailleurs. Je crois qu'il est à la recherche d'un nouveau poste. Ce n'est pas son genre de fournir des excuses, mais c'est sans aucun doute le but de son invitation.

– Entendu.

– Et toi, quels sont tes projets ? demanda-t-elle en se tournant vers lui.

– Que veux-tu dire ?

– Ça te dirait de travailler pour moi ? J'aurais bien besoin d'un analyste supplémentaire.

– Et ta fameuse mutation en province ? »

Jette rit et le bouscula gentiment avec son coude.

« Ce boulot me plaît, Tom. Crois-moi, je n'ai pas le temps de m'ennuyer.

— Je te remercie de ton offre. Mais elle demande réflexion.

— Tu préfères peut-être contrôler des passeports ?

— Ce n'est pas ça, mais l'Institut d'Études Slaves m'a proposé une bourse par l'intermédiaire du SNU. Pour étudier les relations entre la Pologne et l'Union Soviétique d'après les nouvelles archives disponibles à Varsovie. Je pratique les deux langues, et après tout le temps que j'ai passé dans leur bibliothèque… bien que je ne prétende pas vouloir passer pour un universitaire.

— Félicitations. »

Ils marchèrent un moment en silence puis Tom demanda :

« Et Volk ? Savez-vous si le loup est toujours actif ?

— Oui et non. Les Allemands nous ont fourni pas mal de renseignements, mais pas son identité. Ils disent que son dernier compte rendu date de l'été 1988.

— Peut-être travaillait-il pour la R.D.A., alors ?

— Peut-être. Ou alors, il se tient tranquille en attendant que la situation s'apaise. Les hypothèses sont nombreuses.

— Il a peut-être pris sa retraite, comme la guerre froide. »

Jette le bouscula doucement.

« Demain, 10 heures, dans mon bureau.

— Je suis de service cette nuit.

— Je me charge de prévenir ton patron. »

Ils arrivèrent devant la grille :

« Viens donc manger un morceau à la maison. J'ai invité Pelle. »

Jette jeta un coup d'œil à sa montre puis elle sortit un téléphone portable de son sac et composa un numéro. En attendant la tonalité, elle adressa à Tom un sourire fier : observe ce que je puis me permettre de faire.

« Nielsen ? Jansen à l'appareil. Je serai de retour à 14 heures. La réunion est repoussée à 15 heures. Pourriez-vous avoir la gentillesse de prévenir les Irakiens ?… Merci… À plus tard.

– Madame la Patronne, après vous », dit Tom en s'effaçant devant la grille. Elle prit son bras, s'appuya légèrement contre lui et ils gagnèrent ainsi sa voiture. Si cela ne devait nuire à leur amitié, elle pourrait bien tomber amoureuse de lui. Au terme d'une année de rencontres dans tous les coins de la ville, elle avait le sentiment de le connaître à fond. Certes, leur relation était platonique et pourtant, elle avait trouvé ces rendez-vous clandestins et leurs efforts pour résoudre ensemble les mystères de cette affaire tout aussi grisants qu'un véritable flirt. Ils n'avaient pas débusqué Volk, mais quelle importance ? Ils avaient découvert l'amitié – Et à mon âge, ce n'est déjà pas si mal, se disait Jette Jansen en déambulant au bras de Tom, dans la brise fraîche qui lui picotait agréablement les joues.

16

Tom prépara un déjeuner léger dans la cuisine : jambon, pâté, fromage, saucisse fumée, pain noir et pain blanc. Il déboucha une bouteille de vin rosé et servit un verre à Jette Jansen qui l'observait discrètement. Il avait grossi, ses hanches s'étaient arrondies et quand il se penchait, elle pouvait voir la peau de son crâne briller sous ses mèches clairsemées. Pourtant son visage était encore lisse et juvénile et ses mouvements, lestes comme ceux d'un danseur. Elle en savait long sur lui, à présent. Il n'était pas heureux, mais satisfait à sa façon. C'était comme s'il avait enfin atteint l'âge adulte, plus tardivement que les autres toutefois. Pour Tom, l'herbe avait toujours été plus verte sur l'autre rive, le bonheur toujours de l'autre côté de la montagne. Auprès d'Erika et des deux filles de Morten, il avait trouvé un certain équilibre. Était-ce par amour qu'il avait pris la famille de son ami à sa charge ? Ou bien par pénitence, parce qu'il se sentait coupable d'avoir failli à quelque pacte de camaraderie conclu durant l'enfance ? Jette n'aurait su le dire. En fin de compte, les hommes étaient plus sentimentaux que les femmes — plus en tout cas que les femmes qui s'étaient battues pour s'assurer une carrière convenable et s'étaient donné la peine de réfléchir sur elles-mêmes et sur leurs ambitions.

« Tu es bien songeuse. Pelle sera là d'une minute à l'autre.

— Où est Erika ?

— À l'université.

— C'est vrai, j'oubliais qu'elle étudie.

— On dirait que ça te dérange. »

Jette but une petite gorgée de vin puis une grande rasade d'eau — la réunion de l'après-midi était importante.

« Absolument pas. Mais avec sa pension de veuvage, on ne peut guère prétendre qu'elle soit dans le besoin.

— C'est toi qui dis ça ? Une femme ? Patronne, en plus. Ce n'est pas une affaire d'argent si Erika veut devenir juriste.

— Juriste ? Je croyais qu'elle voulait devenir médecin.

— Les études sont trop longues et la profession est trop dévalorisée, depuis que les femmes s'y intéressent. C'est comme en Europe de l'Est, dit-elle.

— Vraiment ? »

Tom s'activait efficacement. Il savait la place de chaque chose et œuvrait avec l'assurance que confère la fréquentation quotidienne d'un lieu. Le cliché montrant les trois adolescents était épinglé sur un panneau accroché au-dessus de la table. Jette le détailla : les reflets du soleil sur l'eau, les rochers de la jetée, la silhouette d'un bateau et le sourire ravageur des trois garçons en jean et tee-shirt. Quelque part hors champ devaient traîner leurs blousons achetés au surplus de l'armée et peinturlurés des noms des Beatles et des Stones.

« Je peux ?

— Mais naturellement », répondit Tom en ajustant la serviette sur la troisième assiette. « Eh bien ! Il ne manque plus que l'artiste. »

Jette décrocha la photographie.

« Vous étiez odieux. Bruyants, imbus, vantards. Vous vous preniez pour les maîtres du monde.

— C'est normal. À dix-sept ans, on a de l'énergie à revendre.

— Des hormones, plutôt. Vous rouliez des mécaniques devant toutes les filles. Pendant les cours, après les cours. Personne ne devait se risquer à disputer votre droit de dominer la Terre entière.

— Tiens donc, et aujourd'hui, qui de nous deux commande l'autre ?

— C'est parce que tu es paresseux et que je suis travailleuse et ambitieuse. » Tom ricana.

« Si tu le dis. »

Jette retourna le cliché et regarda les grosses lettres infantiles : « Qui était le photographe ? »

« Qui a pris cette photo ? » demanda-t-elle.

Tom s'assit et se servit un verre de vin.

« Aucune idée. Peut-être avons-nous accordé trop d'importance à ce petit testament de Morten. Je suppose qu'il voulait faire allusion à Volk. Il a certainement nourri les mêmes soupçons que toi et moi. Il a creusé, cherché, tendu des pièges, essayé de le débusquer. Mais sans résultat. En vérité, cela n'a aucun sens. Cette Arlésienne ne correspond à personne que nous connaissions. J'ai gardé la photo parce qu'elle me rappelle le bon vieux temps.

— Les hommes sont tellement sentimentaux.

— Ça, je l'ignore, mais nous nous entendions rudement bien. Cette connivence qui nous liait dans notre enfance, c'était un peu comme dans *Les Trois Mousquetaires*. Un excellent bagage, plus tard dans la vie. »

La sonnette retentit et Tom alla ouvrir à Pelle. Jette repensa à la théorie de Tom selon laquelle la trahison de Zaïkov s'expliquait uniquement par des difficultés personnelles, Sergueï n'étant qu'un prétexte destiné à dissimuler des difficultés plus graves encore. La clé du problème résiderait dans l'éternelle rivalité entre le GRU et le KGB et dans l'effondrement du géant soviétique. Quelque part dans la zone trouble entre les ruines de l'ordre ancien et les fondements de l'ordre nouveau, il s'était aventuré sur un sentier qui l'avait amené à craindre pour sa vie. Quand ils en avaient eu terminé avec les interrogatoires de Tom, celui-ci était venu trouver Jette et ils avaient clarifié leur contentieux. Il y avait presque un an de cela. Elle ne l'aurait jamais cru capable, à partir d'un simple article de l'*Étoile Rouge*, de remonter le temps, de confronter patiemment les sources et de formuler les bonnes questions qu'elle n'avait eu qu'à soumettre à ses subordonnés. Mais Tom avait tenu bon et il s'apprêtait demain à présenter un rapport brillant devant Nauer et le lieutenant-colonel.

Pelle entra dans la cuisine suivi de Tom. Son ventre énorme et ses larges épaules remplissaient la pièce, mais Jette lc trouva changé. Il avait laissé repousser sa barbe, mais c'était une barbe soignée et courte comme ses cheveux. Il portait des jeans neufs, une chemise décontractée mais coûteuse, un blouson de cuir de belle qualité et des Nike neuves et seulement cernées d'un peu de boue au talon gauche. Son regard était limpide et bien qu'il fût encore corpulent, il avait visiblement perdu quelques kilos.

« Mais bonjour, Madame la Patronne. En voilà une bonne surprise, depuis le temps qu'on ne s'était pas vus. »

Il lui serra la main et enchaîna en frappant dans ses mains :

« Un casse-graine, voilà qui va nous requinquer. Et en excellente compagnie, s'il vous plaît !

– Je ne croyais pas t'avoir tant manqué, Pelle, dit Jette. Tu me faisais moins de civilités, dans notre village natal. »

Pelle éclata d'un rire tonitruant mais sincère. Sa jovialité était irrésistible et elle emplissait la pièce comme une aura de gaîté chaleureuse.

« Jette, je t'ai toujours considérée comme une effroyable garce et une bourgeoise de première, mais quoi, la vie est trop courte pour se l'empoisonner avec des préjugés. Eh bien, Tom ! Sers-nous donc à manger et à boire. Vous allez bientôt recevoir une invitation à mon vernissage. En décembre, je présente le Pelle nouveau à mon public ébahi. Qu'est-ce que vous en dites ? »

Sa bonne humeur était communicative et ils déjeunèrent en échangeant des anecdotes sur leur village natal. Pelle surtout donna des nouvelles des gens restés au pays : la fugue de l'avocat Ole en Espagne avec la secrétaire et la moitié du compte clientèle ; l'agence immobilière de Gros-Jean qui avait fait faillite ; la Belle Hélène qui avait brisé le cœur de tous les garçons de la contrée ressemblait à présent à un sac de patates qui a passé tout l'hiver dans la cave. Jette riait aux larmes et dut sécher ses yeux à plusieurs reprises. Tom riait aussi mais pas d'aussi bon cœur. Elle en déduisit qu'il entendait ces récits pour la seconde fois et en conclut que les deux hommes avaient renoué contact et se voyaient régulièrement.

Quand elle eut enfin réussi à maîtriser son fou rire, Jette repoussa son assiette et alluma une cigarette.

« Pelle, espèce de vieux fou, j'avais oublié combien tu pouvais être drôle. As-tu gagné à la loterie ? As-tu rencontré la femme de ta vie ? La dernière fois que je t'ai vu, tu arrivais à peine à passer ma porte. Tu étais ivre et inconsolable parce que votre mur, à Honecker et à toi, venait de s'effondrer. »

Pelle bourra sa pipe, légèrement rembruni. Il leva les sourcils et son large front se parchemina de minuscules rides.

« Nom d'un chien, il y a presque un an de cela. Ça paraît si loin. J'étais malheureux comme les pierres. Un vieux fidèle du Parti Communiste Danois comme moi n'aurait jamais cru que la R.D.A. allait disparaître. J'étais inconsolable. Chaque nouvelle révélation me déprimait davantage. La corruption, la pollution, la société de classes, l'épouvantable misère matérielle, la privation des libertés les plus élémentaires. Pouvoir bouffer une banane. Une banane ! Vous vous rendez compte ? Ça m'a fendu le cœur. Je me suis mis à picoler de plus belle. Et puis les autres scandales, les camarades entraînant les terroristes de l'Armée Rouge, leur fournissant des planques, à eux et aux terroristes arabes. Quelle histoire !

— Nous autres n'avons guère été surpris, rétorqua Jette froidement. Tu oublies au passage que Staline a fait assassiner une vingtaine de millions d'innocents au nom de la même idéologie.

— Tais-toi donc, Jette, trancha Tom, c'est du passé.

— Ne crains rien, je ne suis pas d'humeur, répondit-elle.

— En tout cas, reprit Pelle, me voilà un soir devant le poste, dix bières spéciales dans le nez. Minna s'est fait la malle depuis belle lurette. Elle ne pouvait plus me supporter. On retransmet un débat et soudain, deux rédacteurs, deux écrivains de la vieille gauche débarquent sur le plateau et se mettent à parler comme si rien n'avait changé. Je vous assure, ça sentait le moisi comme au bon vieux temps où les matrones battaient les tapis, comme si des nuages de poussière sortaient de l'écran. Je me suis offert la plus grande crise de fou rire de tous les temps. J'en avais mal aux tripes. Et savez-vous de qui je riais ? Certainement pas des deux guignols surgis tout droit de la préhistoire. Non, je riais de moi. De m'être tant pris au sérieux, d'avoir eu tellement pitié de moi. J'ai pris une douche glacée en rigolant et hop, en voiture. Désolé Madame, j'étais loin d'être à jeun, mais je suis arrivé sain et sauf à la fermette et là, je me suis mis à peindre à grands traits, de belles taches de couleurs chaudes, généreuses, sensuelles et je me marrais tellement que j'ai bien failli avoir une attaque. »

Tom et Jette rirent avec lui. Pelle alluma sa pipe :

« Je suis allé rechercher Minna et elle m'a pardonné. J'ai fait du bon travail, ces six derniers mois. Venez voir mon expo. Venez voir le Pelle nouveau, celui qui ne donne plus de leçons et qui prend la vie du bon côté. »

Tom lui tapota l'épaule.

« Vieux fou », dit-il avec une chaleur dans la voix qui agaça Jette. Elle inspira profondément, rajusta une boucle de sa coiffure impeccable et lissa les manches de son corsage coûteux.

« Bon, le devoir m'appelle », dit-elle.

Pelle se pencha par-dessus la table :

« Vous comprenez ? Nous devons retourner aux sources. Aux bonnes valeurs que notre génération revendiquait au début, à notre soif de liberté, de révolte contre le pouvoir établi et de fraternité au-delà des différences de classe que nos parents n'ont pas su surmonter…

— Pelle ! coupa Jette. Te revoilà en train de prêcher !

— Mais pas du tout, nom d'un chien. Vois comme on s'entend bien, tous les trois. C'est parce que nous sommes danois et que nous avons grandi dans les années 60. Nous avions plein de bonnes idées, au début, avant que tout se casse la figure. Venez, vous serez étonnés. Je n'ai pas pleuré la couleur, mes amis, vous en aurez plein la vue, je vous dis.

– Nous nous ferons une joie de venir, dit Jette, mais je dois m'en aller. Merci pour ce délicieux déjeuner, Tom. C'était bien reposant d'évoquer les souvenirs innocents de notre petit port de province. »

Pelle voulut rester pour aider Tom à débarrasser, mais la cuisine était bien trop étroite et Tom le fit rasseoir devant une seconde tasse de café, tandis qu'il recouvrait soigneusement les plats de papier d'aluminium et rangeait les couverts dans le lave-vaisselle.

« Alors ? Tu vas y aller ? demanda Pelle.

– Oui, répondit Tom en s'appuyant contre le rebord de la table. Je prends un avion jusqu'à Riga puis le train jusqu'à Gomel. »

Erika lui posa la même question, dans la soirée. Ils étaient installés au salon. Tom avait bordé les fillettes. C'était l'un de ces instants privilégiés de la journée où il lissait le drap et recueillait un petit baiser. Elles lui faisaient un peu plus confiance chaque jour. Mais qui pouvait deviner les chagrins qui se cachaient derrière leurs visages angéliques ? Tom sentait encore une distance, comme si elles n'osaient pas s'attacher de crainte qu'il ne les abandonne à son tour, comme Morten.

À présent, il prenait des notes sur le canapé. Erika était attablée avec ses manuels de droit devant un bureau qu'elle avait installé dans un coin près de la fenêtre. Il la trouvait superbe dans son jean et sa chemise écossaise. Il aimait sa longue nuque et ses lèvres pulpeuses.

« Oui, je pars », avait-il répondu.

— C’est bien. Autrement tu ne cesseras de le regretter.

— Sans doute. »

Le voyage avait été plutôt facile à organiser. Une délégation soviétique de policiers des services de répression du banditisme et du trafic de stupéfiants était venue au Danemark. Tom avait été chargé de l’accueillir et de lui servir d’interprète. Un séjour sympathique. Les collègues soviétiques avaient ouvert de grands yeux devant les équipements informatiques des bureaux, les étalages des supermarchés, le luxe des quartiers pavillonnaires. Tom en avait même invité quelques-uns chez lui et il avait eu beaucoup de mal à les renvoyer à leur hôtel. Depuis leur passage, il n’y avait plus une goutte d’eau-de-vie dans la maison. Tom les avait écoutés confier leurs inquiétudes face aux progrès du crime organisé qui menaçait leur travail : avec un salaire mensuel de deux cent vingt roubles, il était bien difficile de rester intègre. Un pot-de-vin de cinq mille roubles n’était pas inhabituel et toutes les marchandises étaient disponibles au marché noir : caviar, vodka, or, magnétoscopes, ordinateurs, produits alimentaires, fourrures, cigarettes. Des quantités d’argent circulaient. La mafia dirigeait les réseaux de prostitution, le trafic de drogue, le racket, les nouveaux restaurants privés. Les policiers craignaient souvent pour leur vie. Certains collègues avaient été abattus, d’autres avaient été blessés à l’arme blanche, rossés avec des barres de fer ou défigurés avec des coups-de-poing américains. La violence semblait grandir chaque jour, à mesure que s’intensifiaient les rivalités entre gangs. Il n'était pas facile d'intervenir car la mafia œuvrait souvent avec la complicité des anciens apparatchiks. La formation des policiers se révélait parfaitement inadaptée à ces nouvelles formes de criminalité. En encourageant la délation, l'ancien régime avait entretenu chez les civils un climat où la peur d'être dénoncé par le voisin avait suffi à prévenir la montée du grand banditisme.

À présent, l'Union Soviétique rendait l'invitation et Tom n'avait eu qu'à se joindre à la délégation danoise. Il voyagerait avec les autres jusqu'à Riga, après quoi il passerait quelques jours à Gomel. Tom avait prétexté vouloir étudier pour une école de Vejle les possibilités de faire venir en colonie de vacances au Danemark une nouvelle classe d'enfants biélorusses. Il avait aussi prétendu s'intéresser à son arbre généalogique et vouloir retrouver la trace de ses ancêtres dont les racines plongeaient dans le sol polonais et biélorusse. Pour cela, il voulait rencontrer l'archiviste de Gomel. Ensuite, il rejoindrait la délégation à Moscou. L'ambassade n'avait rien trouvé à redire. Gomel n'est plus une ville interdite. Plus d'une centaine de chercheurs étrangers travaillaient dans ses environs, depuis l'accident du réacteur de la centrale de Tchernobyl.

Voilà ce que Tom expliqua à Erika.

« Mais c'est parfait. À condition que tu nous reviennes ensuite. »

Tom posa son stylo. Il s'approcha d'elle et lui massa doucement la nuque. Elle tendit les bras en arrière et les laissa glisser le long de ses cuisses.

« Tu sais bien que je ne vais pas vous quitter.

— Jette t'a donné ta soirée, n'est-ce pas ?... »

Il se pencha et l'embrassa dans le cou.

« Nous pensons à la même chose, je crois.

— Pourvu que les enfants s'endorment rapidement.

— Je vais jeter un œil dans leur chambre.

— Et moi, je vais prendre une douche.

— Je t'aime.

— Alors viens me le prouver. »

Son sommeil fut peuplé de cauchemars. Il était à Prague, sur le Pont Charles. L'endroit était désert. Une vapeur phosphorescente montait du fleuve et enveloppait lentement le pont. L'une des statues descendit de son socle. Son visage diabolique était dépourvu d'yeux et sa mâchoire était garnie d'une multitude de rangées de dents noires. Elle ouvrait et fermait la bouche, lentement et sans émettre le moindre son. À chaque fois, une rangée de dents sanglantes et purulentes en tombait, aussitôt remplacée par une nouvelle rangée. Tom aperçut Micha au milieu du pont, les bras grands ouverts. Il portait un smoking mauve et un nœud papillon vert fluorescent. Des sons inintelligibles sortaient de sa bouche. Il fit signe à Tom de s'approcher, au ralenti, mais Tom était comme paralysé. La statue s'écroula lentement sur Micha. Tom fit des efforts désespérés pour avancer. Le visage terrifié de Micha fut la dernière chose qu'il distingua dans le brouillard sulfureux. Puis son ami fut englouti par la bouche immonde et les sons inarticulés se changèrent en un long gémissement. Tom se réveilla, le cœur battant.

Il chercha le corps nu d'Erika qui répondit dans son profond sommeil par un grognement et se retourna dans le lit. Il se blottit contre elle, son ventre nu contre ses fesses chaudes, ses jambes le long des siennes et le calme revint. Il l'enlaça doucement, une main sur son sein et l'autre sur son ventre soyeux. La pluie cognait violemment au carreau, par brusques rafales.

La porte de la chambre s'ouvrit et la petite Dorthéa apparut dans la pénombre, son oreiller dans une main et son chien en peluche sous le bras.

« Entre, ma chérie », dit-il doucement.

La fillette posa son oreiller à côté de celui de sa mère et se glissa sous l'édredon. Dans son demi-sommeil, Erika lui fit de la place. Tom savait qu'il ne pourrait pas se rendormir. Les gardes de nuit avaient déréglé son sommeil.

Il se leva, s'habilla et s'installa dans la cuisine avec ses papiers et une bière. Seuls la pluie, le vent et parfois le moteur Diesel d'un taxi dans la rue rompaient le silence.

Une dernière fois, il récapitula mentalement son rapport afin de pouvoir l'exposer clairement devant Nauer, Jansen et le lieutenant-colonel, dans quelques heures, quand le jour poindrait sur la ville.

17

Tom avait débuté son enquête huit mois plus tôt, au début de février, après la fin des derniers interrogatoires.

Un hasard l'y avait incité. Un après-midi, pour tromper l'attente alors qu'il était venu chercher Erika à la sortie d'un cours à la Faculté des Langues Slaves, il poussa la porte de la bibliothèque de l'Institut d'Études Slaves dans l'intention de feuilleter la presse russe. Il commença par un numéro de l'*Étoile Rouge*, le quotidien des forces armées.

En bas de la dernière page, la photo de Mikhaïl Zaïkov en uniforme attira son attention ; c'était un cliché de passeport un peu flou accompagné d'une brève notice et encadré de noir : l'annonce de décès de Micha. On pouvait lire que le colonel Mikhaïl Andreïevitch Zaïkov était mort après de nombreuses années de bons et loyaux services auprès du Glavnoïe Razvedyvatelnoïe Uopravlenïe, le renseignement militaire – le GRU. L'état-major des armées exprimait sa profonde sympathie envers la famille du défunt. *Le colonel Zaïkov est décédé dans sa soixante-deuxième année. Son nom s'inscrit dans les annales du renseignement militaire aux côtés d'autres patriotes aussi glorieux que lui. Il ne sera laissé à personne le droit de souiller son honneur et celui de ses camarades.*

Tom réclama les numéros de la *Pravda* des deux semaines précédentes. Mais il n'y trouva rien sur Zaïkov.

Pourquoi l'*Étoile Rouge* publiait-elle un article posthume sur Zaïkov, près de trois mois après son assassinat ?

Il se fit apporter les numéros des mois de novembre et décembre de l'*Étoile Rouge* et de la *Pravda :* rien sur Zaïkov autour du 28 novembre. La Pravda publiait une analyse fouillée des remaniements gouvernementaux survenus en Tchécoslovaquie au début du mois de décembre 1989 et présentait la révolution comme un épisode pacifique, tandis que *l'Étoile Rouge* se contentait de reproduire une dépêche officielle de l'agence TASS.

Qui aurait eu intérêt à discréditer la renommée du GRU ou celle des forces armées ? La nouvelle presse libérale ? Les Nationalistes Baltes ? L'avertissement de l'*Étoile Rouge* était bien surprenant.

Tom savait une chose : la plus noble mission du KGB était d'empêcher l'effondrement de l'Union Soviétique et de collecter les renseignements politiques et militaires à l'étranger. Celle du GRU consistait à dérober le plus grand nombre possible de secrets technologiques et militaires à l'étranger au profit de l'industrie militaire soviétique. Dans le même temps, le Kremlin entretenait les rivalités entre les deux organisations et, depuis toujours, la compétition qu'elles se livraient frisait l'hostilité.

Pourquoi l'état-major insinuait-il que certains voudraient salir la réputation du GRU ?

En pénétrant dans la salle de lecture, Erika trouva Tom perdu dans ses réflexions.

Elle le bouscula gentiment.

« Réveille-toi, mon chéri.

— Erika, si je dis : R.D.A. et soldats soviétiques, qu'est-ce que tu me réponds ?

— Je te réponds : embrasse-moi.

— Erika !

— Je dis : oppression.

— Quoi d'autre ? Pas dans le passé, aujourd'hui.

— Alors je dis : marché noir, misère, peur, insécurité et embrasse-moi.

— Tu es un amour d'avocate.

— Dépêchons-nous, il faut faire les courses et aller chercher les filles. »

Tom revint à la bibliothèque aussi souvent qu'il le put. Il contacta aussi Jette Jansen, qui ne parut guère surprise. Elle avoua à contrecœur qu'elle enquêtait toujours sur l'agent infiltré dans l'administration danoise. Elle recruterait volontiers quelqu'un d'extérieur à son service.

« Je ne suis pas à la recherche d'un emploi, Jette. Je veux seulement savoir pourquoi Zaïkov a été tué. Ce n'est plus le style des services soviétiques.

— Qu'est-ce que ça peut bien te faire ?

— Nous étions amis. Du reste, je suis flic. »

Elle éclata d'un rire incisif et le contour de ses yeux s'ourla de rides plus nombreuses qu'autrefois. Le métier commençait à laisser des empreintes.

« Pourquoi cette générosité subite ?

– Je n'ai rien d'autre à faire.

– Comment puis-je t'aider ?

– Soit en vérifiant sur tes fichiers les données que je te fournirai, soit en me laissant consulter les dossiers.

– La seconde solution me paraît exclue. Tu es, en quelque sorte, persona non grata dans mes services. »

Il écrasa rageusement sa cigarette sous sa semelle. Ils étaient assis sur un banc dans Fælledparken, en plein mois de février, mais le printemps était étonnamment précoce.

« Et la première ?

– Voyons ce que tu trouveras. Ça te dérouillera les méninges autant qu'une partie d'échecs. »

Tom se procura tous les titres de la presse soviétique depuis décembre 1988, ainsi que les bulletins des services de presse des radios Liberty et Free Europe – une vraie mine d'informations. Les articles de journaux abordaient largement le retrait des troupes soviétiques d'Afghanistan. Mais il trouva son premier indice dans un numéro de la *Komsomolskaïa Pravda*, le quotidien des Jeunesses communistes, datant de trois mois avant le premier contact de Micha durant l'automne 1989. C'était un article un peu obscur, rédigé, dans la tradition soviétique, à l'intention d'un public d'initiés. Il était question d'une cargaison de mandarines passée en contrebande et destinée au marché noir. L'auteur prétendait que l'opération n'avait pu aboutir qu'avec la complicité de l'État.

Tom trouva une réponse plausible à cette accusation dans le journal conservateur *Sovietskaïa Rossïa* daté d'une dizaine de jours plus tard, sous la forme d'un bref entretien avec le vice-président du KGB. Celui-ci s'insurgeait contre la campagne de dénigrement menée par certaines publications sous couvert de glasnost. Le KGB n'était impliqué dans aucune activité clandestine, bien au contraire : *Dans la nouvelle Union Démocratique Soviétique, l'objectif prioritaire du KGB est de participer à la lutte contre l'infiltration du crime organisé au sein de certaines institutions. Le peuple ne doit pas oublier les immenses sacrifices jadis consentis par les patriotes pour la défense du socialisme.*

C'était un véritable travail de détective auquel Tom devait se livrer, mais tellement plus gratifiant que le contrôle des passeports à Kastrup. Ses recherches à la bibliothèque redonnaient un sens à sa vie, tout comme les progrès de sa relation avec Erika ; sentir son amour pour elle et la confiance des filles grandir un peu plus chaque jour. Se glisser la nuit sous l'édredon contre le corps nu d'Erika et l'étreindre avec une intensité qui le laissait étourdi et apaisé. Lui arracher des sourires de plus en plus fréquemment, même si le plus souvent, la mélancolie semblait l'envelopper comme un voile invisible. Elle n'avait jamais cru devoir perdre Morten et Tom n'avait aucune peine à s'expliquer son chagrin. Mais il n'arrivait pas à comprendre pourquoi ce chagrin était mêlé de culpabilité.

Il trouva d'autres articles faisant allusion à la

complicité de certains organes officiels dans les affaires du crime organisé. Mais s'agissait-il de l'armée, du KGB ou du Parti ? L'hebdomadaire progressiste *Les Nouvelles de Moscou* publiait un dossier sur les réseaux clandestins et décrivait notamment le circuit fort compliqué d'un trafic de caviar et d'or : les marchandises, en provenance de l'Union Soviétique, étaient vendues en Pologne. L'argent servait à financer l'achat de denrées à Berlin-Ouest qui étaient ensuite réintroduites sur le territoire soviétique et écoulées au marché noir. Sans citer ses sources, le magazine dénonçait la complicité d'organes officiels soviétiques.

Un autre article paru anonymement dans un bulletin du service de presse de Radio Liberty à Munich rejoignait l'hypothèse de Tom et concluait que certains indices montraient que durant la retraite des troupes d'Europe de l'Est et d'Europe centrale, certains officiers de l'Armée Rouge avaient commencé à s'intéresser au marché noir : *Les problèmes de discipline sont tels que même les officiers sont impliqués. Ils savent la vie peu réjouissante qui les attend dans une Union Soviétique en proie à une crise économique, sociale et morale croissante.*

Un article publié dans une revue estonienne rendait les soldats responsables de la montée du banditisme et de la grande délinquance financière.

Malheureusement, les articles s'arrêtaient brusquement d'exploiter ce sujet après la parution tardive de l'annonce de décès de Zaïkov.

En mai, Tom fit la connaissance de Peter Lundbye et cette rencontre fit progresser son enquête.

Il était comme d'ordinaire, installé à la bibliothèque, avec son bloc-notes et une pile de numéros de l'*Étoile Rouge*.

« Excusez-moi, dit une voix. Puis-je me permettre de vous déranger ? »

Peter Lundbye avait une silhouette longiligne et un peu dégingandée. Son haleine sentait le cigarillo bon marché. « J'ai remarqué que nous commandions les mêmes ouvrages et les mêmes périodiques. Accepteriez-vous de prendre un café ? Nous pourrions peut-être trouver un arrangement au lieu de nous gêner mutuellement. »

Ils allèrent à la cafétéria. Tom expliqua à Lundbye qu'il étudiait les connections possibles entre la mafia et les troupes soviétiques d'Europe de l'Est. Il faisait cela pour son plaisir et pour entretenir ses connaissances de la langue russe. Lundbye préparait quant à lui une thèse sur le GRU. La conversation alla donc bon train.

« Voyez-vous, le GRU est beaucoup moins connu que le KGB, dit Lundbye, il est aussi plus discret. Mais son activité est indissolublement liée à celle de l'Armée Rouge, et cela, depuis 1918. Il compte parmi les services de renseignement militaire les plus efficaces de la planète. » Lundbye s'échauffait et tandis qu'il parlait, sa pomme d'Adam tressautait dans son gosier et ses mains battaient l'air pour chasser la fumée du mauvais cigare.

« Le GRU manipule plus d'agents à l'étranger que le KGB. Un officier du GRU n'a qu'une mission : recruter des espions capables de dérober des secrets technologiques pour le compte de l'industrie de l'armement soviétique. Depuis la bombe à hydrogène au fonctionnement d'un missile antichar. L'État soviétique lui doit une fière chandelle. C'est le GRU qui espionne dans les laboratoires de l'Ouest. Mais il ne s'en vante guère. Il laisse les fanfaronnades au KGB, l'organisation rivale.

— Vous en parlez avec une telle ferveur ! Vous paraissez vraiment admiratif.

— Euh… Vraiment ? ! » Lundbye se troubla un instant puis il hocha la tête. « C'est bien possible, après tout. Je trouve le GRU fascinant. Et personne ne s'est jamais penché sur l'étude complète de son histoire. J'aimerais aller à Moscou pour consulter les archives, mais elles sont fermées, pour le moment.

— Et les transfuges ? Y en a-t-il ?

— Très peu. Au GRU, on prétend, non sans fierté, que l'adhésion coûte un rouble et la radiation, deux roubles. Autrement dit, le prix d'une crémation. La mort est la seule façon de rompre les liens du mariage.

— Est-il pensable qu'un officier du GRU très haut placé soit exaspéré au point de succomber à l'illégalité ? Parce que toutes ses illusions se sont envolées avec les réformes de Gorbatchev, par exemple. »

Lundbye leva sa tasse. Elle était vide.

« Je vais chercher des cafés, dit-il. Mais pourquoi cette question ? Est-ce votre sujet de recherche ?

— Ce n'est pas un sujet, juste une hypothèse. J'essaie de voir si les faits confirment ma théorie.

— Ma foi, c'est la façon habituelle de procéder, dans toutes les disciplines. Je vais chercher des cafés. »

Lundbye revint avec deux tasses. Il était tellement pressé de reprendre la discussion qu'en posant les tasses sur la table, il renversa la moitié du café dans les soucoupes et plus il essayait d'éponger avec une serviette en papier déjà détrempée, plus le café débordait.

« Justement, j'ai un article pour vous qui date d'un an et demi, automne 1988. Paru dans un périodique peu connu, *Voïenno Istoritchesky Journal* : la Revue d'Histoire Militaire…

— Je vous remercie, je comprends le russe.

— Oui, oui, j'oubliais. Écoutez plutôt : le rédacteur est un général et il publie les choses les plus incroyables. L'article en question décrit les problèmes de discipline et conclut sur la nécessité de renforcer l'instruction idéologique des soldats lors du retrait des troupes soviétiques d'Afghanistan. C'est la première fois que le sujet était abordé. Un passage restait obscur, mais votre théorie lui donne un sens. L'article répond à une accusation dont la référence n'est pas donnée et dénonce l'ingérence des autorités civiles dans les affaires de l'armée. Je vous cite de mémoire : l'usage veut que les forces armées se chargent elles-mêmes d'enquêter sur les affaires criminelles internes et de poursuivre les coupables. Il n'est pas dans l'intérêt de la patrie d'informer nos ennemis que, dans des cas très isolés, certains éléments dérogent à l'observance des règles morales très strictes inhérentes à leur mission.

— Cela ne m'avance guère.

— Mais si. On trouve des prolongements de cet article dans un dossier de l'*Étoile Rouge* traitant des tentations grandissantes que subissent les soldats et les officiers, au fur et à mesure que le dégel des relations Est-Ouest les met en contact avec des étrangers.

— Pourrais-je le consulter ?

— Mais naturellement. »

Dans l'*Étoile Rouge*, Tom trouva un article relatant un épisode étrange : un jeune lieutenant ayant servi en Afghanistan avait été dégradé après avoir mitraillé une caméra de télévision, mais il s'était ensuite porté volontaire pour participer aux opérations de décontamination autour de Tchernobyl. Un autre article évoquait une série de mutations ordonnées au sein de la région militarisée balte, après qu'un groupe d'officiers avait été surpris à vendre l'essence des stocks militaires au marché noir. Le chef de l'état-major avait été désigné comme responsable.

La *Revue d'Histoire Militaire* était un organe de propagande communiste dans la veine ultra-conservatrice. Le général rédacteur en chef ne faisait pas dans la dentelle : pour mettre en garde contre les dangers de la réunification des deux Allemagnes, il publiait des extraits du *Mein Kampf* d'Hitler, notamment un chapitre dans lequel le Führer fulmine contre la race slave qu'il qualifie d'inférieure, plusieurs articles sur les tentatives des juifs pour saper l'orgueilleuse tradition militaire russe et un extrait d'un ouvrage de 1910 louant les vertus militaires de l'armée russe du tsar et réclamant que ses rangs soient purgés des éléments dégénérés tels que les juifs, les sympathisants de l'Ouest et autres créatures coupables d'acculturation. *Aujourd'hui, à l'heure où les politiciens bradent les territoires jadis conquis au prix du sang de nos patriotes, une nouvelle saignée s'impose afin de fortifier la défense de la patrie et du communisme.*

Tom trouva enfin dans la *Pravda* un écho direct à l'annonce du décès de Zaïkov. C'était un long article qui analysait le rôle édifiant du Parti au sein des forces armées depuis Lénine. L'auteur, un membre du Comité central qui signait V. Stanov, justifiait avec ferveur le droit de contrôle du Parti à tous les échelons de la hiérarchie militaire, étant donné que le premier devoir du soldat était de servir la patrie et le Parti communiste. Tom lut : « *L'affaire récente qui s'est terminée tragiquement à Prague illustre comment même de véritables héros ayant combattu bravement durant des années sur le front de l'ombre peuvent succomber aux pièges perfides de l'impérialisme ; d'autres cas se produiront si l'instruction idéologique n'est pas restaurée avec rigueur et fermeté.* »

Ces quelques lignes étaient glissées vers la moitié de l'article qui remplissait deux pleines pages imprimées en caractères très serrés. Tom se renversa contre le dossier de sa chaise et se frotta les yeux. Lire les journaux russes revenait à déchiffrer un langage codé dont le sens était volontairement hermétique au profane.

Tom trouva Lundbye dans son bureau. Il savait que ce dernier devait se rendre à Munich pour consulter les énormes quantités d'archives détenues par les stations de radio.

« Pourrais-tu me rendre un service, Peter ? » demanda Tom. Lundbye leva le nez de son écran d'ordinateur.

« Mais naturellement.

— À Munich, pourras-tu demander si l'on a connaissance d'officiers soviétiques passés à l'Ouest juste après la chute du Mur ou au début de décembre 1989 ? »

Peter rit.

« Je suis fatigué. Qu'y a-t-il de si drôle ?

— Ce n'est pas la peine. Tu n'as qu'à lire le journal.

— Quelle page ? demanda Tom en allongeant le bras vers la *Pravda* posée sur le bureau.

— Pas dans la *Pravda*, dans le *Berlinger*.

— Tu veux rire !

— Je suis sérieux. »

En effet, le quotidien danois *Berlingske Tidende* publiait une dépêche de l'agence de presse Reuter annonçant qu'un général soviétique des forces armées soviétiques de l'ex-R.D.A. venait de passer à l'Ouest avec quatre autres officiers. Ils apportaient avec eux les plans de six missiles sophistiqués, ceux d'un nouvel équipement radar conçu pour le char d'assaut T-72 ainsi que le compte rendu des réflexions de l'état-major sur le rôle à jouer par les forces armées durant la poursuite des réformes en Union Soviétique. Ils avaient franchi le Mur le 10 décembre 1989, mais le renseignement allemand n'avait communiqué la nouvelle qu'hier. Le chef d'état-major des Armées soviétiques de l'ex-R.D.A. avait été remplacé.

Le soir du 19 mai, Tom appela Jette Jansen et l'intonation de sa voix décida cette dernière à le rencontrer. Tom désirait interroger le général mais elle n'était pas en mesure d'obtenir pour lui l'autorisation auprès des Allemands. Il rédigea les questions que Jette soumit à l'agrément de ses homologues germaniques. Plusieurs semaines s'écoulèrent avant que les Allemands se décident à les soumettre au général, mais ce premier débriefing s'étant montré concluant, Jette fut autorisée à se rendre à Francfort pour interroger le général. Puis il avait encore fallu attendre car les services de renseignement ne se dépossèdent pas facilement de données de première main. Hier enfin, Jette lui avait remis le procès-verbal de l'interrogatoire.

Des bruits montèrent de la rue ; la ville s'éveillait. Tom, attablé dans la cuisine devant sa bouteille de bière vide, se leva pour préparer le café. Il se sentait à la fois fatigué et dispos. Il se réjouissait à l'idée d'aller bientôt réveiller sa petite famille et décida de descendre acheter du pain frais à la boulangerie. Tandis que le café passait dans la cafetière, il relut le procès-verbal une dernière fois.

18

Procès-verbal d'interrogatoire. 101990/SU-33. DK/PET.

Le 19 octobre 1990, le général de brigade Oleg Kirillovitch Ossipov a été entendu à Francfort à l'adresse suivante (classée) par V. (classé), membre du service de renseignement allemand, division (classé), extrait du dossier SU-33/B89765-1989+ (classé). A participé à l'interrogatoire le commissaire Jette Jansen, des services de renseignement danois (nom non classé selon le souhait de l'intéressée).

L'entretien s'est déroulé en allemand avec l'assistance d'un interprète pour le russe. La transcription de la bande sonore est traduite depuis le russe.

Nombre d'exemplaires : 3.

Classement : top secret.

L'entretien a débuté sur les circonstances du passage d'Ossipov à l'Ouest et sur les fonctions occupées par ce dernier dans l'ex-R.D.A. Dans la mesure où elles ne semblent pas intéresser l'enquête danoise telle qu'elle a été définie dans la demande, ces déclarations ne sont pas reproduites dans la présente transcription. Pour les consulter, se référer au dossier : (classé).

Le commissaire Jansen apparaît sous le nom de Jansen, l'employé des services allemands sous le nom de V. et le général de brigade Ossipov sous le nom d'Ossipov.

Transcription réalisée par : (classé).

JANSEN : Je désire revenir brièvement sur la position occupée par le général de brigade avant son départ de R.D.A.

OSSIPOV : J'étais responsable de la gestion des équipements militaires. Ces cinq dernières années, j'ai servi en R.D.A.

JANSEN : Autrement dit, vous étiez chargé de l'approvisionnement en nourriture, essence, munitions, armes, vêtements, etc. ?

OSSIPOV : C'est exact. C'est également ainsi que ma mission est définie chez nous.

JANSEN : Connaissez-vous, ou plutôt avez-vous connu, le colonel Mikhaïl Andreïevitch Zaïkov ?

OSSIPOV : Oui.

JANSEN : Quelles étaient ses fonctions ?

OSSIPOV : Il était officier auprès de notre service de renseignement militaire.

JANSEN : Le GRU ?

OSSIPOV : C'est la dénomination courante à l'Ouest.

JANSEN : Quelle était la nature de vos relations avec Zaïkov ?

OSSIPOV : Je voudrais me faire préciser une chose : les conditions consenties par les services allemands valent-elles aussi pour cet entretien ?

On m'a promis… (effacé, n'intéresse pas l'enquête danoise, classé).

V. : Ce qui a été convenu est maintenu pour cet entretien.

OSSIPOV : Même si cela suppose une violation du droit allemand ?

V. : Notre promesse couvre toute infraction antérieure à notre accord.

OSSIPOV : Pourriez-vous répéter votre question, Madame ?

JANSEN : Quelle était la nature de vos relations avec Zaïkov ?

OSSIPOV : Nous faisions du négoce.

JANSEN : Précisez.

OSSIPOV : Je préfère ne pas entrer dans le détail.

JANSEN : Dans les grandes lignes ?

OSSIPOV : Entendu.

JANSEN : De quel genre de négoce s'agissait-il ?

OSSIPOV : C'est assez compliqué à expliquer. Nous fournissions à des personnes influentes des denrées difficilement trouvables en Union Soviétique.

JANSEN : Quoi, par exemple ?

OSSIPOV : Surtout des marchandises de luxe : magnétoscopes, ordinateurs, maroquinerie et vêtements de luxe, voitures, produits alimentaires recherchés.

JANSEN : Comment vous procuriez-vous ces marchandises ?

OSSIPOV : En les achetant par exemple avec les revenus issus de la vente de caviar et d'or que nous faisions venir de l'étranger.

JANSEN : Et ?

OSSIPOV : Vous me mettez en délicate posture. Le colonel Zaïkov voyageait beaucoup à cause de son travail. Il avait de nombreux contacts. C'était lui qui nous procurait les marchandises.

JANSEN : Auprès de receleurs à Berlin.

OSSIPOV : Au marché noir à Berlin, oui.

JANSEN : L'achat de marchandises volées est aussi illégal que le vol.

OSSIPOV : Je vous rappelle que l'approvisionnement n'était pas mon volet.

JANSEN : Et quel était votre rôle ?

OSSIPOV : L'acheminement. Les véhicules dépendent de la section matériel. Nous sommes aussi chargés de gérer le trafic ferroviaire entre la R.D.A. et l'Union Soviétique par la Pologne. Vous conviendrez qu'avec quatre cent mille soldats et leur famille, cela représente un trafic quotidien considérable. Le poste que j'occupais me permettait de veiller au transport sans courir de grands risques. Il me suffisait d'enregistrer nos marchandises comme matériel militaire. Ma tâche était purement administrative.

JANSEN : Est-ce que je me trompe en disant que Zaïkov, vous et, comment dirais-je, vos associés, jouiez un rôle de tiers entre l'Est et l'Ouest ?

OSSIPOV : Je ne comprends pas le sens de votre question.

JANSEN : Vous serviez d'intermédiaires entre des trafiquants de l'Ouest et la mafia soviétique ?

OSSIPOV : C'est exact.

JANSEN : En fait, vous ne vous êtes jamais sali les mains. Vous vous contentiez de fournir et d'acheminer des marchandises de préférence volées en Europe de l'Ouest auprès de réseaux clandestins soviétiques qui se chargeaient de les écouler. J'imagine que vous préleviez de généreuses commissions.

OSSIPOV : Le colonel Zaïkov était très fier du système que nous avions mis en place et dont il était le cerveau.

JANSEN : Combien de temps cela a-t-il fonctionné ?

OSSIPOV : Le colonel Zaïkov m'a contacté durant l'été 1986. Nous avions fait connaissance à l'école militaire.

JANSEN : Quelle école ?

OSSIPOV : L'école militaire de Frunze. Nous appartenions à la même promotion de cadets.

JANSEN : Et vous avez accepté sa proposition ?

OSSIPOV : Ses arguments m'ont paru convaincants.

JANSEN : Pourriez-vous nous en faire profiter, mon général ?

OSSIPOV : Il disait que l'Union Soviétique était condamnée et que le bloc de l'Est ne résisterait pas au plan de réformes du nouveau secrétaire général du Parti. D'ici quelques années, l'empire que nous avions conquis de haute lutte aurait disparu. Il était temps de nous constituer un capital afin, le moment venu, de pouvoir refaire notre vie à l'Ouest.

JANSEN : Et vous l'avez cru ?

OSSIPOV : À cette époque, la politique menée par Mikhaïl Gorbatchev me préoccupait déjà beaucoup. Et comme chacun sait, les pires prédictions se sont révélées exactes.

JANSEN : Votre démarche évoque celle des officiers S.S. qui se sont exilés avec leur butin en Amérique latine.

OSSIPOV : Je trouve ce parallèle plutôt insultant. Plus d'officiers soviétiques que d'un quelconque autre pays ont sacrifié leur vie dans la lutte contre le fascisme.

JANSEN : Avez-vous atteint votre objectif ?

OSSIPOV : Le plan de Zaïkov a fonctionné selon ses espérances.

JANSEN : À combien s'élève votre capital ? Et où est-il ?

OSSIPOV : Je préfère m'abstenir de répondre.

JANSEN : Pourquoi l'affaire a-t-elle mal tourné ?

OSSIPOV : Zaïkov a été assassiné.

JANSEN : Par qui ?

OSSIPOV : J'ignore le nom des exécutants, mais je sais qui a commandité l'opération.

JANSEN : Qui ?

OSSIPOV : Une fraction militaire qui se fait appeler les Frères Patriotes de Joukov.

JANSEN : D'après le nom du maréchal Joukov. En quoi consiste cette organisation ?

OSSIPOV : C'est une corporation secrète d'officiers slaves. Leur organe de propagande officieux est la *Revue d'Histoire Militaire*. Le comité rédacteur est à sa solde. La confrérie comporte de nombreuses ramifications et le nombre total de ses membres est inconnu. Le réseau est organisé en cellules. C'est un mode de structure parfaitement adapté aux activités souterraines, comme nous l'a montré le camarade Lénine.

JANSEN : Quel est son programme ?

OSSIPOV : Restaurer la grandeur de l'Union Soviétique par le rétablissement du droit et de l'ordre et celui du prestige du Parti communiste. Juguler la montée des nationalismes et des mouvements séparatistes pour empêcher le démantèlement de l'Union.

JANSEN : Par un coup d'État militaire ?

OSSIPOV : C'est une définition trop occidentale. L'Union Soviétique n'est pas une république bananière. La confrérie entend procéder par étapes. La première consistait à mettre en place un réseau. La deuxième, à préparer les mentalités. Troisièmement, éliminer au sein des forces armées les sujets incapables de se conformer à un code moral très strict. En commençant par les éléments corrompus, les juifs et les non-Slaves. Jusqu'à pouvoir présenter au peuple un corps d'officiers homogène au service de la Grande Russie. Des comités de salut public ont été constitués en vue de former le prochain gouvernement. C'est le scénario que nous avons appliqué avec succès en Roumanie. Ces comités sont prêts à s'emparer du pouvoir avec le soutien de Moscou. L'idéal serait que Gorbatchev choisisse de rétablir le cap de son propre gré. D'ailleurs, ses derniers agissements donnent à penser qu'il est favorable à un retour aux sources. L'organisation espère qu'il se prononcera prochainement en faveur des comités. Leur politique me semble juste et prometteuse.

JANSEN : On serait presque tenté de croire que vous feriez un excellent Frère Patriote, mon général.

OSSIPOV : Ma mère était juive lituanienne.

JANSEN : Je vois. Donc, les Frères voulaient la peau de Zaïkov ? Est-ce à cause de cela que vous avez cessé vos activités ?

OSSIPOV : Zaïkov a pris peur. Il avait reçu la visite de deux jeunes officiers, deux anciens de l'Afghanistan, comme bon nombre de membres de la confrérie. Ils lui ont dit qu'ils étaient au courant de nos opérations avec Berlin. Naturellement, Zaïkov a tout nié en bloc.

JANSEN : Votre commerce était de toute façon condamné par la réunification.

OSSIPOV : Au contraire. Depuis l'instauration de l'union monétaire l'été dernier, les affaires étaient plus florissantes que jamais. Et Zaïkov disait que nous avions encore trois belles années devant nous.

JANSEN : Vous n'envisagiez donc pas d'arrêter ?

OSSIPOV : Non.

JANSEN : Vous n'aviez pas amassé un capital suffisant ?

OSSIPOV : Comme vous dites à l'Ouest, on n'a jamais trop d'argent.

JANSEN : A quand remonte cette visite des Frères à Zaïkov ?

OSSIPOV : Au mois d'août de l'année dernière.

JANSEN : Le nom de Tom Gubrowski vous dit-il quelque chose ?

OSSIPOV : C'est un agent danois que Zaïkov voulait utiliser pour brouiller les pistes.

JANSEN : Comment comptait-il s'y prendre ?

OSSIPOV : Zaïkov ne parlait jamais de ses missions. À cet égard, il s'est comporté en officier modèle du GRU. Je suppose qu'il voulait soit essayer de le recruter, soit négocier sa reconversion à l'Ouest. Je ne sais pas. Pour ma part, j'ai toujours eu la conviction que l'Allemagne était le pays qui accueillerait le mieux notre demande d'asile.

JANSEN : Croyez-vous que le colonel Zaïkov était prêt à vendre l'un de ses agents au renseignement de l'Ouest ? Comme preuve supplémentaire de sa bonne foi ?

OSSIPOV : Jamais. Le colonel Zaïkov n'est pas un traître. Il était l'un de nos meilleurs officiers du renseignement. Il ne discutait jamais de ses agents ou de ses missions avec moi. C'était un vrai pro.

JANSEN : Un agent d'une autre organisation, peut-être ?

OSSIPOV : Pour se tirer d'affaire sans nuire à la patrie, c'est possible.

JANSEN : Comment les membres de ce que vous appelez la confrérie ont-ils pu remonter jusqu'à Zaïkov ?

OSSIPOV : L'un des nôtres a trop parlé. Le succès nous avait sans doute rendus quelque peu téméraires.

JANSEN : Qu'est-il advenu de lui ?

OSSIPOV : Il a été écrasé par un véhicule de transport blindé durant un exercice de manœuvre, dix jours après le meurtre de Zaïkov à Prague.

JANSEN : C'est alors que vous avez décidé de vous livrer aux autorités allemandes ?

OSSIPOV : C'est exact.

JANSEN : La crainte que les Frères s'en prennent à vous ne serait-elle pas à l'origine de votre décision ?

OSSIPOV : Mes motivations importent peu. Je suis prêt à coopérer pleinement avec le renseignement allemand.

JANSEN : Pourquoi la mort de Zaïkov a-t-elle été passée sous silence ?

OSSIPOV : Le KGB s'est vu intimer discrètement l'ordre de ne pas poursuivre l'enquête. La police militaire a également été priée de ne pas intervenir.

JANSEN : Et l'affaire a été enterrée ?

OSSIPOV : De nombreux officiers travaillent au service du KGB. La plupart sont membres de la confrérie. Le nouveau ministre adjoint de l'Intérieur est officier. La situation leur est favorable.

JANSEN : Pour conclure, le colonel Zaïkov a été assassiné par des officiers soviétiques ou plus précisément : Zaïkov a été liquidé parce qu'il profitait de son rang d'officier pour s'enrichir par un négoce illégal. Est-ce exact ?

OSSIPOV : La confrérie n'emploierait pas le terme de liquidation.

JANSEN : Comment qualifierait-elle ce meurtre ?

OSSIPOV : D'exécution faisant suite à une condamnation secrète pour activité spéculatrice. Le code pénal soviétique prévoit la peine capitale pour ce type de délit. Autrement, votre interprétation est correcte.

JANSEN : Gubrowski devait-il subir le même sort ?

OSSIPOV : À aucun moment sa vie n'a été menacée. Il devait seulement conduire les Frères jusqu'au colonel Zaïkov, mais à cause de son intervention, l'affaire a pris une tournure plutôt confuse.

JANSEN : Pourquoi cette vibrante annonce de décès dans l'*Étoile Rouge*, si longtemps après sa mort ?

OSSIPOV : Les forces armées sont largement critiquées dans la presse civile. La stratégie de la confrérie consiste à présenter les officiers sous un jour honorable. Cela entretient le moral de la population. Mais le comité rédacteur s'est longtemps opposé à cette ligne de conduite. Jusqu'à son remaniement récent, si vous me comprenez.

JANSEN : Je vous suis très bien. Où Zaïkov a-t-il déposé son argent ?

OSSIPOV : Le colonel a emporté ce secret dans la tombe.

JANSEN : Je n'ai pas d'autres questions.

V. : Connaissez-vous le nom de quelques-uns des intermédiaires allemands ?

OSSIPOV : Oui.

V. : Votre réseau a-t-il fourni des armes à des terroristes allemands ? A la Fraction Armée Rouge ?

OSSIPOV : Étant donné que notre accord est maintenu, ma réponse est oui.

V. : Comment s'effectuaient les règlements ?

OSSIPOV : Au comptant.

V. : Savez-vous d'où provenaient les fonds ?

OSSIPOV : Nous ne posions pas de questions. De cambriolages de banques, je suppose.

JANSEN : Puis-je intervenir à nouveau ? Vous

me paraissez très bien renseigné sur le compte de la confrérie. Ce groupe est inconnu à l'Ouest.

OSSIPOV : Il est connu du corps d'officiers russes, mais pas des civils. Discrétion oblige.

V. : Vous ne nous en avez pas parlé, mon général. Pourquoi ?

OSSIPOV : Vous ne m'avez pas interrogé à ce sujet.

JANSEN : Êtes-vous membre ?

OSSIPOV : Avec mes origines ?

JANSEN : N'avez-vous pas contacté la confrérie et vendu Zaïkov pour sauver votre peau, gagner du temps et passer à l'Ouest avec un magot confortable ?

OSSIPOV : Je souhaite m'abstenir de répondre.

V. : Nous avons votre accord signé de vous laisser subir un nouveau test au détecteur de mensonges. Je vous prie de répondre aux questions du commissaire Jansen.

JANSEN : Avez-vous trahi Zaïkov ?

OSSIPOV : Je n'avais pas le choix.

JANSEN : Et l'homme qui est passé sous un blindé ?

OSSIPOV : Ils m'ont montré une photo de lui après son accident et m'ont dit que tous les juifs et les spéculateurs finissaient comme lui. Pour eux, je cumulais ces deux tares. Je n'avais pas le choix.

JANSEN : J'ai terminé.

V. : Nous remercions notre confrère danois dont les questions ont permis d'éclairer de nouveaux aspects intéressants, sur lesquels nous souhaiterions revenir lors d'une prochaine séance.

OSSIPOV : Je reste à votre disposition.

« Comment l'avez-vous trouvé, votre général de brigade ? »

Lasse Nauer reposa le procès-verbal devant lui, sur la table de conférence.

« Nerveux, las. Agacé de devoir passer une seconde fois sur le gril », dit Jette Jansen. Elle ramassa l'exemplaire que Tom avait prêté à Nauer au début de la réunion et, en retournant s'asseoir derrière son bureau depuis lequel elle dominait la pièce et la faible circulation de Borups Allee, elle ajouta :

« Il m'a fait l'effet d'un bureaucrate un peu effarouché, avec son gros ventre étriqué dans son costume de ville. Sans parler de son imposant postérieur, typique du fonctionnaire qui a passé le plus clair de sa vie à remuer du papier derrière un bureau. Un général qui a fait la guerre dans son bureau, facile à intimider. Mal à l'aise devant une femme dont la position et les compétences ne correspondent pas à ses stéréotypes.

— Never mind, Jansen, c'était un interrogatoire brillant.

— Tout le mérite revient à Tom. C'est lui qui s'est chargé de toute la préparation. Il m'a très bien briefée. »

Tom s'était assis sur le rebord de la table et fumait. Il portait son beau costume.

« Joli travail, Tom », complimenta Nauer en se levant. Tom trouvait qu'il avait perdu de son ressort d'athlète mais sa bougeotte continuait de l'empêcher de rester assis trop longtemps d'affilée. Il se mit à arpenter la pièce de long en large en tiraillant sur ses manchettes. Jette l'observait, légèrement renversée dans son vaste fauteuil, chevilles croisées, austère et impeccable dans sa jupe sombre et son corsage clair rehaussé d'un foulard mauve noué souplement. Belle, sûre d'elle, intimidante et néanmoins sensuelle et séduisante. Tom se dit qu'elle aurait fait une épouse formidable mais difficile à contenter. La pureté des formes du mobilier du créateur Arne Jacobsen qui garnissait son bureau lui seyait à merveille.

« Et chez vous, Borch ? Avait-on connaissance de cette confrérie ? » interrogea Nauer. Le patron du FET était assis, les mains légèrement croisées sur son uniforme vert foncé. Il tendit la main vers sa tasse de café mais se ravisa et toussota :

« Oui et non.

– Voilà ce que j'appelle une réponse claire », ironisa Nauer.

Les deux hommes rirent et l'atmosphère se détendit un peu. Depuis le début de la réunion, Tom était resté en retrait. Le lieutenant-colonel lui avait dit bonjour et lui avait serré la main. Nauer avait accompagné sa poignée de main d'un « Salut, Tom » familier et chaleureux comme s'ils étaient de vieux amis et Tom en avait éprouvé une vague gêne. Nauer était marqué par la fatigue. Sa silhouette était encore athlétique mais les rides de ses joues s'étaient creusées et n'étaient plus seulement visibles lorsque, contrarié, il inspirait profondément. Elles biffaient sa peau telle une balafre indélébile – la rançon du carriérisme et de l'ambition.

Borch but une gorgée de café et dit :

« En fait, nous sommes en excellents termes avec nos confrères polonais, en ce moment. Ils nous ont bien confié leurs inquiétudes : agitation au sein du corps des officiers russes, menaces de coup d'État contre Gorbatchev. Tant de rumeurs circulent. Nous estimons qu'il n'y a pas lieu de prendre celles-ci trop au sérieux. Les Baltes aussi nous ont informés de l'existence de groupes clandestins au sein de l'armée soviétique. Mais je dois reconnaître que nous ne prenons pas les informations des Baltes pour argent comptant. Ils sont un peu paranoïaques, ces temps-ci.

— On les comprend, commenta Jette.

— Absolument. Toutefois, ne perdons pas de vue qu'ils ont tout intérêt à forcer un peu le trait. »

Nauer s'arrêta net au milieu de la pièce :

« Mais vous trouvez cela plausible, n'est-ce pas, Borch ?

— Tout à fait. L'Armée Rouge connaît d'importants problèmes de discipline. Les appelés sont soumis à des brimades systématiques et le phénomène a atteint une telle ampleur que l'efficacité tactique s'en ressent. En Allemagne, les cas de désertions se multiplient. Les soldats y marchandent tout ce qu'ils possèdent, depuis les boutons de leur uniforme jusqu'à leur kalachnikov, pour se procurer des Deutsche Marks. En Union Soviétique, l'armée est divisée par des rivalités interethniques qui reflètent les tensions régnant au sein de la population civile. Mais surtout, un quart des conscrits ne répondent même plus à l'appel. La crise est sérieuse et jugée d'autant plus préoccupante par les officiers russes dotés de la fibre patriote. Songez que chez ces derniers, l'esprit de corps est très développé. La plupart sont officiers de père en fils depuis parfois trois générations. Ils forment un groupe très soudé et doté de privilèges propres. Ils fréquentent les mêmes écoles, habitent les mêmes quartiers et cultivent les mêmes centres d'intérêt.

— Ainsi, vous confirmez l'existence des Frères Patriotes de Joukov ? »

Borch s'éclaircit de nouveau la voix :

« Le maréchal Joukov est l'un des plus grands stratèges de tous les temps. Quand les Allemands étaient aux portes de Moscou, Staline a baissé les bras et confié à Joukov le commandement des armées. Le maréchal a infléchi le cours de l'Histoire en transformant une défaite annoncée en victoire. Le nom est bien choisi.

— Parfait », conclut Nauer en reprenant sa déambulation. « Je vais en informer le Premier ministre. Bien entendu, c'est une décision politique, mais j'estime que nous devrions ébruiter l'affaire dans l'entourage de Gorbatchev. Comme vous le savez, il ne s'y rendra pas en visite officielle, mais notre Premier ministre pourrait solliciter une entrevue avec Kohl durant le prochain sommet communautaire. Kohl a en effet prévu de s'entretenir avec Gorbatchev à l'issue de la conférence. Et il est suffisamment beau joueur pour partager les honneurs avec un petit État voisin. Mais je répète : il appartient au gouvernement d'en décider. Pour ma part, je suis favorable à cette idée. Gorbi reste notre meilleure carte.

— Et puisque les Allemands sont déjà au courant, renchérit Borch.

— Il me semble judicieux, dans un premier temps, d'axer notre discours sur le terrorisme, objecta Jette. Ne serait-ce que pour permettre à Tom de prendre sa revanche sur la perte de son vieil ami Micha. Le séjour du général de brigade pourrait se révéler moins agréable que prévu. Les Allemands pardonnent beaucoup de choses mais ils ne badinent pas avec le terrorisme.

— Eh bien, tout s'arrange pour le mieux, dit Nauer. Je dois me sauver. On se voit tout à l'heure, Jansen ? Le Premier ministre m'a réclamé une mise à jour sur le déroulement des préparatifs en Irak.

— Entendu, à plus tard », répondit Jette. Elle se pencha au-dessus de son bureau et laissa ses longs doigts aux ongles rouges et impeccables jouer un instant avec son coupe-papier :

« Reste Volk.

— Ah oui, notre cher petit loup, Volk : mirage ou réalité ? Keep looking, Jansen.

— Compte sur nous.

— En attendant, je présume que plus personne ne m'écoute prendre des rendez-vous coquins au téléphone ?

— Au moins, les choses sont clarifiées. Crois-moi, c'était dans ton intérêt.

— Peut-être, mais je ne suis pas fâché que ce soit terminé. »

Nauer s'avança vers Tom avec un large sourire et lui tendit la main.

Tom se leva pour la serrer.

« Eh bien, Gubrowski. Il y a eu quelques frictions, quelques légers malentendus. On oublie tout ? No hard feelings ?

— Sans rancune, répondit Tom.

— Si je peux faire quelque chose… ? La Thaïlande vous tente encore ? Je me suis laissé dire que le nouvel officier de liaison suédois ne donnait pas entière satisfaction… Je pourrais glisser un mot, pensez-y.

— Ce ne sera pas nécessaire.

— Alors, bon voyage.

— Merci.

— Et saluez la Russie de ma part. Si je comprends bien, c'est comme pour Venise : il faut se dépêcher de la voir avant qu'elle ne sombre corps et âme. »

19

Tapi dans l'herbe gelée du talus sur le bord de la voie ferrée, Sergueï Zaïkov remuait ses orteils dans ses bottes pour les réchauffer. Le froid traversait la toile épaisse de son pantalon. Il abaissa ses jumelles et se laissa glisser à reculons jusqu'à Alexeï qui portait comme lui un pantalon et un blouson de couleur sombre et avait le visage barbouillé de cirage. Un mélange de peur et de volupté lui faisait comme une brûlure au ventre et il se sentait redevenir soldat. Alexeï serait son sergent, comme en Afghanistan. Bien qu'il ait pris l'armée en horreur, la vie de soldat lui manquait : les épreuves physiques, les émotions fortes, la conscience du danger, la connivence avec son sergent, sur le terrain, un pas derrière lui, et le sentiment d'une communication parfaite sans paroles ni gestes superflus ; l'entraînement rude, la satisfaction d'avoir surmonté sa peur lors du premier saut en parachute et celle de se savoir l'orgueil des armées soviétiques. Les jeux guerriers de l'enfance devenus réalité, l'aventure, la vie au grand air.

« Combien en vois-tu ? » demanda Zaïkov à voix basse.

Alexeï était allongé sur le flanc et accoudé sur un bras. C'était une nuit presque sans lune et le vent sifflait dans les arbres. Alexeï respirait au ras de l'herbe, si près qu'il pouvait distinguer chaque grain de givre. Il couvrait la lentille de ses jumelles avec le plat de sa main gantée de cuir noir et répondit tout bas :

« J'en vois quatre. Un posté à chaque extrémité et deux qui font la ronde.

– Des soldats. Ce n'est pas ce qui avait été convenu.

– Ces morveux de recrues ne sont pas des soldats, lieutenant. C'est de la vermine du KGB.

– Non, Liocha, ce sont les nouveaux bérets noirs.

– C'est pareil. On n'en fera qu'une bouchée. Depuis quand ces ivrognes sont-ils capables de résister à un para ?

– Pourquoi surveillent-ils le convoi ?

– C'est tant mieux. Nous allons gagner plus d'argent que prévu.

– Ça ne me dit rien qui vaille. Vlassov est un enfoiré.

– Allez viens, lieutenant, on les cueillera demain.

– Cesse de m'appeler lieutenant. Je ne suis plus lieutenant.

– Entendu, lieutenant. »

Sergueï se hissa une dernière fois jusqu'au bord et scruta l'obscurité avec ses jumelles à infrarouge. Ils entendirent un train se rapprocher. Peu après, l'express de Moscou apparut dans le tournant et passa lentement sur les aiguillages. Le phare de la locomotive troua l'obscurité et les deux hommes détournèrent le regard pour ne pas être éblouis.

Le train exhalait une odeur de charbon provenant des poêles à samovars que l'on allumait dans chaque wagon. Sergueï s'imagina le corps massif des hôtesses engoncé dans leur uniforme bleu, devant les bouilloires d'eau frémissante. Bientôt commencerait la distribution du thé dans de hauts verres munis d'une anse et d'une soucoupe argentées. Dans les compartiments exigus et surchauffés, les passagers étaient sans doute en train d'enfiler leur survêtement et de déballer leur casse-croûte. Peut-être l'un d'entre eux s'était-il procuré une bouteille de vodka, peut-être l'hôtesse se laisserait-elle convaincre de leur vendre une ou deux bouteilles en échange d'un pourboire. Quelqu'un dirait : « Le thé est un peu léger, ma jolie », et puis : « La nuit risque d'être longue. Nous allons avoir bien froid. » Cela suffirait, même si le boit-sans-soif du Kremlin avait interdit la vente d'alcool dans les transports publics. De quoi se mêlait-il ? Il ne voyageait jamais avec le commun des mortels. Que savait-il de la vie des gens ordinaires ? Le train s'éloigna, emportant avec lui l'odeur âcre du charbon. Dans seize heures, il entrerait en gare de Biélorussie à Moscou, près de la rue Gorki.

En regardant les feux de la dernière voiture disparaître dans la nuit, le cœur de Sergueï se serra et il se prit à souhaiter être du voyage ; se laisser bercer par le bruit sourd des roues passant sur les aiguillages, devant un verre de thé fumant ; se réveiller en plein centre de la ville où il avait grandi et descendre sur le quai noyé dans la grisaille hivernale, l'haleine embuée des porteurs qui proposent leurs services et le vacarme de la circulation sur la rue Gorki. Voir les trains au départ, prêts à rallier de lointaines destinations, Varsovie, Berlin ou Copenhague. Saluer de vieilles connaissances. Faire la queue pour goûter l'un de ces fameux hamburgers américains dont tout le monde parlait…

Leur train attendait dans la zone militaire de la gare, sur une voie de garage reliée à celle du transport de marchandises qui rejoignait à son tour le réseau principal avant de disparaître dans un tournant vers la gare centrale et le centre de Gomel. Les sentinelles arboraient des mines lasses. Elles fumaient et discutaient entre elles, leur fusil ballottant à l'épaule. Alexeï avait raison, après tout : ces guignols n'auraient même pas le temps de voir partir le coup. Il y avait au total quatre wagons de marchandises ordinaires, fermés et immatriculés en Allemagne. L'un portait le sceau du KGB. Mais pourquoi étaient-ils surveillés par les forces de sécurité ? Le chargement devait valoir une fortune. Ou bien cherchait-on à se prémunir contre l'attaque d'une de ces bandes de pillards qui infestaient toute l'Union ? Les autorités avaient décidé de réagir. La loi et l'ordre étaient les nouveaux credo du gouvernement, comme l'avait été la glasnost quelques années plus tôt. Après tout, c'était le problème de Vlassov de veiller au déchargement et à l'écoulement des marchandises, une fois que Sergueï et ses hommes auraient neutralisé les sentinelles. Il s'agissait sans doute d'un convoi humanitaire. La présence des soldats devait empêcher que les marchandises soient revendues au marché noir.

Le convoi était encadré de hauts talus recouverts de broussailles. Le centre de Gomel se trouvait à quelques kilomètres et le domaine ferroviaire était immense. Les voies étaient encombrées de trains. Le trafic était saturé et ne fonctionnait plus. Les wagons de marchandises contenant des denrées de première nécessité restaient immobilisés pendant des mois. Sergueï se rappelait l'odeur d'un train à Minsk rempli de viande de bœuf congelée, un cadeau des capitalistes. Les autorités l'avaient oublié ou bien s'en fichaient-elles tout simplement ? En tout cas, les wagons étaient restés en gare, à l'entrée de la ville, pendant trois longs mois d'été, jusqu'à ce que la puanteur soit devenue tellement insupportable que les paysans du coin avaient fini par enterrer les charognes et mettre le feu aux wagons… Et cela dans un pays où l'on ne peut même pas se procurer une saucisse fumée. La patrie de Sergueï était régie par la loi du plus fort. C'était chacun pour soi et il fallait saisir les occasions qui se présentaient. Contrairement à ce qu'on lui avait enseigné à l'école, le socialisme n'était pas un régime égalitaire. Il permettait à une minorité de tricher, de frauder et d'amasser des richesses au détriment des autres. Le Parti se substituait à l'ancienne noblesse féodale, jalousement assise sur ses privilèges. Renverser « le tsar et sa cour » à Moscou nécessiterait une autre révolution. En attendant, il fallait se débrouiller de son mieux. Ils passeraient à l'action juste après le départ de l'express de Moscou.

Tolia attendait dans la vieille Lada.

« Alors ? » demanda-t-il en tendant à chacun un mouchoir.

« C'est pour demain, répondit Sergueï. Rentrons régler les détails.

— O.K. », dit Tolia en faisant démarrer le moteur au troisième essai. Sergueï et Alexeï s'essuyèrent le visage avant que la voiture n'ait rejoint la circulation et les lumières de la ville. Ils traversèrent le centre de Gomel. Les trottoirs mal éclairés étaient presque déserts. Les vitrines des boutiques étaient plongées dans l'obscurité. Les pâtés de maisons ressemblaient à de gros cubes jaunes tous identiques. Ils sortirent de la ville et s'engouffrèrent dans la nuit noire.

La route serpentait dans l'obscurité, vers le sud. Ils roulèrent en silence. Sergueï s'était assoupi.

« Nous avons un problème, dit Tolia.

— Quoi ? demanda Sergueï en ouvrant un œil.

— Nous avons de la visite.

— Explique-toi, nom de Dieu.

— Je préfère t'avertir maintenant, pour que tu ne dévisses pas la tête de Zoïka. »

Sergueï s'éveilla tout à fait et regarda Tolia. Son gros visage moustachu fixait l'obscurité.

« Restons calmes. De quoi s'agit-il ?

— Nous avons un nouveau locataire.

— Qui est-ce ?

— Un déserteur.

— Je hais les déserteurs.

— Je sais, c'est plus fort que toi.

— Ce sont des lâches.

— Ne t'énerve pas, Sergueï. Les déserteurs sont bien plus courageux que les gars comme toi. Ils ont le courage de leurs opinions. C'est toi qui es fou.

— Qui est-ce ?

— Un Estonien. Lennart Taino.

— Il doit partir. C'est beaucoup trop dangereux.

— Vois avec Zoïka.

— Nous avons un boulot à finir.

— Nous ne sommes pas obligés de le mettre au courant.

— C'est trop risqué. Nous ne le connaissons pas.

— Essaie de convaincre Zoïka.

— Quand est-il arrivé ?

— Avant-hier. Pendant que vous étiez en ville. »

Lennart Taino attendait chez Tolia. Il était assis dans un coin, un verre de thé à la main. C'était un garçon de dix-neuf ans, blond, maigre et terriblement intimidé. La lueur des lampes à pétrole découvrait une barbe naissante et les boutons qui parsemaient ses joues agacèrent Sergueï. Un déserteur ne valait guère mieux qu'un traître et même s'il était conscient de se comporter injustement, Sergueï ne pouvait lutter contre une éducation reposant tout entière sur le devoir de tout citoyen soviétique de servir sa patrie. Mais il ravala sa colère et fut même ému en voyant Zoïka s'interposer entre lui et son protégé, ses poings sur ses hanches et ses bras maigres flottant dans son chandail trop grand.

« Il restera ici, Sergueï Mikhaïlovitch, répéta-t-elle.

— C'est trop dangereux, Zoïka. L'armée a perdu patience. Elle traque les déserteurs partout.

— Il ne bougera pas d'ici.

— Zoïka, écoute-moi…

— Il a parcouru vingt mille kilomètres à pied. Ils l'ont envoyé à l'autre bout de l'Oural et il a traversé la taïga pendant des jours. Cela fait des semaines qu'il vit caché dans des trains. Il ne partira pas d'ici !

— Où l'as-tu ramassé ?

— À la gare. »

Sergueï se tut et regarda le visage terrifié du jeune Estonien. Zoïka errait souvent dans la gare, comme si elle cherchait sa famille, comme si elle espérait les voir descendre d'un train. Elle attendait tous les trains, d'où qu'ils viennent, et dévisageait attentivement tous les voyageurs. Sergueï pensait qu'elle ne s'était jamais remise du cauchemar qu'elle avait vécu à Bakou et quand, à son insu, il observait sa frêle silhouette errer parmi la foule et fixer gravement les gens incommodés par ses regards insistants, il sentait des larmes de pitié monter dans ses yeux.

« Il pourrait être mon frère, dit-elle.

— Pourquoi t'es-tu sauvé ? interrogea Sergueï.

— As-tu été soldat ? demanda Lennart avec un fort accent estonien qui irrita Sergueï.

— Il était lieutenant dans les troupes aéroportées, répondit Tolia.

— Gardez-moi seulement quelques jours. Je voudrais rentrer chez moi, dit Lennart.

— Je t'ai posé une question. »

La voix de Sergueï résonna malgré lui comme un commandement.

« Sois courtois, tu n'es pas dans ton ancienne caserne », s'indigna Zoïka en piétinant furieusement le sol. « Tu m'entends, Sergueï : il restera avec nous. »

Lennart Taino reposa timidement son verre de thé.

« Je m'en irai dès que possible. Je vais téléphoner à mes parents. Ils accepteront certainement de m'aider.

– Les soldats recherchent les déserteurs dans tous les pays baltes, dit Sergueï.

– C'est notre ancien régiment, intervint Alexeï. Ne le chasse pas, Sergueï. Moi non plus, je n'aime pas les déserteurs. Mais après tout, avons-nous récolté autre chose que des emmerdements, dans l'armée ? Et ce n'est pas notre problème, si les gens n'ont plus envie de sacrifier leur vie pour les beaux yeux de Lénine. Serions-nous par hasard des exemples en la matière ? En avant, jeunesse, œuvrons ensemble à l'édification du communisme ! »

Ils rirent et la tension se dissipa un peu.

« Tu m'as demandé pourquoi je me suis enfui : j'ai fui les sévices, la violence, les viols. Les ordres délirants des officiers, les persécutions gratuites des anciens. C'est une raison amplement suffisante.

– Tout le monde y passe. Les recrues n'ont jamais eu la vie facile. C'est comme ça dans toutes les armées, rétorqua Sergueï.

– Je te hais quand tu parles ainsi, dit Zoïka. Tu es russe. Tu es bien placé pour savoir ce que les Russes font endurer aux autres nationalités. N'est-ce pas, camarade officier ?

– Je n'ai jamais toléré de débordements. Personne dans mon régiment n'a jamais toléré cela. »

Alexeï alluma une cigarette et en offrit à Taino. Il se servit d'une main tremblante. Alexeï lui donna du feu en posant doucement la main sur la sienne.

« Nous formions une unité d'élite, dit Alexeï. Nous étions les meilleurs. Lennart est simple troufion. De la chair à canon. L'infanterie a résisté deux jours au combat, en Afghanistan.

– Ce n'est pas seulement à cause des mauvais traitements », reprit Taino avec cet accent qui écorchait les oreilles de Sergueï. Pourquoi ces Baltes n'apprenaient-ils pas à parler correctement le russe ?

« Lennart peut aussi nous aider », dit Zoïka. Il lui semblait qu'elle était sur le point de gagner la partie. Elle s'avança vers Sergueï, enroula son bras autour de sa taille et posa sa tête sur son épaule. Sergueï l'attira contre lui.

« Il dit qu'il peut nous aider à nous installer en Estonie.

– Vous serez les bienvenus dans mon pays, renchérit Taino en prenant son verre. Dans le fond, la véritable raison de ma fuite est que je refuse de servir dans une armée qui a occupé mon pays. S'ils me capturent, je m'enfuirai à nouveau.

– Alors tiens-toi tranquille, dit Sergueï. Les paysans du coin sont de bons patriotes. S'ils s'aperçoivent que tu parles aussi mal le russe, ils préviendront aussitôt la milice. »

Zoïka le serra de toutes ses forces et sa joie rendit Sergueï heureux. Pourtant, il ne pouvait s'empêcher de ressentir la présence du déserteur estonien comme un mauvais présage.

Son angoisse ne le quitta pas quand, plus tard, ils s'aimèrent, ou peut-être à la fin, au plus fort de leur étreinte, et elle revint quand Zoïka se fut assoupie, sa tête sur sa poitrine. Il la posa délicatement sur son oreiller, se leva et enfila un pantalon et un pull. Elle remua un peu dans son sommeil et planta son pouce dans sa bouche. Il remonta la couverture sur elle. On eût dit l'une de ces nuits où ses cauchemars sanglants harcelaient sans relâche son sommeil et où il devait la réveiller, la prendre dans ses bras et l'aimer encore, jusqu'à ce que la fatigue l'emporte enfin sur les démons nocturnes. La pièce était bien chauffée et plongée dans le noir. Le regard fouillant la nuit derrière le carreau, Sergueï prêta l'oreille aux hurlements des chiens sauvages, mais il n'entendit que le gémissement du vent dans les arbres. Il alluma une cigarette et s'assit pour attendre les premiers sanglots de Zoïka, puis ses cris de terreur quand les hommes ivres surgiraient sous ses paupières closes pour massacrer ses frères arméniens.

Cette nuit-là, Tom Gubrowski non plus ne put fermer l'œil. Il était allongé sur la couchette supérieure, dans un train parti de Riga, attentif au moindre bruit, le fracas des roues passant sur les aiguillages, le cliquetis des cuillers dans les verres posés sur la tablette, devant le rideau blanc sale tiré sur la vitre crasseuse. Le drap grossier lui démangeait la peau et il pensa aux centaines de voyageurs qui, comme lui, s'étaient enroulés dans la même couverture sans pouvoir trouver le sommeil. De temps en temps, le train s'arrêtait et Tom soulevait le rideau pour regarder les passagers emmitouflés monter et descendre sur le quai désert et si faiblement éclairé qu'on se serait cru en guerre. Puis une femme au corps trapu levait un drapeau jaune et le train s'ébranlait pour poursuivre son interminable voyage.

Tom partageait son compartiment avec quatre autres voyageurs. Dans la couchette supérieure dormait un vieil homme qui rentrait d'une cure en sanatorium à Riga. C'était un bureaucrate petit et grassouillet, guetté par le chômage. Dessous dormait sa femme. Elle ronflait et il semblait à Tom qu'à chaque expiration, il pouvait sentir les relents vaguement écœurants du poulet gras qu'elle avait déballé d'un papier journal et dont elle avait distribué de généreuses portions. Sous la couchette de Tom dormaient un homme assez jeune et son fils Cola, un petit garçon rieur qui souffrait d'une mauvaise toux et qui fut soudain secoué par une quinte si violente que Tom crut qu'il allait s'étouffer. Il vit le père se lever et se tenir à la couchette supérieure pour ne pas perdre l'équilibre. Le sifflet du train retentit et les roues crissèrent en passant sur un nouvel aiguillage. L'homme qui s'était présenté sous le nom de Dimitri Evguéniévitch, enseignant en mathématiques, vit que Tom ne dormait pas.

« Je suis désolé de vous avoir réveillé. Pourrais-je prendre un peu de votre vodka ? »

Tom prit la bouteille qu'il avait rangée dans le filet fixé au-dessus de sa tête.

« Mais naturellement.

— Dieu vous bénisse. C'est pour le petit. »

Tom se pencha par-dessus le rebord de sa couchette. Le père alluma la petite lampe de lecture et redressa doucement le torse convulsé du garçonnet abruti de sommeil. Le père versa un peu d'alcool dans le creux de sa main et lui massa doucement la poitrine, puis le dos à deux reprises et la toux se calma. Il recoucha son fils et remonta la couverture.

« Merci beaucoup, dit-il en tendant la bouteille à Tom.

— Vous ne voulez pas boire une gorgée ?

— Merci, ce n'est pas de refus. »

L'homme but, essuya le goulot avec la mince serviette à fleurs fournie avec les draps et tendit la bouteille à Tom qui but à son tour.

« C'est un vieux remède de campagne, expliqua le père. Comme vous le savez, nous avons un mal fou à nous procurer les médicaments les plus courants. La grand-mère de Cola prétend qu'une friction de vodka fait aussi bien l'affaire.

— Cela réchauffe, en tout cas.

— Je m'excuse encore de vous avoir dérangé. Il va sûrement dormir quelques heures, maintenant.

— Ne vous excusez pas. »

Il entendit le père s'allonger avec une infinie précaution à côté de l'enfant, tout contre la paroi pour lui laisser presque toute la place. Tom aussi dormirait peu, cette nuit, sur la couchette dure et étroite, bien conscient que ce n'était pas le manque de confort qui était responsable, mais la dispute qui avait éclaté peu avant son départ, sa première dispute sérieuse avec Erika. Le ton était monté et des mots effroyables avaient été prononcés. Peut-être était-ce à cause de ce voyage, même s'il n'en avait pas été directement question. Peut-être à cause de son humeur changeante, de cette tristesse diffuse qui semblait l'empêcher d'être heureuse, comme si elle portait un fardeau trop lourd à partager. Tom craignait de plus en plus que sa mélancolie ne dégénère en véritable dépression et que seul son sens du devoir maternel la retienne de sombrer tout à fait. Quoi qu'il en soit, Dorthéa était apparue en larmes dans l'embrasure de la porte et ils avaient eu honte. « Pourquoi vous disputez-vous ? avait-elle demandé. Ce n'est pas bien. Vous devez être gentils l'un avec l'autre. » Erika avait pris la fillette dans ses bras pour la consoler. « Tout doux, mein Kind. Ne pleure plus. Les grandes personnes disent parfois des bêtises. » Et dans le grondement du train, Tom entendit la voix plaintive et ténue de la fillette murmurer dans le pull de sa mère et répéter : « Je n'aime pas quand les grandes personnes disent des bêtises. »

Tom renonça à lutter contre l'insomnie. Il prit la bouteille de vodka et sortit fumer une cigarette. L'hôtesse dormait la bouche ouverte dans son petit compartiment et des relents pestilentiels en provenance des toilettes flottaient dans le couloir.

Il ouvrit la porte qui donnait sur la passerelle et le vacarme s'amplifia — un bruit de tôles entrechoquées, comme si un cuisinier fou jonglait avec des centaines de poêles et de casseroles. Il s'adossa contre la porte et alluma une cigarette. Tout cela parce qu'elle avait exigé qu'il décroche cette stupide photo du mur de sa cuisine. Ah bon, parce que c'était sa cuisine, à présent ! Elle avait déchiré le cliché, en deux, puis en quatre et lui avait jeté les morceaux au visage. Il avait pris tout son temps pour les ramasser sur le carrelage de sa cuisine…

Il darda un regard à travers la fenêtre, mais la vitre était presque opaque de crasse et ne lui renvoya que les contours de son propre visage, comme un spectre dans la nuit, tandis que le train traversait la frontière biélorusse et filait en direction de Minsk et de Gomel.

20

Il faisait encore sombre quand le train dépassa une vieille locomotive à vapeur garée sur l'une des cinq voies, aux abords de la gare de Gomel. La chaudière était décorée d'une fière étoile rouge et sur le côté, on pouvait lire : « Lénine a voyagé dans ce train. » En traversant les sinistres banlieues, Tom avait vu les ouvriers se rendre à l'usine dans l'aube naissante. Ils cheminaient sur le sentier de gravier qui longeait la voie, le dos courbé, vêtus de grands manteaux uniformes. Les femmes étaient coiffées de foulards gris et chaussées de hautes bottes en plastique hideuses. Elles évitaient les nombreuses flaques d'eau recouvertes d'une couche de glace trop mince. À l'horizon, les hauts fourneaux crachaient leur fumée et des slogans défraîchis vantaient les bienfaits de la perestroïka. Sur la façade d'un entrepôt désaffecté, on distinguait encore, malgré la peinture écaillée, la silhouette massive d'un ouvrier tenant un marteau dans une main et entourant de l'autre la taille épaisse d'une femme blonde qui brandissait le poing. Sur son foulard rouge, on pouvait encore lire : « Le communisme en marche. »

Tom descendit sur le quai avec les autres passagers encore engourdis de sommeil, après une pénible épreuve de débarbouillage dans les toilettes dépourvues d'eau chaude et au sol jonché de flaques d'urine – épreuve qui consistait à se brosser les dents, se recoiffer et s'essuyer le visage dans la mince serviette imprimée fournie avec les draps, le tout en retenant sa respiration. Les hommes avaient troqué leur survêtement de sport contre un costume mal coupé et une cravate trop large. Les femmes dissimulaient sous un épais maquillage les ravages d'une longue nuit où le sommeil et la veille avaient alterné au rythme des secousses et des grincements du train.

Avec un sac de toile pour tout bagage, Tom se faufila entre les porteurs en uniforme noir qui poussaient de longs chariots. Ils avaient fort à faire. Les voyageurs portaient des baluchons remplis de provisions achetées à Riga, des caisses en carton et des filets débordant de casseroles, de viande, de sacs de riz, de vêtements pour enfants, de manteaux, peut-être une radio, un téléviseur de fabrication lettone et des chaussures de toutes les pointures.

Tom contourna un réfrigérateur, piétina un sac de pommes de terre, enjamba une caisse de carottes et doubla une ménagère chargée de trois valises fermées par des morceaux de ficelle. L'une d'elles céda et une avalanche de vêtements d'enfants se déversa sur le ciment brut. La femme implora le ciel dans l'indifférence générale. Peut-être s'agissait-il d'une grand-mère pourvue d'une descendance nombreuse ou plus vraisemblablement, d'une retraitée faisant du commerce au noir, soit directement, soit par l'intermédiaire d'un revendeur qui écoulerait son stock sur le marché russe de Varsovie. L'économie planifiée avait cédé la place au troc grâce auquel une minorité s'enrichissait au détriment du plus grand nombre. Les laissés-pour-compte avaient élu domicile dans les gares. Tom dépassa quelques mendiantes. Un homme amputé à hauteur des cuisses, assis dans une charrette à six roues leva vers lui une main terreuse et un regard plein de détresse et de mépris. Trois enfants gitans l'entourèrent en quémandant dans une langue incompréhensible. Dans un coin, un groupe de femmes arméniennes dormaient derrière un rempart de sacs en plastique pleins à craquer de vêtements, de pain et d'ustensiles de cuisine qu'elles trimbalaient de gare en gare. Un enfant le dévisagea et Tom sut que ce regard resterait imprimé dans sa mémoire jusqu'à la fin de ses jours. Il avait du pus au coin des yeux et son bonnet usé découvrait une cicatrice au front, comme une marque au fer rouge. Dans un autre coin, quatre hommes en blousons crasseux jouaient aux cartes. Deux autres observaient la partie et une bouteille de mauvaise vodka circulait en silence.

Devant la gare, les gens attendaient l'arrivée d'un hypothétique taxi. Avec leurs sacs et leurs valises, ils ressemblaient à des réfugiés de guerre.

Tom remonta la longue file et se planta au bord du caniveau. La circulation était dense. L'air empestait l'essence et le diesel mal mélangés. Un taxi s'approcha et ralentit devant un jeune couple avec un petit enfant mais le chauffeur secoua la tête. Le jeune couple le menaça du poing mais ce dernier remonta sa vitre et s'éloigna. Tom agita alors un paquet de Marlboro et les séduisantes couleurs bicolores de la richesse produisirent l'effet escompté.

« Hôtel Oktober », dit Tom en s'installant sur la banquette arrière.

« Combien ? demanda le chauffeur.

— Je te donnerai deux paquets.

— Tu veux changer des dollars ? Des marks ?

— Non. Dépose-moi à l'hôtel Oktober.

— Les désirs du Parti sont des ordres. De quel pays es-tu ?

— Du Danemark.

— Je te croyais balte. À cause de ton accent. Mais tu es sans doute l'un de ces techniciens étrangers venus travailler autour de Tchernobyl ?

— Hôtel Oktober, camarade.

— Tu as trouvé ton homme, camarade. Tu peux me demander n'importe quoi. Je peux t'emmener où tu voudras. Te procurer une poule ou deux. Tu n'as qu'à parler, Evguéni se charge de tout.

— Hôtel Oktober.

— C'est comme si nous y étions, camarade. »

Evguéni avait une trentaine d'années. Il portait un blouson en skaï et des jeans gris. Il arborait une barbe d'un jour et un sourire railleur qui ne remontait jamais jusqu'aux yeux. Une Vierge Noire polonaise était suspendue au rétroviseur et le volant de la Volga était gansé d'une peau de lapin. Il glissa avec aisance sa voiture dans la circulation et, la main droite tantôt sur le volant, tantôt sur la boîte de vitesses, il s'efforçait avec la gauche d'ouvrir le paquet de cigarettes, mais il finit par tourner la tête vers Tom qui lui tendit une cigarette et l'alluma.

« Merci. Tu es médecin ?

– Pourquoi ?

– Pardi, nous sommes une véritable manne. Le plus grand zoo de la planète. De bons cobayes assignés à demeure, condamnés à subir la radioactivité, bêtes comme des chèvres du Caucase. Les toubibs accourent des quatre coins du monde pour analyser nos urines, notre sang et enfermer nos moindres pets dans leurs petits bocaux capitalistes. Ils découpent nos morts en minuscules morceaux pour les ramener dans leurs beaux laboratoires stériles. Le plus difficile pour vous est de prétendre que vous n'y prenez aucun plaisir. »

Tom rit :

« Tu n'as pas ta langue dans ta poche.

– Je suis bon conducteur. Tu peux m'employer à la journée. J'envisage de m'installer à mon compte. Alors, si tu as besoin d'un chauffeur, pense à moi. » Il klaxonna furieusement une vieille femme qui n'avait pas eu le temps de franchir la chaussée avant que le feu ne passe au vert.

« Tu veux être payé en dollars ?

– Même les mendiants n'acceptent plus de roubles, dans ce pays », répondit Evguéni en enfonçant la pédale de l'accélérateur pour loger sa Volga entre deux camions. Mais il dut aussitôt ralentir car deux voitures s'étaient télescopées et les conducteurs se disputaient. Ils les doublèrent et traversèrent le centre de Gomel avec ses immeubles jaunes, ses longues avenues rectilignes et ses interminables files d'attente devant les rares boutiques encore closes. Quand la voiture s'arrêtait à un feu, Tom voyait les gens se bousculer aux devantures des magasins en agitant leurs cartes de rationnement qu'ils échangeaient contre des œufs ou des cigarettes. Plus loin, il vit un petit groupe d'hommes massés au comptoir d'une buvette de plein air, devant de gros pots de confiture remplis de bière brune qu'ils vidaient avec l'avidité de celui à qui l'on vient d'annoncer la fin du monde. D'un pas chancelant, ils reprenaient ensuite leur place dans la file pour se faire resservir par deux grosses femmes en blouse blanche qui s'exécutaient avec des mines d'indifférence méprisante. Il n'y avait ni bouteille, ni verre. Les chanceux qui avaient été informés de l'événement s'étaient munis d'un récipient de fortune, un pot de confiture ou un bocal encore imprégné du goût de la saumure des cornichons. Ils boiraient jusqu'à tomber ivres morts ou jusqu'à ce que les cuves soient vides. Des disputes éclateraient, qui dégénéreraient en bagarres. La police viendrait mais ils s'en moquaient. Plusieurs semaines pouvaient s'écouler avant le prochain arrivage. Tom se sentit découragé par le spectacle de cette ivrognerie insensée, de la vacuité de ce quotidien désespérant. Décidément, rien ne changeait en Union Soviétique.

Le taxi s'était immobilisé. Evguéni alluma une nouvelle Marlboro et donna des coups de klaxon excédés mais la file de voitures ne progressait que par à-coups. Les émanations des pots d'échappement s'infiltraient par la carrosserie peu étanche de la Volga et empestaient l'habitacle. Tout autour, la cacophonie des klaxons augmentait mais c'était peine perdue, la circulation était résolument bloquée. À travers le pare-brise rayé et crasseux, Tom vit une foule traverser la rue principale. C'était elle qui provoquait l'embouteillage. Au-dessus de la marée des têtes se balançaient des pancartes et des banderoles dont on ne pouvait lire les slogans.

« Encore une maudite manifestation, pesta Evguéni.

– Où vont-ils ?

– Au secrétariat local du Parti. Quelle bande d'imbéciles. Comme si cela allait changer quelque chose.

– Je descends jeter un coup d'œil.

– Comme tu voudras. Nous n'allons pas bouger d'ici avant un bon quart d'heure. »

Tom regarda par la vitre arrière. La file des voitures arrêtées s'étendait à perte de vue. La fumée bleue des gaz d'échappement dansait dans la clarté mauve du matin voilée par le smog, pour se dissiper au-dessus des toits à mesure que les gens se résignaient à éteindre leur moteur.

Il y avait bien quatre ou cinq mille personnes, dont une majorité de femmes de tous les âges. Leurs bottes à haute tige et leurs manteaux gris-bleu semblaient provenir du même magasin bon marché. Elles avançaient d'un pas ferme et décidé, le visage durci par la colère, en brandissant des saucisses fumées d'un geste menaçant. Leurs slogans disaient : « Non à la nourriture empoisonnée », « Des aliments sains pour nos enfants »,

« Déménager est notre droit ». Le cortège avançait en ondoyant. Deux agents de la milice en uniforme noir surveillaient la scène d'un regard indifférent. Un officier parlait dans une radio portable à côté d'une Lada jaune. Tom trouvait ce spectacle plutôt comique. D'autres pancartes disaient : « Tchernobyl assassine nos enfants », « Tchernobyl empoisonne nos aliments », « Pourquoi les communistes sont-ils les seuls à avoir de la nourriture saine ! »

Les bureaux du Parti étaient installés dans un imposant bâtiment carré de quatre étages. Comme souvent en Union Soviétique, c'était l'un des plus récents et des mieux entretenus de la ville. Le drapeau communiste flottait sur le toit. Deux agents montaient la garde devant la lourde porte à double battant. Juchés sur la dernière marche, ils observaient d'un œil anxieux la foule des femmes en colère armées de saucisses, qui se massait lentement dans le vaste parking situé devant l'entrée. Les slogans des pancartes étaient maintenant repris en cœur et une clameur bien scandée s'élevait vers la façade : « Du jambon, pas du poison ! Du jambon pas du poison ! »

Il y eut un mouvement de bousculade, les premiers rangs furent pressés en avant par les manifestantes du fond. Les visages s'empourpraient de froid et de colère. Une première pierre vola dans les airs et s'écrasa contre le mur. Une deuxième fit mouche et la vitre d'une travée centrale vola en mille éclats. Les deux sentinelles se replièrent à l'intérieur et verrouillèrent les portes. Une nouvelle volée de pierres s'abattit sur les carreaux et le bruit de verre brisé couvrit un instant les cris enragés de la foule. Une grosse femme grimpa sur la plus haute marche et hurla :

« Rendons-leur leur nourriture pourrie ! »

Elle fut saluée par des explosions de joie et aussitôt, une pluie de saucisses vola à travers les vitres brisées. Tom n'avait jamais assisté à un spectacle aussi étrange, où la colère et l'amertume prenaient une tournure tragi-comique. Les manifestantes se relayaient devant la façade pour lancer leurs précieuses munitions, lesquelles atterrissaient comme autant de bombes inoffensives contre les boiseries et les portes capitonnées des bureaux luxueux. Tom éclata de rire en voyant un salami volant renverser un régiment de téléphones et cet outil indispensable de tout fonctionnaire du Parti se disperser sur le plancher en un enchevêtrement inextricable de fils et de rallonges. La ville semblait remplie des rires de ces intrépides guerrières qui maintenaient leur cible sous un feu nourri. Quand un projectile touchait le mur, il était aussitôt ramassé et lancé par les fenêtres sans vitres. Puis vint le tour des œufs, des bocaux d'abricots confits, des conserves de viande périmées, des poissons séchés et des pommes de terre pourries.

La double porte s'ouvrit et un homme de petite taille darda la tête et le buste au-dehors. Il s'avança d'un pas hésitant sur le seuil et leva les mains pour réclamer le silence et la parole. Il fut accueilli par une pluie de projectiles dont les tirs redoublèrent d'intensité et il dut bientôt battre en retraite sous les hurlements de rires triomphants de la foule, l'étoffe de son costume bleu sur sa fesse joufflue étoilée d'un superbe jaune d'œuf.

Et le concert des revendications reprit : « De la nourriture saine pour nos enfants ! »

Sergueï Zaïkov non plus ne put contenir son rire en voyant Guéorgui Vlassov entrer dans la pièce, une main sur son postérieur et ses lèvres humides frémissantes de rage.

« C'est la révolution des saucisses, s'esclaffa Alexeï. Les filles de Lénine nous assiègent, camarade secrétaire. »

Il criait presque pour surmonter le vacarme qui entrait par les fenêtres sans vitres. Sergueï et lui s'étaient réfugiés dans un coin de la pièce, à l'abri des projections de salamis volants. Vlassov rasa le mur pour atteindre ses téléphones. Mais ils gisaient tous sur le plancher, éparpillés pêle-mêle.

« Venez ! Vite ! cria-t-il. Et que le diable emporte ces furies ! »

Dans les couloirs régnait un incroyable désordre. Les gens couraient dans tous les sens. Sans leur accorder la moindre attention, Vlassov emprunta un escalier en soufflant comme un buffle. Sergueï et Alexeï, chaussures de sport aux pieds, lui emboîtèrent le pas sans le moindre effort.

Vlassov s'arrêta au quatrième étage, à bout de souffle.

« Alexandre Evguéniévitch ! » hurla-t-il d'une voix étranglée. Un petit homme au teint livide sortit d'un bureau, cramponné à une pile de papiers, comme si ce bouclier rassurant de règlements administratifs pouvait le protéger de la confusion qui régnait autour de lui.

« À vos ordres, camarade secrétaire.

— Prévenez l'OMON. Il faut disperser cette populace.

— Les bérets noirs ? Mais ce sont des femmes… »

Vlassov plaqua l'assistant contre le mur et inonda le visage terrifié du gratte-papier d'une fine pluie de postillons :

« Je me fous de savoir que ce sont des femmes. L'anarchie a assez duré dans ce pays. Il est grand temps d'y rétablir l'ordre et la loi. Contactez l'OMON immédiatement !

— Je m'en occupe tout de suite.

— Et envoyez quelqu'un chez moi me chercher un pantalon propre.

— À vos ordres, camarade secrétaire.

— Par ici », dit Vlassov en s'adressant à Sergueï et Alexeï qui, dans leurs jeans et leur blouson coupe-vent, semblaient tombés d'une autre planète. Il les fit entrer dans un bureau et referma la porte. Son souffle était encore court mais la décision de recourir aux troupes spéciales semblait l'avoir apaisé. Il se reprit à trois fois pour allumer sa cigarette d'une main tremblante, mais le calme était revenu dans ses petits yeux injectés.

« Bon, tout est prêt ?

— Oui et non, dit Sergueï. Que fabriquent les bérets noirs à côté du train ? À quoi servent les bérets noirs, d'ailleurs ?

— Moscou est enfin résolu à restaurer l'ordre », répondit Vlassov en aspirant une longue bouffée de fumée. Il jeta un rapide coup d'œil dans la pièce en quête d'une bouteille puis souleva le combiné d'un téléphone jaune. La pièce ne donnait pas sur le parking et les cris des femmes ne leur parvenaient que faiblement.

« Léna ? C'est moi. Apporte une bouteille et trois verres. »

Il raccrocha et secoua la cendre de sa cigarette sur le plancher.

« Tu as peur, Sergueï ?

— Pas du tout. Je t'ai seulement posé une question.

— Ils surveillent un wagon qui contient des papiers provenant d'Allemagne. Cela ne nous concerne pas.

— Sans doute, mais le prix a changé.

— Combien vous voulez ?

— Cinquante pour cent. »

Vlassov le regarda.

« Serais-tu devenu gourmand, Sergueï ? »

Alexeï avait déjà vu Sergueï en action, mais il fut tout de même surpris par les réflexes de son ami qui, un instant plus tôt, était nonchalamment adossé au mur et à présent, tenait le cou de Vlassov verrouillé dans l'étau de son bras et son genou enfoncé dans les reins du secrétaire dont l'expression se figea comme s'il avait été frappé par la foudre.

« Au moindre geste, ta nuque se rompra comme une vulgaire allumette. » L'angoisse luisait dans les yeux exorbités de Vlassov qui tenta vainement de se dégager.

« J'ai suivi un entraînement très efficace et très coûteux », reprit Sergueï d'une voix blanche. « Tu n'as pas suffisamment d'imagination pour concevoir le nombre de manières que je connais pour tuer. Alexeï et moi, nous pouvons neutraliser ces demi-portions les yeux bandés. Mais tes nouveaux airs désinvoltes me déplaisent. Réponds à ma question. »

Sergueï relâcha sa victime et l'envoya contre la fenêtre. Vlassov s'appuya au rebord et lança à Sergueï un regard plein de haine.

« Tu le regretteras », dit-il d'une voix rauque en se massant la nuque.

On frappa à la porte.

Sergueï entendit derrière lui les pas d'une jeune fille traverser la pièce et poser un plateau sur le bureau. Il ne se retourna qu'après avoir entendu la porte se refermer. Vlassov s'approcha de la table et versa la vodka dans les trois petits verres accompagnés d'une tasse remplie de cornichons et d'une assiette à dessert sur laquelle étaient disposées des tranches de pain de seigle. Il vida son verre d'un trait et se resservit aussitôt. Puis il tendit leur verre aux deux autres.

« Santé. » À nouveau, il vida son verre et le remplit.

« Entendu pour cinquante pour cent. J'ai bien essayé de remplacer les sentinelles par des agents de la milice locale, mais ce n'est pas de mon ressort.

— Qu'y a-t-il dans les wagons ?

— Des magnétoscopes, des ordinateurs et des conserves de viande. »

Alexeï poussa un sifflement admiratif.

« En effet, c'est une prise juteuse », approuva Vlassov en vidant son verre sans trinquer. Il se resservit aussitôt et plongea ses gros doigts dans la tasse à cornichons et en fourra un dans sa bouche avec un morceau de pain.

Il désigna la tasse pour en proposer à Alexeï et Sergueï qui déclinèrent.

« Combien de temps te faut-il ? demanda Sergueï.

— Une heure. J'envoie trois camions, cette fois-ci. Et une équipe suffisante. Quand comptez-vous passer à l'action ?

— Juste après le passage de l'express de nuit de Moscou. Les sentinelles n'entendront rien et les lumières du train les empêcheront de voir dans l'obscurité. »

Vlassov reprit un cornichon.

« Tenez-les en respect pendant une heure. Et n'oubliez pas de nous couvrir.

— Il nous faudra du ruban adhésif épais.

— Je vais vous fournir tout ce dont vous avez besoin. Vous pouvez m'attendre dans la cave.

— Et l'argent ? demanda Sergueï.

— Il transite par Leningrad, cette fois. Il faut compter entre quinze jours et un mois. Ensuite, nous fermons la boutique. Pour un temps, en tout cas.

— Tu te dégonfles ?

— Je ne me suis pas enrichi en prenant des risques inutiles. Le vent est en train de tourner.

— C'est ce que tu n'arrêtes pas de répéter.

— L'anarchie n'a qu'un temps.

— La démocratie, tu veux dire.

— C'est la même chose. » Vlassov étira son cou gras et tendit une oreille dans la pièce : « En tout cas, le parlement de la rue a plié bagage. »

Sergueï et Alexeï écoutèrent à leur tour. Au lieu des slogans rageurs repris en cadence montaient des cris de détresse confus et bien que la pièce donnât sur l'arrière du bâtiment, on entendit tout à coup une détonation sourde et ouatée.

« Une bombe lacrymogène, dit Alexeï.

– L'OMON, ajouta Sergueï.

– Les salauds », dit Alexeï en tendant le bras vers le paquet de cigarettes de Vlassov.

À la vue des grenades qui retombaient en pluie molle au-dessus des têtes, Tom alla se mettre à l'abri. Les femmes toussaient, pleuraient, trébuchaient et tombaient dans leur fuite. Il aperçut des soldats en uniforme marron, un béret noir vissé sur leur masque à gaz. Dans leur progression, ils obligeaient la foule à se disperser en distribuant au hasard de violents coups de matraque. Tom se mit à courir le long d'une façade. Une année à peine avait eu raison de sa forme. Ou bien était-ce la peur qui lui coupait le souffle ? Il dépassa une femme agenouillée, comme en prière. Du sang mêlé de larmes coulait sur son visage. Il atteignit le taxi. Evguéni l'attendait, adossé à la carrosserie, portière ouverte, le regard rivé vers l'endroit d'où provenait le bruit. Il n'avait pu suivre la scène, seulement entendre les cris des femmes qui battaient en retraite et se faufilaient entre les voitures immobilisées sur la voie. Dans leur chute, leurs collants se filaient et dessinaient de larges trous au-dessus de leurs bottes.

« Embarquement immédiat », ordonna Evguéni en s'installant derrière le volant. Il recula jusqu'au pare-chocs de la voiture arrêtée derrière lui, fit demi-tour sur le trottoir et accéléra, la main enfoncée sur le klaxon. Les passants bondirent sur les côtés et se réfugièrent contre les façades des maisons. Arrivé à un carrefour, il tourna à gauche dans une rue secondaire, puis à droite. Tom eut l'impression de pénétrer dans un autre monde, une autre ville : de petites maisons de bois aux couleurs bleue, verte et ocre et aux volets savamment ouvragés s'alignaient le long d'un chemin de gravier. Les plantes qui ornaient les fenêtres lui rappelèrent la maison de Pelle. Seul le moteur de la Volga troublait le silence. Evguéni ralentit et se gara.

« Pause cigarette, dit-il.

– On s'en est bien sortis. Merci.

– Un médecin étranger distingué comme toi ne doit pas être mêlé à ce pétrin.

– On ne s'ennuie guère, en Union Soviétique.

– Pas assez, à mon goût. Tiens. » Il tendit une cigarette à Tom et lui offrit du feu. Ils fumèrent un moment sans rien dire. Il n'y avait aucun bruit excepté les cris de corneilles juchées dans un peuplier. Les gens s'étaient-ils barricadés dans leur chaumière ? Ou bien les maisons étaient-elles déjà abandonnées ? Les occupants avaient-ils obtenu un logement ailleurs, loin de la zone contaminée ?

« Connais-tu un village du nom de Vetka ?

– Oui. C'est à une bonne heure d'ici. Ses habitants doivent être relogés d'ici une année ou deux.

– Peux-tu m'y emmener ?

– Ça te coûtera cent dollars.

— Alors je t'embauche pour le reste de la journée.

— Marché conclu.

— Ce n'est pas à Vetka même mais tout à côté, dans un hameau déjà évacué, près du kolkhoze Lénine. »

Evguéni se tourna vers Tom.

« Le prix vient de doubler.

— Pourquoi ?

— Sans blague, c'est tout près du périmètre de sécurité. Je fais attention à mes couilles. »

Tom rit.

« Entendu. Dépose-moi à mon hôtel et reviens m'y attendre dans une heure.

— Tu as un laissez-passer ? Et si on tombe sur une patrouille ?

— C'est prévu.

— Alors, attention au départ. » Evguéni jeta son mégot par la vitre et démarra. Tom aperçut un visage derrière une fenêtre. Une vieille femme coiffée d'un fichu à fleurs les observait avec curiosité. Le contour de ses yeux était strié de fines rides et sa bouche était édentée. Tom ignorait pourquoi ce visage de femme qui incarnait, en quelque sorte, celui de la Russie éternelle, le remplissait soudain de joie et d'espérance.

Pour un peu, il lui aurait fait oublier l'autre visage de la Russie : celui, ensanglanté, de la jeune femme agenouillée sur le trottoir.

21

L'hôtel Oktober était un cube de béton situé au milieu des maisons de pierre jaune, cossues et austères du quartier résidentiel des fonctionnaires du Parti. À l'absence de véhicules garés dans les allées, on devinait que les habitants se déplaçaient en Volga noire de fonction avec chauffeur. Une femme à la mine revêche et dont l'épaisse chevelure décolorée était fixée par une généreuse couche de laque polonaise tenait la réception. Elle prit sans un mot le passeport de Tom et la lettre rédigée par le confrère russe qu'il avait accueilli à Copenhague et qui s'était chargé des formalités de séjour. Toujours sans prononcer la moindre parole, elle lui tendit une lourde clé marron et désigna un ascenseur dans un recoin.

La chambre était spacieuse et divisée en deux pièces : une chambre à coucher avec deux lits jumeaux garnis de dessus-de-lit rouges et un petit séjour meublé d'un encombrant téléviseur soviétique, d'une table ronde et d'un réfrigérateur bruyant. Les fenêtres étaient encadrées de rideaux de dentelle blanche. L'endroit sentait la poussière et le ménage bâclé.

Tom s'assit sur l'un des lits. Le sommier craqua. Il ouvrit le tiroir de la table de nuit en faux acajou placée entre les deux lits et sa trouvaille lui arracha un sourire satisfait : les annuaires téléphoniques n'existaient pas en Union Soviétique mais les chambres d'hôtel réservées aux membres du Parti étaient équipées d'un cahier bleu contenant les principaux numéros. Tom composa celui de la police. L'opération dura une éternité. Les téléphones à touches n'avaient jamais atteint la Biélorussie.

« Camarade commandant Lev Alexandrovitch », dit-il quand un crépitement lui indiqua que la communication était établie.

« Un instant. »

Il attendit, l'oreille plongée dans un ouragan d'interférences. Les particules de poussière dansaient gracieusement dans la lumière des rayons qui traversaient la pièce. Tom se sentait léger malgré sa nuit passée dans le train et la vague odeur de gaz lacrymogène qui imprégnait ses vêtements. Il aurait dû écrire à Sergueï. Quelle idée saugrenue de débarquer chez le gamin sans l'avoir prévenu. Le gamin était du reste un adulte et ils n'avaient rien en commun. Cette rencontre était vouée à l'échec. Pourtant elle était nécessaire : il fallait bien en avoir le cœur net. Mais il aurait tout de même dû écrire.

« Lev Alexandrovitch, j'écoute », dit une voix neutre à travers les crépitements des câbles usés.

« Bonjour, mon nom est Gubrowski. Vous avez certainement entendu parler de moi ?

« En effet, oui.
– Je suis à l'hôtel. Chambre 18.
– Je vous y retrouve dans une demi-heure. »

Tom déballa ses affaires et prit une douche. La paume crachait de petits jets d'eau irréguliers et dans un coin de la baignoire, l'émail était complètement rongé par la rouille. Mais se laver lui fit du bien. Il s'habilla, s'assit sur une chaise, ferma les yeux et essaya de méditer. Il n'y parvint pas, ce qui était normal quand on ne s'y exerçait pas régulièrement. À la place, il invoqua l'image d'Erika : son visage avenant, sa bouche fine, sa chevelure courte légèrement en désordre, les fines ridules qui ourlaient le coin de ses yeux. Le galbe arrondi de sa poitrine, la chair veloutée et chaude de son ventre. Ses longues cuisses et le petit grain de beauté logé au creux de son genou gauche. Sa bouche entre les cuisses de sa maîtresse et leurs longues étreintes dans la chaleur de la chambre à coucher. Il n'aurait jamais cru qu'un autre être aurait pu lui manquer autant. Grâce à elle, il se savait maintenant capable d'éprouver de la sollicitude et de la tendresse, sans songer tout le temps à fuir, si ses sentiments devenaient trop forts. Il regretta un instant d'être venu, se ravisa, douta à nouveau. Il murmura son nom, comme un mantra, et se sentait presque apaisé lorsqu'on frappa doucement à la porte.

Lev Alexandrovitch ressemblait à son frère, dont Tom avait été l'hôte à Copenhague. Il avait une quarantaine d'années, de larges épaules étriquées dans un costume de ville mal coupé, un visage large et avenant. Son sourire découvrait de mauvaises dents.

« Comment va votre frère ? » demanda Tom après qu'ils eurent échangé une franche poignée de mains.

« Il va bien, merci. Il ne tarit pas d'éloges sur vous, votre pays et votre sens de l'hospitalité.

— Je le verrai sans doute à Moscou. Voulez-vous vous asseoir ?

— Non merci, je suis en service. Peut-être pourrions-nous… Mon frère m'a demandé de vous aider de mon mieux… Voici. » Il tendit à Tom un document d'aspect officiel. Tom le parcourut rapidement des yeux. Il y était présenté comme un ingénieur danois envoyé par l'Agence Internationale pour l'Energie Atomique de Vienne afin d'étudier les effets de l'accident de Tchernobyl. En qualité de quoi il était autorisé à circuler librement dans la région de Gomel.

« Merci beaucoup.

— Il n'y a pas de quoi. Peut-être pourriez-vous me rendre service, à l'occasion ?

— Très volontiers.

— J'aimerais tant visiter le Danemark. Mon frère m'a dit…

— Je devrais pouvoir vous obtenir une invitation… »

Le visage du Russe s'illumina. Tom venait de se faire un nouvel ami. L'opportunité d'un voyage à l'Ouest libérait des trésors de bonne volonté.

Tom prit un sac en plastique posé au pied du téléviseur et le tendit à Lev qui l'entrouvrit suffisamment pour apercevoir une bouteille de whisky et deux cartouches de Marlboro.

« Peut-être à bientôt.

— Nous nous reverrons sans doute. En tout cas, je saluerai votre frère.

— Oui. »

Il ouvrit la porte, se retourna et ajouta :

« Je glisserai un mot à la réception… Je laisserai entendre que vous êtes un hôte de marque.

— Merci.

— Vous avez besoin d'une voiture ?

— Non merci, je me débrouillerai.

— Parfait. Mais évitez de sortir de la région de Gomel ou de vous aventurer à l'intérieur du périmètre de sécurité. Je ne vous serais d'aucun secours et je crains que des autorités plus compétentes désirent regarder vos papiers d'un peu plus près.

— J'en suis conscient.

— Je m'en doutais. Mon frère m'a dit que vous connaissiez notre pays. »

Il salua brièvement et sortit en refermant la porte derrière lui. Tom se sentait ragaillardi par cette conversation remplie de non-dits. L'idée qu'un pourboire, une promesse et quelques relations bien placées suffisaient à résoudre des problèmes apparemment insolubles sur le papier lui semblait sympathique. En Union Soviétique, il fallait rarement se fier aux apparences et la réalité dépassait souvent l'imagination.

Tom enfila un gros chandail et une paire de chaussettes supplémentaires dans ses boots. Il fourra aussi une paire de gants de cuir et un bonnet de laine dans les poches de son anorak de ski et verrouilla la porte en sortant, même s'il savait que sa chambre serait inspectée en son absence ; autrefois, pour vérifier qu'il n'était pas un espion à la solde des impérialistes, aujourd'hui, pour voir s'il ne possédait pas quelques affaires qu'on pourrait lui proposer de racheter. En tout cas, ses importantes provisions en cigarettes et en alcool lui serviraient de monnaie d'échange pour quelques jours au moins. Evguéni l'attendait devant l'hôtel en lisant un journal sportif qu'il jeta sur la banquette arrière lorsque Tom s'installa à côté de lui sur le siège avant.

La plaine s'étendait à perte de vue sous un ciel bleu et dégagé. Pas un arbre, pas âme qui vive, ni bétail ni machines agricoles. On aurait dit Lolland, à ceci près que les champs étaient en friche et qu'il y poussait de l'armoise, cette herbe noire qui avait donné son nom à la centrale atomique : *Tchionoïé bilio*.

La Volga filait à vive allure sur la route rectiligne et presque déserte. Ils traversèrent des villages abandonnés avec des maisons sans carreaux aux fenêtres et aux portes défoncées. Au loin, ils virent une usine solitaire, comme si l'explosion d'une bombe à neutrons avait anéanti toute vie et laissé les bâtiments intacts. Tom sursauta presque lorsqu'ils doublèrent une charrette de betteraves tirée par un cheval et conduite par un homme barbu dont le fouet léchait nonchalamment les flancs de l'animal en nage. La nuit promettait d'être fraîche et le cocher avait boutonné son manteau noir jusqu'au col et rabattu la visière de sa casquette sur ses sourcils.

« La contrée n’est pas complètement dépeuplée, hasarda Tom.

— Les vieux se fichent pas mal des rapports des experts.

— Sommes-nous loin de Tchernobyl ?

— Quatre-vingts kilomètres à vol d’oiseau. Soixante-dix pour cent des déchets sont retombés ici, en Biélorussie, dans la région de Gomel.

— Pourquoi ne déménages-tu pas ? »

Evguéni rit :

« Je croyais que tu connaissais ce pays. On ne déménage pas comme l’on veut. Tu penses bien que je préférerais habiter à Moscou ou à Leningrad. Mais il faut une *propiska*, une promesse de relogement. Je n’ai aucune chance d’en obtenir et je n’ai pas les moyens de graisser la patte d’un fonctionnaire.

— Certains ont quitté la région, pourtant.

— Près de deux cent mille personnes, mais beaucoup sont déjà revenues. Là où elles s’étaient installées, on les traitait comme des pestiférées.

— Pourquoi ?

— C’est comme pour le sida. Les gens croient que c’est contagieux.

— La radioactivité ? Impossible.

— Va-t’en convaincre les gens du contraire. On nous évite comme si nous étions le Diable en personne. Nos prétendus experts nous assurent que la nourriture n’est pas contaminée, que les zones polluées ont été évacuées. Les femmes que tu as vues ce matin à Gomel ne croient pas une seule seconde à leurs sornettes. Elles mettent au monde des enfants mal formés et entendent dire que les veaux et les cochons naissent avec deux têtes et huit pattes. Les dirigeants nous ont toujours menti. Le Diable les emporte ! »

Ils dépassèrent une rangée de bâtiments bas, peut-être des étables abandonnées. Devant s'alignaient de belles petites maisons de bois de construction récente, mais sans carreaux aux fenêtres, comme les orbites vides d'un crâne.

« Comment s'appelle ton village ? demanda Evguéni.

– Je ne sais pas. Il se trouve entre Vetka et le kolkhoze Lénine.

– Ce doit être Zapka. Il a été évacué il y a quelques années. La rumeur raconte que quelques anciens d'Afghanistan y ont élu domicile. Ils ont fondé une sorte de communauté, un peu comme vos hippies dans les années 60.

– Tu es rudement bien renseigné.

– As-tu déjà rencontré un chauffeur de taxi qui ne le soit pas ?

– Aimerais-tu gagner deux cents dollars de plus ?

– Qui n'aimerait pas ?

– Au Danemark, nous avons trois singes : le premier se bouche les oreilles, le deuxième se cache les yeux et le troisième a la bouche fermée. Tu me suis ?

– Je ne suis pas imbécile. »

Ils roulèrent en silence.

« Tu as faim ? » demanda Evguéni au bout d'un moment.

Tom se souvint qu'il n'avait pas pris de petit déjeuner.

« Je suis affamé. Si on s'arrêtait au prochain bistro ? » dit-il d'un ton volontairement ironique.

« Tu te crois à l'Ouest ? Il n'y a rien, ici. Il y a des casse-croûte sur la banquette arrière. J'ai une épouse en or. Elle fait volontiers la queue devant les magasins. »

Dans un sac en plastique, Tom trouva des tranches de pain blanc garnies de saucisse fumée ou de lard salé, enveloppées dans du papier grossier. Il tendit une tartine à Evguéni et se servit. La saucisse un peu grasse avait bon goût bien que le pain ne fût pas beurré. Tom sortit deux boîtes de bière de son sac, les décapsula et en offrit une à Evguéni. Ce dernier hésita un instant avant d'accepter et il cala la boîte entre ses jambes. Tom lui tendit de nouvelles tartines qu'il dévora avec appétit. L'atmosphère se réchauffa et la Volga poursuivit sa route en bringuebalant sur les bosses de la route rectiligne qui traversait la campagne déserte.

Ils quittèrent enfin la départementale en direction d'un hameau abandonné. À la vue des isbas de bois, Tom réalisa le degré de misère des habitants. La peinture des façades s'écaillait, les fenêtres étaient calfeutrées avec du papier journal et partout poussait une herbe haute et jaunâtre. Sur un écriteau, une inscription peinte à la main mettait en garde contre les dangers de radioactivité. Les lettres étaient à moitié effacées par les intempéries. Evguéni se gara devant un bâtiment de brique rouge où l'armoise grise à demi fanée perçait à travers la mince couche d'asphalte. Le village semblait désert mais une colonne de fumée blanche montait de la cheminée d'une petite maison rouge.

« Si tu n'y vois pas d'objection, je vais rester dans la voiture », dit Evguéni en reculant son siège pour étendre ses jambes. Il appuya sa tête contre le dossier et ferma les yeux. Il possédait cette aptitude qu'ont les chauffeurs russes de pouvoir s'endormir n'importe quand. Il avait l'habitude d'attendre ses patrons.

« Comme tu voudras.

– Évite de marcher dans l'herbe. Si tu envisages d'avoir d'autres enfants.

– Ça n'a pas l'air si terrible.

– On n'a qu'une paire de couilles.

– Ne t'inquiète pas, camarade.

– C'est toi le patron.

– Fais donc une sieste.

– Je compterai les dollars au lieu des moutons. »

Mais Tom bouscula Evguéni qui rouvrit les yeux :

« Tiens donc, en voilà un qui est pressé. »

Ils virent un jeune homme sortir de la maison rouge, regarder la voiture et détaler à travers champ en direction de quelques maisons basses qui, à cause des nappes de brume qui commençaient à recouvrir les terres, semblaient flotter sur l'horizon comme des bateaux sur l'eau. Le jeune homme avait des cheveux blonds et longs et il portait un blouson usé. Sa course, au début un peu gauche comme celle d'un jeune poulain, prit la cadence d'un coureur entraîné. Une jeune fille apparut sur le seuil et lui cria quelque chose. Le fuyard ne tourna même pas la tête. À son tour, elle tourna vers le taxi sa silhouette frêle et voûtée, les bras croisés sur son buste flottant dans son chandail trop grand, les yeux plissés. Elle avait l'air si vulnérable. Tom descendit de voiture, son sac de toile à la main. En claquant la portière, il lui cria :

« Zoïka, n'aie pas peur. »

Comme il s'avançait vers elle, elle recula, disparut dans la maison et réapparut l'instant d'après, un fusil de chasse gauchement braqué sur l'étranger.

Quelques pas à peine les séparaient encore et Tom pouvait voir ses beaux yeux sombres, son nez fin et régulier et son visage émacié qui, malgré sa jeunesse, portait déjà l'empreinte du temps.

« Zoïka, tu n'as rien à craindre. Je ne te veux aucun mal. »

Elle abaissa le canon du fusil :

« C'est toi, le comte polonais ? »

Tom sourit. Un éclat étrange luisait dans les yeux de la jeune fille. La folie semblait y couver, prête à éclater ou à grandir en elle et la briser.

« Je ne suis pas comte. Juste un peu polonais. »

Elle sourit à son tour, son visage se fit radieux et la lueur de démence qui habitait son regard s'estompa. Tom se dit qu'une grande douleur la rongeait.

« Vous avez effrayé Lennart.

– Je suis désolé. C'était bien involontaire.

– Tu t'appelles Tom. Tu es le père de Sergueï. Parfois, nous imaginons pour rire que tu es un comte polonais.

— Peut-être que je suis son père. Je suis venu lui parler.

— Je te préfère à la photo. Sergueï n'est pas là. »

Tom était déçu et en même temps soulagé que la rencontre se trouve ainsi différée. Zoïka aurait le temps de l'avertir de sa venue.

« Puis-je entrer ?

— Qui est l'autre homme, dans la voiture ?

— C'est mon chauffeur. Il ne ferait pas de mal à une mouche. »

Son rire cristallin et un peu hystérique tinta à nouveau.

« Pas de mal à une mouche ? Quelle drôle d'expression ! Ça ne se dit pas en russe, mais je comprends ce que tu veux dire.

— Si nous entrions pour bavarder un peu ?

— Mais peut-être ferait-il du mal à un autre homme.

— Je t'assure que non, Zoïka.

— Comment connais-tu mon nom ?

— Sergueï m'a écrit.

— Entre, dit-elle en tendant le fusil à Tom. Il n'est pas chargé. » Elle le précéda sous le plafond bas de l'isba. À la vue de son dos frêle et voûté et des longues jambes trop maigres flottant dans des jeans trop grands, Tom sentit sa gorge se nouer.

La pièce trahissait une misère affligeante. Le poêle allumé exhalait une odeur de suie. Les tapis tendus sur les murs noirs de fumée et le raphia posé sur le plancher de bois brut témoignaient de leurs efforts pour rendre ce taudis habitable. Le mobilier était extrêmement fruste : un lit étroit dans un coin, recouvert d'un tissu hideux ; une table et une chaise devant une fenêtre. Des vêtements masculins pendaient à des clous plantés dans le mur près du poêle. L'air était chaud et étouffant. Peu de lumière filtrait par les minuscules ouvertures et Zoïka avait déjà allumé une lampe à pétrole.

Tom s'approcha des vêtements et palpa un blouson.

« Il est à Sergueï », dit-elle.

Tom s'assit sur l'unique chaise, ouvrit son sac et en sortit du fromage, une saucisse fumée, du jambon, deux conserves de harengs marinés et un demi-saumon fumé. À côté il posa six boîtes de bière et une bouteille de vodka.

« Je vous ai apporté quelques victuailles.

– C'est Sergueï qui va être content. Les autres aussi. Nous allons pouvoir organiser une petite fête.

– Où sont-ils ? Seront-ils bientôt de retour ? »

Le regard de Zoïka se fit de nouveau méfiant. Elle était assise sur le lit, les bras autour des genoux.

« Pourquoi cette question ? Je ne peux pas te répondre. Tu as fait fuir Lennart.

– Je suis désolé. Je ne l'ai pas fait exprès.

– Si les soldats le rattrapent, il est fichu.

– Il va sûrement revenir.

– Il a déserté. Il ne veut pas retourner dans l'enfer, de l'autre côté de l'Oural. Je n'aime pas le savoir dehors.

– Tu pourrais peut-être me parler un peu de Sergueï.

– Je peux boire un verre ? »

Il versa le liquide clair dans deux verres et, tenant le verre à dents entre ses doigts frêles, elle se mit à raconter doucement en commençant par elle. Elle lui décrivit Bakou. Sa mère préparait le repas, son père regardait un match de foot à la télé. La nuit venait de tomber et, du quatrième étage, ils pouvaient voir les lumières des plate-formes de forage dans la baie. Les flammèches des fourneaux dansaient comme des oiseaux de feu au-dessus de la mer Noire. Son frère regardait le match avec son père. L'odeur du mouton que sa mère avait déniché au marché flottait dans l'appartement. D'abord, ils avaient entendu une rumeur confuse et lointaine, puis les voix en colère des Azéris.

Son père s'était approché de la fenêtre et elle avait vu son visage blêmir. Pour la première fois, elle le trouvait vieilli et elle réalisait qu'il mourrait un jour. Elle et son frère s'approchèrent et ils virent une foule immense, uniquement des hommes, se masser dans la rue en brandissant des bouteilles, des barres de fer et des matraques. Ils voulaient verser le sang des Arméniens. Deux voitures flambaient. Ils virent un homme traîné par la porte d'un immeuble sur le trottoir puis roué de coups de poing, de pied et de bâton. Un policier azerbaïdjanais lançait des slogans repris en chœur par la foule : « Mort aux Arméniens ! », « Buvons le sang des Arméniens ! » Le père écarta ses enfants de la fenêtre. « Monte te cacher au grenier, Zoïka », lui avait-il ordonné tout bas. « Ils savent que de nombreux Arméniens habitent dans cet immeuble. » Sa mère entra en gémissant et en se tordant les mains dans son tablier. On frappa. « C'est moi, Alicia », dit la femme du voisin derrière la porte. Elle était azéri. « Laissez la petite venir chez moi. Les bêtes sont lâchées. » Zoïka ne voulait pas. Ses cris de protestation couvraient presque les bruits des bottes dans l'escalier, le fracas des portes défoncées et, dans les appartements voisins, les cris des femmes et les jurons de leurs bourreaux. Son père la gifla et elle traversa le palier en sanglotant. La voisine la poussa sous le lit. À travers la mince cloison, elle entendit les râles d'agonie de son père et de son frère et la longue plainte de sa mère se mêler au vacarme. Elle n'osa pas pleurer et, pour étouffer les cris qui lui brûlaient la gorge, elle fourra une main dans sa bouche et en mordit la peau jusqu'au sang. Lorsqu'ils forcèrent la porte d'Alicia, Zoïka crut que sa dernière heure était venue. Mais en entendant la voisine implorer dans leur langue la grâce d'Allah et louer les valeureux Azerbaïdjanais qui vengent l'honneur des martyrs du Haut-Karabakh, les hommes éclatèrent de rire et joignirent les mains en réclamant de la vodka. Puisse Allah et son Prophète frapper les mécréants de son fléau — radotage de vieille femme. C'est ça, Allah est grand, exultèrent-ils en buvant.

Zoïka resta cachée là durant deux jours et deux nuits, le temps que cet accès de fureur sanguinaire soit retombé et que les parachutistes soviétiques aient pris le contrôle de la ville.

« J'ai fait le tour des morgues », dit-elle d'une voix ténue. Tom alla s'asseoir sur le bord du lit à côté d'elle et la prit dans ses bras, mais elle ne semblait pas s'apercevoir de ses efforts pour apaiser son chagrin. Elle semblait avoir oublié sa présence.

« On avait empilé les corps comme de vulgaires sacs de grain. Des hommes, des femmes et des enfants défigurés, couverts de plaies et de coups de couteau. Les médecins circulaient avec des visages consternés, incapables de comprendre comment des citoyens soviétiques avaient pu succomber à un tel délire meurtrier. Dans le centre ville, il y a une grande statue de Lénine qui pointe un doigt vers la mer, loin de Bakou. Sa taille est énorme et elle hante mes rêves. On m'a laissée regarder les morts. J'ai vu des centaines de cadavres mais je n'ai pas trouvé ma famille. Il paraît que les soldats en ont transporté des quantités à l'extérieur de la ville pour les enterrer en secret. Afin que personne ne sache combien d'Arméniens sont tombés. Afin que le reste du monde ignore la vérité sur le massacre de Bakou. Mais je n'en crois rien. Je continue de chercher mes parents. Eux aussi me cherchent. Un jour, je les retrouverai et nous irons nous installer quelque part où les Azéris ne pourront pas nous trouver. »

Tom la serra dans ses bras mais aucun mot ne lui vint.

Ils restèrent ainsi, dans l'obscurité. Tom n'était pas habitué à un tel silence. On n'entendait que la lente respiration de Zoïka et de temps en temps, un bruit de moteur. C'était Evguéni qui démarrait la voiture, sans doute pour chauffer un peu l'habitacle. Elle posa sa tête sur son épaule.

« Parle-moi de Sergueï », dit Tom.

Elle se redressa et sourit :

« Sergueï est gentil, il est beau et il est tendre. Il ne parle pas beaucoup. La première fois que je l'ai vu, dans la gare, j'ai tout de suite compris qu'il souffrait. Mais pas à cause d'un chagrin, plutôt d'un sentiment de honte. Nous ne nous quitterons jamais. »

Elle se leva et alla jusqu'à la table.

« Je sais qu'il a ramené ce sentiment de culpabilité de l'Afghanistan où il a servi », reprit-elle en fourrageant dans une pile de papiers. « Mais il refuse d'en parler. Il a aussi un père russe. Je veux dire : il avait. Mais cela n'a plus d'importance puisque je suis là. Deux semaines avant la mort de celui-ci, Sergueï a reçu une lettre de lui. La voici. Elle est un peu étrange. »

C'était une lettre de Micha cachetée à Varsovie. Le contenu était plutôt banal : Micha se portait bien, il travaillait beaucoup et le temps était maussade. Il espérait Sergueï en bonne santé et il lui souhaitait d'avoir la patience de purger sa peine. La lettre s'achevait sur ces mots : « *Quoi qu'il arrive, sache que j'ai fait de mon mieux pour être un bon père et que mes pensées vous accompagnent toujours, toi et tes amis. Pense à moi de temps en temps, mon fils.* »

Tom rangea la lettre dans l'enveloppe. Celle-ci portait l'adresse de l'hôtel Intercontinental de Zurich mais Micha l'avait rayée et écrit à côté : hôtel Forum, 23458946, Varsovie.

« Je comprends… » dit Tom. Il rangea la lettre dans sa poche sans susciter de réaction.

« Qu'est-ce que tu comprends ? »

Il n'eut pas le temps de répondre. La porte s'ouvrit, laissant entrer la nuit et le froid ainsi qu'un Evguéni essoufflé et très agité.

Zoïka prit peur et recula dans un coin de la pièce.

« Fichons le camp, dit-il.

— Que se passe-t-il ? demanda Tom.

— Les soldats arrivent. J'étais sorti de la voiture pour satisfaire un besoin naturel et j'ai aperçu deux camions de transport blindés et quelques jeeps près du kolkhoze.

— Lennart ! s'exclama Zoïka.

— Qui est Lennart ? demanda Evguéni.

— Un déserteur qu'ils cachaient.

— Nom d'un chien ! Foutons le camp !

— Zoïka, tu viens avec nous », dit Tom.

Elle protesta mais Tom la força à enfiler un manteau. Il éteignit la lampe à pétrole puis ils sortirent dans la nuit glacée. Au loin montait un bruit de moteur et les aboiements d'un chien qu'un commandement fit taire. Les sons se dispersaient dans la campagne rase et il était difficile d'évaluer les distances. Tom était inquiet pour Zoïka mais aussi pour son propre sort : son laissez-passer suffirait-il à le sortir de ce guêpier ?

« Evguéni, fixons-nous un rendez-vous.

— Bonne idée. Je saurai me souvenir de tes trois singes. Allez jusqu'au grillage de la zone de sécurité, tournez à gauche et vous trouverez une petite route. Je suis venu chasser dans le coin, autrefois. Je vous attendrai là. »

Tom lui confia son sac et retourna dans l'isba. Il se souvenait où Zoïka avait posé le fusil et il avait repéré des cartouches dans une boîte posée sur la table. Il chargea le fusil et fourra une poignée de munitions dans la poche de son anorak. Zoïka était paralysée de peur. Il l'entraîna par le bras et elle le suivit docilement. Ils traversèrent le champ en friche en direction de la clôture. La clarté de la lune procurait une visibilité suffisante. Le taxi d'Evguéni démarra et bien que Tom détournât le regard pour ne pas être ébloui, il aperçut dans le faisceau des phares, à l'extrémité de son champ de vision, une jeep garée en travers de la route. L'opération semblait plutôt bien préparée. Ils longèrent une haie de broussailles et arrivèrent devant une clôture de grillage barbelé haute de deux mètres. Elle se prolongeait de chaque côté à perte de vue.

« La zone interdite, chuchota Zoïka.

— Y a-t-il un passage ?

— Le grillage est troué par endroits, mais c'est dangereux.

— À cause de la radioactivité ?

— À cause des chiens. Ils sortent la nuit pour chasser.

— Que veux-tu dire ?

— Ce sont des chiens que les gens ont abandonnés en fuyant la région. Ils sont redevenus sauvages, comme des loups. »

Tom tressaillit. D'ordinaire, il n'était guère impressionnable, mais la vue du haut grillage et des arbres dénudés sous le clair de lune lui donna la chair de poule.

« Restons de ce côté, dit-il. Suis-moi. »

Ils longèrent la clôture. Elle avait un aspect neuf et solide. Ses puissants piliers plongeaient profondément dans le sol et son épais fil d'acier ne portait pas la moindre trace de rouille. Tom jeta un regard en arrière et aperçut au loin les torches dispersées dans le champ. Deux d'entre elles disparurent de l'autre côté de la clôture. Il empoigna le fusil de la main gauche et, de la droite, il entraîna Zoïka. Ils commencèrent à courir. Tom se forçait à maintenir un tempo raisonnable pour ne pas trébucher, mais il était difficile de ne pas céder à la panique. Il jeta un nouveau regard en arrière et vit deux autres torches franchir le grillage.

Enfin, ils atteignirent la route. Elle se prolongeait dans la zone interdite et, sur ce tronçon que personne n'avait emprunté depuis quatre ans, la végétation avait repris ses droits. Ils traversèrent la route et se couchèrent derrière des noisetiers. Tom était en nage et à bout de souffle. Zoïka respirait calmement et paraissait indifférente aux événements. Elle se contentait de suivre.

La silhouette du jeune homme blond apparut au clair de lune. Lennart courait avec aisance de l'autre côté de la clôture. Il semblait avoir distancé ses poursuivants. Tom attira le visage de Zoïka contre lui.

« Nous ne pouvons rien pour lui, murmura-t-il. S'il essaie d'escalader le grillage, il sera déchiqueté par les barbelés. Ne bouge pas. »

De grands chiens surgirent en silence du bois mais en apercevant leur gibier, ils ne purent réprimer un grognement de joie qui alerta Lennart. À sa grande surprise, Tom vit Lennart changer calmement de cap et courir vers l'arbre le plus proche. Il repensa à ce qu'il avait lu à propos des déserteurs, leur aptitude à survivre pendant des semaines sur la taïga. Lennart prit appui sur une branche basse et se hissa vers la cime. Les chiens n'appartenaient à aucune race répertoriée. Leurs côtes saillantes sous leur long pelage mal soigné laissaient présager de leur appétit. Ils se mirent à décrire des cercles autour de l'arbre en grognant. Tom plaqua sa main sur la bouche de Zoïka. Les quatre soldats arrivèrent en courant. La lumière de leurs torches dispersa la horde qui s'enfuit vers le bois. L'un des soldats ajusta son fusil mais son sergent l'arrêta et braqua le faisceau de sa torche dans l'arbre. Lennart posa sur les hommes un regard las, se laissa glisser le long du tronc et ils s'éloignèrent sans un mot.

« Pauvre Lennart », dit Zoïka quand Tom eut retiré sa main de sa bouche. « Il va retrouver sa cage.

— Il nous a sauvés, lui, et les chiens.

— Ils le mettront en cage, comme une bête.

— Il s'enfuira de nouveau.

— Tu crois ?

— J'en suis sûr.

— Tant mieux. On peut dormir un peu, maintenant ?

— Non, nous devons nous tenir éveillés. Parle-moi de Sergueï. »

Le froid s'engouffrait sous leurs vêtements mais ils se blottirent l'un contre l'autre et Tom l'écouta raconter des choses insignifiantes : les plats qu'aimait son fiancé, ses programmes de télé et ses auteurs favoris, la musique de Vyssotski. Sa force de bûcheron, sa rudesse envers ses anciens camarades paras et sa tendresse envers elle. Leurs rêves : avoir des enfants, changer de vie. S'installer en Estonie qu'ils espéraient voir devenir une nation libre. Tom regrettait que son nom n'ait pas été mentionné une seule fois, mais elle paraissait tellement absorbée par ses pensées et son amour pour Sergueï qu'il n'osa pas poser de questions.

Au bout d'une heure, ils entendirent le taxi s'approcher lentement, phares éteints. Tom installa Zoïka sur la banquette arrière et prit place à côté d'Evguéni.

« Des ennuis ?

— Rien que je ne puisse résoudre. Mais je n'aurai pas volé mon salaire.

— C'est vrai. »

Evguéni descendit de voiture avec le fusil de chasse et vida le chargeur dans l'herbe. Tom lui tendit en silence les cartouches de réserve qu'il avait emportées.

« Pourquoi ? demanda Tom.

— Il y a des barrages et des patrouilles dans tout le secteur. C'est une grosse opération.

— Alors ce n'est pas à cause de Lennart ?

— Le déserteur ? Tu rêves ! Les moyens déployés sont bien trop importants. L'objectif est le village de hippies. J'ai vu deux bulldozers près de la ferme. À mon avis, ils attendent le matin pour tout raser.

— Vlassov ! » s'écria Zoïka. Les deux hommes sursautèrent : ils avaient presque oublié cette passagère apathique. Tom se retourna :

« Qui est Vlassov ?

– Sergueï ! Sergueï ! Vlassov lui a tendu un piège.

– Où est Sergueï ? demanda Tom en lui prenant fermement le bras.

– Il dévalise un train pour Vlassov, à Gomel. Vlassov et les soldats l'attendent là-bas.

– Dévalise un train ? De mieux en mieux ! Je ne vais pas tarder à m'éclipser, moi », dit Evguéni.

Tom sortit son portefeuille et lui tendit deux cents dollars en coupures de vingt dollars.

« C'est suffisant pour nous conduire à Gomel ?

– Il manque bien quelques kopecks, mais ne soyons pas mesquins entre amis.

– Démarre. Il faut que je bavarde avec Zoïka.

– On va faire un détour pour éviter les barrages. »

Mais tous les accès menant à Gomel étaient surveillés et ils furent arrêtés aux abords de la ville. Par chance, il s'agissait d'un simple poste de police routière et l'agent jeta un coup d'œil indifférent sur la lettre de Tom. Le secteur était rempli de techniciens étrangers. Si l'envie leur venait d'emmener une fille russe faire une promenade en voiture au clair de lune, cela ne les regardait pas.

La police se gardait bien de contester les documents officiels. L'excès de zèle ne payait pas. La lettre de Tom autorisait ce dernier à circuler dans la région de Gomel et, peu après 23 heures, les deux agents saluèrent pour céder le passage au taxi d'Evguéni. La ville était plongée dans l'obscurité. Les rues étaient désertes, à l'exception de trois camions de transport militaires qui traversaient la place ornée au centre par un vieux char d'assaut. Les véhicules étaient neufs, bien entretenus et fermés par des bâches.

Ils se dirigeaient vers le secteur de la gare. Par une fente, Tom aperçut un jeune visage impassible coiffé d'un béret noir fièrement rabattu sur l'oreille, identique à celui que portaient les quatre jeunes soldats qui venaient d'arrêter Lennart dans la zone interdite.

22

Sergueï Zaïkov jeta un regard au-dessus des quatre wagons sur le talus d'en face où Alexeï était embusqué. Avec son visage barbouillé de cirage et son survêtement de sport noir, ce dernier ne risquait pas d'être repéré par les quatre sentinelles. Sergueï regarda sur sa gauche, le long de la voie, vers un cabanon désaffecté. Derrière était posté Volodia, à l'abri d'un monticule de bois entreposé là sans raison apparente. Ils étaient trois contre quatre mais leur entraînement leur permettrait sans mal de neutraliser les sentinelles avant que celles-ci aient eu le temps d'alerter des renforts.

Sergueï jeta un ultime coup d'œil en direction de la gare qu'il ne pouvait apercevoir derrière le virage que décrivait la voie. L'express de Moscou n'allait pas tarder à passer. Il porta doucement les jumelles à ses yeux. Une sentinelle montait la garde à chaque extrémité du convoi, la troisième effectuait des tours de ronde et la quatrième était postée devant le wagon qui devait contenir les archives secrètes provenant du quartier général du

KGB à Karlshorst, dans la banlieue de Berlin. Ce wagon leur servirait de cellule. Les prisonniers y seraient au chaud pendant que les hommes de Vlassov vidaient les autres wagons. Il gelait à peine. Rien d'extraordinaire, juste un avant-goût du long hiver que Sergueï aimait tant.

Sergueï était à la fois excité et anxieux, comme toujours avant de passer à l'action, qu'il s'agisse d'un simple exercice de manœuvre ou d'un véritable assaut, comme en Afghanistan. Selon les psychologues de l'armée, c'était aussi naturel que souhaitable puisque la production d'adrénaline décuplait les capacités du combattant. Pour lutter contre sa nervosité, Sergueï se concentra sur sa respiration et s'obligea à songer au nombre incalculable de fois où ils avaient répété cet exercice à l'académie militaire. Se faufiler jusqu'à l'ennemi et frapper comme la foudre — comme un serpent, disait leur instructeur Spetsnaz. Les longues marches nocturnes dans de sombres forêts et les manœuvres dans des villages fantômes les avaient rompus à l'art du sabotage, de l'infiltration et du corps à corps avec ou sans arme.

Sa respiration redevint calme. Il remua une main, puis l'autre, puis ses orteils dans ses boots pour se réchauffer. Des nuages gris s'amoncelaient et passaient devant la lune qui diffusait une lumière argentée au-dessus de l'horizon. La première neige ne tarderait pas à tomber. Il pensa à Zoïka et sentit un frisson de bien-être parcourir son dos. Peut-être devrait-il l'emmener à Moscou ? Il y avait encore des amis avec lesquels ils pourraient prendre du bon temps : aller au théâtre voir l'un de ces nouveaux spectacles dont les journaux parlaient ; ou au cirque ; lui montrer les coins où il avait joué dans son enfance ; flâner dans la rue piétonnière de l'Arbat, parmi les camelots et faire croquer au fusain le portrait de sa bien-aimée ; skier dans la Forêt Argentée. Ou tout simplement se promener parmi la foule rue Gorki, dont on disait qu'elle avait été rebaptisée — à moins qu'elle n'ait repris son ancien nom. Dîner dans l'un des nouveaux restaurants privés. Peut-être n'était-ce pas une si bonne idée, après tout ? Elle lui fausserait compagnie et il devrait la chercher dans toutes les gares de Moscou.

Une vibration fit frémir les herbes gelées du talus. Sergueï approcha ses lèvres et sentit la terre gronder : l'express de Moscou s'apprêtait à quitter la gare. Les dernières mains s'agitaient sur le quai, les passagers se préparaient à passer d'interminables heures dans les minuscules compartiments. Il posa une main sur ses yeux pour ne pas être ébloui, sachant que ses deux complices feraient de même. Si seulement il parvenait à calmer le léger tremblement qui agitait ses mains. Il était un mauvais chef, un mauvais officier. L'armée avait bien fait de se débarrasser de lui, comme une ménagère jette un poisson aux ordures.

Ce soir-là, deux réverbères éclairaient le convoi. Ils diffusaient une lumière jaune et peu puissante dont le contraste avec l'obscurité protégerait, dans un instant, leur avancée. L'express de Moscou progressait lentement en grinçant sur les rails. La locomotive prenait son élan. Elle n'atteindrait sa vitesse de croisière qu'une fois passées les dernières banlieues.

Pendant que le train dépassait les sentinelles, Sergueï rampa jusqu'en bas du talus puis, en s'efforçant de ne pas regarder les fenêtres allumées, il se mit à courir le long de la voie, à la même allure que le train. Volodia sortit de l'ombre du cabanon et emboîta le pas à Sergueï. Quand le train eut disparu, une trentaine de mètres les séparait encore des quatre wagons de marchandises. Ils traversèrent lestement la voie à quatre pattes et coururent vers le convoi. Ils virent Alexeï se profiler derrière la sentinelle. Alors que celle-ci regardait dans leur direction et semblait les avoir repérés, Alexeï plaqua une main sur sa bouche et pressa un pouce derrière son oreille. L'homme s'affaissa. Alexeï l'allongea délicatement sur le sol et disparut sous les wagons. Volodia rampa en silence à sa suite.

Sergueï courut le long des wagons, s'arrêta entre le troisième et le quatrième et compta lentement jusqu'à trente. Il entendit le pas du factionnaire se rapprocher. Celui-ci passa devant lui, sa kalachnikov pendant négligemment à l'épaule. Sergueï le saisit par le cou. Le soldat était très jeune, guère plus de dix-huit ans. Ses yeux bleus étaient écarquillés par la surprise. Il devait rêvasser pendant sa ronde, se dit Sergueï en relâchant sa prise après lui avoir asséné un coup sec avec le côté de la main, entre le béret et le col de son uniforme. Il amortit sa chute afin que sa tête ne vienne pas heurter une traverse ou les cailloux entre les rails, ramassa la kalachnikov et regagna en courant l'autre extrémité du convoi. Comme l'arme était en tir automatique, il la déverrouilla et la plaça machinalement en tir au coup par coup ; simple geste de routine qui faisait partie de l'entraînement auquel il avait consacré le plus clair de sa vie d'adulte.

Alexeï et Volodia levèrent le pouce. Les deux autres sentinelles gisaient à leurs pieds.

« Qu'est-ce que je disais ? Une vraie bande d'amateurs, lança Alexeï.

– Beau travail, dit Sergueï. Enfermons-les dans le wagon.

– Entendu, lieutenant », répondit Volodia.

Sergueï se pencha et palpa le pouls des deux sentinelles. L'une respirait péniblement, mais son cœur battait. La respiration de l'autre était régulière. Ils étaient inconscients, mais leurs jours n'étaient pas en danger. Ses hommes étaient de vrais professionnels. Ils n'avaient pas perdu la main.

« Vous avez la tenaille et le ruban adhésif ? demanda Sergueï. Et n'oubliez pas leur kalach. »

Volodia ricana, découvrant une rangée de dents étincelantes sur son visage noir de cirage.

« Nous les gardons. C'est de la bonne camelote. C'est bon de palper une arme convenable après si longtemps. Aussi bon qu'une fille.

– En avant.

– O.K., lieutenant. »

Sergueï courut jusqu'au deuxième wagon. La porte était scellée et fermée avec un lourd cadenas en acier mais la puissante tenaille ouest-allemande fournie par Vlassov n'eut aucune peine à le sectionner. Sergueï poussa la porte qui coulissa sans résister dans la glissière bien huilée : le KGB avait encore le sens de la qualité. Il sortit une lampe torche de la poche de son anorak. L'intérieur était presque vide. Des placards d'archives métalliques étaient alignés le long d'une paroi, en face était adossé un gros coffre-fort. Il y avait aussi des caisses en bois de forme allongée – le type de caisse utilisé pour le transport des armes légères et des mortiers. Elles portaient le sceau des troupes frontalières du KGB. Il y avait là de quoi équiper une petite armée de partisans, mais il valait mieux ne pas y toucher, au risque de s'attirer les foudres des parachutistes.

Sergueï prit appui sur le rebord froid, se hissa à l'intérieur du wagon et posa la lampe par terre pour ménager un éclairage plus discret. Volodia et Alexeï arrivèrent aussitôt en portant la première sentinelle, l'un par les bras, l'autre par les pieds. Alexeï avait passé l'arme de celle-ci à son épaule.

Sergueï regarda vers le talus et tendit l'oreille. Seul lui parvenait le bourdonnement lointain de la ville. Rien en vue. Volodia et Alexeï chargèrent le jeune homme dans le wagon. Sergueï l'empoigna par le col de son uniforme et le traîna jusqu'à un recoin sombre. Puis il tira un rouleau de ruban adhésif de la poche de son anorak et lui attacha les poignets et les chevilles. Enfin, il tira deux foulards rouges de sa poche intérieure – le genre de foulard qu'arborent les Pionniers qui montent la garde devant le mausolée de Lénine – et banda la bouche et les yeux de la sentinelle qui se débattit un peu comme si elle était sur point de recouvrer ses esprits. Après avoir fixé les foulards avec du ruban adhésif, il traîna le corps jusqu'au coffre-fort. Il avait bien envie de savoir ce que celui-ci renfermait, mais il aurait fallu des explosifs et ils n'en avaient pas.

Volodia et Alexeï revinrent avec les corps inanimés des trois autres sentinelles et Sergueï renouvela l'opération jusqu'à ce que les quatre hommes se retrouvent ficelés comme des poulets à la broche. Aucun mot n'avait été échangé. Sergueï ramassa une kalachnikov, vérifia la sécurité et tendit l'arme à Alexeï. Il en donna une autre à Volodia et vida le chargeur de la troisième avant de s'approprier la quatrième.

« Avaient-ils des chargeurs de réserve ?

– Un chacun. Nous les avons récupérés.

– Beau travail. Déployez-vous, un sur chaque talus. S'il ne s'est rien passé dans une heure, rendez-vous auprès de Tolia dans la Lada.

– À vos ordres, lieutenant. »

Alexeï se glissa sans un bruit sous le train, comme une ombre parmi les ombres de la nuit. Volodia gravit agilement le talus et se dissimula derrière un buisson. Sergueï vérifia une dernière fois l'état des prisonniers. Ils ne bougeaient pas mais ils respiraient normalement. Il éteignit la torche et s'assit contre un placard d'archives, la kalachnikov posée sur ses genoux. Quel bonheur de sentir le contact familier du manche lisse. Il connaissait cette arme par cœur. Quoi qu'en disent les Américains – et lui-même avait essayé le fusil d'assaut de l'OTAN –, aucune arme légère d'infanterie ne surpassait la kalachnikov qu'il tenait dans ses mains. Une soudaine envie de fumer une cigarette s'empara de lui mais il en vint à bout grâce à quelques inspirations profondes. L'air qui pénétra dans ses poumons avait le goût du gel et celui de la poussière de papier du wagon.

Il entendit trois camions arriver. Vlassov était un homme précis. C'était une bonne opération. Et lucrative, pour une fois. Pas question de différer le paiement comme les fois précédentes. Pas question de se contenter de l'habituelle part dérisoire qui leur permettait tout juste de vivoter. Ils avaient de bonnes armes à présent et si le secrétaire du Parti tardait à leur régler leur dû, ils lui rendraient une petite visite de courtoisie.

C'était un bruit de moteur familier, non pas celui des camions civils qui, à chaque changement de vitesse, rendaient des crissements déchirants dans les embouteillages de Gomel, mais ce ronronnement régulier à jamais associé à la vie de caserne : celui des véhicules militaires. Tandis qu'il se levait, une voix retentit au dehors :

« Sergueï ! C'est un guet-apens ! Sauve-toi ! »

C'était Zoïka. Il bondit jusqu'à la porte entrouverte et aperçut la silhouette de la jeune fille se découper sur le talus et, derrière elle, celle d'un homme qu'il ne connaissait pas. Il eut juste le temps de la voir dévaler la pente en trébuchant, avant d'être ébloui par la lumière d'un projecteur qu'on venait d'allumer à gauche de la jeune fille.

Volodia réagit aussitôt. La kalachnikov tira trois coups et l'ampoule du projecteur vola en éclats.

Un nouveau projecteur s'alluma sur le talus d'en face mais Alexeï le pulvérisa aussitôt.

Trop tard, Sergueï était aveuglé. Il entendit des bruits de bottes traverser la voie puis ressentit un impact dans la cuisse qui le précipita à terre. Les bérets noirs avaient ouvert le feu, mais leurs tirs étaient confus et désordonnés. Les balles traversaient les cloisons du wagon et sifflaient en ricochant sur le métal des placards d'archives. Sergueï était touché. Une douleur oppressante palpitait sous l'étoffe humide de son pantalon. Des tirs plus précis vinrent se mêler au vacarme, sans doute ceux d'Alexeï et de Volodia qui ripostaient depuis les talus, comme ils avaient appris à le faire, par courtes rafales. Bien que Sergueï n'eût pas encore recouvré l'usage de ses yeux, il vit Zoïka, les joues baignées de larmes. Elle prit son visage dans ses mains et le berça doucement. L'inconnu était agenouillé derrière elle. S'ils ne se couchaient pas contre le plancher, ils finiraient aussi par ramasser une balle perdue. Mais les tirs avaient cessé. Sergueï se dégagea et, malgré la sécheresse de sa bouche, il parvint à crier :

« Vlassov ! Cesse de tirer ! Nous avons quatre sentinelles avec nous ! Tu vas les blesser !

Le silence était total.

« Cessez le feu, nom de Dieu ! » cria une voix provenant du talus.

« Sergueï ? » C'était Alexeï. La sueur qui dessinait des traînées blanches sur ses joues laissait deviner la pâleur de sa peau sous le noir du cirage. Il se hissa à l'intérieur du wagon et rampa à l'abri.

« Où est Volodia ? demanda Sergueï.

— Sous le wagon. Il est sain et sauf. Il nous couvre. Mais qu'allons-nous faire, nom d'un chien ?

— Sergueï, tu es blessé », dit Zoïka en regardant sa main humide de sang.

« Je vais couper les couilles à Vlassov », dit Alexeï en vérifiant son arme. Il ferma la porte du wagon de sorte à ne laisser qu'une mince ouverture et appela à voix basse :

« Tout va bien, Volodia ?

— Oui. Ils parlementent sur le talus. Que fait-on ?

— Sergueï est touché.

— Nom de Dieu. »

L'inconnu se pencha au-dessus de Sergueï.

« As-tu un couteau ? » demanda-t-il dans un russe teinté d'un léger et indéfinissable accent.

« Qui es-tu ?

— Tom Gubrowski.

— C'est ton père, dit Zoïka.

— Qu'est-ce qu'il fout ici ?

— Il est venu t'aider. Oh Sergueï, tu perds ton sang. »

Tom contempla un instant le visage blême et émacié du jeune homme puis se souvint de son propre couteau de poche et le sortit. Il taillada le tissu du pantalon d'une main tremblante. La blessure était régulière : la balle avait creusé une petite cavité en pénétrant la chair et une plaie plus grande en traversant le muscle de la cuisse. Un flot régulier de sang clair en coulait. Le gamin avait eu de la chance ; le coup n'avait percé ni veine, ni artère.

« Apporte-moi un foulard », dit Tom qui avait recouvré son calme et essuyait le sang avec des mouchoirs en papier trouvés dans sa poche. Zoïka aussi paraissait plus calme. Elle fourragea dans la poche de Sergueï, en sortit deux foulards de Pionnier, les tendit à Tom et regarda celui-ci panser la plaie d'un geste assuré. Le premier foulard fut rapidement imbibé de sang et elle comprit que Sergueï serait incapable de bouger, qu'ils étaient pris au piège. Tom ne pouvait rien faire de plus. Le gamin devait être hospitalisé. Une voix métallique résonna dans un porte-voix :

« Vous êtes cernés. Vous n'avez aucune chance de vous enfuir. Sortez les mains sur la tête tant que tout le monde est encore en vie. Nous sommes patients. Discutez entre vous. Vous avez dix minutes, puis nous lancerons des grenades lacrymogènes. Je répète : vous êtes encerclés. Sortez les mains sur la tête.

— Volodia, appela Sergueï.

— Oui, lieutenant ?

— Que vois-tu ?

— Ils sont embusqués sur le talus. Les jeeps sont garées en travers de la voie, à une bonne centaine de mètres de chaque côté.

— Pouvons-nous sortir ?

— Peut-être, en créant diversion d'un côté pendant que nous foutons le camp de l'autre. Ils sont jeunes, ils ont la frousse. Ils ne sont pas nombreux. Il y a trois camions, je crois, mais apparemment, un seul transportait des soldats. Zoïka a ruiné leur effet de surprise. Il me faut des grenades.

— Reste où tu es.

— O.K., lieutenant.

— Alexeï », dit Sergueï en désignant les lourdes caisses en bois. Alexeï rampa jusqu'aux caisses et de la poussière se mit à danser dans la lumière qui filtrait par la fente ménagée dans la porte. Il s'agenouilla et brisa un cadenas avec la tenaille mais n'eut pas l'air satisfait du contenu. Il fractura une autre caisse, déchira le papier d'emballage et se retourna vers Sergueï avec un sourire triomphant.

« Qu'est-ce que c'est, Sergueï ? gémit Zoïka.

— Des grenades à effets spéciaux. Elles dégagent un bruit et une lumière intenses qui paralysent l'ennemi sans laisser de séquelle. La surprise sert à reprendre l'avantage. »

Alexeï rampa jusqu'à l'ouverture et laissa tomber cinq grenades du wagon.

« Tiens, Volodia, quelques joujoux.

— Cherche aussi des chargeurs de réserve pour les kalach, dit Sergueï.

— Nous devons te conduire à l'hôpital, dit Tom.

— Occupe-toi de tes affaires, répondit Sergueï. Tu n'aurais jamais dû venir. »

Tom fut blessé par cette réponse. Il savait bien qu'il était vain, en un moment pareil, d'espérer un peu de chaleur humaine. Pourtant il se sentait déçu. Rien ne le liait à ce jeune homme efflanqué qui agonisait devant lui.

« Tom a raison, dit Zoïka.

— Réfléchissons. Alexeï ?

— Tu n'as aucune chance de t'en tirer. C'est fini.

— Mais vous autres… ?

— Tu pourrais nous couvrir… »

Mais Alexeï se gratta le front et se ravisa :

« Ça ne me plaît guère.

— Il n'y a aucune raison de crever tous ici », insista Sergueï.

Alexeï l'observa sans rien dire. Tom se leva et alla jusqu'aux casiers d'archives. Il ramassa la torche posée sur le plancher et, une main devant l'ampoule pour filtrer la lumière, il commença à examiner les caisses métalliques. Aussitôt, sa curiosité professionnelle fut aiguisée par la provenance — le siège du KGB à Karlshorst que l'on s'empressait de vider à présent que l'allié est-allemand s'apprêtait à embrasser le capitalisme. D'une oreille distraite, il suivait la conversation :

« Alexeï, nous devons régler nos comptes avec Vlassov.

— C'est un bon argument. »

Tom sursauta : la troisième caisse sur la gauche portait l'étiquette Scandinavie/7, 7 étant le code du Danemark. Il sortit son couteau de poche et introduisit avec précaution la lame dans la porte d'un tiroir. Il n'y avait sûrement pas de charge explosive. Ce n'était sûrement pas des documents top-secret car ceux-ci étaient toujours confiés à un porteur qui voyageait en avion. Il devait s'agir d'informations périmées, destinées aux archives des instituts d'histoire et des écoles militaires. La lame heurta une languette et le verrou céda facilement. Le tiroir était bourré de dossiers gris rangés verticalement et portant chacun le nom des agents qu'on avait tenté de recruter sans succès. Le contenu du deuxième tiroir était identique ; le troisième portait la mention générique : classés, à décorer.

Tom retint sa respiration. Les dossiers étaient ceux de Danois dont les services rendus à l'Union Soviétique au cours des vingt-cinq dernières années leur vaudraient une récompense, de la même façon que Kim Philby et George Blake avaient reçu l'Ordre de Lénine dans le plus grand secret. Il commença à feuilleter les dossiers mais il se ravisa bientôt : il s'agissait d'agents défunts ou retraités. Fantômes de la guerre froide et de la longue guerre de l'ombre, ils appartenaient au passé. Inutile de réveiller les morts quand le monde avait changé aussi radicalement.

Mais la curiosité l'emporta. Alors qu'il ignorait encore s'il sortirait vivant de ce pétrin, la vue de ces papiers jaunis, témoins d'un passé révolu, le fascinait et le poussa à poursuivre sa recherche.

Il inspira profondément, sortit le dossier portant le nom de Volk et le posa sur le tiroir ouvert. Le nom de code était suivi d'une petite croix mortuaire. À l'intérieur, il trouva des notes manuscrites, des feuilles dactylographiées, des pages du carnet dans lequel tout agent du KGB rédige entre autres ses rapports de contact et ses brouillons de compte rendus, un aperçu biographique et l'acte de recommandation pour l'attribution de l'Ordre de Lénine à titre posthume. La véritable identité de Volk n'apparaissait nulle part, mais ce n'était pas nécessaire.

Tom resta un instant immobile. N'avait-il pas toujours su la vérité ? N'avait-il pas cherché à nier l'évidence ?

Avec les ciseaux de son couteau suisse, il découpa la partie supérieure de l'un des documents.

Dans sa situation, il ne pouvait se permettre d'emporter toute la feuille. Du reste, la première ligne suffisait amplement – cette simple ligne trouvée dans un wagon de marchandises poussiéreux d'une gare de Biélorussie et qui contenait la réponse de l'énigme : « Volk. Né le 27 avril 1947. Mort le 6 juin 1988. Promu à l'Ordre de Lénine le 10 septembre 1988 par décret secret du Présidium du Soviet Suprême. »

Tom replaça le dossier, referma le tiroir, plia la bande de papier et la rangea dans son portefeuille, entre son permis de conduire et sa carte d'assuré social.

Il se tourna et vit Sergueï accoudé sur le dos, la tête soutenue par Zoïka. À l'expression tendue de son visage, il devina que la douleur était de plus en plus cuisante. Assis devant l'ouverture ménagée dans la porte coulissante, Alexeï scrutait l'obscurité.

« Que fais-tu ? demanda Sergueï dans un râle.

– Je règle une vieille affaire.

– Es-tu un espion à la solde des impérialistes ? »

Tom secoua la tête.

« Quand nous étions enfants, on nous disait toujours de nous méfier des espions impérialistes. T'en souviens-tu, Zoïka ?

– Moi, ma mère m'a appris à me méfier de tous les inconnus. »

Sergueï voulut rire mais la douleur le retint.

Une sentinelle remua et se mit à tirer sur ses liens. Ils avaient failli oublier la présence de leurs quatre prisonniers ficelés et bâillonnés.

Tom s'accroupit à côté de Sergueï et lui prit la main. Celui-ci eut un mouvement de recul mais il se résigna en sentant que Tom le tenait fermement. Sa jambe était trempée de sang. Tom vit qu'Alexeï avait tenté de freiner l'hémorragie en garrottant la plaie avec un pantalon et une ceinture et il comprit que leur chef avait décidé de les accompagner.

« Tu dois aller à l'hôpital. Abandonne. Fais-le pour Zoïka. Et pour moi, lui dit-il.

– Je risque la prison et le goulag jusqu'à la fin de mes jours. Au moins vingt ans de l'autre côté de l'Oural. Il n'en est pas question. Je préfère tenter ma chance.

– Il y a une autre solution, reprit Tom, toujours à voix basse.

– Oui, si l'on est millionnaire. Tout est à vendre, dans ce pays.

– Tu as un million de dollars. Peut-être plus. Légué par ton père, Micha. »

Sergueï voulut rire à nouveau mais la douleur était insupportable.

« Tu en as de bien bonnes, l'espion ! »

Tom lui montra l'enveloppe :

« C'est un message codé. Le code postal de Varsovie ne comporte que quatre chiffres. Ceci est le numéro d'un compte à Zurich. Forum est le nom de la banque. Tu es riche, Sergueï. C'est un cadeau de ton père. Sers-t'en pour garder la vie sauve.

– Il me semble t'avoir entendu prétendre que c'était toi, mon père.

– Peut-être pourrai-je un jour devenir ton ami. »

La voix résonna à nouveau dans le porte-voix :

« Il vous reste une minute. Après, nous commencerons à tirer des grenades lacrymogènes sous le train. Soyez raisonnables. Vous serez bien traités. Plus qu'une minute. »

Sergueï se redressa pour saisir la kalachnikov. Puis il rassembla toutes ses forces et se leva. Les pâles couleurs qui teintaient encore ses joues disparurent.

« Aide-moi jusqu'à la porte, Alexeï. Et toi, l'ami étranger, prends soin de Zoïka, dit-il en tendant la main à Tom.

— Tu es un imbécile. »

Sergueï pointa la bouche du canon sur Tom. La colère brillait dans ses yeux :

« Pas suffisamment imbécile pour croire aux dollars dans les banques étrangères. »

Il déchira rageusement l'enveloppe et jeta les morceaux en l'air.

« Voilà ce que j'en pense, de mes pères et de ma vie. Écoute plutôt ce qu'il faudra faire à la seconde où la première grenade sera tirée. Tiens, bande-toi le nez et la bouche avec ça et bouche-toi les oreilles. »

En voyant ce visage grimaçant de douleur et ces mains tenant le fusil d'assaut plus calmement que sur un terrain de tir, Tom eut envie de pleurer mais il se résigna.

« D'accord, que dois-je faire ? » Tom mourrait perdant. Tout n'avait été qu'une monstrueuse erreur et il était trop tard pour regretter. À l'exception d'une chose : qu'Erika n'apprenne peut-être jamais qu'il connaissait la vérité.

23

Dès la première grenade lacrymogène tirée, tout alla très vite. Avant même que Tom s'aperçoive qu'il était passé à l'action, Alexeï était dehors et lançait trois grenades qui explosèrent en libérant une formidable lumière et un étrange bruit sourd. Tom eut beau se boucher les oreilles, il eut l'impression que sa tête éclatait. Alexeï enchaîna avec une grenade fumigène qui explosa sur le talus. Tom vit les soldats courir en tous sens dans la fumée rabattue par le vent. Ils avaient tiré deux grenades lacrymogènes ; la première avait heurté le toit et explosé avant de tomber de l'autre côté du train mais la seconde roula en fumant jusqu'en bas du talus. Au total, l'action menée par Alexeï avait duré moins de dix secondes. Il termina en tirant une courte rafale qui pulvérisa le réverbère à côté de lui, puis une autre rafale vers le talus, suffisamment haute pour ne blesser personne. Volodia menait sans doute une action identique de l'autre côté du convoi. Tom n'avait pas vu de soldats aussi bien entraînés depuis la Thaïlande, un jour où il accompagnait un commando spécial sur la frontière birmane.

« Faites-le sortir ! » cria Alexeï, le canon de sa kalachnikov pointé vers le talus.

Il faisait très sombre. Le gaz et la fumée leur brûlaient le nez et les yeux malgré les foulards. La vue de Zoïka soulevant Sergueï tira Tom de sa torpeur. Il saisit le jeune homme sous l'autre aisselle et ils essayèrent doucement de le faire descendre du wagon. Quand sa jambe heurta le gravier gelé, Sergueï réprima un gémissement de douleur. Ils entendirent des tirs derrière eux. Le talus était noyé dans la fumée.

« Volodia a choisi la jeep de gauche », constata Sergueï d'une voix rauque.

D'un signe de tête, Alexeï leur intima l'ordre d'avancer.

Tom et Zoïka marchèrent le long du convoi en soutenant Sergueï. La fumée leur tirait des larmes et les faisait tousser.

« Bouchez-vous les oreilles ! » hurla Alexeï pour surmonter le vacarme des tirs qui fusaient le long des wagons. Il s'avança jusqu'à l'extrémité du convoi et jeta de nouvelles grenades sur les deux talus avec une rapidité déconcertante. L'explosion libéra à nouveau un bruit pénétrant et une lueur aveuglante. Tom songea que le choc les aurait davantage ébranlés s'ils étaient restés dans le wagon. Dehors, l'effet des grenades était diminué.

Alexeï tira deux nouvelles rafales, remplaça le chargeur d'un geste précis et se mit à courir. Tom et Zoïka suivirent tant bien que mal en soutenant

Sergueï qui sursautait de douleur à chaque fois que sa jambe blessée heurtait le sol.

Arrivés à la hauteur du dernier wagon, ils manquèrent de trébucher sur Alexeï qui s'était aplati contre la paroi et leur ordonna d'en faire autant. Ils adossèrent Sergueï qui parut sur le point de s'évanouir. Le bruit des balles qui heurtaient le wagon était différent, plus sourd, comme les tirs d'une mitrailleuse. La sueur coulait sur les yeux de Tom et lui brouillait la vue. L'obscurité était totale. Les réverbères étaient tous détruits et la lune avait disparu. On distinguait juste le feu qui jaillissait des bouches des canons à une centaine de mètres, là où les jeeps barraient la voie. Les premiers commandements retentirent. Les soldats se remettaient de l'assaut auquel ils ne s'étaient visiblement pas attendus.

En palpant sa jambe, Tom arracha à Sergueï un soupir de douleur. Il retira sa main : elle était rouge et poisseuse. Alexeï glissa sous le train. Zoïka était au bord de la crise de nerfs. Tom la gifla si durement qu'elle relâcha Sergueï. Le jeune homme s'écroula. Tom s'agenouilla et le traîna jusque sous le train, aidé d'Alexeï qui attira Zoïka vers le sol. Elle tomba et se remit à pleurnicher de plus belle. Mais elle se glissa sous le train sans l'aide de personne.

« Volodia ? appela Alexeï.

— Ils se sont retranchés. Ils ont gardé la tête froide. Ce ne sont pas tous des recrues et ils ont une mitrailleuse.

— Combien de temps nous reste-t-il ?

— Tout peut sauter d'un instant à l'autre.

— Donne-moi une kalach et décampe, dit Sergueï dans un souffle. Emmène Zoïka avec toi.

— Ferme-la, Sergueï », répondit Alexeï dont Tom discernait la silhouette énorme dans l'obscurité.

« O.K., Volodia. Mets toute la gomme et rejoins-moi sur le talus. Je ne crois pas qu'ils y soient déjà. De toute façon, l'explosion leur donnera autre chose à penser. »

Tom ne comprenait rien à leurs paroles.

« Traîne Sergueï jusqu'en bas du talus et à mon signal, hisse-le sur le talus. Entendu ? Nom de Dieu, c'est compris ?

— À vos ordres », répondit Tom sans songer qu'il employait la formule d'obéissance d'un soldat envers son supérieur.

« Volodia ?

— C'est promis, camarade.

— "Promis" ? ! »

Les tympans de Tom sifflèrent lorsque Volodia, à plat ventre sous le train, ouvrit le feu sur la jeep. Il traîna Sergueï jusqu'en bas du talus et s'affala à côté, haletant. Les cailloux entre les rails avaient déchiré les vêtements du blessé et l'odeur de cordite tirait de nouvelles larmes à ses yeux irrités. Il entendit Zoïka tousser.

Alexeï bondit hors de son abri, lança ses deux dernières grenades fumigènes et se mit à tirer sur la jeep en criant. Tom ne comprenait pas d'où lui venaient ses forces. Il hissa non sans peine son fardeau jusqu'en haut du talus. Zoïka sanglotait violemment mais elle suivait toujours. Arrivé au sommet, Tom s'effondra, à bout de forces. Sergueï respirait lourdement. Zoïka les rejoignit. Des voix se rapprochèrent. Elles semblaient venir du sentier de gravier qui longeait le sommet du talus. Tom se dit que la fin était proche.

Soudain, le dernier wagon du convoi explosa dans un éclair rouge orangé.

En pensant aux quatre prisonniers, Tom sentit son estomac lui remonter dans la gorge mais il ne parvint pas à vomir. Il vit les soldats projetés à terre par le souffle de l'explosion. Le wagon prit feu. Volodia avait placé les deux grenades avec une redoutable précision. Comment les avait-il dégoupillées ? En actionnant une ficelle reliée aux goupillons ? À son grand soulagement, Tom vit l'un des bérets noirs pointer un doigt vers le wagon du KGB encore intact. Il serait bientôt gagné par les flammes mais les soldats auraient le temps d'évacuer les quatre sentinelles.

Alexeï escalada promptement le talus. Son visage était dur et contracté à la lueur du brasier et dans ses yeux luisait un éclat de démence ou de rage meurtrière.

Volodia grimpait derrière lui. Il s'immobilisa brusquement et son visage se figea dans une étrange expression de surprise. Les yeux de Tom étaient à présent parfaitement accoutumés à l'obscurité et ses sens étaient exacerbés. Comme dans une scène filmée au ralenti, il vit la balle traverser la gorge de Volodia et ce dernier tomber en arrière.

Sergueï poussa un braillement guttural de forcené, se hissa sur ses bras et se laissa rouler jusqu'en bas du talus. Tom le vit chuter lourdement. Zoïka se mit aussi à crier en dévalant le talus à sa suite. Ce n'était plus des cris de rage animale mais une plainte stridente et teintée d'une angoisse infinie qui s'éteignit brusquement lorsqu'une balle la faucha à son tour. Elle s'écroula en boule près d'une roue de train.

Sergueï ramassa la kalachnikov de Volodia, se releva et s'appuya au wagon.

« Putain de merde », pesta Alexeï en descendant le talus en trois longues foulées.

Sergueï se redressa et vida son chargeur en boitant vers la jeep. Tom l'entendit hurler :

« Les ânes ! Les ânes ! Mort aux ânes ! »

À côté de lui, Alexeï riait comme un dément. La mitrailleuse les faucha tous les deux.

Tom se mit à courir.

Il courut dans la nuit, les yeux brouillés de larmes, pour fuir la tuerie, le sang, le cauchemar. Il n'aurait su dire combien de temps cela dura mais plus tard, il arriva dans un étrange quartier de petites maisons de bois entourées de grands jardins clôturés. Il descendit une rue en courant, puis une autre, puis une troisième, enjamba une palissade vermoulue et déboucha sur une rue plus large et asphaltée.

Il s'assit dans le coin d'une entrée d'immeuble et parvint à maîtriser ses pleurs. Il regarda son pantalon. Le tissu était trempé d'urine et maculé de sang. Il l'essuya de son mieux avec ses derniers mouchoirs en papier, retira son foulard de Pionnier qui empestait la poudre et sécha son visage. Il retourna son anorak, l'enfila sur l'envers, se recoiffa et palpa la poche intérieure : son passeport et son argent étaient toujours là.

Il alluma une cigarette et sortit dans la rue. Le trottoir était désert. Il lui fallait retrouver son chemin, Evguéni ou l'hôtel avant le lever du jour. Son chauffeur les avait débarqués deux rues derrière le talus de la voie ferrée et ils étaient arrivés tandis que les premiers soldats descendaient du camion de transport militaire.

Tom tourna à un angle et se retrouva sur une artère commerçante et éclairée. Quelques voitures roulaient sur la chaussée luisante. Tom réalisa soudain qu'il s'était mis à pleuvoir ou à neiger. Ou les deux ; de gros flocons mouillés recouvraient ses cheveux et son front fiévreux comme un baume apaisant.

Il poussa la porte d'un immeuble pas encore équipé d'interphone et attendit dans un hall d'entrée sombre. Une Lada s'approcha en roulant au pas — une voiture de patrouille. Les deux policiers bavardaient, parfaitement indifférents.

Tom continua son chemin et aperçut enfin une cabine téléphonique. Comme il n'en était pas à son premier séjour en terre soviétique, il ne sortait jamais sans quelques pièces d'un kopeck au fond de ses poches. Il sortit la carte de visite d'Evguéni et composa le numéro d'une main tremblante. Au bout de trois sonneries, la pièce tomba :

« *Da ?*

— C'est moi. Tu as mon sac.

— Sais-tu l'heure qu'il est ?

— Non.

— Il est presque quatre heures. » Tom sut alors qu'il avait couru et erré pendant trois heures. Il avait perdu la notion du temps. Seuls l'angoisse qui lui oppressait le cœur et son instinct de survie l'empêchaient de s'écrouler.

« Tu dois m'aider, dit-il d'une voix brisée.

— C'est bien ce qu'il m'avait semblé, camarade. Où es-tu ?

— Je ne sais pas.

— Trouve un panneau. »

Tom lâcha le combiné et se pencha en arrière. La nuit était froide et humide et il eut honte en songeant à son pantalon détrempé. Il reprit le combiné.

« Je suis à l'angle de Kirovskaïa et de Tolstova.

— J'habite à côté. Attends-moi là. »

Une éternité lui parut s'écouler avant de voir arriver la Volga jaune d'Evguéni sous la neige. Il avait attendu sous un porche à l'abri des lumières et prit rapidement place à côté de son chauffeur qui l'examina avec un mélange d'étonnement et de pitié.

« Par tous les diables, qu'est-ce que tu sens mauvais ! dit-il.

— Je veux rentrer chez moi.

— À l'hôtel ou au Danemark ?

— Au Danemark, de préférence.

— Dans ce cas, je ne peux rien pour toi. Tu t'es fait détrousser ?

— Ne me pose pas de questions. Souviens-toi des trois singes.

— D'accord, mais quand nous arriverons à l'hôtel, je te conseille de déployer des talents dignes d'un comédien du Bolchoï et de simuler la cuite du siècle. Compris ?

— Je veux rentrer chez moi. »

Tom était tellement harassé qu'il aurait pu se coucher sur le trottoir et s'endormir. Arrivé devant l'hôtel, Evguéni passa un bras sous l'épaule de Tom et remorqua ce dernier jusqu'à la réception. Elle était éclairée par une faible chandelle. Un vieil homme couché dans un coin sur un canapé se leva et se frotta les yeux. Evguéni lui lança un large sourire :

« Les étrangers supportent mal notre bonne vodka, camarade. Et qui peut résister à nos filles biélorusses ? Mais quoi, ce n'est pas nouveau. Et on n'a que faire des belles manières moscovites, ici à Gomel, pas vrai, camarade ? »

Le vieux hocha la tête, encore engourdi de sommeil. Tom s'appuyait de tout son poids sur Evguéni, tête pendante.

« Chambre dix-huit. Ne te dérange pas, je me charge de border notre visiteur. »

Le vieux maugréa encore quelques mots inintelligibles à voix basse, mais son visage trahissait ce mélange de respect et d'envie qu'inspire à de nombreux Russes la vue d'une honnête cuite ayant nécessité maintes heures d'assiduité et une grande quantité de vodka et de cornichons.

Il tendit la clé à Evguéni qui lui donna un billet rose de dix roubles.

« Pour le dérangement, camarade. Pour t'avoir réveillé. L'étranger m'a payé grassement la course. »

Le vieux semblait parfaitement indifférent. Il se gratta le flanc, remonta son pantalon sur son sous-vêtement grisâtre et, les bretelles pendantes dans son dos, il retourna s'allonger sur le canapé. Ce n'était pas la première fois qu'on raccompagnait un visiteur ivre mort à l'hôtel Oktober.

Evguéni installa Tom sur le lit. Celui-ci retira son anorak et s'adossa comme le mur. Evguéni sortit une bouteille de vodka du sac de Tom et remplit un verre à dents.

« Bois. J'ignore dans quel pétrin tu t'es fourré, mais demain, tu auras plutôt intérêt à ressembler à quelqu'un qui s'est offert la plus grande gueule de bois du siècle. Allez bois ! »

Tom but une petite gorgée, puis une plus grande. Il toussa, manqua de s'étrangler et faillit tout recracher. Puis il vida le verre et le tendit à Evguéni sans rien dire :

« Tu es un vrai Russe, dis-moi ! » s'exclama ce dernier en riant. Il remplit à nouveau le verre.

« Pourquoi m'aides-tu ?

— Parce que tu me payes.

— Ce que tu fais n'a pas de prix. »

Le visage large et avenant d'Evguéni combiné aux vertus sédatives de la vodka l'avait apaisé. Le chauffeur passa une main sur sa barbe naissante, se servit un fond de vodka et le vida d'un trait avant de répondre :

« Tu as la chance d'être danois, voilà tout. J'étais marin, dans ma jeunesse. Un soir, j'ai été détroussé dans le port de Copenhague. J'étais ivre, je ne me souviens de rien. On m'a pris mon argent, mon passeport, mon carnet de navigation. Un jeune couple m'a trouvé et m'a aidé. Ils m'ont prêté de l'argent et des vêtements, accompagné au commissariat et à ma propre ambassade. Ils n'ont rien voulu en échange. Je n'ai pas oublié et je suis content d'avoir l'occasion de m'acquitter de ma dette. »

Il détourna le regard et remplit à nouveau le verre.

« Je suis un pauvre bougre sentimental. Bois, camarade. On dirait que tu as besoin d'oublier. »

L'oubli vint avec le sommeil. Il se réveilla le corps courbatu et en proie à une violente migraine. Ses vêtements empestaient la fumée et l'urine. Le jour pointait et Evguéni n'était plus là. Il se leva et sentit la chambre tournoyer comme un manège. Il entra dans la salle de bain. L'image que lui renvoya le miroir le fit sursauter. C'était celle d'un vieil homme aux paupières rouges et enflées. Il se doucha puis chercha vainement le bouchon de la baignoire, mais la présence d'un tel objet aurait relevé du miracle, en Union Soviétique. Il boucha la bonde avec une serviette et ouvrit le robinet d'eau chaude. Dans son sac, il trouva une pochette en plastique contenant de la lessive. Les touristes apprenaient à pallier la rusticité de l'hôtellerie soviétique en s'équipant de tout, du papier hygiénique au savon. Il versa toute la poudre dans la baignoire, y fourra tous ses vêtements y compris l'anorak et brassa le tout dans l'eau mousseuse.

Il but un verre de vodka en attendant que la baignoire se remplisse et dut à nouveau lutter pour ne pas régurgiter le liquide âcre. Après quoi il ferma le robinet et se glissa sous les draps pour replonger dans le sommeil et l'oubli.

En rêve, il vit Sergueï et Zoïka montant chacun un grand chien noir dans un paysage enneigé. La longue langue rouge des deux bêtes dépassait de leurs crocs jaunes et acérés. Sergueï et Zoïka riaient et saluaient de la main. Leurs montures les emportaient vers une puissante clôture en fil de fer barbelé qui disparaissait dans des nuages noirs et bas. En touchant la clôture, les chiens explosèrent en libérant une flamme orangée et Tom entendit ses propres cris résonner quelque part dans ce désert blanc. Micha apparut par un trou de la clôture et leva un doigt désapprobateur mais il arborait un sourire espiègle, comme lorsqu'il venait de raconter une histoire polissonne. Un chien grogna.

Tom s'éveilla. Le soleil luisait derrière les rideaux ajourés et diffusait une lumière crue dans la chambre. Le grognement était toujours là. C'était la sonnerie du téléphone posé sur la table de nuit. Les yeux encore clos, Tom tendit un bras et décrocha le combiné.

« C'est Lev Alexandrovitch. Puis-je monter ?

— Qui ça ?

— Lev Alexandrovitch. Mon frère est à Moscou.

— Ah oui, montez donc. »

Tom fila nu à la salle de bain. Ses vêtements flottaient dans un fond d'eau grise et grasse dans la baignoire aux trois quarts vide. Il se débarbouilla le visage, essaya de se coiffer, enfila une chemise et un pantalon propres et eut juste le temps de refermer la porte de la salle de bain quand on frappa.

Comme la dernière fois, le gros policier était en civil. Il se tenait sur le seuil, son chapeau dans ses grandes mains.

« Entrez, dit Tom d'une voix rocailleuse.

— Comment allez-vous ?

— Ce n'est pas la grande forme.

— Je vois ça. Je suis passé ce matin de bonne heure, mais le veilleur de nuit m'a conseillé de vous laisser dormir. Il m'a dit qu'à juger de l'état dans lequel vous étiez rentré, vous deviez avoir besoin de repos. »

Tom s'efforça de sourire :

« Pour tout vous dire, je ne suis pas très fier de moi.

— Que vous est-il arrivé ? »

Tom s'assit sur le rebord du lit et plongea sa tête dans ses mains.

« J'ai rencontré quelques jolies filles. Elles m'ont invité chez elles, quelque part en banlieue. Je ne sais plus très bien… Nous avons trinqué, fait connaissance. Vous voyez ce que je veux dire…

— Et comment ! Cela se produit si souvent.

— Plus tard dans la nuit, j'ai voulu rentrer chez moi. Elles m'ont proposé de me faire reconduire par l'un de leurs amis, sans supplément. J'avais sans doute un peu trop forcé sur la vodka. En arrivant en bas de l'escalier, quelqu'un m'a assommé et je me suis réveillé sous un porche. Un chauffeur de taxi sympathique m'a raccompagné à l'hôtel.

— Vous avez l'intention de porter plainte ?

— Je préfère que cette affaire ne s'ébruite pas. »

Lev Alexandrovitch parut soulagé.

« Je comprends. Mais peut-être vaudrait-il mieux pour vous avancer la date de votre départ pour Moscou ? Je pourrais vous procurer des réservations pour le train de nuit, ce soir.

— C'est une bonne idée.

— La nuit a été rude pour nous tous. »

Tom sentit le regard insistant du fonctionnaire et fit un effort pour cacher sa nervosité.

« Elle l'a été pour moi, en tout cas, hasarda-t-il.

— Nous avons intercepté une bande qui s'apprêtait à dévaliser un train. Mais les choses ont mal tourné.

— Des brigands ? En Union Soviétique ?

— La mafia russe est puissante, brutale et armée. Sur ce plan, hélas, l'Ouest n'a rien à nous envier.

— Vous voulez parler des États-Unis, sans doute. Pas du Danemark.

— C'est signe que notre société est malade, dit Lev avec un air de dépit. Mais mon frère pourra vous en raconter beaucoup plus long, à Moscou. Là-bas, les bandes rivales s'entretuent pour le contrôle des quartiers. »

Tom aurait voulu qu'il s'en aille.

« Je me réjouis à l'idée de revoir votre frère.

— Cette joie est partagée, à ce qu'il m'en a dit. »

Tom se leva et tendit la main :

« Eh bien, à très bientôt, au Danemark. »

Lev serra la main tendue :

« Je vous accompagne jusqu'à la gare. Il règne une certaine tension en ville, depuis la tragédie de cette nuit. Mais vous n'avez aucun souci à vous faire.

— Voulez-vous dire qu'il y a eu des morts ? »

En qualité de policier, Tom ne devait pas omettre de manifester quelque curiosité professionnelle.

« Quatre gangsters, excusez du peu. Dont une femme. Je me demande comment mon pays a pu tomber si bas. Étant donné les circonstances, j'estime que la police s'en est tirée à bon compte : un seul mort et quatre blessés. C'est inhabituel, d'ailleurs...

— Que voulez-vous dire ? »

Malgré sa migraine et son corps meurtri, Tom était soulagé d'apprendre que les prisonniers avaient la vie sauve. Trois d'entre eux, du moins.

« Le gang était composé de soldats, probablement des anciens d'Afghanistan. La plupart sont devenus de fervents ennemis du régime. Mais il semblerait que ceux-là aient voulu éviter jusqu'au bout que l'affaire ne dégénère en bain de sang. Ce n'est pas normal.

— Je ne trouve rien d'anormal à cela. »

À nouveau, Lev Alexandrovitch eut un sourire las et résigné :

« Moi si. D'ordinaire, les criminels ne s'embarrassent guère d'autant de scrupules. Ils vouent aux forces de l'ordre une haine profonde et ils détestent la société en général. Les affrontements sont souvent d'une violence inouïe.

— Vous voulez dire que les tueries sont monnaie courante ?

— Oui. Mon pays est gangrené par la corruption et pourtant, je doute que l'épisode de cette nuit fasse la une des médias : sept personnes ont été tuées cette nuit dans un restaurant de la capitale, lors d'un règlement de comptes entre deux gangs rivaux. Du reste, il n'est pas souhaitable d'accorder une trop large publicité à ce genre d'affaires. Ce n'est guère le moment d'effrayer les techniciens étrangers. Nous avons cruellement besoin de leur aide. L'héritage de Tchernobyl est lourd à gérer.

— Ainsi, cela ne s'est pas trop mal terminé », dit Tom pour tenter d'abréger l'entrevue. Il aurait voulu se recoucher. Ou boire encore. Il voulait oublier.

« Tout le mérite revient sans doute à l'un de nos secrétaires du Parti qui aura refilé un tuyau aux forces de l'ordre. Ce gars-là mérite l'Ordre de Lénine. Il devait les soupçonner depuis longtemps. »

Lev Alexandrovitch fit un pas vers la porte, s'arrêta, puis attendit. Tom jura en son for intérieur : comment avait-il pu oublier qu'en terre soviétique, les mots ne suffisent pas à tirer un trait sur une affaire douteuse ? Tout a un prix : l'Ordre de Lénine, le silence aussi.

« À propos des billets… les modifications de dernière minute coûtent sans doute un supplément ?

— Sans doute. »

Tom sortit trois billets de cinquante dollars de son portefeuille — une somme équivalente, une fois changée contre des roubles au marché noir, à une année de salaire d'un simple policier, ou tout au moins donnant accès à ces boutiques spécialisées qui n'acceptent que les devises étrangères. Cela mettait le silence à un prix abordable.

« C'est suffisant ? J'aimerais que vous fassiez don de la différence à la fondation Tchernobyl, celle qui envoie les enfants en vacances à l'étranger. Voici deux cents de plus. Ça ira, n'est-ce pas ?

– Ça ira », répondit Lev Alexandrovitch, imperturbable. « Et voilà mon adresse, pour l'invitation que vous pourriez écrire, à l'occasion. » Il sortit de la poche de son imperméable une enveloppe de papier grossier et la tendit à Tom.

« Au revoir. Saluez Moscou de ma part. Je vais avertir mon frère de votre arrivée anticipée. Ne pensez plus aux événements regrettables de cette nuit. »

Lev disparut comme un mirage. L'enveloppe n'était pas cachetée. Tom y trouva une feuille de papier grisâtre portant les coordonnées de l'agent ainsi que sa propre lettre, celle qu'il avait écrite à Sergueï.

Il s'assit sur le lit, darda une main vers la bouteille de vodka. Tout son corps se mit à trembler. Il sentit une angoisse inouïe broyer sa poitrine comme un étau et éveiller une douleur foudroyante qui partait du poumon gauche et irradiait le long de son bras. Il se recroquevilla en suffoquant et pria le ciel de l'aider à réchapper à l'infarctus qui le gagnait et de le transporter auprès d'Erika pour qu'il s'éveille à ses côtés et réalise que tout n'avait été qu'un effroyable cauchemar.

24

Plus tard, Tom Gubrowski se demanda comment il avait réchappé au trépas. Il se dit que la peur de mourir le tourmenterait jusqu'à son dernier souffle, menaçant à chaque instant d'ébranler sa raison s'il n'y prenait garde. Peut-être avait-il survécu parce que très loin d'ici, trois personnes attendaient son retour.

Une fois remis de son violent accès d'angoisse, il prit trois décisions qui le rassurèrent, du moins pour l'heure, sur sa santé mentale : ne jamais raconter à qui que ce soit ce qui lui était arrivé ; inventer pour Erika une version complètement différente et vivre auprès d'elle jusqu'à ce que la mort les sépare, si elle le voulait ; partir pour Moscou séance tenante et là, se faire prescrire d'urgence des calmants par un médecin de l'Ouest.

Assis en tailleur sur le lit, il fixait au mur un affreux tableau où l'on voyait de joyeux travailleurs sortir d'une usine idéalisée. Sur fond d'azur, trois cheminées crachaient fièrement une abondante fumée, symbole de dynamisme et de productivité. Le marteau et la faucille ornaient la façade impeccable. Un fonctionnaire du Parti à la mine avenante et coiffé d'une casquette de Lénine donnait des directives à un jeune ingénieur très motivé qui lui présentait les objectifs du prochain plan septennal, tout en observant avec bienveillance la relève de l'équipe de jour par l'équipe de nuit. Des ouvriers, la casquette rabattue sur l'oreille et les joues maculées par un honnête labeur, tenaient dans leurs grosses mains calleuses des enfants souriants. Des femmes aux visages jeunes et propres sous leurs foulards colorés posaient dans l'éclairage parfait du crépuscule tombant sur la société nouvelle.

Tom termina sa lessive et but une bouteille presque entière de vodka. Puis il téléphona à Evguéni qui le conduisit à la gare et accepta en protestant un dernier billet de cent dollars. Dans le train, Tom descendit sans sourciller une autre bouteille de vodka et une fois à Moscou, il sut se montrer souriant et convivial.

L'ambassade danoise l'envoya consulter le médecin de l'ambassade britannique. Pour trente-cinq dollars américains, un homme jeune et nerveux mesura sa tension, prit note de ses insomnies, examina ses mains tremblantes, lui administra un Valium et lui recommanda de rentrer au Danemark au plus tôt afin d'y entamer un traitement.

Les comprimés lui firent du bien. Il dormit peu mais il parvint à assurer son rôle d'interprète lors des réunions stériles et à sourire des stupides échafaudages de boîtes de Carlsberg vides que ses collègues bâtissaient chaque nuit au bar de l'hôtel.

Le calme ne lui revint que dans l'avion du retour, et encore, seulement après que le pilote eut annoncé que l'on survolait Riga et quittait l'espace aérien soviétique.

Arrivé à Copenhague, Tom descendit dans un petit hôtel de Vesterbro. Malgré l'heure tardive, il trouva une laverie automatique ouverte et relava tout son linge.

Cela faisait quatre jours qu'il n'avait pas absorbé un vrai repas. Il avala deux hot dogs dans le froid mordant, devant la camionnette à saucisses qui lui donna une étrange sensation de sécurité. Il remonta dans sa chambrette, avala le dernier cachet de Valium ainsi que deux bières spéciales achetées dans une épicerie nocturne et, pour la première fois, son sommeil ne fut pas peuplé de cauchemars violents.

Il s'éveilla dix heures plus tard, guère reposé mais l'esprit clair.

Ses mains tremblaient encore un peu. Il se força à avaler un verre de jus de fruit, un petit pain garni d'une tranche de fromage danois insipide et plusieurs tasses de café. Puis il quitta l'hôtel et se mêla à la foule matinale. Les lutins des vitrines de Noël alternaient avec les photos pornographiques des devantures de sex-shops. Il arriva à la gare centrale, déposa son sac dans un casier de la consigne automatique et acheta un aller-retour pour Odense.

À Odense, il loua une voiture et mit le cap vers le nord en empruntant les petites routes peu encombrées. La pluie drue de décembre fouettait le pare-brise. La ville, située sur la côte, à l'extrémité de l'île, somnolait doucement, en marge des tambours du progrès.

Il arriva à la nuit tombante. Les gens se calfeutraient chez eux et les rues étaient vides. Seules quelques voitures garées devant les supermarchés attendaient les retardataires qui terminaient leurs achats. Tom traversa le centre en direction des prés salés. La première cabine téléphonique était hors d'usage, la seconde paraissait intacte. Il s'y enferma et composa le numéro de Pelle qui décrocha.

« Salut Pelle, c'est Tom.

– Tom, nom de Dieu. Où es-tu ? Où es-tu ? Erika a appelé. Les autres sont rentrés depuis plusieurs jours. Elle se fait un souci de tous les diables. Où es-tu donc ? »

Pelle semblait sincèrement inquiet.

« Du calme, vieux. Tout va bien.

– Alors, appelle Erika. Tu n'as vraiment pas de cœur.

– Entendu, mais il faut absolument que l'on se voie.

– Mais où es-tu, nom d'un chien ?

– Dans une cabine, à Halsskov. J'arrive par le prochain ferry.

– Tu es naturellement le bienvenu, mais appelle d'abord Erika.

– Il s'agit de Morten. »

Le silence se fit à l'autre bout de la ligne. Tom s'imagina Pelle, à deux kilomètres de là, dans son salon bien chauffé, le combiné à la main.

« Et alors ? dit-il simplement.

– De Morten et de la Russie. De Morten et de Pelle.

— J’ignore de quoi tu veux parler.

— Je dois raccrocher. Nous embarquons d’une minute à l’autre.

— Laisse tomber, Tom. Ça ne vaut pas la peine.

— Rendez-vous chez toi. À tout à l’heure. »

Il raccrocha, alluma une cigarette, tira quelques bouffées puis il courut regagner la voiture sous la pluie.

Malgré l’obscurité et le mauvais temps, il n’eut aucune peine à trouver le chemin, non seulement parce qu’il était venu ici l’année dernière en automne, mais aussi parce qu’il avait sillonné la contrée à bicyclette un nombre incalculable de fois. Il gara la voiture à une centaine de mètres de l’atelier de Pelle. À côté, dans la pommeraie, la vieille cabane était plongée dans l’obscurité. Tom s’avança dans l’herbe mouillée, sous les branchages dénudés, jusqu’à la silhouette un peu affaissée de la cabane. Avec son couteau, il souleva le crochet d’une fenêtre, se hissa à l’intérieur et referma soigneusement derrière lui. L’air sentait le renfermé mais le plancher était propre et semblait avoir été balayé récemment. Il reconnut dans le noir les contours du vieux poêle dans lequel ils avaient grillé des pommes, la table qu’ils avaient fabriquée et devant, le coffre qui servait de banc. Il s’assit sur la banquette où ils avaient dormi tant de fois, dans le recoin derrière la porte. Là, il s’adossa contre le mur et attendit.

Dix minutes à peine s’écoulèrent. Une voiture s’arrêta devant la fermette. Un crissement de bottes en caoutchouc sur l’herbe mouillée se rapprocha. Une main tâtonna autour du cadenas et la silhouette massive de Pelle entra dans la pièce. Avec sa lampe de poche, Pelle trouva la lampe à pétrole posée sur la table basse, sous l'autre fenêtre, gratta une allumette et alluma la mèche. Les ombres du mobilier se mirent à danser dans la flamme vacillante. Pelle éteignit sa lampe de poche, se baissa devant le poêle, ouvrit la porte et plongea une main à l'intérieur. Le poêle ne semblait pas avoir servi depuis plusieurs années car quand Pelle retira son bras, la manche de sa veste en daim ne portait pas la moindre trace de suie. Dans sa main, il tenait un carnet.

« As-tu gardé le livre de codes en souvenir, Pelle ? » demanda Tom en braquant le faisceau de sa torche sur le visage stupéfait de Pelle.

Pelle sursauta et, en se redressant, sa tête heurta une poutre basse du plafond.

« Tu as toujours été trop malin, dit-il d'une voix résignée. Éteins donc cette maudite lampe. Sacré nom d'un chien, ma pauvre tête ! »

Tom se décala jusqu'à l'extrémité de la banquette.

« Tu n'as pas bonne mine, dit Pelle en le voyant.

— Je n'ai pas été bien portant.

— Ça se voit. » Pelle alla s'asseoir sur le coffre et palpa son crâne douloureux.

« Et maintenant ? » Pelle sortit son paquet de cigarettes, le tendit à Tom qui se leva de la banquette pour se servir. Pelle lui offrit du feu.

« Et maintenant, qu'est-ce que tu comptes faire ? répéta-t-il.

— Rien. Je voulais simplement en avoir le cœur net.

— Ça n'a plus d'importance.

— Je suis tout de même curieux de savoir comment tu t'y es pris pour le recruter. »

À la grande surprise de Tom, Pelle éclata de rire. Son gros ventre se mit à danser, ses yeux disparurent dans les plis de ses joues et Tom ne put réprimer un sourire. Pelle avait toujours eu le don de les faire rire quand ils s'étaient disputés. Celui-ci posa sa grosse main sur la nuque de Tom et le bouscula gentiment.

« Quel imbécile tu fais, Tom, mais je t'aime quand même. Je n'ai pas recruté Morten, c'est le contraire qui s'est produit. Je n'ai jamais eu l'étoffe d'un meneur. J'ai toujours préféré suivre le troupeau et laisser un autre tenir le compas. Morten n'a eu aucun mal à me convaincre.

— Pourquoi ?

— Ma foi, qui pourrait le dire, aujourd'hui ? Feuillette les journaux de l'époque : le socialisme par-ci, le socialisme par-là, Mao, Che, Ho. As-tu oublié ?

— Tout le monde n'a pas sauté le pas.

— Morten s'y est pris progressivement. Il détestait les Américains. Le débarquement à Cuba et la guerre du Vietnam le révoltaient. Il n'aimait pas spécialement l'Union Soviétique, mais il estimait qu'elle était la seule puissance capable de tenir tête à l'impérialisme américain. »

Il secoua la tête et reprit :

« Ça paraît tellement stupide aujourd'hui, mais à l'époque, beaucoup de gens partageaient cet avis. Tu sais que le père de Morten idolâtrait les Américains, ces grands vainqueurs de la guerre, ces élus de Dieu. Toute cette intox écœurait Morten. Comment est-il devenu agent ? Aucune idée. »

On entendait la pluie ruisseler sur le toit. Tom connaissait la procédure : tout commençait par une rencontre anodine. Un fonctionnaire de l'ambassade vous invitait à déjeuner pour vous entendre exposer vos passionnants points de vue. Il vous encourageait à les développer dans un article qu'on publierait dans une revue spécialisée. Contre rémunération, naturellement. Nouvelles rencontres qui, le moment venu, débouchaient sur la signature d'un contrat. La durée des fiançailles était variable, mais une fois consommée, l'union était indéfectible. Morten avait sans doute les qualités requises. On l'avait alors aidé à se départir de ses fréquentations politiques dans le milieu étudiant et à se concentrer sur sa carrière. Si Morten ne s'était pas noyé, il serait devenu une véritable vedette de l'ombre car il aurait continué de gravir les échelons de l'administration centrale.

« Quel rôle jouais-tu, Pelle ?

— Un rôle bien modeste. De temps en temps, je recevais un coup de fil. Avec un code. Je cherchais le code dans ce carnet et j'obtenais les coordonnées d'une position sur une carte de la Fionie du Nord, une de ces cartes au 1/20 000 que nous utilisions en randonnée. Le jour d'après, je partais me promener dans la forêt ou sur la plage et je récupérais une mallette métallique sous une pierre ou dans une haie que je remettais ensuite à l'ambassade soviétique de Copenhague. Comme je venais souvent exposer mes toiles à l'Est, l'opération se déroulait parfois dans l'autre sens : on me confiait une mallette à Moscou et je la plaçais en lieu sûr. Deux ou trois fois par an.

— L'enfance de l'art : une boîte aux lettres morte.

— Si tu le dis.

— C'est de la trahison d'État.

— Oh, fiche-moi la paix, veux-tu !

— Tu revendiquais quoi ? Une société plus juste ?

— Quelque chose dans ce style. En plus, Morten m'assurait qu'il ne cherchait jamais à nuire aux intérêts danois. Il se bornait à faire échouer les projets des impérialistes américains.

— Cela revient au même.

— Pas pour Morten. Et tu le sais, quand il croyait à la justice d'une cause, il était inutile d'essayer de le faire changer d'avis. Comment as-tu appris la vérité ?

— Ne compte pas sur moi pour te le dire.

— Peu importe. Il est mort, maintenant.

— Ce n'était pas un accident. Morten a voulu se noyer. »

La voix indignée de Pelle couvrit un instant le martèlement de la pluie :

« Comment as-tu le cœur de dire une chose pareille !

— Il a voulu que je découvre son double jeu.

— Tu inventes. Et moi qui te croyais son ami !

— Il m'a laissé une photographie de nous trois. Tu ne l'as pas prise, moi non plus et Morten pose avec nous. La photo a été prise au déclencheur automatique, l'été où son père lui a offert l'appareil.

— Simple supposition.

— Peut-être, mais c'est la vérité. Comme beaucoup d'autres, Morten avait perdu ses illusions, sauf que sa déception était plus grande car il avait risqué plus gros. »

Pelle jeta son mégot sur le plancher, l'écrasa sous sa semelle et alluma aussitôt une nouvelle cigarette sans en proposer à Tom :

« Sa rencontre avec Erika l'avait transformé. Je crois que la clé de l'explication est là. Si ce que tu prétends est vrai.

— Peut-être », lâcha Tom qui commençait à sentir l'humidité se faufiler par les lattes brutes du plancher et par les fenêtres embuées.

« Mais il ne s'est jamais adressé à toi, n'est-ce pas ? » dit Pelle.

Tom sursauta.

« Que veux-tu dire ?

— Au fond de toi, tu es vexé de ne pas avoir été mis dans la confidence parce que tu l'admirais autant que nous. Je me trompe ?

— Il n'a jamais fait la moindre allusion.

— Pardi ! Il se méfiait de toi.

— Mais c'est absurde. »

Pelle rit :

« Je le savais ! Tu es jaloux ! »

Tom sentit sa colère monter. Pelle avait peut-être raison : sacrifiant au rituel qui, durant l'enfance et l'adolescence, caractérise les amitiés viriles, Pelle et lui n'avaient-ils pas toujours rivalisé pour accéder au rang de favori ?

Pelle reposa sa main sur la nuque de Tom :

« Il ne reste que nous deux maintenant. Une nouvelle vie t'attend. Rentre chez Erika et oublie toutes ces bêtises.

— Il n'a pas voulu faire appel à moi.

— Il disait que tu étais trop malin, trop indépendant, trop peureux et trop égoïste. »

Tom ne trouva rien à répondre. Il se sentait gagné par une rage inexplicable et s'écarta de Pelle qui reprit :

« Quand nous avions neuf ou dix ans, nous jouions à David Crockett et à Fort Alamo ; tu te souviens ? Du bout de son épée, Morten traçait une frontière dans le sol pour former les deux camps. Ceux qui voulaient défendre Alamo devaient la franchir, comme dans le western que nous avions vu à la télé, un dimanche après-midi. Tu t'en souviens ? Tu restais toujours de l'autre côté. Tu prétendais qu'il était stupide de choisir la mort quand nous savions que ceux qui franchissaient la frontière seraient tous massacrés. Nous ne comprenions pas ta logique. Pardi, ce n'était qu'un jeu. Peine perdue. Tu étais toujours le Mexicain et nous, les héros tombés au combat.

— Je remportais la victoire.

— Exactement. Tom n'enfreindra jamais la loi, disait Morten.

— Lui, si. Pourquoi ?

— Qui sait ? La plupart ne l'ont pas fait. Mais de tous ces pseudo-révolutionnaires qui s'agglutinaient pour partager leurs idées stupides, certains ont dépassé les limites. C'est ceux-là même de l'affaire qui porte le nom d'une rue de Copenhague qui passent en jugement ces jours-ci. De quoi les accuse-t-on, d'ailleurs ? De militer pour la révolution ? D'être des terroristes ? Non, d'avoir braqué une banque et d'avoir illégalement détenu des armes. J'avais partagé un appartement avec deux d'entre eux durant un mois. Je savais qu'ils iraient trop loin. Ils n'ont pas su s'arrêter à temps et rentrer dans le rang comme les autres. Se trouver une petite femme et un boulot. Ce sont les mêmes qui, aujourd'hui, soulagent leur conscience en versant une obole aux organismes humanitaires, arrosent les courriers des lecteurs de lettres repentantes et votent à gauche en dépit du bon sens et de leur taux d'imposition. »

Tom riait malgré lui.

« Espèce de vieux fou ! Quand je pense que je n'ai plus que toi…

— Alors ménage l'argenterie, mon vieux. À notre âge, il ne faut pas compter sur un miracle.

— Quel rapport entre Morten et les voleurs de Blekingegade ?

— Ils ont, chacun à leur façon, voulu réaliser les rêves imbéciles de l'époque. Ils ont franchi un pas de trop. Libre à toi de les trouver naïfs ou idéalistes.

— Et toi ? Dans quelle catégorie te rangerais-tu ?

— Aucune. Je ne suis qu'un pauvre mouton de Panurge. C'est difficile à admettre, mais c'est la triste vérité. »

Cette fois, ce fut au tour de Tom d'entourer Pelle de ses bras et de l'attirer contre lui. Ce dernier résista d'abord un peu avant de lui rendre son accolade.

« Brûle ce carnet, veux-tu ? Et n'en parlons plus jamais.

— Tu viens chez moi prendre une bière ou deux ? » demanda Pelle avec un trémolo dans la voix.

« Non, j'ai des affaires à régler à Copenhague. »

Et Tom lui tendit la main :

« Au revoir, Pelle.

— Ça m'a tout l'air d'un adieu.

— Pas forcément. Repartons de zéro dans quelques jours.

— Viens donc boire une bière.

— Une autre fois. Et brûle ce cahier.

— Je vais brûler la cabane par la même occasion.

— Excellente idée. Elle a fait son temps. »

25

Tom Gubrowski attrapa le train de 20 h 15 pour Copenhague et se fit déposer en taxi dans le quartier d'Østerbro. Il avait très envie de franchir les quelques centaines de mètres qui le séparaient de l'appartement d'Erika. Pelle avait dû avertir celle-ci de son retour et elle devait l'attendre. Mais, même si l'envie de la voir était presque douloureuse, il sonna à l'interphone de Jette Jansen. Aucune réponse. En réglant sa course, il avait aperçu de la lumière derrière les rideaux tirés. Il insista, car il avait bien compris qu'au Danemark, un fonctionnaire ayant atteint un rang suffisamment élevé pour être équipé d'un bip ne peut guère résister longtemps à des coups de sonnette répétés.

« Qui est là ?

— C'est Tom.

— Sais-tu l'heure qu'il est ?

— Veux-tu savoir qui est Volk ? »

Le silence qui suivit indiqua qu'elle avait compris l'objet de sa visite.

Elle portait une chemise et un pantalon gris visiblement ramassés au hasard sur le dossier d'une chaise et enfilés sans souci d'harmonie. Un maquillage très léger rehaussait son regard qui exprimait un mélange de compassion et de contrariété.

« Tu as vraiment une sale mine », dit-elle.

Tom passa devant elle et pénétra dans le vestibule.

« Mais entre donc. Donne-moi ton blouson.

— Laisse tomber.

— Pourquoi diable débarques-tu à une heure pareille ?

— Je voudrais boucler cette affaire. Si nous entrions au salon ?

— Mais certainement. Je peux t'offrir quelque chose à boire ?

— Non merci. »

Tom s'installa sur le canapé. Elle s'assit en face de lui, sur l'un des beaux fauteuils modernes de cuir clair, croisa les jambes et alluma une cigarette.

« Oh, et puis zut ! dit-elle d'un ton agacé en chassant la fumée devant son visage. Nous ne sommes plus des enfants. Lasse, tu peux venir, c'est Tom. »

Lasse Nauer entra, vêtu d'un jean et d'une chemise, pieds nus dans une paire de chaussons chinois. C'est la première fois que Tom le voyait dans une tenue aussi décontractée.

« Bonsoir Gubrowski », dit-il en arborant un sourire plein d'aplomb. Il vint s'asseoir à côté de Jette et posa une main sur la sienne comme pour marquer son titre de propriété.

« Nous nous fréquentons depuis quelques mois, si tu veux tout savoir, lâcha Jette.

— Je m'en fiche éperdument. Ça ne me regarde pas.

— Mais bon sang, que t'est-il arrivé ? » demanda Lasse en tiraillant sur ses manches. Sans costume, l'effet de ce tic destiné à faire dépasser le tissu du nombre de centimètres réglementaire était des plus comiques.

« C'est sans importance, répondit Tom.

— Tu as vieilli de dix ans et tu es pâle comme un linceul, insista Nauer.

— Arrête, Lasse, coupa Jette. On dirait que tu as besoin de repos. Es-tu vraiment sûr de ne pas vouloir un petit remontant ?

— D'accord. Un whisky, si tu as.

— Lasse, veux-tu bien t'en charger ? » dit-elle de sa voix naturellement autoritaire.

Tom sortit de son portefeuille une étroite bande de papier qu'il déplia délicatement et tendit à Jette.

« Je ne lis pas le russe, Tom.

— Ce sont les données de Volk. Il a reçu l'Ordre de Lénine à titre posthume pour ses services rendus à l'U.R.S.S. Contente-toi de jeter un coup d'œil sur les dates de naissance et de décès — les deux dates cruciales de la vie d'un homme. »

Jette examina la feuille comme si elle cherchait à déchiffrer le sens des caractères cyrilliques. Lasse revint avec trois verres de whisky qu'il posa devant eux sur la table. Tom prit le sien et but une gorgée.

« Morten, dit Jette. Morten est Volk. C'est ça que tu essaies de me dire ? »

Nauer prit le papier :

« Morten ? Cela ne me dit rien, à moi.

– Où as-tu déniché ce document ? demanda Jette.

– Cela ne regarde que moi et je n'ai pas l'intention d'entrer dans les détails. Mais sache qu'il est authentique. Il provient des archives du personnel du KGB. Je suis seulement venu te dire qu'il est inutile de poursuivre les recherches. Enterre cette enquête et laisse dormir les morts en paix. À présent il faut que je m'en aille.

– Cette pièce n'est pas une preuve, objecta Nauer.

– Du calme, Lasse », dit Jette. Elle regarda Tom. Ses mains tremblaient. Le manque de sommeil avait creusé ses traits et rougi ses yeux. Cet homme qu'elle s'était toujours représenté mystérieux, un peu farouche et éternellement bronzé ressemblait ce soir à l'un de ces clochards vieillissants qui collectent les bouteilles de bières vides pour encaisser la consigne. Il paraissait si vulnérable qu'elle eut envie de le consoler, de le border, de le soigner. Il avait beau avoir réchappé de l'enfer, son visage gardait les marques de ce qu'il y avait vu.

« Tom, tu ne penses pas que nous devrions reparler de tout cela à tête reposée ? » dit-elle avec douceur – sa voix pouvait changer brusquement de registre et, d'autoritaire, se faire tendre et maternelle.

« Il n'y a plus rien à dire. Reconsulte les archives et tu verras que j'ai raison. Tu le sais aussi bien que moi.

— De nombreux indices confirment cette hypothèse, en effet. »

Nauer se leva. Il avait besoin d'aller et venir pour réfléchir :

« À quoi bon s'obstiner ? Si je comprends bien, Tom, tu débarques en pleine nuit, pâle comme la mort. Tu nous annonces de bien regrettables nouvelles, un vrai conte à dormir debout. Récapitulons : ce type est mort, les temps ont changé, les règles du jeu aussi. Tu prétends qu'un agent double a travaillé chez nous pendant des années. Preuve : aucune. Que cet agent double était l'ex-patron du PET. Preuve : une bandelette de papier douteuse. Alors je pose la question : comment vas-tu t'y prendre pour formuler cela dans un rapport ?

— Je n'ai pas l'intention de rédiger de rapport.

— Dans ce cas, je n'ai rien compris », convint Nauer en s'immobilisant au milieu de la pièce.

« Lasse, pour l'amour du ciel, viens t'asseoir », dit Jette.

Lasse se rassit et goûta son whisky du bout des lèvres, comme s'il se méfiait de la qualité de la marque :

« Si tu veux mon avis, Jansen, j'ai soudain l'impression que cette révélation ne te surprend guère, que tu connaissais la réponse depuis le début.

— J'avais des soupçons, mais je n'étais pas sûre. J'ai consulté les archives. Des détails coïncidaient mais une chose m'a frappée : à partir du moment où Morten est entré en fonction, les Américains se sont mis à critiquer notre sécurité. Un nombre croissant de secrets de l'OTAN étaient ébruités. »

Jette alluma une cigarette.

« Tu fumes trop, dit Lasse.

– Cela ne te regarde pas. Nous ne sommes pas mariés, que je sache, répondit-elle sèchement.

– C'est pour cela que tu as envoyé Gubrowski au charbon ?

– Ça pouvait toujours servir.

– Et maintenant ?

– On classe l'affaire. »

Tom était tellement épuisé qu'il avait peine à maintenir les yeux ouverts. Il revit le corps ensanglanté de Zoïka et Sergueï hurler et jurer mort aux ânes. L'odeur de la poudre collait à ses narines, le crépitement des tirs continuait de résonner dans ses tympans et en dépit de lavages répétés, il ne parvenait pas à oublier la consistance poisseuse du sang sur ses mains. Il observait Jette et Lasse sans comprendre ce qui les attirait l'un vers l'autre. Hormis peut-être le plaisir de pouvoir prolonger les rapports de force dans l'intimité.

À nouveau, Lasse se leva et se mit à arpenter la pièce.

« C'est mieux ainsi. Laissons le dernier espion danois de la guerre froide reposer en paix. Il ne mérite pas qu'on lui érige un monument funéraire. De toute façon, le second plus vieux métier du monde est sur le point de disparaître.

– Tu dis vraiment n'importe quoi, Lasse. Il y aura bientôt la guerre dans le Golfe. Tu connais l'importance des agents dans cette région du monde. Quant aux Russes, ils commencent déjà à tricher et à déplacer leurs chars de l'autre côté de l'Oural. Tous les pays ont des espions. Rien n'a changé.

L'espionnage est le plus vieux métier du monde, mon cher. » Elle posa sur lui un regard froid.

Nauer prit son temps. Il but une gorgée de whisky et leva son verre comme pour porter un toast à la tirade de Jette.

« Tu oublies, ma chère, que la cupidité des femmes surpasse celle des espions. Ne parlons pas de celles qui, comme toi, sont bardées de diplômes. Mais tant qu'il y aura des hommes, l'amour sera à vendre. Je ne parle pas des sentiments, mais des plaisirs de la chair. Depuis que le monde est monde, un homme sait qu'il pourra assouvir ses désirs contre une peau d'ours ou un billet de banque. Voilà le plus vieux métier du monde. Je ne prétends pas en avoir besoin, mais c'est la cruelle vérité, n'es-tu pas d'accord ? »

Il leva sur Jette un regard triomphal et provocateur qui semblait dire qu'il n'aurait aucune peine à s'offrir les charmes d'un corps deux fois plus jeune que le sien. Tom se sentait de plus en plus abattu. En même temps, il était fasciné par cet étrange bras de fer.

Jette sourit :

« À t'entendre, je prétends au contraire que tu en as cruellement besoin.

— Que veux-tu dire ?

— Qui a trahi Adam et Ève ? Et Caïn ? Notre civilisation entière repose sur la suspicion et sur son corollaire : l'espionnage. Aucun pays n'échappe à la règle. Tous recrutent des espions et continueront de le faire. »

Lasse rit, soulagé :

« Ce doit être à cause de l'heure tardive. J'ignorais que tu étais capable de philosopher. »

Tom en avait assez entendu :

« Merci pour le whisky », dit-il en se levant.

Lasse posa une main sur son bras pour le retenir.

« Je peux ? » demanda-t-il en regardant Jette qui acquiesça. « Gubrowski, une nouvelle ère commence. Les Polonais sont très inquiets. Ils redoutent que les Russes ne s'avisent de rester. Les apparences ne sont guère encourageantes.

– Gorbatchev montre son vrai visage, renchérit Jette.

– Je dirais plutôt qu'il subit les pressions de son entourage », rectifia Nauer en retenant toujours Tom.

« Pour en venir au fait : les Polonais nous ont offert de participer à la création d'une commission. La Pologne est aujourd'hui une démocratie comme la nôtre et nous avons des intérêts communs. Diable, ils vouent une haine tellement farouche aux communistes qu'ils ne pourraient même pas publier une lettre au courrier des lecteurs d'un quotidien aussi ultralibéral que *Jyllandsposten*. Ils aimeraient venir glaner quelques tuyaux dans la cour des grands, s'initier à nos méthodes. C'est une sacrée bonne idée. Ça nous donne le beau rôle. Nous commençons modestement en ouvrant une sorte de café du commerce où un dialogue informel s'engage entre bons voisins démocrates condamnés à coexister dans l'ombre géante de l'ours. La présidence danoise serait de courte durée. Comme tu pratiques les trois langues, ton nom a été cité.

— Ça ne m'intéresse pas. » Tom se dégagea, traversa le salon et regagna la porte tout en remontant la fermeture Éclair de son anorak.

« Nous te contacterons bientôt. La nuit porte conseil », lança Nauer derrière lui. La voix de Jette répondit :

« Laisse-le tranquille, il est bouleversé. Morten était son meilleur ami. »

Erika l'avait attendu et elle lui ouvrit aussitôt. Elle portait un survêtement de sport, ses yeux étaient rouges et son visage exprimait une tristesse infinie. Elle l'étreignit en silence et le serra si fort qu'il en eut presque mal. Il lui sembla qu'une bulle éclatait dans sa poitrine et il eut peine à contenir ses larmes.

« J'ai eu si peur, murmura-t-elle à son oreille.

— Il n'y avait aucune raison.

— Pourquoi n'as-tu pas téléphoné ?

— Je t'expliquerai un jour.

— J'ai réalisé à quel point je t'aime, idiot. Pourquoi n'as-tu pas appelé ?

— Je suis là, à présent », répondit-il en se dégageant, bien qu'il eût préféré garder son corps contre le sien.

« Tu as une mine épouvantable. Que t'est-il arrivé ?

— Si tu acceptes de me garder, je me remettrai.

— Je te garderai aussi longtemps que tu voudras. Entrons ! »

Il suspendit son anorak à une patère et la suivit dans le salon. Une odeur âcre de tabac froid flottait dans la pièce. Un cendrier plein et une bouteille de vin rouge vide le renseignèrent sur la façon dont elle avait trompé son attente.

Il alla chercher une autre bouteille et un second verre dans la cuisine. Erika s'assit sur le canapé. Tom remplit les verres mais resta debout. Sur la table, à côté du cendrier, étaient posés les quatre morceaux de la photographie. Il les rapprocha. L'image de Pelle, Morten et Tom apparut.

Elle renifla :

« Ça n'a servi à rien de la déchirer. Ça ne marche pas comme le vaudou.

— C'est Pelle qui t'a prévenue ?

— Oui.

— Où sont les filles ?

— Au lit, naturellement. » Elle but une longue rasade de vin : « Depuis combien de temps es-tu au courant ?

— Pas longtemps. Et toi ?

— Depuis le jour de sa noyade. Cela fera trois ans cet été. »

Elle parlait avec un accent prononcé, comme à chaque fois qu'elle avait un peu trop bu. Tom alla chercher le grand cendrier en métal qu'il leur avait offert il y a si longtemps — anniversaire ? remerciement ? — et le posa sur la table.

« Comment l'as-tu appris ? » demanda-t-il en posant les morceaux de la photographie dans le cendrier.

« Cet imbécile me l'a dit lui-même. » Tom sentit les sanglots monter dans la gorge d'Erika bien qu'elle s'efforçât de garder un visage impassible. Il assemblait distraitement les morceaux du cliché, Pelle avec Tom, Tom avec Morten. Elle renifla :

« Il voulait que je comprenne. Quelle folie ! Rends-toi compte, Tom. J'ai grandi en R.D.A. ! Comment aurais-je pu comprendre ? Il aurait mieux valu qu'il se taise. Qu'avait-il besoin de se justifier ?

– Je crois qu'il envisageait d'arrêter », répondit Tom en jouant toujours avec les morceaux, collant la tête de Pelle sur le corps de Tom, le bras de Morten à l'épaule de Pelle, la tête de Tom sur le buste de Morten, mêlant les bribes d'un passé fait de juvénile insouciance où tout était soit noir soit blanc. Son corps était courbaturé. Bientôt, il l'allongerait contre celui d'Erika pour s'endormir profondément et sommeiller pendant un siècle, comme la Belle au Bois Dormant qui reposait bien à l'abri derrière sa haie d'aubépine.

« Et pourquoi ne l'a-t-il pas fait ?

– Seule la mort peut dissoudre les liens de ce genre de mariage.

– Je lui en ai tellement voulu. Je ne pouvais accepter sa trahison. Si encore il s'était contenté de me tromper, j'aurais trouvé cela tellement danois, tellement normal. Mon père a moisi pendant quinze ans dans une prison. Quinze ans pour avoir écrit un article. À l'idée du jugement que porteraient les citoyens bien-pensants, sans parler de la caisse de retraite socialiste, ma mère est morte de honte. Mon frère a été abattu alors que nous passions le Mur. Comment aurais-je pu le comprendre ? Dis-le-moi ! »

Tom approcha la flamme du briquet et les morceaux se consumèrent en dégageant une fumée noire et acide. Erika se cambra contre le dossier et enfouit son visage dans ses mains.

« Abracadabra ! Vaudou ! Envolé en fumée, le passé.

– Ce n'est pas aussi simple. Je lui ai dit que je le quittais, que j'emmenais les enfants et que je ferais tout pour qu'il ne les revoie jamais. »

La photo n'était plus qu'un petit tas de cendres.

« Y compris le dénoncer ?

– Naturellement. S'il s'avisait de réclamer la garde parentale, j'irais aussitôt trouver la police. Pour moi, il ne s'agissait pas d'un simple jeu ou d'un naïf engagement révolutionnaire danois. Ses employeurs ont les mains souillées du sang de ma famille. Dieu merci, c'est du passé, mais l'idée qu'il ait pu travailler pour EUX m'était intolérable.

– Et il s'est donné la mort en se noyant », ajouta Tom. Les yeux d'Erika se remplirent de larmes. Il alla s'asseoir à côté d'elle mais elle détourna son visage pour le sécher dans ses mains. Puis elle se redressa, le regard fixé droit devant elle :

« Cela s'est passé presque comme je te l'ai raconté quand tu es venu me voir à ton retour de Thaïlande. Morten est sorti pêcher sans dire un mot. Les enfants jouaient chez le voisin. Il est resté assis longtemps dans la barque, au milieu du lac. Puis, doucement, il s'est laissé glisser dans l'eau.

– Ce n'est pas de ta faute s'il a voulu se noyer. Il se sentait coupable et désespéré à l'idée de te perdre », hasarda Tom pour la consoler de son mieux.

Le visage d'Erika était toujours impassible et sa voix était étonnamment calme. Seul son accent de plus en plus prononcé trahissait son émoi.

« Non. C'est moi qui l'ai tué. Je suis excellente nageuse. J'aurais pu le sauver. Je savais bien qu'il ne savait pas nager. Mais je n'ai pas bougé. Deux fois, il est remonté à la surface. Puis plus rien. Il s'est débattu sans un cri. Je n'oublierai jamais son regard. Il m'a semblé voir très distinctement ses yeux me fixer longuement. Je n'ai pas bronché, Tom. Je l'ai laissé mourir. »

Elle ne put retenir davantage les sanglots qui submergèrent tout son corps. Il la prit doucement dans ses bras. Elle se raidit, comme si elle n'osait s'abandonner de crainte de le perdre lui aussi. Sans rien dire, il accentua doucement son étreinte et elle finit par blottir sa tête contre sa poitrine pour pleurer. Tom aperçut Dorthéa au fond du couloir, sur le seuil de la porte de sa chambre, en chemise de nuit, son chien en peluche sous le bras, son visage d'enfant de sept ans figé d'inquiétude.

« Approche, ma chérie », lui dit-il.

Erika se détourna pour sécher ses yeux, sans réussir à maîtriser ses sanglots. La fillette vint blottir son visage contre le sein maternel. Erika rejeta la tête en arrière avec tant de raideur que les muscles de son cou saillirent.

« Pourquoi pleures-tu, maman ? » demanda une petite voix feutrée par l'épaisseur du chandail.

« Ce sont des bêtises de grandes personnes, dit Tom.

– Est-ce que toi aussi, tu vas mourir ? demanda-t-elle.

– Non, ma chérie. Je vais rester auprès de vous. Pendant au moins un siècle.

– Maman a pleuré comme ça quand papa est mort.

– Je ne vais pas mourir, ma chérie.

– Alors cessez vos bêtises de grandes personnes.

– Je te promets que c'est la dernière fois.

– Vraiment ?

– C'est promis. »

Dorthéa se pelotonna entre eux. Erika entoura la fillette de son bras et Tom les serra toutes les deux contre lui. Lentement, les larmes d'Erika se tarirent et le silence s'installa dans la pièce.

DU MÊME AUTEUR

Chez Gaïa Éditions

À LA RECHERCHE D'HEMINGWAY, 2010.

L'ÉPOUSE INCONNUE, 2007, Babel Noir n° 24.

L'ENNEMI DANS LE MIROIR, 2006, Folio Policier n° 513.

LA FEMME DE BRATISLAVA, 2004, Folio Policier n° 399.

LE DANOIS SERBE, 2001, Folio Policier n° 484.

LA PHOTO DE LIME, 2000 Folio Policier n° 566.

LA CHANTEUSE RUSSE, 1999.

UN RUSSE CANDIDE, 1997.

LE DERNIER ESPION, 1996 et 2002, Folio Policier n° 576.

Composition Nord Compo
Impression Novoprint
le 23 janvier 2010
Dépôt légal : janvier 2010

ISBN 978-2-07-040627-2/Imprimé en Espagne.

171329